UM AMOR
& nada mais

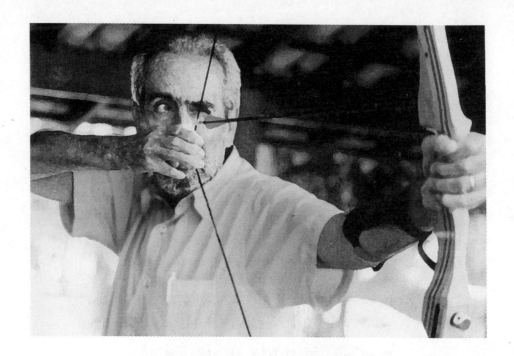

O Arqueiro

GERALDO JORDÃO PEREIRA (1938-2008) começou sua carreira aos 17 anos, quando foi trabalhar com seu pai, o célebre editor José Olympio, publicando obras marcantes como *O menino do dedo verde*, de Maurice Druon, e *Minha vida*, de Charles Chaplin.

Em 1976, fundou a Editora Salamandra com o propósito de formar uma nova geração de leitores e acabou criando um dos catálogos infantis mais premiados do Brasil. Em 1992, fugindo de sua linha editorial, lançou *Muitas vidas, muitos mestres*, de Brian Weiss, livro que deu origem à Editora Sextante.

Fã de histórias de suspense, Geraldo descobriu *O Código Da Vinci* antes mesmo de ele ser lançado nos Estados Unidos. A aposta em ficção, que não era o foco da Sextante, foi certeira: o título se transformou em um dos maiores fenômenos editoriais de todos os tempos.

Mas não foi só aos livros que se dedicou. Com seu desejo de ajudar o próximo, Geraldo desenvolveu diversos projetos sociais que se tornaram sua grande paixão.

Com a missão de publicar histórias empolgantes, tornar os livros cada vez mais acessíveis e despertar o amor pela leitura, a Editora Arqueiro é uma homenagem a esta figura extraordinária, capaz de enxergar mais além, mirar nas coisas verdadeiramente importantes e não perder o idealismo e a esperança diante dos desafios e contratempos da vida.

MARY BALOGH

CLUBE DOS SOBREVIVENTES – 7

UM AMOR
& nada mais

ARQUEIRO

Título original: *Only Beloved*
Copyright © 2016 por Mary Balogh
Copyright da tradução © 2021 por Editora Arqueiro Ltda.

Todos os direitos reservados. Nenhuma parte deste livro pode ser utilizada ou reproduzida sob quaisquer meios existentes sem autorização por escrito dos editores.

Publicado em acordo com a Maria Carvainis Agency, Inc.,
e a Agência Literária Riff Ltda.
Publicado originalmente nos Estados Unidos pela Signet, selo da New American Library, uma divisão da Penguin Group, LLC, Nova York.

tradução: Ana Rodrigues
preparo de originais: Milena Vargas
revisão: Camila Figueiredo e Pedro Staite
diagramação: Abreu's System
capa: Renata Vidal
imagem de capa: Lee Avison | Arcangel (foto);
Kotkoa | Shutterstock (flores)
impressão e acabamento: Cromosete Gráfica e Editora Ltda.

CIP-BRASIL. CATALOGAÇÃO NA PUBLICAÇÃO
SINDICATO NACIONAL DOS EDITORES DE LIVROS, RJ

B156a

Balogh, Mary, 1944-
Um amor e nada mais / Mary Balogh ; [tradução Ana Rodrigues]. – 1. ed. – São Paulo : Arqueiro, 2021.
272 p. ; 23 cm.   (Clube dos Sobreviventes ; 7)

Tradução de: Only beloved
Sequência de: Um beijo e nada mais
ISBN 978-65-5565-164-5

1. Ficção inglesa. I. Rodrigues, Ana. II. Título. III. Série.

21-71107
CDD: 823
CDU: 82-3(410)

Camila Donis Hartmann – Bibliotecária – CRB-7/6472

Todos os direitos reservados, no Brasil, por
Editora Arqueiro Ltda.
Rua Funchal, 538 – conjuntos 52 e 54 – Vila Olímpia
04551-060 – São Paulo – SP
Tel.: (11) 3868-4492 – Fax: (11) 3862-5818
E-mail: atendimento@editoraarqueiro.com.br
www.editoraarqueiro.com.br

CAPÍTULO 1

George Crabbe, duque de Stanbrook, continuou ao pé da escada diante de sua casa em Londres, na Grosvenor Square, a mão direita ainda erguida em despedida, embora a carruagem que levava suas duas primas de volta para Cumberland já estivesse fora de vista. Elas tinham saído cedo, apesar de a partida ter sido atrasada duas vezes por conta de alguns itens que haviam esquecido, ou melhor, temiam ter esquecido – primeiro uma criada e depois a própria governanta subiram correndo as escadas para dar uma última conferida nos quartos recém-desocupados, só por garantia.

As irmãs Margaret e Audrey eram primas em segundo grau de George. Tinham ido a Londres para o casamento de Imogen Hayes, lady Barclay, e Percy, conde de Hardford. Audrey era a mãe da noiva. Imogen também se hospedara na Casa Stanbrook até o casamento (que acontecera dois dias antes) não só por ser parente dele, mas, principalmente, porque não havia ninguém no mundo que George amasse mais. Era verdade que havia outras cinco pessoas que ele amava igualmente, mas Imogen era a única mulher do grupo e a única com quem George tinha laços sanguíneos. Os sete, incluindo ele, formavam o autodenominado Clube dos Sobreviventes.

Pouco mais de oito anos antes, George tomara a decisão de transformar Penderris Hall, sua propriedade no campo, na Cornualha, em um hospital e centro de recuperação para oficiais militares que tivessem sido gravemente feridos nas Guerras Napoleônicas e precisassem de cuidados mais intensivos e mais demorados do que suas famílias pudessem providenciar. Ele havia contratado um bom médico, selecionara pessoas dispostas a atuar como enfermeiros e escolhera a dedo os pacientes que lhe eram recomendados. Foram mais de vinte ao todo, das quais a maior parte se recuperou e voltou para sua família ou seu regimento depois de algumas semanas ou meses. Mas seis deles permaneceram por três anos. Os danos que haviam sofrido variavam muito, nem todos físicos. Um exemplo era Hugo Emes, lorde Trentham, que foi levado para Penderris Hall sem sequer um arranhão no corpo, mas completamente fora de si, em uma camisa de força, para evitar que cometesse qualquer violência contra si ou contra outros.

Um laço profundo se formou entre os sete, um vínculo forte demais para ser rompido depois de deixarem Penderris e voltarem para suas respectivas vidas. Aquelas seis pessoas significavam mais para George do que qualquer outro ser humano vivo – embora, talvez, isso não fosse exatamente verdade, já que ele também tinha um carinho enorme pelo único sobrinho, Julian, pela esposa de Julian, Philippa, e pela filhinha deles, Belinda. George os via com frequência e era sempre um prazer. A família morava a poucos quilômetros de Penderris. O amor, é claro, não se expressa em hierarquias de preferência, manifestando-se de milhares de maneiras, e todas são amor por inteiro. Algo curioso, quando se pensa a respeito.

George baixou a mão, de repente se sentindo um bobo por estar acenando para o nada, e se virou para entrar em casa. Havia um criado perto da porta, sem dúvida ansioso para fechá-la. O rapaz devia estar tremendo da cabeça aos pés. Uma brisa fria de início da manhã soprava pelo pátio, atingindo-o em cheio, embora houvesse uma ampla extensão de céu azul, com algumas poucas nuvens espalhadas, prometendo um lindo dia de primavera.

Cumprimentando-o com um aceno de cabeça, George lhe pediu que fosse até a cozinha buscar um café para lhe servir na biblioteca.

Assim que entrou no cômodo, George reparou que a correspondência do dia ainda não fora entregue. A superfície da grande escrivaninha de carvalho diante da janela estava vazia, exceto por uma garrafa de água, um tinteiro e duas penas. Quando o correio chegasse, traria a costumeira pilha de convites, já que estavam no auge da temporada social de Londres. Ele teria que selecionar bailes, *soirées*, concertos, peças de teatro, festas ao ar livre, cafés da manhã venezianos, jantares particulares e uma ampla gama de outros eventos. Enquanto isso, seu clube ofereceria companhia e distração agradáveis, assim como o Tattersalls, as corridas, o alfaiate e o sapateiro que fazia suas botas. E se George não desejasse sair, poderia ficar sentado ali mesmo, cercado de estantes de livros que iam do chão ao teto, interrompidas apenas por portas e janelas. Ele ficaria surpreso se houvesse espaço para mais um único livro nas prateleiras. Havia até alguns que ainda não lera, mas que sem dúvida gostaria de ler.

Era uma sensação agradável saber que podia fazer o que desejasse com o próprio tempo, até mesmo não fazer absolutamente nada, se fosse essa sua vontade. As semanas anteriores ao casamento de Imogen e os poucos dias desde então tinham sido extremamente agitados, não lhe permitindo muito tempo para si. Mas George apreciara a agitação e precisava admitir que o prazer que sentia naquela manhã por estar sozinho, livre e sem obrigações com ninguém se mesclava ao tédio. A casa parecia calma demais, mesmo que as primas não fossem hóspedes barulhentas ou caprichosas. Ele aproveitara mais a companhia das duas do que havia esperado. Afinal, eram praticamente estranhas. George passara anos sem vê-las.

Imogen era a amiga mais próxima que ele tinha e poderia ter causado um certo furor por conta das núpcias iminentes. Isso não aconteceu. Ela foi uma noiva nada exigente. Na verdade, se ele não soubesse, talvez nem sequer se desse conta de que Imogen estava organizando o próprio casamento, a não ser pelo brilho novo e pouco familiar em seu rosto, que aquecia o coração de George.

O café da manhã festivo, após o casamento, foi organizado na Casa Stanbrook. George insistira nisso, embora tanto Ralph quanto Flavian, ambos do Clube dos Sobreviventes, também tivessem oferecido suas casas para a festa. Metade da aristocracia compareceu, quase lotando o salão de baile e, inevitavelmente, se espalhando por outros cômodos nas horas que se seguiram à refeição e a todos os discursos. E *café da manhã* talvez não fosse o nome mais adequado, já que a maioria dos convidados só deixou a propriedade tarde da noite.

George saboreou cada momento.

Mas as festividades haviam terminado. Depois do casamento, Imogen partiu com Percy rumo a Paris, em lua de mel. E, agora, Audrey e Margaret também haviam partido depois de o abraçarem com força, agradecerem efusivamente pela hospitalidade e insistirem para que George fosse visitá-las em breve em Cumberland.

Havia uma forte sensação de término naquela manhã. Houvera uma onda de casamentos nos últimos dois anos, que arrastara todos os Sobreviventes e o sobrinho de George, enfim, as pessoas a quem ele mais estimava no mundo. Imogen fora a última deles – com exceção do próprio George, é claro. Mas ele não contava: tinha 48 anos, dos quais vivera mais de doze como viúvo, depois de quase duas décadas de casamento.

Ficou satisfeito ao ver que a lareira da biblioteca tinha sido acesa. Estava gelado por ter ficado tanto tempo lá fora. Ele levou a cadeira para perto do fogo e estendeu as mãos para se aquecer. O criado chegou com a bandeja alguns minutos depois, serviu o café e deixou a xícara e o pires na mesinha ao lado do patrão, com um prato de biscoitinhos que cheiravam a manteiga e nozes.

– Obrigado.

George acrescentou leite e um pouco de açúcar ao café preto e se lembrou, aleatoriamente, de como a esposa sempre se irritara por ele agradecer mesmo o menor serviço realizado por um criado. Aquilo só fazia com que o respeitassem menos, ela insistia.

Parecia quase inacreditável que os outros seis Sobreviventes tivessem se casado nos últimos dois anos. Era como se os três anos desde que deixaram Penderris tivessem sido necessários para que se reajustassem ao mundo lá fora, depois da segurança e da proteção que a casa dele garantira durante a recuperação de todos, para, então, rápida e alegremente retornarem para suas vidas plenas e produtivas. Talvez, após pairarem por tanto tempo nas proximidades da morte e da insanidade, tivessem sentido necessidade de celebrar a vida. George também estava certo de que todos teriam casamentos felizes. Hugo e Vincent já tinham um filho cada um, e havia outro a caminho para Vincent e Sophia. Ralph e Flavian também estavam na expectativa da paternidade. Até mesmo Ben, outro deles, lhe havia confidenciado dois dias antes que Samantha vinha se sentindo indisposta pela manhã e que torcia para que fosse por um bom motivo.

Aquilo tudo era profundamente emocionante para o homem que abrira sua casa e seu coração para aqueles homens – e uma mulher – tão maltratados pela guerra, que poderiam ter permanecido para sempre à margem da própria vida caso ele não os tivesse acolhido. Isso se houvessem sobrevivido.

George olhou com curiosidade para os biscoitos, mas não pegou nenhum. Preferiu segurar a xícara de café com as duas mãos, para aquecê-las.

Seria um completo absurdo de sua parte estar se sentindo ligeiramente deprimido naquela manhã? O casamento de Imogen havia sido uma ocasião alegre, deliciosamente festiva. George adorou vê-la cintilando de felicidade e, apesar de certa preocupação inicial, gostava de Percy e achava provável que ele fosse o marido perfeito para a amiga. George também tinha muito carinho pelas esposas dos Sobreviventes. Sentia-se como um pai convencido e orgulhoso, que casara todos os filhos e os encaminhara para finais felizes.

Talvez fosse esse o problema. Porque ele não era realmente o pai deles, não é mesmo? Na verdade, não era pai de ninguém. George franziu o cenho, os olhos fixos na xícara, pensando em acrescentar mais açúcar, porém descartando a ideia e tomando mais um gole do café. Seu único filho morrera aos 17 anos, no início da Guerra da Península, e sua esposa, Miriam, tirara a própria vida poucos meses depois.

A realidade era que estava muito, muito só, pensou, os olhos ainda fixos na xícara, a expressão perdida – embora não mais do que antes do casamento de Imogen e de todos os outros. Julian era filho do seu falecido irmão, não dele, e os seis companheiros Sobreviventes haviam deixado Penderris Hall cinco anos antes. Embora os laços de amizade tivessem permanecido fortes e todos se reunissem por três semanas todos os anos, normalmente em Penderris, não eram uma família propriamente. Até mesmo Imogen era apenas prima em segundo grau, com uma geração de diferença.

Eles haviam seguido com suas vidas, todos os seis, e o deixaram para trás. Que pensamento terrível... *cheio* de autopiedade!

George bebeu o resto do café e pousou a xícara sem muita gentileza no pires, em seguida devolveu ambos para a bandeja e se levantou, inquieto. Foi para trás da escrivaninha e ficou olhando pela janela que dava para o pátio. Ainda havia pouca atividade ali, era cedo. As nuvens estavam mais esparsas do que no início da manhã, o céu de um azul mais uniforme. Era o tipo de dia feito para revigorar o espírito.

Estava se sentindo solitário, maldição. Até as profundezas da alma.

Quase sempre se sentira assim.

A vida adulta de George começara brutalmente cedo. Ganhara uma patente militar com grande empolgação aos 17 anos, depois de convencer o pai de que uma carreira no Exército era o que mais desejava na vida. Mas apenas quatro meses depois foi chamado de volta para casa, quando o pai descobriu que estava morrendo. Antes dos 18 anos, George já havia vendido sua patente de oficial da cavalaria, se casado com Miriam, perdido o pai e o sucedido como duque de Stanbrook. Brendan nasceu antes de George completar 19 anos.

Olhando para trás, ele tinha a impressão de que durante toda a sua vida adulta não fora nada além de solitário, com exceção daquele lampejo de alegria exuberante – que tinha durado um tempo curto demais – quando estava com o seu regimento. E houvera alguns poucos anos com Brendan...

George cruzou as mãos nas costas e se lembrou, tarde demais, de que na véspera combinara com Ralph e Ben de fazerem um passeio a cavalo pelo Hyde Park naquela manhã, caso suas primas realmente partissem cedo. Todos os Sobreviventes tinham ido a Londres para o casamento de Imogen e todos ainda estavam lá, exceto Vincent e Sophia, que haviam retornado para Gloucestershire na véspera. Preferiam ficar em casa, já que Vincent era cego e se sentia mais confortável nos arredores conhecidos de Middlebury Park. E os noivos, é claro, estavam a caminho de Paris.

Não havia motivo para George se sentir solitário, e continuaria não havendo, mesmo depois que os outros quatro deixassem Londres e voltassem para casa. Ele tinha outros amigos ali, tanto homens quanto mulheres. E na Cornualha havia os vizinhos, que ele considerava amigos. E havia Julian e Philippa.

Mas *estava* se sentindo solitário, maldição. E a questão era que só fora capaz de admitir isso para si mesmo recentemente – na verdade, o fizera na semana anterior, em meio a toda a alegre agitação dos preparativos para o último casamento dos Sobreviventes. Chegara a se perguntar, com certo alarme, se por acaso se ressentia de Percy por ter conquistado o coração de Imogen e se casado com ela, por ter sido capaz de fazê-la rir e brilhar de novo. George também perguntara a si mesmo se a amava. Ora, sim, amava, concluíra depois de franca consideração. Não havia a menor dúvida disso – assim como não havia nenhuma dúvida de que seu amor por ela não era *aquele* tipo de amor. Amava Imogen do mesmo jeito que amava Vincent e Hugo, e todos os outros: um amor profundo, mas totalmente platônico.

Nos últimos dias, ele flertara com a ideia de estabelecer outra vez uma amante. Havia feito aquilo em algumas ocasiões ao longo dos anos. Outras poucas vezes, chegara a se permitir *affairs* discretos com damas de sua classe – todas viúvas por quem não sentira nada além de afeto e respeito.

George não queria uma amante.

Na noite da véspera, permanecera acordado, olhando para o dossel sombreado acima da cama, incapaz de forçar a mente a relaxar e o corpo a dormir. Foi uma daquelas noites nas quais, sem nenhuma razão discernível, o sono lhe fugia, e, aparentemente sem nenhum motivo, surgiu em sua mente a ideia de que talvez devesse se casar. Não por amor ou para ter filhos – estava velho demais tanto para romance quanto para paternidade. Não que estivesse fisicamente impedido de ser pai, mas não queria crianças em Penderris de novo. Além do mais, se fosse o caso, teria que se casar com uma mulher jovem, e a ideia de se unir a alguém com metade da sua idade não o atraía nem um pouco. Talvez atraísse a maior parte dos homens, mas não ele. Era capaz de admirar as jovens beldades que se aglomeravam nos salões de baile da moda durante a temporada social, a cada primavera, mas não sentia o menor desejo de levar nenhuma delas para a cama.

O que lhe ocorrera na véspera era que o casamento talvez lhe garantisse companhia, possivelmente uma amizade verdadeira. Talvez até mesmo alguém próximo de uma alma gêmea. E, sim, alguém que se deitasse ao lado dele na cama para aplacar a solidão e garantir os prazeres regulares do sexo.

George estava celibatário fazia tempo demais.

Ele viu dois cavalos andando ao longo da outra extremidade do pátio, guiados por um cavalariço montado. Os dois animais estavam equipados com selas laterais. A porta da Casa Rees-Parry, que ficava na direção oposta, se abriu, e as duas jovens filhas da casa saíram e montaram com ajuda do cavalariço. As duas usavam trajes de montaria elegantes. Os sons distantes de risadas femininas e de brincadeiras atravessaram o pátio e a janela fechada da biblioteca. Elas cavalgavam com animação evidente, o cavalariço seguindo-as a uma distância respeitosa.

Era delicioso contemplar a juventude, mas George não sentia o menor desejo de fazer parte dela.

A ideia que lhe surgira na noite anterior não fora puramente hipotética. Viera acompanhada da imagem de uma mulher específica, embora George não conseguisse entender por que *aquela* mulher. Afinal, mal a conhecia e não pousava os olhos nela havia mais de um ano. Mas lá estava ela, muito vívida em sua mente, enquanto ele considerava a ideia de talvez se casar novamente. De se casar com *ela*. E lhe parecera uma escolha perfeita – a *única* escolha concebível.

Ele acabara cochilando e acordara cedo para tomar o café da manhã com as primas e se despedir delas. Só agora recordava os anseios estranhos da madrugada. Com certeza estava meio adormecido, já sonhando. Seria loucura se prender novamente a uma esposa, ainda mais a uma mulher que era quase uma estranha. E se ela acabasse não combinando com ele? E se ele não combinasse com ela? Um casamento infeliz seria pior do que a solidão e o vazio que às vezes conspiravam para abatê-lo.

Mas agora esses pensamentos estavam de volta. Por que raios não saíra para cavalgar? Por que não fora ao White's Club? Poderia ter tomado o café da manhã lá e se ocupado com a conversa agradável de seus conhecidos, ou se distraído folheando os jornais do dia.

Será que ela aceitaria se George a pedisse em casamento? Seria arrogância da parte dele acreditar que sim? Por que, no fim das contas, ela o rejeitaria, a não ser, talvez, por não amá-lo? Mas ela já não era mais uma jovem cheia de sonhos românticos. Provavelmente seria tão indiferente ao amor quanto ele. George sabia que tinha muito a oferecer a qualquer mulher, além dos atrativos óbvios de um título importante e fortuna. Um bom caráter, sua amizade e... ora, tinha um *casamento* a oferecer. Ela nunca havia se casado.

Mas será que acabaria fazendo papel de idiota caso se casasse agora, quando já estava avançado na meia-idade? Mas por quê? Homens da idade dele, e até mais velhos, se casavam o tempo todo. Além disso, o interesse dele não estava voltado para uma jovenzinha recém-saída da sala de aula. *Isso* seria patético. Sua busca era pelo conforto de uma mulher madura que talvez se interessasse por um conforto semelhante.

Era absurdo pensar que estava velho demais para isso. Ou que ela estava. Com certeza todos tinham direito à companhia, ao prazer, mesmo quando a juventude era uma coisa do passado. Mas ele não estava considerando seriamente fazer isso, estava?

Uma batida na porta da biblioteca anunciou a chegada de um rapaz trazendo um maço de cartas.

– Ethan – cumprimentou George, fazendo um aceno de cabeça. – Algo de interesse imediato ou urgente?

– Nada diferente do normal, Vossa Graça – respondeu Ethan Briggs enquanto dividia a pilha em duas e as pousava na escrivaninha. – Negócios e compromissos sociais – disse, indicando qual pilha era qual, como sempre fazia.

– Contas? – George apontou com o queixo para a pilha de negócios.

– Uma de Hoby por um par de botas de montar – explicou o secretário – e várias despesas relacionadas ao casamento.

– É necessário que eu as examine? – George não pareceu gostar nem um pouco da ideia. – Pague todas, Ethan.

O secretário recolheu a primeira pilha.

– Leve o restante também – disse George. – Mande recusas educadas.

– Para todos, Vossa Graça? – Briggs ergueu as sobrancelhas. – A marquesa de...

– Todos – confirmou George. – Incluindo os que chegarem nos próximos dias, até segunda ordem. Vou deixar a cidade.

– Deixar a cidade? – O rapaz ergueu outra vez as sobrancelhas.

Briggs era um secretário eficiente e totalmente confiável. Já estava com o duque de Stanbrook havia quase seis anos. Mas ninguém é perfeito, pensou George. O homem tinha o hábito de repetir certas palavras que o patrão lhe dirigia, como se não conseguisse acreditar que ouvira direito.

– Mas há o seu discurso na Casa dos Lordes depois de amanhã, Vossa Graça – falou ele.

– Vale para isso também. – George acenou com a mão, dispensando o compromisso. – Partirei amanhã.

– Para a Cornualha, Vossa Graça? – perguntou Briggs. – Deseja que eu escreva à governanta, para informar...

– Não vou para Penderris Hall – respondeu George. – Voltarei... ora, quando voltar. Nesse meio-tempo, pague as contas, recuse os convites e faça o que mais for preciso para se manter ocupado.

O secretário pegou o resto da pilha de correspondência, despediu-se com uma reverência respeitosa e saiu.

Então ele ia mesmo fazer aquilo, não é?, perguntou-se George. Pedir em casamento uma dama que mal conhecia e a quem não encontrava havia tempos?

Como se pedia alguém em casamento? Na última vez que fizera isso, tinha 17 anos e fora uma mera formalidade, já que os pais de ambos haviam arranjado a união, combinado os termos e assinado o contrato. Os desejos e sensibilidades do casal envolvido não tinham sido levados em consideração, nem sequer consultados, em especial porque seu pai já estava moribundo e tinha pressa de vê-lo estabelecido. Ao menos daquela vez George conhecia a dama um pouco melhor do que conhecera Miriam. Ao menos sabia qual era a *aparência* dela, sua voz. A primeira vez que colocara os olhos em Miriam fora quando a pedira em casamento, o que tinha feito em um tom formal, gaguejando e sob o olhar severo dos pais de ambos.

Ele ia mesmo fazer aquilo?

O que ela acharia da ideia?

O que *responderia*?

CAPÍTULO 2

Quase se podia acreditar que a primavera estava se transformando em verão, embora ainda estivessem em maio. O céu tinha uma tonalidade de azul profundo e límpida, o sol brilhava e o calor no ar não apenas tornava desnecessário o xale que ela carregava, como na verdade fazia dele um incômodo, pensou Dora Debbins ao entrar em casa e chamar a Sra. Henry, a governanta, para avisar que tinha chegado.

A casa era um chalé modesto no vilarejo de Inglebrook, em Gloucestershire, onde ela morava havia nove anos. Dora nascera em Lancashire e aos 17 anos, depois de a mãe abandonar a família, passou a fazer o possível para administrar a grande casa do pai e ser uma mãe para a irmã mais nova, Agnes. Quando Dora tinha 30 anos, o pai já havia se casado com uma viúva, amiga da família havia muito tempo, e Agnes, com 18 anos na época, se casara com um vizinho que já havia demonstrado interesse em Dora, embora a caçula não soubesse disso. Em um ano, Dora se dera conta de que não era mais necessária para ninguém e, na verdade, não pertencia a lugar algum. A nova esposa do pai começou a mandar indiretas de que Dora deveria considerar alternativas para não permanecer em casa. Dora pensou em buscar uma colocação como preceptora, dama de companhia e até mesmo governanta, mas nenhuma das três ocupações realmente a atraía.

Então, um dia, por um feliz acaso, ela viu no jornal do pai um anúncio convidando um cavalheiro ou uma dama respeitável para ensinar música a um determinado número de alunos, em uma variedade de instrumentos diferentes, nas redondezas do vilarejo de Inglebrook, em Gloucestershire. Não era um emprego remunerado. Na verdade, não era um emprego. Não havia patrão, nem garantia de trabalho ou de renda, apenas a perspectiva

14

de estabelecer um negócio independente e com uma boa quantidade de alunos, que muito provavelmente garantiria ao professor em questão uma renda adequada. O anúncio também fazia menção a um chalé no vilarejo que estava à venda por um preço razoável. Dora tinha as qualificações necessárias e o pai se dispôs a arcar com o custo da casa – que foi comprada mais ou menos pelo mesmo valor que ele dera como dote a Agnes. Na verdade, o pai de Dora pareceu quase visivelmente aliviado diante de uma solução tão fácil para o problema de ter a filha mais velha e a nova esposa juntas sob o mesmo teto.

Dora escreveu ao agente mencionado no anúncio, recebeu uma resposta rápida e favorável e, então, se mudou para seu novo lar sem sequer visitar o lugar antes. Desde então vivia ali, ocupada e feliz, sem nunca ficar sem alunos ou uma renda adequada. Não era rica – longe disso –, mas o que ganhava com as aulas bastava para prover suas necessidades e ainda sobrava um pouco, que ela guardava como um pé-de-meia para o futuro. A renda de Dora lhe permitira até contratar a Sra. Henry, que lavava, cozinhava e fazia compras para ela. Os moradores do vilarejo a haviam acolhido na comunidade e, por mais que Dora não tivesse amigos íntimos, tinha vários conhecidos com quem se dava muito bem.

Ao chegar em casa, ela foi logo subindo para o quarto. Tirou o xale e o *bonnet*, arrumou o cabelo diante do espelho, lavou as mãos na bacia que ficava no pequeno lavatório e olhou para o jardim pela janela dos fundos. Visto de cima, parecia bem tratado e colorido, mas Dora sabia que dali a um ou dois dias estaria lá fora com a pá e o forcado, travando uma guerra contra as ervas daninhas intrusas. Na verdade, ela gostava de plantas silvestres, mas não – por favor, por favor – em seu jardim. Que crescessem e vicejassem em todas as cercas vivas e prados ao redor, e Dora as admiraria o dia todo.

Ah, mas *ainda* sentia muita saudade de Agnes, pensou, com uma súbita pontada de tristeza. A irmã tinha morado ali com ela por um ano depois de perder o marido. Agnes havia passado a maior parte do tempo ao ar livre, pintando flores do campo. Era uma pintora de aquarelas muito talentosa. Aquele fora um ano extremamente feliz, porque Agnes era como a filha que Dora nunca tivera e nunca teria. Mas ela sempre soube que o interlúdio não duraria muito. Não se permitira nem ter esperanças. E de fato não durou, porque Agnes encontrou o amor.

Dora sentia carinho por Flavian, visconde Ponsonby, segundo marido de Agnes. Muito carinho, na verdade, embora de início tivesse tido dúvidas sobre ele – apesar de ser um homem belo, encantador e inteligente, tinha um jeito zombeteiro de erguer a sobrancelha que a deixava desconfiada. No entanto, depois de conhecê-lo melhor, ela se viu forçada a admitir que era o parceiro ideal para a irmã, tão quieta e séria. Quando eles se casaram, ali mesmo no vilarejo, no ano anterior, ficou evidente para Dora que aquele era, ou logo seria, um casamento por amor. E foi isso mesmo que aconteceu. Os dois eram felizes juntos e no outono teriam um filho.

Dora se afastou da janela quando se deu conta de que já não estava mais olhando para o jardim. Agnes e Flavian moravam longe, em Sussex. Mas não era o fim do mundo, certo? Ela já os visitara duas vezes – no Natal e na Páscoa. Foram duas semanas em cada visita, embora Flavian insistisse para que ficasse mais tempo e Agnes dissesse, com nítida sinceridade, que a irmã poderia morar com eles para sempre se quisesse. "Para sempre *e* mais um dia", acrescentara Flavian.

Dora preferiu não fazer isso. Morar sozinha era, na própria definição do termo, uma vida solitária, mas a solidão era infinitamente preferível a qualquer alternativa que já lhe houvesse sido apresentada. Tinha 39 anos e era uma solteirona. Suas opções eram, por um lado, ser preceptora ou dama de companhia e, por outro, dependente de familiares, caso em que passaria o resto da vida se deslocando da casa da irmã para a do pai e a do irmão. Dora era imensamente grata por seu chalé agradável e modesto, pela independência que seu trabalho lhe propiciava e por sua existência solitária. Não, solitária, não – apenas só.

Ouviu o tilintar da louça no andar de baixo e soube que a Sra. Henry fazia aquilo propositalmente, para avisar Dora, sem precisar chamá-la, que o chá estava servido na sala e que esfriaria se ela não descesse logo.

Dora desceu.

– Imagino que tenha ouvido tudo sobre o grande casamento que aconteceu em Londres quando esteve em Middlebury – comentou a Sra. Henry, esperançosa, parada à porta, enquanto Dora se servia de uma xícara de chá e passava manteiga em um pãozinho.

– Por lady Darleigh? – Ela sorriu. – Sim, ela me contou que foi um evento grandioso e alegre. Eles se casaram na St. George's, na Hanover Square, e o duque de Stanbrook ofereceu um farto café da manhã festivo em comemoração. Fico muito feliz por lady Barclay, embora suponha que agora deva me referir a ela como condessa de Hardford. Eu a achei encantadora quando a conheci, no ano passado, mas também muito reservada. Lady Darleigh disse que o marido a adora. É muito romântico, não?

Que maravilhoso devia ser...

Dora deu uma mordida no pãozinho. Sophia, lady Darleigh, que voltara de Londres para Middlebury Park com o marido na véspera, contara mais coisas sobre o casamento a que haviam comparecido, mas Dora estava cansada demais para elaborar a respeito. Encaixara uma aula extra de piano para a viscondessa em um dia já cheio de trabalho e mal tivera um momento para si desde o café da manhã.

– Não tenho dúvidas de que receberei uma longa carta de Agnes sobre o assunto daqui a um ou dois dias – falou, ao ver a expressão desapontada da Sra. Henry. – Prometo compartilhar com a senhora tudo o que ela contar sobre o casamento.

A governanta assentiu e se foi, fechando a porta.

Dora deu mais uma mordida no pãozinho e se pegou de súbito perdida nas lembranças do ano anterior, daqueles dias que haviam sido alguns dos mais felizes da sua vida, antes da dor excruciante de ver Agnes partindo com o marido enquanto ela acenava e sorria.

Como era patético que revivesse aqueles momentos com tanta frequência. O visconde e a viscondessa Darleigh, que moravam em Middlebury Park, nos arredores do vilarejo, haviam recebido hóspedes – muito ilustres, todos com títulos de nobreza. Dora e Agnes haviam sido convidadas a visitar a casa mais de uma vez naquele período e, algumas vezes, vários grupos de hóspedes tinham visitado o chalé de Dora e até tomado chá ali. Agnes era amiga íntima da viscondessa, e Dora também se sentia à vontade com eles, já que lhes dava aulas de música. Com base nessa relação próxima, ela e Agnes foram convidadas para o jantar uma noite, e sugeriram a Dora que tocasse para o grupo depois da refeição.

Todos os convidados haviam sido incrivelmente gentis. E a elogiaram muito. Dora tocou harpa primeiro, mas não quiseram que ela parasse por aí. Então ela tocou piano, e todos pediram que continuasse. Dora foi conduzida ao salão de visitas, para tomar chá, pelo braço de ninguém menos que o duque de Stanbrook. Antes, ela se sentara entre ele e lorde Darleigh durante o jantar. Certamente teria se sentido intimidada demais para falar se não conhecesse o visconde de longa data e se o duque não tivesse feito um esforço visível para deixá-la à vontade. Ele lhe pareceu um nobre de austeridade quase assustadora, até Dora fitá-lo e ver apenas bondade em seus olhos.

Ela se sentira uma celebridade. Uma estrela. E, naqueles poucos dias, se sentira incrivelmente viva. Que triste – não, que patético – que em toda a sua vida não houvesse outras lembranças que fossem sequer remotamente tão vívidas para se regalar quando se via sentada sozinha como naquele momento, um pouco cansada demais para ler. Ou à noite, quando ficava deitada na cama, incapaz de adormecer, como às vezes acontecia.

Eles se consideravam um clube, os homens que haviam se hospedado em Middlebury Park por três semanas. O Clube dos Sobreviventes. Haviam sobrevivido tanto às guerras contra Napoleão Bonaparte quanto aos terríveis danos físicos sofridos em batalha. Lady Barclay – a dama que acabara de se casar – também era membro do clube. Ela mesma não era uma oficial, é claro, mas seu primeiro marido havia sido, e ela testemunhara a morte dele por tortura, a pobre dama, depois de terem sido capturados em Portugal. O visconde Darleigh ficara cego. Flavian, lorde Ponsonby, agora marido de Agnes, sofrera ferimentos tão severos na cabeça que não conseguia pensar, falar nem entender o que lhe diziam quando foi trazido de volta à Inglaterra. O barão Trentham, sir Benedict Harper, e o conde de Berwick – este último tendo herdado o ducado no ano anterior – também haviam sofrido terrivelmente. O duque de Stanbrook, anos antes, acolhera todos eles em sua casa na Cornualha e lhes dera o tempo, o espaço e os cuidados de que precisavam para se curarem e se recuperarem. Agora estavam todos casados, a não ser pelo próprio duque, que era viúvo e bem mais velho do que os outros.

Dora se perguntou se eles algum dia voltariam a se encontrar em Middlebury Park para uma de suas reuniões anuais. Se isso acontecesse, talvez ela fosse convidada – talvez até voltasse a tocar para o grupo. Afinal, era irmã de Agnes, que agora estava casada com um deles.

Dora pegou a xícara, deu um gole no chá e fez uma careta: tinha esfriado. Suspirou. A culpa era toda dela, claro. Mas odiava tomar chá se não estivesse pelando.

Então alguém bateu na porta da frente. Dora voltou a suspirar. Estava cansada demais para receber visitas inesperadas. Sua última aluna naquele dia havia sido Miranda Corley, de 14 anos, que tinha tão pouco interesse em tocar piano quanto Dora em ensiná-la. A pobre moça era totalmente desprovida de talento musical, embora os pais estivessem convencidos de que era um prodígio. Aquelas aulas eram sempre um martírio para as duas.

Talvez a Sra. Henry despachasse o visitante, fosse lá quem fosse. A governanta sabia que Dora sempre ficava muito cansada depois de um dia cheio de aulas e protegia a privacidade da patroa como uma mãe ursa. Mas, ao que parecia, aquela não seria uma dessas ocasiões. Ela ouviu uma batida na porta da sala de estar, a Sra. Henry abriu-a e ficou parada ali, por um momento, com os olhos muito arregalados.

– É para a senhorita – avisou, antes de se afastar para o lado.

E, como se as lembranças do ano anterior o tivessem invocado à sala de estar dela, o duque de Stanbrook entrou.

Ficou parado na entrada da sala enquanto a Sra. Henry fechava a porta.

– Srta. Debbins. – O duque se inclinou em uma mesura. – Espero não ter chegado em um momento inconveniente.

Qualquer lembrança que Dora guardasse do comportamento gentil, afável e amigável do duque sumiu de sua mente sem deixar rastro, e ela se viu tão encantada como quando o conhecera no salão de visitas de Middlebury Park. Ele era alto e sua aparência, distinta, os cabelos escuros já grisalhos nas têmporas e as feições austeras – nariz reto, malares altos e lábios finos. Ele tinha um ar formal e severo do qual ela não se recordava. Vestia o que havia de mais moderno, era um aristocrata dos pés à cabeça, e pareceu ocupar toda a sala de estar de Dora, privando-a da maior parte do ar respirável.

De súbito, ela se deu conta de que ainda estava sentada, encarando-o boquiaberta, como uma completa idiota. O duque lhe fizera uma pergunta velada e olhava para ela com as sobrancelhas erguidas, na expectativa de uma resposta. Dora se levantou atrapalhada e fez uma cortesia tardia. Ela tentou se lembrar do que estava usando e se a sua roupa incluía uma touca.

– Vossa Graça – disse Dora. – Não, de forma alguma. Acabei de dar a última aula de música do dia e estava tomando chá... que já esfriou a esta altura. Permita-me pedir à Sra. Henry...

Mas ele ergueu a mão elegante.

– Por favor, não se preocupe com isso: acabei de fazer uma refeição leve com Vincent e Sophia.

Com o visconde e lady Darleigh.

– Estive em Middlebury Park hoje cedo – comentou Dora –, para dar uma aula de piano a lady Darleigh, já que ela perdeu sua aula regular enquanto esteve em Londres para o casamento de lady Barclay. Ela não mencionou que o senhor estava com eles. Não que tivesse que fazer isso, é claro. – Seu rosto ficou quente. – Não é da minha conta.

– Cheguei há uma hora – disse ele. – De forma inesperada, mas não sem convite. Toda vez que vejo Vincent e a esposa, eles insistem para que eu os visite sempre que quiser. Tenho certeza de que são sinceros, mas também sei que nunca esperam que eu vá *aceitar*. Dessa vez, aceitei. Vim quase na sequência da saída deles de Londres, na verdade, e, abençoados sejam os dois, acredito que tenham ficado felizes em me ver. Ou não ver, no caso de Vincent. Às vezes a gente quase se esquece de que ele não consegue ver literalmente.

Dora sentiu o rosto mais quente. Havia quanto tempo ela o mantinha parado diante da porta? O que ele estaria pensando de seus modos grosseiros?

– Mas não quer se sentar, Vossa Graça? – Dora indicou a cadeira do outro lado da lareira. – O senhor veio caminhando de Middlebury? Está um lindo dia para aproveitar o ar fresco e se exercitar um pouco, não é mesmo?

Ele chegara de Londres *havia uma hora*? Tomara chá com o visconde e lady Darleigh e saíra imediatamente depois para ir para… lá? Talvez tivesse alguma mensagem de Agnes?

– Não vou me sentar – disse ele. – Esta não é exatamente uma visita social.

– Agnes…?

Ela levou a mão ao pescoço. Os modos rígidos e formais do duque de repente pareciam explicados. Havia alguma coisa errada com Agnes. Ela perdera o bebê.

– Sua irmã parecia cintilar de boa saúde quando a vi alguns dias atrás – falou ele. – Sinto muito se minha súbita visita a alarmou. Não tenho nenhuma notícia ruim. Na verdade, vim lhe fazer uma proposta.

Dora entrelaçou as mãos na cintura e esperou que ele continuasse. Um ou dois dias depois do jantar em Middlebury no ano anterior, o duque fora até o chalé na companhia de outros convidados para agradecer por ela ter tocado na véspera e para expressar seu desejo de ouvi-la tocar novamente antes que a visita deles terminasse. Aquilo não acontecera. Ele teria ido até ali para refazer aquele convite? Para aquela mesma noite, talvez?

Mas não foi o que aconteceu.

– Gostaria de saber, Srta. Debbins, se me daria a imensa honra de se casar comigo.

Às vezes, palavras eram ditas e ouvidas com clareza, mas como uma série de sons separados e não conectados, no lugar de frases e sentenças que continham significado. Era preciso algum tempo para unir aqueles sons e compreender a mensagem.

Dora ouvira as palavras, mas por alguns instantes não compreendeu o significado. Ficou apenas olhando para as mãos entrelaçadas, sentindo uma espécie de desapontamento estranho e tolo, porque afinal ele não estava ali para pedir que ela tocasse harpa ou piano naquela noite.

Só para se casar com ela.

O quê?

O duque pareceu subitamente contrito e ficou mais parecido com o homem de quem ela se lembrava do ano anterior.

– Eu não fazia um pedido de casamento desde os 17 anos – confessou. – Há mais de três décadas. Mas, mesmo com essa desculpa, vejo que fiz isso de uma forma lamentável. Tive bastante tempo desde que saí de Londres para compor um belo discurso, mas falhei miseravelmente. Não lhe trouxe flores nem me ajoelhei diante da senhorita. Que triste figura de pretendente deve estar me achando, Srta. Debbins.

– O senhor quer se casar comigo? – Dora indicou a si mesma, pousando a mão no peito, na altura do coração, como se a sala estivesse cheia de damas solteiras e ela não soubesse bem se o duque se dirigia a ela ou a alguma das outras.

Ele cruzou as mãos às costas e suspirou.

– A senhorita ficou sabendo do casamento em Londres há menos de uma semana, é claro. Sem dúvida ouviu sobre o Clube dos Sobreviventes quando nos reunimos aqui, em Middlebury Park, no ano passado. E saberia a nosso respeito por Flavian, de qualquer modo. Somos amigos muito próximos. Ao longo dos últimos dois anos, todos os outros seis integrantes do grupo se casaram. Depois do casamento de Imogen, na semana passada, quando o último dos hóspedes deixou minha casa em Londres, há alguns dias, me ocorreu que eu ficara para trás. Me ocorreu que... talvez eu estivesse um pouco solitário.

Dora se sentiu meio sem ar. Não se espera que um nobre com a... *presença* do duque experimentasse uma carência como aquela na vida ou que admitisse isso. Era a última coisa que ela teria esperado que ele dissesse.

– E me ocorreu – continuou ele, aproveitando que Dora não preencheu o curto silêncio que se seguiu às suas palavras – que realmente não quero ficar só. Mas não posso esperar que meus amigos, não importa quanto me sejam caros, preencham esse vazio ou satisfaçam o anseio que está no âmago do meu ser. E eu também não desejaria que tentassem. No entanto, eu poderia ter esperança de conseguir isso, talvez até mesmo esperar por isso, da parte de uma esposa.

– Mas... – Dora pressionou o peito com mais força. – Mas por que *eu*?

– Achei que a senhorita também se sentisse um pouco solitária, Srta. Debbins – falou ele, com um meio sorriso.

De repente, Dora desejou estar sentada. Era essa a impressão que passava para o mundo: de uma solteirona solitária e patética, ainda se agarrando à frágil esperança de que algum cavalheiro se sentisse desesperado o bastante para tomá-la como esposa? No entanto, *desesperado* não era uma palavra que pudesse descrever o duque de Stanbrook. Ele podia ser alguns anos mais velho do que ela, mas ainda era um excelente partido de todas as formas imagináveis. O duque poderia ter praticamente qualquer mulher – ou jovem – solteira que escolhesse. Mas as palavras dele a haviam magoado, fizeram com que se sentisse humilhada.

– Eu vivo *sozinha*, Vossa Graça – retrucou ela, escolhendo com cuidado as palavras. – Por escolha. Estar sozinha e ser solitária não são necessariamente a mesma coisa.

– Eu a ofendi, Srta. Debbins. Peço que me perdoe. Estou sendo inepto, o que não é do meu feitio. Talvez aceite o seu convite e me sente, afinal. Preciso me explicar de um modo mais lúcido. Eu lhe garanto que *não* listei mentalmente as damas mais solitárias que conheço, para então escolher a senhorita e me apressar a pedi-la em casamento. Perdoe-me se lhe dei essa impressão.

– Seria absurdo acreditar que o senhor precisa escolher dessa forma, de qualquer modo – disse Dora, indicando outra vez a cadeira diante da sua e voltando a se sentar, grata. Não sabia quanto tempo mais seus joelhos a teriam sustentado.

– Depois de pensar um pouco sobre o assunto – voltou a falar o duque, enquanto se acomodava –, ocorreu-me que o que mais preciso e mais quero é uma companheira e uma amiga, alguém com quem eu me sinta confortável e que goste da ideia de estar sempre ao meu lado. Alguém... só para mim. E alguém que compartilhe da minha cama. Perdoe-me... mas isso deve ser mencionado. Eu desejava... desejo... mais do que um relacionamento platônico.

Dora estava olhando para as próprias mãos. Seu rosto estava quente de novo – ora, é claro que estava. Mas ela ergueu os olhos para encontrar os dele agora, e a realidade do que estava acontecendo a atingiu com força. Ele era *o duque de Stanbrook*. Dora se sentira lisonjeada, ofegante, absurdamente satisfeita com a atenção cortês que ele lhe dedicara no ano anterior. Uma tarde, o duque e Flavian a haviam acompanhado, com Agnes, por todo o caminho até a casa dela, vindo de Middlebury, e ele lhe dera o braço e conversara amigavelmente com ela, fazendo com que Dora se sentisse muito à vontade enquanto andavam à frente do outro casal. Ela sentira prazer em cada momento daquela caminhada e se lembrara dela muitas vezes nos dias que se seguiram... na verdade, desde então. Agora, o duque estava *ali*, na sala de estar dela. Para pedi-la em casamento.

– Mas por que eu? – perguntou Dora mais uma vez. Sua voz soava tão normal que a chocou.

– Quando pensei em todas essas coisas – explicou ele –, a sua imagem surgiu também. Não posso explicar por quê. Acho que não sei por quê. Mas foi na senhorita que eu pensei. Apenas na senhorita. Caso recuse o meu pedido, acredito que continuarei como estou.

Ele a encarava diretamente, e agora Dora não via apenas o aristocrata austero. Via um homem. Era um pensamento estúpido, que ela não teria sido capaz de explicar caso alguém lhe perguntasse. Sentiu-se sem ar novamente, e um pouco trêmula. Ficou feliz por estar sentada.

E alguém que compartilhe da minha cama.

– Tenho 39 anos, Vossa Graça – disse Dora.

– Ah – falou ele, outra vez abrindo um meio sorriso. – Tenho a audácia, então, de estar lhe pedindo para se casar com um homem mais velho. Sou nove anos mais velho do que a senhorita.

– Eu não poderia lhe dar filhos – disse ela. – Ao menos... – Dora ainda não passara por aquela mudança da vida, mas com certeza logo aconteceria.

– Tenho um sobrinho – informou o duque. – Um jovem bem-sucedido por quem tenho muito carinho. Ele é casado e já tem uma filha. Sem dúvida também terá filhos. Não estou interessado em ter filhos na minha casa novamente, Srta. Debbins.

Dora se lembrava de que ele tivera um filho, que morrera em Portugal ou na Espanha, durante as guerras. O duque devia ser muito jovem quando aquele filho nasceu. Então, ela se lembrou do que ele dissera mais cedo, sobre não fazer um pedido de casamento desde os 17 anos.

– Eu quero uma companheira – repetiu ele. – Uma amiga. Uma *mulher* que seja minha amiga. Uma esposa, na verdade. Lamento não poder oferecer um romance grandioso ou uma paixão romântica. Já passei da idade de tais voos de imaginação. Mas, embora eu não a conheça bem, ou a senhorita a mim, acredito que nos daríamos bem. Admiro seu talento para a música e a beleza de alma que isso sugere. Admiro sua modéstia e sua dignidade, bem como sua devoção à irmã. Gosto da sua aparência. Gosto da ideia de olhar para a senhorita todos os dias, pelo resto da minha vida.

Dora o encarou, perplexa. Ela já fora bonita, mas a juventude a abandonara há muito tempo. O melhor que via no espelho agora era uma mulher asseada e... comum. Via uma solteirona séria, chegando à meia-idade. Ele, por outro lado, era... ora, mesmo aos 48 anos e com os cabelos grisalhos, era um homem lindo.

Dora mordeu o lábio inferior e o encarou de volta. Como poderiam até mesmo ser *amigos*?

– Eu não teria a menor ideia de como ser uma duquesa.

Ela viu os olhos dele sorrirem, então sorriu melancolicamente em retorno, e logo começou a rir. E, por incrível que pudesse parecer, ele fez o mesmo. E Dora voltou a ficar feliz por estar sentada. Havia alguma palavra mais poderosa do que *deslumbrante*?

– Admito – disse ele – que, se a senhorita fosse minha esposa, também seria minha duquesa. Mas... e hesito em desapontá-la... isso não significa usar uma tiara e um manto com barra de arminho todos os dias. Ou mesmo todos os anos. E não envolve estar ombro a ombro com o rei e sua corte toda semana. Por outro lado, talvez ache divertido ser chamada de "Vossa Graça", em vez de apenas Srta. Debbins.

– Gosto bastante de Srta. Debbins – retrucou Dora. – Ela está comigo há quase quarenta anos.

O sorriso dele desapareceu e o duque voltou a parecer austero.

– A senhorita é feliz? – perguntou ele. – Reconheço que talvez possa ser.

Tem uma casa aconchegante aqui, um trabalho independente e produtivo, fazendo algo que ama. A senhorita é muito admirada por seu talento e por sua boa natureza em Middlebury e, acredito, no vilarejo também. – O duque fez uma pausa e o olhar dele voltou a encontrar o dela. – Há alguma chance de que também possa apreciar a possibilidade de ter um amigo e um companheiro só seu, que também goste da ideia de pertencer exclusivamente a outra pessoa e de que essa pessoa também lhe pertença exclusivamente? Há alguma possibilidade de que tenha o desejo de deixar a sua vida aqui e ir para a Cornualha e para Penderris comigo? Não apenas como amiga, mas como uma parceira de vida? – Ele fez mais uma pausa. – Quer se casar comigo?

Os olhos dele se mantiveram fixos nos dela. E todas as defesas de Dora desmoronaram, assim como todas as afirmações que fizera a si mesma ao longo dos anos, de que estava feliz com o curso da vida que levava desde os 17 anos, que no mínimo se sentia satisfeita, que não era uma pessoa solitária. Não, isso nunca.

Dora sabia que tinha uma casa aconchegante, sua vida era ocupada e produtiva, com vizinhos e amigos, uma renda independente e adequada, parentes não muito distantes. Mas nunca tivera alguém que fosse só dela, de quem não fosse ter que abrir mão em algum momento no futuro. Tivera a irmã até Agnes se casar com William Keeping, e a tivera de novo por um ano até que ela se casasse com Flavian. Mas... não houvera mais ninguém, e ninguém permanente para preencher o vazio. Ninguém jamais jurara ser fiel apenas a ela, até que a morte os separasse.

Ela nunca se permitira pensar muito em como sua vida teria sido diferente caso a mãe não tivesse fugido de casa de maneira tão abrupta quando Dora tinha 17 anos e Agnes, apenas 5. A vida dela fora o que tinha que ser, e ela tivera liberdade de escolha a cada passo do caminho. Mas será que agora, depois de tudo...

Sim, tinha 39 anos.

Mas não estava *morta*.

Só que não se casaria por puro desespero. Um casamento ruim poderia ser – e seria – muito pior do que o que Dora tinha. Mas casar-se com o duque de Stanbrook não seria desespero, disso ela sabia sem nem precisar pensar muito a respeito. Dora sonhara com ele por um ano inteiro – por catorze meses, para ser precisa. Ah, não *daquela* forma, teria protestado apenas uma hora antes. Mas suas defesas haviam desmoronado e agora ela poderia admitir que, sim, sonhara com ele *daquela* forma. É claro que sim. Havia andado ao lado do duque por todo o caminho desde Middlebury, naquela que fora a mais maravilhosa de todas as tardes de sua vida, de braço dado com ele, enquanto conversavam tranquilamente. O duque sorrira para ela, Dora sentira o perfume da colônia que ele usava e estivera consciente de sua masculinidade. Havia ousado sonhar com amor e romance naquele dia e desde então.

Mas apenas *sonhar*.

Às vezes – ah, apenas às vezes –, os sonhos se tornavam realidade. Não a parte do amor e do romance, é claro, mas ele tinha companhia e amizade para oferecer. E casamento. *Não* um casamento platônico.

Ela poderia saber como era...

Com ele? Ah, Deus, sim, com ele. Poderia saber.

E alguém que compartilhe da minha cama.

Dora se deu conta de que um longo silêncio se seguira ao novo pedido do duque. Os olhos dela ainda estavam fixos nos dele.

– Obrigada – disse. – Sim. Eu aceito.

CAPÍTULO 3

George fora pego de surpresa assim que entrou na sala e pousou os olhos mais uma vez na Srta. Debbins. Ele achava que se lembrava claramente dela, do ano anterior, mas viu diante de si uma mulher um pouco mais alta do que se recordava, embora não acima da média. E ele se recordava de uma mulher mais simples, com menos curvas, mais velha. Era estranho, à luz do propósito dele de ir até ali, que a Srta. Debbins na verdade fosse mais atraente do que ele se lembrava. Era de se esperar que fosse o contrário.

Ela era uma mulher de ótima aparência para a idade que tinha, apesar das roupas conservadoras que usava e do estilo simples, quase severo, do penteado. A Srta. Debbins provavelmente fora uma jovem muito bonita. Seus cabelos ainda eram escuros, sem qualquer fio branco visível, a pele lisa e delicada, os olhos inteligentes. Também tinha um ar de dignidade tranquila, que mantivera apesar do choque da presença inesperada dele e do pedido abrupto que lhe fizera. Acima de tudo, ela parecia uma mulher satisfeita com a própria vida e que a aceitava pelo que era.

Fora aquela a impressão que tivera dela, lembrou George, que o fizera admirá-la no ano anterior. Não tinha sido apenas o talento musical da Srta. Debbins ou sua conversa sensata e aparência agradável. Dissera-lhe poucos momentos antes que não sabia o motivo da súbita ideia de se casar ter surgido em sua mente em simultâneo com a imagem dela, uma inextrincavelmente ligada à outra. Mas ele sabia, sim, o motivo. Era por causa daquele ar de dignidade serena que certamente não fora uma conquista fácil para a Srta. Debbins. Sem dúvida havia mulheres que permaneciam solteiras por escolha, mas George não acreditava que aquele fosse o caso dela. A Srta. Debbins não se casara por força das circunstâncias – ele tomara ciência de algumas delas através de Agnes. No entanto, conseguira criar uma vida interessante e com propósito para si mesma, apesar de qualquer desapontamento que tivesse sofrido.

Sim, George a admirava.

Obrigada. Sim. Eu aceito, dissera ela.

George ficou de pé e estendeu a mão para a Srta. Debbins. Ela se levantou também, e ele levou a mão dela aos lábios. Era uma mão macia e bem cuidada, de dedos longos e unhas curtas. Daquilo, ao menos, ele se lembrava com precisão do ano anterior. Era a mão de uma musicista. Que criava música capaz de levá-lo à beira das lágrimas.

– Obrigado – disse George. – Farei tudo o que estiver ao meu alcance para garantir que a senhorita nunca se arrependa da sua decisão. É uma pena que em quase todos os casamentos seja a mulher quem deva abrir mão da própria casa, dos amigos e vizinhos, e de tudo o que lhe é familiar e caro. Será muito difícil para a senhorita desistir de tudo isso?

A maior parte das pessoas acharia aquela uma pergunta absurda quando ele tinha Penderris Hall, na Cornualha, para oferecer a ela, e a Casa Stanbrook, em Londres, além de uma riqueza indizível e da vida glamorosa de uma duquesa – sem mencionar que o casamento em si a tiraria da posição de solteirona. Mas ela não se apressou em responder.

– Sim, será – disse a Srta. Debbins, a mão ainda na dele. – Criei uma vida para mim aqui, há nove anos, e tem sido uma boa vida. Poucas mulheres têm o privilégio de conhecer a independência. As pessoas aqui são acolhedoras e simpáticas. Quando eu partir, meus alunos ficarão sem um professor, ao menos por algum tempo, e alguns deles têm verdadeiro talento. Será uma pena ter de deixá-los.

– Vincent? – perguntou George, sorrindo. – Ele tem talento?

Depois de ter ficado cego e de ter aberto caminho com dificuldade através do medo, da raiva e do desespero de saber que sua visão nunca retornaria, o jovem Vincent passara a desafiar a si mesmo das mais variadas maneiras em vez de afundar no desespero de levar uma vida com limitações. Ele estava aprendendo a tocar não apenas piano, mas também violino e, mais recentemente, harpa. Esse último instrumento ele só resolvera aprender porque uma de suas irmãs lhe sugerira vender a harpa que já estava na casa quando Vincent a herdara, porque "obviamente" ele jamais teria qualquer uso para ela. Os companheiros Sobreviventes de Vincent, que jamais exageravam no sentimentalismo uns com os outros, haviam implicado com ele sem piedade em relação ao seu talento com o violino, mas ele perseverara e vinha melhorando cada vez mais. Os amigos não implicaram com Vincent a respeito da harpa, o que lhe causara imensa frustração e aborrecimento. No entanto, agora que enfim estava desbravando os segredos do instrumento, podia esperar que os insultos começassem a chegar.

Mais uma vez, a Srta. Debbins não se apressou em responder, embora soubesse que Vincent era um dos amigos mais próximos do duque.

– O visconde Darleigh tem *determinação* – disse, por fim. – Ele se dedica muito a aprender e nunca usa como desculpa o fato de não conseguir ver o instrumento que toca, ou a música que precisa aprender de ouvido. Está se saindo extremamente bem, e vai melhorar. Tenho muito orgulho dele.

– Mas não há talento verdadeiro? – Pobre Vince. Ele de fato tinha a determinação de não se ver como alguém fisicamente incapacitado.

– Talento é raro em qualquer área – comentou ela. – Talento *de verdade*, quero dizer. Mas, se todos evitássemos fazer alguma coisa por não sermos excepcionalmente dotados, não faríamos quase nada na vida e nunca descobriríamos o que podemos nos tornar. Acabaríamos desperdiçando a maior parte da vida presos a atividades seguras e limitadas. Lorde Darleigh tem um talento para a perseverança, para ir além dos próprios limites, apesar do que é, provavelmente, uma das deficiências mais difíceis... ou talvez por causa disso. Ele aprendeu a iluminar a escuridão na qual precisa viver pelo resto da vida e, ao fazer isso, ilumina aqueles que se acham capazes de ver.

Ah, e ali estava outra coisa que lembrou a George por que ele sentira tanta admiração e apreço por ela – aquela seriedade calma e reflexiva com que falava sobre assuntos que a maioria das pessoas descartaria sem pensar muito. A maior parte das pessoas falaria de forma condescendente sobre o que Vincent conquistara apesar do fato de não conseguir ver. Ela, não. E, ainda assim, falara com sinceridade, também. Realmente faltava a Vincent um talento musical fora de série, ainda que se levasse em consideração o fato de ele ser cego, mas aquilo não importava. Como a Srta. Debbins acabara de observar, Vincent tinha talento em abundância para empurrar os limites da vida além do que poderia se esperar dele.

– Lamento que, ao me casar com a senhorita, vá afastá-la dessa vida, Srta. Debbins – disse George. – Espero que Penderris e o casamento comigo se provem uma compensação à altura.

Ela o encarou, pensativa.

– Quando cheguei aqui, há nove anos, deixando a casa do meu pai em Lancashire – falou –, eu não conhecia ninguém. Tudo era estranho e um pouco deprimente... morar em um chalé que parecia incrivelmente pequeno se comparado à casa com que eu estava acostumada, ficar sozinha, trabalhar para me sustentar. Mas acabei me ajustando à nova vida e tenho sido feliz. Agora, concordei de livre e espontânea vontade com outra mudança radical. O senhor não me coagiu de forma alguma. Farei os ajustes necessários. Se o senhor estiver certo de que realmente quer fazer isso, isto é, agora que me viu e falou comigo outra vez.

George percebeu que ainda estava segurando a mão dela. Apertou-a carinhosamente e a levou novamente aos lábios.

– Estou – disse ele. – Absolutamente convencido.

George se perguntou o que a Srta. Debbins diria, ou faria, se ele abaixasse a cabeça e beijasse seus lábios. Ela dificilmente poderia colocar alguma objeção – estavam comprometidos agora. O choque daquela ideia o fez parar e se perguntar, por um momento, se realmente *tinha certeza* do que estava fazendo. De repente foi difícil se imaginar beijando-a, fazendo amor com ela, se familiarizando com o corpo dela tanto quanto estava familiarizado com o seu próprio corpo. Mas George sabia que teria ficado terrivelmente desapontado se a Srta. Debbins não tivesse aceitado seu pedido de casamento. Porque a verdade era que não havia sido apenas o casamento em si que surgira na mente dele algumas noites antes, em Londres. Fora a Srta. Dora Debbins, e o desejo estranho e inesperado que sentia de se casar com ela.

– Quando? – perguntou ela. – E onde?

A Srta. Debbins mordeu o lábio inferior, como se temesse estar demonstrando uma ansiedade inapropriada.

George deu uma palmadinha carinhosa na mão dela e a soltou. Ela voltou a se sentar. Para não ficar pairando acima dela, ele imitou seu gesto. Como era tolo... não pensara muito além do pedido de casamento em si... Ou, pelo menos, não pensara no processo real de se casar com ela. Sua mente estivera mais concentrada em imaginar a felicidade dos anos juntos à frente. Mas ele acabara de se ver em meio ao frenesi da organização de um casamento e sabia muito bem que não era possível se casar sem planejamento.

– Devo ir a Lancashire falar com seu pai? – perguntou George. Não havia lhe ocorrido, até aquele momento, que talvez devesse fazer aquilo.

– Tenho 39 anos – lembrou ela. – Meu pai vive a própria vida com a dama com quem se casou antes de eu me mudar para cá. Não temos uma relação ruim, mas ele não tem nada a ver com a minha vida, e com certeza não tem qualquer direito de dizer como devo vivê-la.

George ficou curioso em relação à situação familiar dela. Ele conhecia alguns fatos, mas não todos os motivos para que a Srta. Debbins tivesse deixado a casa do pai e se mudado para tão longe. Não era comum que uma dama solteira fizesse algo assim quando havia familiares do sexo masculino para ampará-la.

– Então só temos que consultar as nossas próprias vontades, ao que parece – falou George. – Podemos dispensar um noivado longo? A senhorita se casaria logo comigo?

– Logo? – Ela olhou para ele com as sobrancelhas erguidas. Então, levou as duas mãos ao rosto. – Ai, meu Deus, o que todos vão pensar? Agnes? O visconde e a viscondessa? Seus outros amigos? As pessoas aqui do vilarejo? Sou uma professora de *música*. Tenho quase 40 anos. Vou parecer muito… presunçosa?

– Acredito – disse ele –, na verdade *sei*, que os meus amigos vão ficar encantados ao me verem casado. E estou igualmente certo de que aprovarão a minha escolha e aplaudirão a sua disposição em me aceitar. Sua irmã com certeza ficará feliz pela senhorita. Afinal, não sou um mau partido, não é, embora seja nove anos mais velho do que a senhorita? Julian e Philippa, meu único sobrinho e a esposa dele, também vão ficar satisfeitos. Tenho certeza. Seu pai também ficará feliz, eu acredito. E a senhorita tem um irmão, certo?

Ela deixou as mãos caírem no colo.

– Isso tudo é tão súbito – falou. – Sim, Oliver é clérigo em Shropshire. – Ela mordeu outra vez o lábio inferior, preocupada. – Vamos nos casar logo, então?

– Em um mês se esperarmos que os proclamas sejam lidos – disse George –, ou mais cedo se a senhorita preferir se casar com uma licença especial. Quanto ao local da cerimônia, as opções parecem ser aqui, em Lancashire, em Penderris ou em Londres. Onde prefere?

Agnes e Flavian tinham se casado ali, na igreja do vilarejo, no ano anterior, com uma licença especial. O café da manhã festivo fora organizado em Middlebury Park, e Sophia insistira que os recém-casados passassem a noite de núpcias nos apartamentos da ala oeste da propriedade. Fora tudo lindo, perfeito… mas ela queria fazer exatamente o que a irmã fizera?

– Londres? – falou Dora. – Nunca estive lá. Estava prestes a debutar na temporada social quando fiz 18 anos, mas... bem, nunca aconteceu.

George achava que sabia a razão. O escândalo quase viera à tona no ano anterior, depois que a irmã dela fora a Londres com Flavian, após o casamento deles. Uma ex-noiva de Flavian, que o abandonara quando ele estava seriamente ferido para se casar com o melhor amigo dele, ficara viúva e teve esperanças de, então, se casar com o homem que havia preterido. Quando descobriu que havia perdido a oportunidade, investigou o passado de Agnes e encontrou o que procurava: a mãe de Agnes – *e da Srta. Debbins* – ainda estava viva, mas o pai delas se divorciara da esposa anos antes, sob alegação de adultério. Foi um escândalo espetacular na época e, mesmo tanto tempo depois, Agnes correra o risco de se tornar alvo de comentários maliciosos e de cair no ostracismo social, por ser filha de uma mulher divorciada. A aristocracia a teria devorado viva se Flavian não tivesse se adiantado para lidar com a situação com habilidade e determinação e, assim, evitar o desastre. O escândalo inicial provavelmente acontecera quando Agnes era criança e a Srta. Debbins, uma jovem dama prestes a ser apresentada à sociedade. Aquilo a privara, então, de toda a empolgação e, o mais importante, do casamento respeitável que poderia ter esperado como resultado de uma temporada social em Londres, o grande mercado anual de casamentos. Em vez disso, a Srta. Debbins ficara em casa e criara a irmã.

Ela sem dúvida tinha alguns fantasmas a enfrentar no que se referia a Londres e ao *beau monde*. Talvez aquele fosse o momento certo.

– Posso sugerir Londres para o nosso casamento, então? – perguntou George. – Assim que os proclamas tiverem sido lidos? Antes do fim da temporada social? Com quase toda a aristocracia presente? Se vamos nos casar, podemos muito bem fazer isso em grande estilo. Não concorda?

– Concordo? – Ela não parecia convencida.

– E, vendo pelo lado mais prático – continuou ele –, se quisermos amigos e conhecidos conosco, e sugiro que seja esse o caso, Londres é o lugar menos inconveniente para o maior número de pessoas. Acredito que Ben e Samantha, Hugo e Gwen, Flavian e Agnes e Ralph e Chloe ainda estejam lá depois do casamento de Imogen. Percy e Imogen ficarão felizes em voltar à cidade, acredito, para não perderem nosso casamento. Talvez o seu pai e seu irmão também possam ser convencidos a fazer a viagem. Imagino que Agnes e Flavian ficariam encantados em hospedá-los.

– Londres. – Ela parecia um pouco zonza.

– Na St. George's, na Hanover Square – disse George –, onde acontecem as cerimônias de casamento da maior parte da sociedade durante a temporada social.

Ela estava ruborizada quando o encarou, seus olhos cintilavam. Foi só quando ela abaixou a cabeça que ele se deu conta de que o brilho era causado por lágrimas.

– Então vou me casar, afinal? – A voz dela saiu quase em um sussurro. George teve a sensação de que ela não estava realmente falando com ele.

– Na St. George's, em Londres, daqui a um mês – confirmou ele. – Com a nata da sociedade ocupando os bancos da igreja. Então, uma lua de mel se a senhorita desejar. Em Paris, ou Roma, ou em ambas as cidades. Ou podemos ir para casa, se preferir, para Penderris, na Cornualha. Podemos fazer o que desejarmos... o que *a senhorita* desejar.

– Estou prestes a ter um casamento com o mundo todo presente. – Ela ainda parecia um pouco zonza. – Minha nossa. O que Agnes vai dizer?

Ele hesitou.

– Srta. Debbins – perguntou ele com delicadeza –, gostaria de convidar sua mãe?

Ela levantou a cabeça, os olhos arregalados, a boca aberta como se estivesse prestes a dizer alguma coisa... então voltou a fechá-la, e também os olhos.

– Ah. – Foi mais um suspiro do que uma palavra.

– Eu a aborreci? – perguntou George. – Peço perdão.

Ela abriu os olhos, mas seu cenho estava ligeiramente franzido quando olhou para ele.

– Estou me sentindo um pouco... zonza com tudo isso, Vossa Graça. Vou lhe pedir licença. Preciso... Gostaria de ficar a sós, por favor.

– É claro. – George ficou imediatamente de pé. Maldito fosse por aquela gafe. Talvez ela nem soubesse que a mãe estava viva. Talvez Agnes não tivesse lhe contado sobre o ano anterior. – Posso ter a honra de visitá-la novamente amanhã?

A Srta. Debbins assentiu e baixou os olhos para as mãos abertas no colo. Ela claramente *estava* um pouco zonza, o que dificilmente era de surpreender, já que não tinha ideia de que ele a visitaria.

George hesitou por um momento antes de deixar a sala, então saiu e fechou a porta silenciosamente ao passar.

A rua principal do vilarejo estava vazia quando ele a atravessou em direção à entrada de Middlebury Park, mas George não se deixou enganar. Não tinha dúvidas de que a notícia de sua presença ali e da visita que fizera à Srta. Debbins já se espalhara. Ele quase podia sentir olhos curiosos observando-o detrás das cortinas nas janelas ao longo da rua. George se perguntou com que rapidez todos descobririam o motivo de sua visita e a resposta que recebera para o pedido de casamento que fizera.

Ficou na dúvida sobre contar a Vince e Sophia, mas decidiu não dizer nada. Ainda não. Ele não pedira permissão à Srta. Debbins e achava importante não parecer dominador. Era sensível ao fato de que tinha um título de duque, enquanto ela, apesar de ser filha de um baronete, no momento vivia como uma solteirona em um vilarejo no campo, lecionando música.

O anúncio poderia esperar.

George imaginou como as notícias seriam recebidas em Penderris e nas vizinhanças. E se perguntou se estaria abrindo uma caixa de Pandora ao levar uma esposa com ele para casa e se acomodar como um homem casado e satisfeito. Quando pensava em sua vida em Penderris, com frequência se pegava pensando na máxima de que não se deve mexer no que está quieto. Passara por momentos tão desagradáveis na época da morte de Miriam, mesmo sem levar em conta o horror do suicídio em si... Embora todas as pessoas cuja opinião valorizava o houvessem cercado e tivessem permanecido firmes ao seu lado desde então, houvera, e ainda havia, alguns que optavam por culpá-lo.

George não mexera no que estava quieto até o momento. A não ser pelas semanas que os membros do Clube dos Sobreviventes passavam com ele todos os anos, levava uma vida bastante reservada quando estava no campo. Talvez fosse vista como uma vida solitária, e talvez isso fosse verdade. Talvez aquelas pessoas que o haviam culpado doze anos antes achassem que era o mínimo que ele merecia.

Como *seria* levar a Srta. Debbins para lá como sua duquesa? Haveria reações desagradáveis a ela? Ou... pior. Mas o que poderia ser pior? Todos aqueles acontecimentos, sobre os quais George nunca falava, nem mesmo com seus companheiros Sobreviventes, tiveram um fim terrível havia muitos anos.

Com certeza ele tinha o direito, não de esquecer, já que nunca conseguiria fazer isso, mas de viver de novo, de buscar companhia, satisfação, talvez até mesmo um amor.

George seguiu pelo caminho que levava à casa, já dentro dos portões, e procurou afastar a estranha sensação de mau presságio que o atingira, parecendo vir do nada.

❦

Como era de se esperar, a Sra. Henry entrou apressada na sala de estar um minuto ou dois depois que o duque partiu, claramente agitada pela curiosidade.

– Quase caí dura no chão quando abri a porta, Srta. Debbins – disse ela, inclinando-se para recolher a bandeja do chá. – Não sabia que o visconde e sua dama haviam trazido convidados com eles de Londres.

– Eles não trouxeram. Sua Graça chegou hoje – esclareceu Dora.

– E veio visitá-la assim que chegou? – A Sra. Henry passou a rearrumar os pratos na bandeja. – Espero que ele não tenha trazido nenhuma má notícia sobre lady Ponsonby.

– Ah, não – tranquilizou-a Dora. – Ele me garantiu que Agnes está bem.

– Fiz um bule fresco de chá – falou a Sra. Henry –, mas a senhorita não me chamou e eu não quis perturbar vocês.

– Sua Graça já tinha tomado chá em Middlebury Park – explicou Dora.

A Sra. Henry decidiu que o açucareiro não estava posicionado a seu gosto na bandeja, mas, depois de mudá-lo de lugar e olhar de relance para Dora, ficou claro que a patroa não lhe daria outras informações, por isso ela levou a bandeja e fechou a porta ao sair.

Dora apertou as têmporas com os dedos e imaginou como a governanta teria reagido se tivesse lhe contado que o duque de Stanbrook fora a Middlebury Park com o propósito específico de visitá-la e pedi-la em casamento. Mas Dora mal conseguia acreditar naquilo. Ela com certeza não estava pronta para compartilhar a notícia.

O duque sabia sobre a mãe dela. Aquele foi o primeiro pensamento claro que se formou em sua mente. Agnes e Flavian provavelmente tinham lhe contado. Ou talvez ele tivesse ouvido a respeito nas rodas de fofocas de algum salão de visitas de Londres, no ano anterior. Ele sabia e ainda assim resolvera pedi-la em casamento. E queria uma cerimônia bastante pública em Londres, antes que a temporada social terminasse. Estava disposto até a convidar a mãe dela.

A posição social dele lhe permitia desprezar a opinião pública daquela maneira?

Por toda a noite, até o início da madrugada, sua mente permaneceu ocupada com o fato de que o duque convidaria a mãe dela, se Dora assim desejasse, e com todos os outros acontecimentos que se desenrolaram depois que ele entrou em sua sala de estar. Mesmo na manhã seguinte, a irrealidade de tudo aquilo continuou a distraí-la, enquanto ela tentava dar toda a atenção a Michael Perlman. Ele era um de seus alunos preferidos – um menininho brilhante, de 5 anos, cujos dedos gorduchos sempre pareciam voar sobre o teclado do cravo da mãe com precisão e musicalidade impressionantes para alguém tão novo. Seu rostinho redondo sempre se iluminava de prazer ao tocar, e o menino fazia isso com tamanha concentração que se sobressaltava, surpreso, se Dora falava alguma coisa. Michael Perlman era um dos alunos de quem ela iria sentir falta.

A mãe de Dora abandonara a família para fugir com um homem mais jovem depois que o pai acusara os dois publicamente de serem amantes, certa noite, na assembleia local. Em uma cena pública horrorosa, que ainda tinha o poder de assombrar os sonhos de Dora, o pai acusara a mãe de adultério e declarara sua intenção de se divorciar dela. Ele havia bebido naquela noite, algo que a família sempre temia, embora não acontecesse com frequência. Quando acontecia, porém, o pai de Dora costumava estar na companhia de outras pessoas e acabava dizendo ou fazendo coisas muito embaraçosas, que jamais sonharia dizer ou fazer quando estava sóbrio. Seu comportamento naquela noite fora pior do que o normal, pior do que jamais havia sido, na verdade, e a mãe de Dora fugiu e nunca mais voltou. A ameaça do divórcio havia sido cumprida em um processo demorado e terrível, acompanhado publicamente. Dora não vira a mãe nem tivera notícias dela desde a noite da assembleia. Não que quisesse, já que a mulher fugira com o amante, certamente confirmando a acusação do pai. A vida da própria Dora mudou de maneira catastrófica depois daquilo, e para sempre.

No ano anterior, quando o antigo escândalo ameaçara mostrar as garras outra vez, Flavian descobrira onde a mãe dela e de Agnes vivia e lhe fizera uma visita. Ela havia se casado com o homem com quem fugira naquela noite e os dois moravam bem perto de Londres. Agnes preferiu não ter contato com a mãe, embora tivesse contado a Dora sobre o encontro de Flavian com ela.

A oferta do duque de convidá-la para o casamento deles fora a gota d'água para Dora, quando sua mente já estava girando como um redemoinho. Santo Deus, em um instante ela estava relaxando na sala de estar de sua casa, cansada demais até para ler, e trinta minutos mais tarde estava noiva e discutia os planos para o casamento na St. George's, na Hanover Square, em Londres – *com o duque de Stanbrook*.

Ela tivera mesmo a audácia de pedir que ele fosse embora? Talvez no momento ele estivesse reconsiderando o pedido de casamento. Havia um bilhete dobrado esperando por Dora na bandeja do hall de entrada quando ela voltou para casa depois de dar aula. Seu nome estava escrito na parte externa, em uma letra firme e confiante que era inegavelmente masculina.

– Foi trazido por um criado de Middlebury – disse a Sra. Henry, saindo da cozinha, ainda enxugando as mãos no avental. Ela ficou parada no hall de entrada por alguns instantes, provavelmente na esperança de que Dora fosse abrir o bilhete ali mesmo e expor seu conteúdo.

– Não precisa me trazer café esta manhã, Sra. Henry – avisou Dora. – A Sra. Perlman foi muito gentil e mandou servir na sala de música.

Ela levou o bilhete para a sala de estar e o abriu sem nem se sentar ou remover o *bonnet* e a peliça.

Seus olhos foram primeiro à assinatura: *Stanbrook*, ele havia escrito na mesma caligrafia forte. Dora prendeu inconscientemente a respiração ao ler o que mais estava escrito. Mas o duque não estava retirando seu pedido de casamento – que tolice a dela ter temido aquilo. O pedido fora feito e aceito, e nenhum cavalheiro se esquivaria de tal compromisso. Ele havia escrito para dizer que sabia que Dora iria a Middlebury Park à tarde, para dar aula de harpa a Vincent. E que seria uma honra passar para pegá-la depois do almoço. Só isso. Não havia nada de natureza pessoal.

Mas não era necessário que houvesse. Ele estava comprometido com ela. Os dois estavam noivos e iriam se casar. A verdade daquilo atingiu Dora como se só naquele momento ela tivesse se dado conta plenamente do que estava acontecendo. Iria *se casar*. Logo. Seria uma *duquesa*.

Dora dobrou o bilhete com cuidado e o levou consigo quando subiu as escadas. Então, vestiu roupas velhas, se armou com ferramentas de jardinagem e luvas e saiu para o jardim dos fundos, para declarar guerra às ervas daninhas que tinham ousado invadir a propriedade. A jardinagem sempre acalmava suas emoções mais turbulentas, e nenhuma emoção jamais fora tão turbulenta como as que a dominavam desde a véspera.

As ervas daninhas não teriam a menor chance contra ela.

CAPÍTULO 4

Logo depois do almoço, Dora já estava vestida com elegância de novo, e pronta para sair – afinal, o duque não determinara a que horas passaria para pegá-la. Em geral, ela só sairia para Middlebury dali a uma hora e meia, mas não queria ser pega desprevenida.

De certa forma, aquele dia estava sendo pior do que o anterior. Afinal, ela estava *esperando* por ele. Seu estômago e seu cérebro pareciam queimar de forma incontrolável, em parte de empolgação, em parte com uma espécie de espanto temeroso. Ele era um *duque*. Os únicos títulos mais importantes eram de príncipe e rei.

A jardinagem a acalmara por algum tempo antes do almoço, mas Dora não poderia voltar para o jardim naquele momento. Em vez disso, ela se sentou diante do piano na sala de estar. Tratava-se de um velho e muito usado, já antigo quando Dora era menina, muito tempo antes de levá-lo para o chalé, nove anos antes. Mas Dora não se sentia mal por não ter um instrumento melhor. Amava o tom suave daquele piano. Amava até as duas teclas com defeito, uma preta e uma branca, que nenhum truque ou jeitinho, nenhum ajuste do afinador conseguiam convencer que se comportassem como as outras. Dora as via como velhas amigas. Aquele piano estivera com ela em todas as suas alegrias e tristezas, nos momentos de animação e de tédio ao longo de décadas. Em todo aquele tempo, o instrumento nunca – ou quase nunca – deixara de lhe proporcionar alegria e de acalmar qualquer perturbação em sua alma. Às vezes, Dora tinha a sensação de que não teria sobrevivido sem a música e sem aquele piano.

O duque de Stanbrook provavelmente batera à porta da frente. Com certeza a Sra. Henry atendera e, então, batera na porta da sala de estar antes de fazê-lo entrar. Era improvável que ele tivesse entrado direto, como se estivesse em sua própria casa, ainda que *estivesse* comprometido com a proprietária do chalé. Mas a primeira indicação que Dora teve da chegada dele foi a percepção de uma forma grande e escura em sua visão periférica. As mãos dela ficaram imóveis sobre as teclas e ela virou lentamente a cabeça. Ele estava parado perto da porta, no mesmo lugar onde ficara por algum tempo na véspera.

– Peço que me perdoe – disseram os dois ao mesmo tempo.

O duque se inclinou para cumprimentá-la.

– Devo dizer – continuou ele – que foi extremamente inteligente da minha parte escolher uma esposa capaz de encher minha casa de música pelo resto de meus dias.

A postura do duque era idêntica à que ela recordava do ano anterior, quando Dora se sentara ao seu lado no jantar, antes de tocar para os convidados, em Middlebury. Ele estava sorrindo com os olhos e dizendo alguma coisa para deixá-la à vontade. E Dora lembrou que a impressão mais vívida que guardara dele naquela noite, e nos dias que se seguiram, fora não apenas o sorriso que refletia em seus olhos como também a bondade. Não se esperava isso de um homem da alta posição social do duque. Esperavam-se maneiras distantes, até mesmo arrogantes.

Foram os olhos dele e o que sugeriam a seu respeito que fizeram Dora sonhar com ele enquanto o duque ainda estava em Middlebury, e depois que ele partira, embora *sonho* fosse a palavra-chave. Na realidade, ele parecera estar universos fora de seu alcance. A bondade dele era apenas uma forma de ser condescendente, dissera a si mesma mais de uma vez.

O duque tinha os olhos mais encantadores que ela já vira.

– Não o ouvi chegar – disse Dora, ficando de pé. – Mas estou pronta. Vamos caminhando? – Provavelmente sim. Ela com certeza não poderia ter estado tão absorta na música que tocava a ponto de não ter escutado o som de uma carruagem parando do lado de fora do portão do chalé.

– A senhorita se importa? – perguntou o duque, enquanto Dora colocava o *bonnet* que já havia deixado em cima de uma cadeira, com o xale. – O tempo ainda está firme e seria uma pena perder a oportunidade de aproveitá-lo.

– Não me importo – garantiu ela, passando o xale ao redor dos ombros. – Caminho para toda parte. – E passaria mais tempo com ele se fossem caminhando. E teria *o resto da vida* para passar com ele depois que se casassem.

Santo Deus. Ah, santo Deus. De repente, Dora quase se sentiu tonta com o prazer que aquela ideia provocava.

Quando saíram do chalé e atravessaram o portão do jardim para a rua, ocorreu-lhe que a chegada do duque de Stanbrook, na véspera, não teria passado despercebida. Certamente a notícia se espalhara até alcançar cada um dos moradores, como sempre acontecia com qualquer novidade remotamente fora do comum naquela pequena comunidade. Dora poderia apostar que a maioria dos residentes ou donos de negócios naquela rua observara discretamente, por trás das cortinas, quando o duque deixara o chalé no dia anterior. E, àquela altura, metade do vilarejo já estava ciente de que ele voltara à casa dela naquela tarde. Agora, essas mesmas pessoas viam Dora caminhar pela rua, na direção de Middlebury Park, de braço dado com o duque.

Ela não seria completamente humana se não sentisse certo prazer ao se dar conta disso. A especulação seguiria pelo resto do dia. A Sra. Jones, esposa do vigário, talvez não por acaso, estava parada diante do portão de seu jardim, conversando com a Sra. Henchley, a esposa do açougueiro. As duas se viraram, sorriram, fizeram uma cortesia e comentaram sobre o tempo adorável enquanto lançavam um olhar significativo para Dora. O duque tocou a aba do chapéu alto com uma das mãos, desejou boa tarde às duas e concordou que, sim, o verão parecia ter chegado mais cedo naquele ano. As duas mulheres sem dúvida regalariam todo o vilarejo pelo resto do dia com uma versão adornada do encontro, imaginou Dora com um sorrisinho íntimo de carinho pelas vizinhas.

Ela e o duque entraram pelos portões do parque particular de Middlebury, mas não permaneceram por muito tempo no caminho que levava direto à casa. Em vez disso, o duque guiou Dora para a esquerda, para que caminhassem por entre as árvores que margeavam o muro ao sul do parque, e na mesma hora ela sentiu uma atmosfera de paz e privacidade. A luz do sol era atenuada pelos galhos e pela abóbada das folhas verdes no alto. E ainda havia o cheiro das plantas e da terra, algo que Dora nunca percebera nas inúmeras caminhadas que fizera por ali.

De repente, como se os raios de sol que penetravam pelas árvores tivessem iluminado dentro de sua mente, ela se deu conta de que estava feliz. Era uma percepção estranha, talvez, já que vivera a maior parte da vida com a determinação consciente de se sentir satisfeita com o que tinha. Nunca se permitira se demorar sobre qualquer fator que pudesse tê-la deixado *infeliz*. Mas Dora soube naquele momento, enquanto eles aproveitavam os arredores em um silêncio cúmplice, que nunca conhecera a verdadeira felicidade até então.

Dora sentia tudo isso com uma alegria que fervilhava internamente. Todos os seus sonhos haviam, súbita e inesperadamente, se tornado realidade, ainda que aquilo estivesse acontecendo vinte anos depois do que ela esperara. Mas isso não importava. Nada importava a não ser o fato de que finalmente estava acontecendo. Agora. Dora se perguntou como o duque reagiria se ela retirasse a mão do braço dele e saísse girando, os braços abertos ao lado do corpo, o rosto voltado para o céu, com música e riso nos lábios. Dora sorriu diante da imagem absurda de si mesma que formulara em sua mente e baixou o queixo para que ele não visse seu rosto sob a aba do *bonnet*.

Mas uma coisa precisava ser resolvida antes que eles fossem mais além.

– Eu preferiria que não convidássemos a minha mãe para o casamento – disse ela abruptamente.

– Então não a convidaremos. – Ele repousou a mão sobre a de Dora, que estava apoiada em seu braço, e olhou para ela. – Deve me passar uma lista de pessoas que *deseja* convidar, Srta. Debbins, e eu a entregarei nas mãos do meu secretário muito eficiente, junto com minha própria lista, no momento em que voltar a Londres, em cerca de dois dias.

Tão cedo? Em dois dias?

– Quero cuidar de tudo para que os primeiros proclamas sejam lidos no próximo domingo – explicou ele –, se eu não estiver apressando demais a senhorita, é claro. Mas depois de ter tido a ideia de me casar e de a senhorita ter aceitado o meu pedido, estou impaciente para que a certidão seja assinada.

Será que ele tinha alguma ideia de como aquelas palavras soavam doces ao ouvido dela?

– Farei uma lista quando voltar para casa – garantiu Dora. – Mas será bem curta.

– Então precisa me dizer se deseja que a minha lista seja igualmente curta – pediu o duque. – Na verdade, não me importo se tivermos um casamento grandioso ou pequeno, desde que a senhorita e eu estejamos lá, junto ao número de testemunhas necessário para que tudo esteja dentro da lei.

– Oh – disse Dora, consciente de certo desapontamento.

Talvez ele tenha percebido aquilo no rosto dela.

– Mas se a senhorita não tiver preferência por uma forma ou outra – continuou o duque –, posso reforçar a sugestão que fiz ontem? A senhorita havia comentado que não saberia como ser uma duquesa. Até ouvir isso, meu único pensamento tinha sido persuadi-la a talvez se casar *comigo*. Esqueci que talvez também precisasse convencê-la a se casar com esse ser formidável, o duque de Stanbrook. Imagino que eu não dê muita importância ao título porque está comigo há muito tempo. Mas, embora eu tenha esperança de que vivamos em Penderris depois de casados, sem dúvida haverá momentos em que vamos precisar ir a Londres, e com certeza eu não gostaria de deixá-la para trás, no campo. A senhorita também me disse ontem que nunca esteve em Londres, nunca conviveu com a aristocracia. Talvez a melhor época para fazer as duas coisas seja agora, durante o mês que antecederá nosso casamento, e durante o casamento em si... um casamento grandioso. Está disposta a ir para Londres, se não junto comigo, em algum momento nos próximos dois dias, ou ao menos pouco depois disso? A sua irmã e Flavian ainda estão lá. Assim como a maior parte dos Sobreviventes, e espero que Sophia e Vincent também estejam de volta à cidade em breve. Deixe que eles a apresentem a todos na cidade. Permita que eu faça o mesmo assim que nosso noivado for oficialmente anunciado. Deixe-me organizar uma festa de noivado.

Eles pararam de caminhar, e Dora soltou o braço do dele. O duque a fitava, as mãos cruzadas nas costas, com uma expressão bondosa e preocupada nos olhos.

– Oh – ela voltou a dizer.

– Mas essa é uma mera sugestão – afirmou ele. – Estou a seu serviço, Srta. Debbins. Tudo será como a senhorita desejar.

Dora se sentiu fortemente tentada a optar pela saída covarde e escolher o mais discreto dos casamentos em Londres – ou mesmo, quem sabe, um casamento ali, na igreja onde Agnes se casara com Flavian no ano anterior. Mas...

Londres?

Durante a *temporada social*?

Como noiva do duque de Stanbrook e cunhada do visconde Ponsonby, e amiga do conde de Berwick – que agora também era um duque –, do barão Trentham, de sir Benedict Harper, do visconde Darleigh e da condessa de Hardford?

Aquilo era um verdadeiro sonho. Um verdadeiro conto de fadas.

– Não há necessidade de ficar assustada – disse ele.

– Ah, não estou assustada – garantiu-lhe Dora. – Um pouco impactada, talvez… de novo. Mas o senhor está completamente certo. Se vou ser sua esposa, então preciso ser sua duquesa também. Além do mais, sempre imaginei que seja fantástico ir ao teatro em Londres, passear pelo Hyde Park, valsar em um baile de verdade. Estou velha demais para isso?

O sorriso dele agora era de divertimento.

– A senhorita tem reumatismo nos dois joelhos, Srta. Debbins?

– Não! – Dora ficou um pouco chocada por ele se referir abertamente aos joelhos dela.

– Nem eu. Talvez possamos encontrar uma forma de valsarmos juntos em um canto escuro de algum salão de baile, sem passarmos muita vergonha.

Ela sorriu.

– Vamos continuar por outro caminho – sugeriu o duque, e lhe ofereceu outra vez o braço –, ou acabaremos no prado do outro lado do lago. Vamos passear por esse lado, agora, então subiremos a trilha que leva à casa. Vincent vai ficar furioso se eu a retiver além da hora marcada para a aula dele.

– Isso é possível? – perguntou Dora. – Que lorde Darleigh fique furioso, quero dizer?

– Estou implicando com ele – admitiu o duque com um sorriso.

Dora nunca caminhara perto do lago, embora o tivesse visto a distância. Também nunca seguira pela trilha ladeada por corrimãos que levava da casa ao lago, construída a mando de lady Darleigh depois do casamento, para que o marido pudesse se mover com liberdade pelo parque, sem precisar ter sempre alguém guiando-o. A viscondessa também fizera pesquisas a respeito da possibilidade de treinarem um cão pastor para guiar o visconde, de forma a lhe garantir ainda mais liberdade. E ela ainda cuidara para que a trilha nas montanhas atrás da casa fosse refeita, para que ele pudesse andar ali em segurança. A viscondessa havia pedido que plantassem várias espécies de árvores e flores aromáticas para encantar os outros sentidos dele.

– Já esteve do outro lado da ilha? – perguntou Dora, indicando o local com a cabeça enquanto eles caminhavam ao longo do lago. – Agnes me contou que há um templo extravagante bem no centro, e que é lindo por dentro. Ela disse que as janelas de vitrais fazem a luz parecer mágica.

– Só admirei a ilha desta margem aqui – admitiu ele. – É um prazer que experimentaremos juntos em nossa próxima visita a Middlebury... como marido e mulher.

Dora teve a sensação de que seu estômago dava uma cambalhota. Ela não tinha certeza se, mesmo naquele momento, acreditava de fato naquele futuro com o qual tinha concordado. Mal ousava acreditar em tanta felicidade.

– Penderris Hall fica perto do mar – disse o duque. – Sabia disso? Há penhascos escarpados margeando o parque ao sul, areia dourada abaixo e uma beleza ao redor que é quase selvagem se comparada com o que vemos aqui. Espero que não ache o lugar muito desolado.

– Não acredito que isso seja possível – falou Dora. – Será o meu lar.

Lar. Mas ela nunca vira o lugar. Nunca colocara os pés na Cornualha ou em Devonshire. Nem mesmo em Gales, embora não fosse muito longe de Gloucestershire. E Dora se lembrou de que a esposa do duque morrera naqueles penhascos a que ele se referira. Alguém contara a ela, talvez Agnes. A duquesa se jogara dos penhascos pouco depois de perder o único filho, o único filho deles, durante as guerras.

Como teria sido para o duque perder os dois daquela maneira? Como ele conseguira manter a sanidade?

Dora se deu conta, então, de que seria a segunda esposa dele. O duque seria marido dela depois de carregar por anos e anos lembranças de uma vida em família com outra mulher e um filho. Levaria consigo o peso da lembrança das tragédias terríveis que haviam lhe tirado ambos em um espaço de poucos meses. Era algum espanto que ele não pudesse lhe oferecer um amor romântico ou mesmo paixão? De forma alguma Dora conseguiria substituir a primeira esposa nos afetos dele.

Ora, é claro que ela não poderia. E não iria querer isso, mesmo se fosse possível. A relação deles seria totalmente diferente. O duque buscava apenas conforto e companhia em Dora. Ele fora totalmente honesto a esse respeito, e ela não deveria esquecer isso. O desejo dele era ter alguém que o ajudasse a manter a solidão ao largo.

Ora, era *isso mesmo* que ela queria. Os dois poderiam fazer aquilo um pelo outro. Poderiam ser companheiros ou amigos. Dora tinha a música a oferecer também – em troca de todos os bens materiais e dos luxos que ele lhe garantiria. Ela sorriu quando se lembrou do que o duque lhe dissera mais cedo, sobre ter sido inteligente ao escolher uma esposa que pudesse tocar para ele.

Não ficaria deprimida pelo que não poderia ter no casamento. Pelo amor de Deus, àquela hora, na véspera, ela tinha praticamente certeza de que viveria a vida toda ali, em Inglebrook, como uma solteirona. Agora estava comprometida.

Eles se viraram para subir pela trilha que levava à casa.

– A senhorita é uma companhia tranquila – comentou o duque. – Não parece sentir necessidade de preencher com palavras cada momento de silêncio.

– Ai, meu Deus – falou Dora –, essa é uma forma educada de o senhor dizer que não tenho assunto?

– Se isso fosse verdade – retrucou ele –, então eu também estaria me acusando, já que permaneci igualmente silencioso durante a maior parte da nossa caminhada. Quase desejo que tivéssemos tempo para continuar a atravessar o bosque, passear pelo prado e nos sentarmos no caramanchão. Mas infelizmente devo me comportar de forma responsável e levá-la até a casa para sua aula.

– Eles sabem? – perguntou Dora. Ela sentiu um frio de ansiedade no estômago.

– Não achei que tinha o direito de fazer qualquer anúncio – disse ele. – Achei bastante possível que, depois de pensar melhor, a senhorita acabasse mudando de ideia sobre enfrentar a enorme mudança que esse casamento lhe trará. Não quis embaraçá-la desnecessariamente caso mudasse de ideia. Estava me sentindo bastante ansioso a caminho de sua casa mais cedo. Não sabia o que me aguardava.

Ela o olhou de relance, desconfiada, mas o duque parecia estar falando muito sério.

– Em nenhum momento me ocorreu mudar de ideia – garantiu Dora. – Achei que o senhor pudesse desistir do casamento depois de ter me visto de novo ontem à tarde. Mas então me lembrei de que o senhor é um cavalheiro e que não faria isso depois de já ter realizado o pedido.

Ele riu baixinho.

– Posso lhe assegurar, Srta. Debbins: vê-la de novo só me deixou mais ansioso para me casar com a senhorita.

Ah, céus, pensou Dora. *Por quê?* Mas, de qualquer forma, sentiu todo o coração se aquecer.

George estava se sentindo ansioso de novo. Podia ver que Vincent e Sophia estavam do lado de fora de casa, sentados no jardim, enquanto Thomas, o filho dos dois, cambaleava feliz pela trilha ali perto. O menino parou de repente e George o viu arrancar uma flor e estendê-la para a mãe com uma expressão de triunfo.

– Ah, Deus – comentou a Srta. Debbins –, eles estão no jardim e lady Darleigh nos viu. Ela vai achar presunçoso da minha parte chegar à casa vindo da direção do lago, e ainda por cima de braço dado com o senhor. Sou a professora de música deles.

George sorriu para ela e deu uma palmadinha carinhosa em sua mão.

– Na verdade, quando Vince me falou sobre a aula de harpa, informei a eles que iria até o vilarejo e a acompanharia até aqui – explicou. – Tenho sua permissão para contar a eles sobre o nosso noivado?

– Ah – disse ela. – Sim, suponho que sim. Mas o que eles vão pensar?

Ele estava encantado com o decoro, a modéstia, a ansiedade dela, já que era uma dama, afinal, filha de um baronete, e provavelmente se esperava que fizesse um casamento bastante respeitável quando era mais jovem.

– Acho que estamos prestes a descobrir – respondeu ele.

E, sim, George estava um pouco nervoso também. Desconfiava que os amigos seriam pegos totalmente de surpresa. Não precisava da aprovação deles, mas sem dúvida a desejava.

Vincent e Sophia estavam sorrindo para eles – ela provavelmente comentara alguma coisa com o marido. Thomas começou a cambalear na direção de George e Dora, mas Sophia o pegou no colo.

– Acredito, Srta. Debbins – disse Sophia quando os dois estavam mais próximos –, que George tenha ficado preocupado com a possibilidade de a senhorita não vir dar aula hoje por causa deste lindo dia. Ele insistiu em buscá-la pessoalmente.

– É verdade – confirmou George. – Se eu tivesse esperado que a Srta. Debbins chegasse sozinha, só a teria visto por um minuto ou dois antes que desaparecesse na sala de música com Vince e a harpa, e eu não teria gostado nada disso.

Sophia o encarou com curiosidade, e Vincent parou de pé ao lado dela, guiado pelo cão, enquanto Thomas mudava de ideia e estendia a flor para George.

– Mas a Srta. Debbins nunca nos desapontou – falou Vincent com um sorriso. – Boa tarde, madame. Temo que vá ficar aborrecida comigo. Mal tive qualquer oportunidade de praticar desde a última aula.

– Isso é perfeitamente compreensível, lorde Darleigh – disse a Srta. Debbins. – O senhor estava em Londres.

– Mas antes que a leve embora, Vince – continuou George –, tenho algo a dizer. Vocês ficaram surpresos com a minha chegada, como era de se imaginar, já que me viram em Londres há apenas alguns dias. Vim por um motivo particular e tive sucesso na minha empreitada depois do chá de ontem, quando visitei a Srta. Debbins no chalé dela.

Sophia olhou de um para o outro. Thomas agora ofereceu a flor, ligeiramente esmagada, para a Srta. Debbins, que aceitou com um sorriso de agradecimento, e levou a flor ao nariz.

– A Srta. Debbins me deu a grande honra de aceitar a minha mão em casamento – explicou George. – Planejamos nos casar assim que os proclamas tiverem sido lidos. Então, lamento dizer que a levarei embora daqui e de perto de vocês. Também vou insistir para que voltem a Londres daqui a um mês, já que pretendemos nos casar com grande pompa e circunstância, na St. George's, e queremos contar com toda a nossa família e os amigos.

A Srta. Debbins estava dando uma atenção exagerada à flor que recebera. Por um momento, Sophia e Vincent – sim, Vince também – apenas os fitaram com expressões perplexas, enquanto Thomas esticava os dois bracinhos e cutucava os ombros do pai.

– Vocês vão se *casar*? – perguntou Sophia, entregando o filho a Vincent, que o pegou com o braço livre. – *Um com o outro?* Mas que coisa absolutamente... *perfeita*!

Houve muito barulho e agitação, então, e até alguns gritinhos, enquanto todos se abraçavam, trocavam apertos de mão, beijos no rosto e os homens se cumprimentavam com tapinhas nas costas em um momento que devia estar sendo profundamente divertido, já que todos estavam rindo.

– Não consigo decidir por qual de vocês dois estou mais feliz – comentou Vincent, com um sorriso largo, os olhos oscilando entre os rostos como se conseguisse vê-los. – Não consigo pensar em ninguém que mereça mais o George do que a senhorita, ou de alguém que a mereça mais do que George. Mas você foi terrivelmente furtivo, George. O que será de nós agora, sem nossa professora de música?

– Imagino que todos na casa farão orações de agradecimento, Vince – implicou George, dando um tapa carinhoso no ombro do amigo.

– Isso é uma referência à qualidade das minhas aulas? – perguntou a Srta. Debbins com severidade.

– Isso vai lhe ensinar a não me insultar, George – falou Vincent, com um sorriso. – Thomas, meu rapaz, o cabelo do papai não foi feito para ser puxado. Esses cachos estão presos à minha cabeça.

Sophia dera o braço à Srta. Debbins e já a guiava em direção à casa.

– Nem consigo dizer como estou empolgada – comentou. – Somos os primeiros a saber? Que esplêndido. Vamos até o salão de visitas para tomarmos chá, e a senhorita vai poder me contar sobre os seus planos. Cada um deles. Sabia que George estava vindo? Ele escreveu para lhe contar? Ou apenas apareceu na sua porta sem aviso? Que romântico deve ter sido.

– Não posso tomar chá – protestou a Srta. Debbins. – Está na hora da aula de lorde Darleigh.

– Ah, mas nós não sonharíamos... – começou a dizer Sophia.

– Ainda não estou casada, lady Darleigh – disse a Srta. Debbins em um tom circunspecto. – Ainda tenho trabalho a fazer.

George pegou Thomas do colo do pai e sorriu para Sophia.

– Vá logo, Vince.

CAPÍTULO 5

A lista da Srta. Debbins, escrita em uma caligrafia elegante e caprichosa, era realmente muito curta. Consistia em seu pai e a esposa dele – a quem ela não chamava de madrasta, reparou George –, o irmão dela e a esposa, a irmã e Flavian, a tia e o tio de Harrogate, três casais de Inglebrook e outro casal da antiga casa dela em Lancashire.

George estendeu a lista para Ethan Briggs quando retornou à Casa Stanbrook depois de ter ficado fora por cinco dias.

– Eu o mantive muito ocupado enquanto estive fora, Ethan? – perguntou.

O secretário pareceu abatido.

– Sabe que não, Vossa Graça – falou. – Paguei 22 contas e recusei 34 convites, alguns dos quais precisaram ser contornados com mais tato do que outros. Não tive trabalho suficiente para justificar o salário muito generoso que o senhor me paga.

– É generoso? – perguntou George. – Bom saber, já que logo você estará valendo o que lhe pago e ainda mais. Seu tempo e energia serão muito exigidos, Ethan, assim como aconteceu ao longo das semanas que precederam o casamento de lady Barclay. É preciso enviar convites para todos nessa lista. Sem dúvida é curta. Mas a Srta. Debbins me garantiu ter incluído aí todas as pessoas de alguma importância para ela. Ah, e há essa também, a minha própria lista. Temo que seja lamentavelmente longa, mas a Srta. Debbins concordou comigo que se vamos fazer isso direito, então realmente devemos convidar todos que são "alguém". Há certas expectativas a serem levadas em consideração quando se carrega o eminente título de duque.

– Srta. Debbins? – perguntou Briggs, em um tom educado, pegando as duas listas da mão do patrão.

– A dama que foi gentil o bastante para aceitar se casar comigo – explicou George. – É preciso providenciar convites de casamento, Ethan. Para a St. George's, é claro, às onze da manhã, quatro semanas a partir do próximo sábado, se eu ainda conseguir que os primeiros proclamas sejam lidos no próximo domingo. E me arrisco a dizer que conseguirei.

O secretário, que nunca antes demonstrara nada próximo de um espanto declarado, olhou para George com a boca ligeiramente aberta.

– Acredito que foram as núpcias na semana passada que despertaram em mim um forte desejo de ter meu próprio casamento – explicou George em um tom contrito. – Temo que o seu período de descanso tenha terminado. Haverá muito mais trabalho para você, mesmo depois de redigir e mandar os convites. Mas pelo menos já tem alguma prática.

O secretário havia recuperado a compostura de sempre.

– Permita-me lhe desejar toda a felicidade do mundo, Vossa Graça – disse ele.

– Obrigado – falou George.

– Ninguém é mais merecedor – acrescentou o sempre tão impassível Briggs.

– Ora, isso é extremamente gentil da sua parte, Ethan.

George assentiu com cordialidade e deixou o secretário com o árduo trabalho que tinha pela frente.

A próxima tarefa de George, que não poderia ser adiada nem mais um momento além do necessário, era cuidar dos arranjos para que os proclamas do casamento fossem lidos. No entanto, tendo chegado à cidade havia pouco mais de uma hora, ele estava de volta à Grosvenor Square, batendo na porta da Casa Arnott, que ficava no lado oposto da Casa Stanbrook. George foi informado pelo mordomo do visconde Ponsonby que o patrão e a esposa tinham retornado de uma longa ausência havia menos de dez minutos, e foi levado ao salão de visitas, onde o casal se juntou a ele alguns minutos depois.

E, com um olhar mais atento do que o habitual para a viscondessa, George pensou que a Srta. Debbins não se parecia muito com a irmã, que era mais alta, de cabelos mais claros e de uma beleza mais juvenil.

– George. – Flavian sorriu para ele e apertou sua mão antes de ir até o aparador e servir um drinque para cada um deles. – Não o vemos desde o casamento de Imogen. Estávamos começando a achar que você havia fu-
-fugido para Penderris para se recuperar de toda a agitação.

– Sente-se, George – falou Agnes, indicando uma cadeira com um sorriso acolhedor. – Você provavelmente estava aproveitando um bem merecido descanso.

– Realmente *estive* fora da cidade – admitiu George, enquanto se sentava. – Mas não em Penderris. Estive em Middlebury Park.

Os dois o fitaram com certa surpresa.

– Você foi com Sophia e Vince? – perguntou Flavian.

– Não, com eles, não – falou George, aceitando o copo que o amigo lhe ofereceu. – Fui alguns dias depois. Tive que esperar até que minhas primas partissem, embora na verdade eu não tivesse a intenção de ir a lugar algum até elas se colocarem a caminho de Cumberland. Vince e Sophia ficaram bastante surpresos quando apareci por lá sem avisar.

– Tenho certeza de que foi uma surpresa agradável – comentou Agnes. – Por acaso você teve a chance de ver Dora enquanto estava lá?

– Na verdade, sim – respondeu ele. – Na verdade, a Srta. Debbins foi o motivo da minha viagem.

Flavian e Agnes o encararam com o cenho franzido e expressões idênticas de espanto.

– Fui perguntar à Srta. Debbins se ela faria a gentileza de se casar comigo. E ela fez essa gentileza.

– *O quê?* – Agnes riu, mas sua risada foi confusa, como se não tivesse certeza de que George falava a sério, ou se aquela era alguma brincadeira absurda.

– Pedi a Srta. Debbins em casamento – disse George. – E ela aceitou. Vamos nos casar na St. George's em um mês. A Srta. Debbins virá para a cidade na próxima semana. Parece que precisa fazer compras, embora tenha se recusado terminantemente a permitir que eu arque com as despesas antes que estejamos casados. A sua irmã é uma dama independente e decidida, Agnes. Embora nunca tenha estado em Londres e esteja claramente um pouco aturdida, se não apavorada, diante da perspectiva de chegar à cidade agora, no meio da temporada, como noiva de um duque, para se casar com ele em grande estilo diante de toda a alta sociedade, ela ainda insiste em arcar com as próprias despesas. Mas concordou que é sensato vir mais cedo para conhecer os membros da aristocracia e permitir que a conheçam antes do dia fatídico. A Srta. Debbins garantiu que não vai comparecer a nenhum evento formal, mas concordou com uma festa de noivado perto da data do nosso casamento. Admiro imensamente a sua coragem.

Agnes levou as mãos ao rosto.

– É mesmo verdade, então? – perguntou, de forma retórica. – Vai mesmo se casar com Dora? – Os olhos dela de súbito cintilaram com lágrimas não derramadas.

– Você é um ladino, George. – Flavian pousou o copo, se colocou de pé no mesmo instante e cruzou a distância entre eles para apertar com força a mão do amigo e lhe dar um tapa nas costas. – E pensar que todos nós do Clube vínhamos tentando pensar em uma dama de valor que p-pudesse lhe interessar para tirá-lo de nossas mãos. Deixe que eu lhe diga que é muita humilhação para um homem se ver reduzido a um c-casamenteiro, mas você não mostrava qualquer intenção de cuidar do assunto por si só. No entanto, durante todo esse tempo, esteve com os olhos postos na minha cunhada. Eu não poderia estar mais feliz e Agnes está em êxtase. Você pode perceber isso pelo fato de ela estar chorando.

– Oh, não estou – protestou Agnes. – Mas... Ah, George, você não tem ideia do que isso significa para mim. Dora desistiu da própria vida para cuidar de mim quando eu era criança. Ela ficou em casa para me criar depois que nossa mãe foi embora, quando deveria estar aproveitando sua primeira temporada social aqui em Londres. Ela talvez ainda pudesse ter sido apresentada à sociedade depois que o pior do escândalo arrefeceu, se tivesse insistido no assunto com papai, mas nunca fez isso. Não foi nem mesmo para Harrogate, onde nossa tia Shaw a teria recebido e apresentado a alguns cavalheiros elegíveis. Dora foi inflexível em sua determinação de permanecer comigo, e nunca reclamou ou me fez sentir como um fardo que tivesse destruído todas as esperanças dela. Mas agora a minha irmã enfim terá o seu "felizes para sempre"? E com você, entre todos os homens, George? Ah, meu Deus, agora estou chorando. Obrigada. – O agradecimento foi para o enorme lenço que Flavian lhe ofereceu. Ele passou a mão pela nuca da esposa enquanto ela secava os olhos e assoava o nariz.

Felizes para sempre? A expressão deixou George um pouco desconfortável. Aquilo decerto não era o que ele oferecia, mas também não era o que a Srta. Debbins esperava. Os dois já tinham idade e experiência o bastante na vida para compreender que nenhum casamento era capaz de oferecer felicidade absoluta. Não que fosse cínico. Não era, e estava certo de que esse também não era o caso da Srta. Debbins. Ambos eram realistas. Disso ele tinha certeza.

Mas... *felizes para sempre*? Por um momento, aquela sensação de mau presságio o ameaçou outra vez.

Nos dez minutos seguintes, George respondeu a todas as perguntas de Flavian e Agnes. Então, finalmente, ele se levantou e pegou uma carta no bolso interno do paletó.

– Tenho outras visitas a fazer – disse –, embora esta tenha sido a primeira, por motivos óbvios. Darei o melhor de mim para fazer sua irmã feliz, Agnes. Ela lhe escreveu uma carta enquanto eu ainda estava em Gloucestershire, para que eu pudesse lhe entregar pessoalmente.

Agnes pegou a carta.

– Tenho certeza de que vocês farão um ao outro feliz – disse ela.

Flavian apertou mais uma vez a mão de George.

– Odeio dizer algo que possa fazê-lo mudar de ideia, George – disse ele –, mas já lhe ocorreu que seremos c-cunhados?

– É um pensamento aterrorizante, não? – comentou George, brincalhão.

Ele ainda estava sorrindo quando saiu da casa e seguiu em direção à Portman Square, para ver se Ralph e Chloe estavam em casa. As engrenagens haviam sido postas em movimento e todos que eram importantes para ele seriam avisados pessoalmente.

George ficou um pouco surpreso ao descobrir que estava sentindo algo muito semelhante a empolgação. Se iria se arrepender da decisão apressada de se casar, certamente aquilo ainda não estava acontecendo.

E ele torcia para que nunca viesse a acontecer.

Dora partiu para Londres cinco dias depois de ter se comprometido com o duque, após uma rápida – e, em alguns casos, chorosa – despedida de seus alunos, vizinhos e amigos, e da Sra. Henry, que havia decidido permanecer ao lado da família e dos amigos, em Inglebrook, em vez de aceitar a oferta de acompanhar a patroa em sua nova vida, como sua criada pessoal. Dora viajou em grande estilo, pois o duque insistira em mandar a própria carruagem para pegá-la, junto com o que parecia um extravagante número de criados de libré, cavaleiros fortes para garantir sua segurança, e até mesmo uma camareira. Era quase embaraçoso, na verdade – e inegavelmente prazeroso. Dora imaginou que a deferência dirigida a ela sempre que faziam uma parada ao longo do caminho era algo com que deveria se acostumar. A simplória Srta. Debbins, viajando em uma diligência, como planejara, teria sido praticamente ignorada.

Durante a última hora antes da chegada à Casa Arnott, na Grosvenor Square, ela se sentou com o nariz quase colado à janela da carruagem, embora chuviscasse lá fora e o céu cinza, carregado de nuvens, desse um ar melancólico à paisagem. Mas aquilo não diminuiu a empolgação de Dora. Estava em Londres, finalmente, e quase conseguia acreditar que as ruas eram pavimentadas de ouro. Era bom, pensou, que a criada estivesse cochilando no canto oposto e, assim, não testemunhasse seu prazer nada sofisticado diante de tudo aquilo.

Seu estômago dava cambalhotas nada discretas quando a carruagem se sacudiu com suavidade e parou. Ali estava ela, vinte anos mais tarde, mas prestes a arrebatar o que com certeza era o maior prêmio matrimonial que a temporada social tinha a oferecer – ainda que ele tivesse 48 anos. Dora controlou o sorriso tolo que ameaçou se abrir em seu rosto diante do pensamento – a criada estava acordando e ajeitando as saias, a touca e o *bonnet*.

O que Agnes diria? E Flavian?

Logo descobriria. Quando um dos criados de libré do duque apoiou os degraus no chão e estendeu a mão enluvada para ajudá-la a descer, as portas da casa se abriram e Agnes e Flavian apareceram. Dora os perdeu de vista por um momento enquanto o criado inclinava um guarda-chuva grande sobre sua cabeça e ela se apressava a atravessar o pavimento molhado e subir os degraus. Então, entrou na casa e foi envolvida pelos braços da irmã. Flavian ficou parado ao lado, com um sorriso radiante no rosto.

– Mas isso não é uma casa – comentou Dora, afastando-se um pouco de Agnes. – É uma mansão.

A Casa Stanbrook também ficava em algum lugar ao redor daquela praça. Portanto, também devia ser uma mansão. Não havia outro tipo de construção ali. Dora começava a perceber a enormidade do que estava prestes a acontecer em sua vida – embora, é claro, a carruagem na qual viajara já tivesse sido uma grande pista.

– Dora, meu bem. – Agnes estava apertando a mão dela com uma força quase dolorosa, os olhos cintilando, marejados. – Ah, como estou feliz por você.

– Ora. – Um pouco desconcertada, Dora falou bruscamente. – Estou um pouco velha para me casar pela primeira vez, não é mesmo? Mas antes tarde do que nunca, como dizem. Espero que não esteja aborrecido comigo, Flavian.

– Aborrecido? – Ele inclinou a cabeça para o lado e riu baixinho. – Com certeza estou. Deixe que eu lhe mostre quanto.

Então Dora estava entre os braços dele, em um abraço de urso, e se sentiu bastante aturdida.

– Eu me lembro de uma ocasião em particular no ano passado – disse Flavian –, quando George e eu acompanhamos você e Agnes de volta para casa, vindo de M-Middlebury, e deixei que George se adiantasse com você porque q-queria pedir Agnes em casamento sem que ninguém ouvisse... o que foi uma boa providência, como logo se pôde constatar. Eu m-meti os pés pelas mãos naquele momento, e Agnes deixou isso bem claro. No entanto, aquela tarde trouxe algum bem, porque o que eu de fato estava fazendo, é claro, era permitir que George a conhecesse melhor. Foi uma previsão deste dia, embora não ache que as pessoas acreditariam em mim se eu dissesse isso, não é?

– Não. – Agnes e Dora responderam ao mesmo tempo, e Flavian ergueu as sobrancelhas em sua expressão mais brincalhona.

– Sinceramente, Dora, estou feliz por você – afirmou ele –, e absolutamente encantado por George. Vamos subir e tomar um chá. Agnes passou a tarde toda andando de um lado a outro perto da janela, e observá-la me deixou com sede.

– Você está bem, não está, Agnes? – perguntou Dora, enquanto as duas davam o braço a Flavian.

– Estou sim. – Agnes pousou a mão sobre o abdômen, e Dora viu que o volume ali estava mais pronunciado do que na Páscoa. – Ah, Dora, vamos nos divertir tanto preparando o seu casamento.

– Preciso ir às compras – disse Dora.

– Ora, é claro que precisa – concordou Agnes.

E foi o que fizeram nos dias que se seguiram, embora de uma maneira e em uma quantidade que ultrapassaram muito as expectativas de Dora. Ela sabia, é claro, que precisava de roupas novas, incluindo um traje adequado para o casamento com um duque, em uma igreja elegante, diante de metade da alta sociedade. No entanto, logo compreendeu a ingenuidade de sua expectativa de que uma ida rápida às lojas para comprar roupas prontas fosse ser o suficiente. Ao que parecia, a futura duquesa de Stanbrook primeiro precisava escolher padronagens, tecidos e aviamentos, além de uma modista elegante, que tiraria suas medidas e faria roupas exclusivas para ela. Tudo isso, é claro, significava muitas horas escolhendo e mais horas ainda parada sobre um pedestal, vestindo apenas suas roupas íntimas, enquanto era medida, espetada e cutucada. Então, quando os trajes ficaram prontos e Dora imaginou que a via-crúcis tivesse terminado, teve que passar por todo o processo de novo, enquanto a modista anotava todas as mínimas alterações que precisavam ser feitas. Qualquer protesto que Dora fizesse, dizendo que determinado traje estava "bom o bastante", era sonoramente ignorado. Apenas a perfeição serviria para a modista responsável pelos trajes da futura duquesa de Stanbrook.

Dora ficou chocada com o número de roupas novas de que precisava para usos diversos e para todas as situações imagináveis – vestidos para caminhar, para andar de carruagem, para usar pela manhã, no chá da tarde, para montar a cavalo, trajes para o jantar, para noites formais, para bailes. E cada roupa precisava de seus próprios acessórios exclusivos – chapéus, luvas, bolsinhas, sapatos, sapatilhas, leques, guarda-sóis, xales, fitas e laços, roupas íntimas, anáguas… a lista era interminável.

Havia um prazer inegável em se ver vestida com tamanho esplendor, é claro, mas os custos! As economias modestas que ela conseguira juntar com seu trabalho duro e uma administração cuidadosa ao longo dos últimos nove anos definharam em uma velocidade alarmante. Mas não entraria em pânico. Se fosse absolutamente necessário, aceitaria um empréstimo de Flavian, embora houvesse recusado terminantemente um presente em dinheiro quando o cunhado tentara insistir, alegando que ela com certeza faria aniversário em *algum* momento. Os fundos que guardara seriam repostos assim que o chalé fosse vendido, e então poderia pagar a Flavian, caso precisasse de um empréstimo. Depois do casamento, não precisaria ter o próprio dinheiro, embora sua independência de espírito, tão cuidadosamente cultivada, não apreciasse a perspectiva de se tornar totalmente dependente de um homem, por mais abastado que ele fosse. Teria que se acostumar com aquele aspecto do casamento.

Então, quando Dora já estava considerando realmente pedir um empréstimo ao cunhado, chegou uma carta de congratulações da esposa de seu pai, com uma ordem bancária no nome dele com uma soma considerável, para ajudá-la nas despesas do casamento. *Dele* ela aceitaria um presente, decidiu Dora, com profunda gratidão.

Todos os membros do Clube dos Sobreviventes que ainda estavam na cidade após o casamento de lady Barclay visitaram a Casa Arnott um ou dois dias depois da chegada de Dora para manifestar seu prazer com a notícia do noivado. Todos insistiram em serem chamados pelo primeiro nome, uma vez que ela logo se tornaria um deles. Não demorou muito e Dora já estava tratando com familiaridade todos os amigos mais próximos do noivo – mas não a ele. Era um fato interessante, mas ela realmente não conseguia se imaginar chamando-o de George algum dia. Pareceria presunçoso demais.

Cada uma das damas do grupo – Samantha, lady Harper; Chloe, duquesa de Worthingham, a quem Dora via pela primeira vez; e Gwen, lady Trentham – acompanhou Dora e Agnes em pelo menos uma de suas excursões de compras, todas cheias de conselhos e opiniões sobre os itens a serem adquiridos. Dora percebeu que apreciava imensamente a companhia delas e se deu conta de que, em todos os anos desde a sua juventude, nunca tivera uma amiga próxima de verdade.

No entanto, seus dias não eram inteiramente tomados por compras. Agnes e Flavian a levaram à Torre de Londres e a algumas galerias de arte. Ben e Samantha a levaram ao Kew Gardens, o Jardim Botânico Real, que a deixou sem fôlego, e então ao Gunter's, para tomar sorvete, quando se deram conta de que ela nunca provara aquela iguaria. Hugo e Gwen a levaram para conhecer a Catedral de St. Paul e a Abadia de Westminster – na primeira, para subir na Galeria dos Suspiros, e na última, para ler todas as inscrições no Canto dos Poetas. Ralph e Chloe convidaram Dora e o duque, Agnes e Flavian, para se juntarem a eles em seu camarote particular no teatro certa noite, e Dora ficou fascinada com uma comédia inteligente de Oliver Goldsmith.

O duque de Stanbrook não a negligenciou. No dia em que o anúncio do noivado deles apareceu nos jornais da manhã, ele a levou para passear de carruagem no Hyde Park, à tarde, no que Dora logo compreendeu ser a hora em que todos saíam para ver e serem vistos. Um grande número de representantes do *beau monde* caminhava em volta da pequena área oval do parque – menos interessados em tomar ar e se exercitar, ao que parecia, do que em se cumprimentarem, comentarem sobre notícias e fofocas. Logo ficou claro que Dora e o duque eram o foco de atenção do dia. Dora foi apresentada a tantas pessoas que, quando a carruagem do duque deixou o parque, tinha a sensação de que sua cabeça estava girando.

– Duvido que eu vá me lembrar de um único rosto ou nome – lamentou ela. – E se eu me lembrar, nunca vou conseguir juntar o nome ao rosto.

– É compreensível que esteja se sentindo assoberbada – disse ele, virando a cabeça para ela com um olhar gentil. – Mas logo vai perceber que verá as mesmas pessoas em quase todos os lugares. Não vai demorar muito a começar a distinguir uma da outra, e até mesmo a se lembrar de alguns nomes. Não há necessidade de ficar ansiosa até que isso aconteça. Um sorriso e um aceno régio de cabeça serão suficientes para a maior parte das pessoas. Mesmo se eu não estiver sempre ao seu lado, Agnes ou Flavian estarão, ou algum outro amigo nosso.

– Um aceno régio de cabeça... – repetiu Dora. – Seria diferente dos outros tipos de aceno? Talvez eu precise treinar. E posso ter que cometer a indulgência de comprar um *lorgnon* cravejado. – Ela viu que os cantos dos olhos dele se estreitaram, embora o duque não risse alto. – Foi uma tarde agradável.

– É mesmo? – Com grande habilidade, ele guiou os cavalos para a rua de trânsito intenso do lado de fora do parque. – Tive medo de que a senhorita acabasse se arrependendo por não optar por um casamento mais tranquilo, em Inglebrook.

– Ah, não – retrucou Dora, com muita firmeza.

Apesar de alguns momentos de atordoamento, ela apreciara cada minuto desde sua chegada a Londres.

Certa noite, o noivo também reuniu um pequeno grupo para uma visita ao Vauxhall Gardens. Dora sempre sonhara conhecer o lugar, e não ficou desapontada. Eles se aproximaram de barco dos jardins dos prazeres, pelo rio Tâmisa, em vez de atravessarem de carruagem a nova ponte, e a visão das luzes tremulando do outro lado do rio era verdadeiramente encantadora. Ouviram o recital de uma orquestra, passearam pelas amplas avenidas iluminadas por lanternas coloridas penduradas nas árvores enfileiradas de cada lado. Então, fizeram uma refeição composta – entre outras iguarias – de fatias muito finas de presunto e dos morangos suculentos pelos quais aqueles jardins eram famosos, e assistiram a uma queima de fogos de artifício à meia-noite. Dora voltou para a casa da irmã com a sensação de que passara toda a noite com a respiração em suspenso. Que maravilha, que glória, era Vauxhall.

Dora tinha a sensação de que voltara alguns anos no tempo durante as semanas desde que deixara Inglebrook. Até mesmo o espelho parecia mentir para ela e lhe mostrar uma mulher com o brilho da juventude aparentemente restaurado. Ela observou a própria imagem ainda mais de perto, mas... ainda não via nem um único cabelo grisalho.

Às vezes, ela se lembrava de seus dias em Inglebrook e se maravilhava com o fato de que a vida poderia mudar de maneira tão súbita e completa. Apenas um mês antes – menos até –, ela não tinha a menor ideia de que tudo aquilo estava em seu futuro. Não que desejasse permanecer indefinidamente em Londres. Ansiava por se casar e ir para Penderris Hall, sua nova casa. Ousava ter esperança de que ela e o duque seriam felizes lá. Haveria afeto e amizade em seu casamento. Certamente já existia.

A festa de noivado que o duque de Stanbrook havia prometido enquanto eles ainda estavam em Gloucestershire ocorreria duas noites antes do casamento, e seria a apresentação formal de Dora ao mundo da aristocracia. Ela estivera em um certo número de lugares públicos desde que chegara a Londres, mas optara por não comparecer a nenhuma festa ou baile particular até que estivesse devidamente vestida e à altura do desafio. Parecia apropriado que conhecesse o *beau monde* na Casa Stanbrook pouco antes de se casar com o duque. Ele a informara de que um bom número de pessoas havia sido convidado, embora não fosse um baile. O duque também explicara, contrito, que não houvera tempo bastante para organizar um evento grandioso a ponto de passar por seu crivo.

No dia da festa, Dora ficou muito feliz por não estar prestes a encarar um grande baile, pois começava a entrar em pânico. Era verdade que tinha sido apresentada a um bom número de membros da aristocracia em vários lugares ao longo das últimas três semanas, mas ainda não se vira obrigada a socializar com um grupo extenso nem tivera que manter uma conversa social com eles por várias horas, sendo o foco da atenção de todos, como decerto aconteceria considerando que ela era a noiva do duque de Stanbrook.

No entanto, o pânico foi substituído pela praticidade e pelo bom senso antes que Dora deixasse a Casa Stanbrook. Se a vida dela tivesse tomado o curso que esperara quando era menina, àquela altura ela estaria tão acostumada com os eventos da aristocracia que encararia uma festa como a daquela noite sem um pingo de nervosismo. Afinal, era filha de um baronete, e a vida na qual enfim estava entrando era sua por direito de nascença. Fora criada para fazer parte daquilo. Além do mais, estava totalmente familiarizada com uma parte considerável dos convidados daquela noite – o pai e a esposa; o irmão, Oliver, e a esposa dele, Louisa, que haviam chegado para o casamento e estavam hospedados na Casa Arnott; a tia Millicent e o tio Harold Shaw, de Yorkshire; os seis amigos que ela convidara de Inglebrook, e um casal de Lancashire; e, é claro, os membros do Clube dos Sobreviventes e seus cônjuges.

O conde e a condessa de Hardford – Imogen, antiga lady Barclay – também estariam presentes, pois haviam acabado de voltar do exterior. Tinha havido certa preocupação se eles estariam de volta a tempo do casamento do duque, mas o casal chegou na hora. Na manhã da festa de noivado, eles foram primeiro à Casa Stanbrook para uma visita, depois se dirigiram à Casa Arnott.

– Não imagina como estou feliz por George ter decidido voltar a se casar – disse a condessa, apertando as mãos de Dora com carinho. – E não conseguiria imaginar uma noiva mais adequada para ele do que a senhorita. – Ela se virou para o marido. – Percy, quando você ouvir a Srta. Debbins tocar harpa ou piano, vai achar que foi transportado para o céu, eu lhe prometo.

Dora fitou a condessa, encantada. Era mesmo possível que aquela mulher vibrante e cálida fosse a mesma dama que parecia feita de mármore, de quem ela se lembrava em Middlebury Park no ano anterior? Seu marido extremamente belo sorriu com carinho para ela antes de apertar a mão de Dora.

A noite da festa se aproximou inevitavelmente, e Dora se viu ansiando por ela com um prazer verdadeiro e palpitações de apreensão.

CAPÍTULO 6

A festa de noivado podia não ter sido um grande baile, pensou Dora mais tarde naquela noite, mas quando o duque falara que havia convidado um bom número de pessoas, ele na verdade queria dizer um *grande* número. Ela estimava que havia pelo menos duzentas pessoas presentes, e Sua Graça apresentou-a a todos os convidados durante a primeira meia hora da festa, enquanto os dois permaneciam lado a lado na fila de recepção. Dora reconheceu alguns rostos do Hyde Park, do teatro e dos Vauxhall Gardens, mas a maior parte era de estranhos. Será que algum dia seria capaz de se lembrar de todos eles e de seus nomes?

Ela estava usando um vestido de renda dourada sobre cetim amarelo-claro que Gwen e Agnes a haviam persuadido a escolher.

– Você está prestes a se tornar duquesa, Dora – lembrara Gwen, com um brilho nos olhos. – Nada é grandioso demais para uma figura tão importante. Além do mais, as cores e o modelo caem como uma luva em você.

Gwen parecera sincera ao dizer aquilo. Mas é claro que estava sendo sincera. Elas eram amigas, e Gwen participara da excursão de compras especificamente para dar seus conselhos e opiniões.

Agnes havia insistido em mandar a própria camareira ao quarto de Dora para arrumar os cabelos da irmã em cachos suaves no alto da cabeça. O penteado emprestou altura e talvez um pouco de elegância à sua aparência.

– Sou o mais afortunado dos homens, Srta. Debbins – dissera o duque ao vê-la chegar à Casa Stanbrook, pegando a mão enluvada da noiva e levando-a aos lábios. – A senhorita está linda.

O elogio, embora extravagante, aquecera Dora da cabeça aos pés. E ele, por acaso, parecia ainda mais belo do que o usual, nas roupas de noite engomadas, em preto e branco, embora ela não tenha comentado a respeito.

Os salões usados para a festa ficavam no primeiro piso da casa e eram absolutamente esplêndidos, com uma abundância de frisos dourados, candelabros pendurados, cenas da mitologia pintadas nos tetos, retratos e paisagens em molduras ornamentadas, tapetes persas que cobriam o piso. Foi espantoso perceber que em poucos dias aquela seria a casa dela – ou ao menos uma das casas dela.

Todos os salões estavam cheios de convidados. Havia grupos no salão de visitas, música e conversas no salão ao lado, jogos de cartas nos dois salões menores, comes e bebes em outros. Dora não passou muito tempo com o noivo depois da primeira meia hora. Ele estava conversando com todos os seus convidados, como deveria fazer, assim como Dora, embora aquilo não exigisse qualquer esforço dela. As pessoas a procuravam. A Srta. Dora Debbins, uma professora de música sem graça de um pequeno vilarejo de Inglebrook, ao que parecia, havia se transformado pelo fato de o duque de Stanbrook desejar se casar com ela. Aquela poderia ter sido uma constatação ligeiramente perturbadora se Dora tivesse tentado se esconder à sombra do noivo. Mas ela não fez isso. Era uma dama, filha de um baronete. Pertencia àquele meio. Sorriu e conversou, e se alguém tentava monopolizar sua atenção por tempo excessivo, ela sorria, pedia licença e se afastava.

Já era quase hora da ceia quando o duque de Stanbrook se aproximou de Dora. Ela estava entrando na sala de música depois de uma conversa agradável com dois casais idosos.

– Contratei os serviços do Sr. Pierce para a noite – explicou ele, indicando o pianista com um gesto de cabeça. – Pelo que sei, ele ganha a vida com eventos como este.

– Ele toca bem – comentou Dora.

Ela havia reparado durante toda a noite na música suave, escolhida com cuidado para garantir uma melodia de fundo, sem ser de forma alguma intrusiva, sem dificultar as conversas. No entanto, Dora lamentou um pouco pelo Sr. Pierce, já que ninguém parecia estar prestando atenção nele. Ela se perguntou se o pianista possuía uma alma artística, ou se ficava satisfeito apenas em ganhar a vida com sua música. Talvez aquilo fosse preferível a muitas outras ocupações. Ao menos ele provavelmente não se via obrigado a ensinar a uma Miranda Corley.

– Vou cumprimentá-lo.

– Irei com você. – O duque sorriu para ela. – Mas antes disso... – Ele a encarou, pensativo. – A princípio, realmente pensei em lhe pedir que brindasse os meus convidados com um pequeno recital, esta noite. Mas achei que a senhorita não iria querer essa pressão extra em uma noite que já lhe exigiria muito.

– Oh – disse Dora, surpresa. Ela poderia ter tocado para todas aquelas pessoas?

– Eu deveria ter consultado a senhorita – disse ele. – Deveria ter sido uma decisão sua.

– Ah... não, está tudo bem – falou Dora.

Mas teria ela sido capaz de tocar ali, como fizera no ano anterior em Middlebury Park, porém em uma escala muito mais ampla?

Ele aproximou um pouco mais a cabeça da dela.

– Não, não foi certo – disse o duque. – Perdoe-me, por favor. Tenho muito a aprender. Eu me acostumei a estar no comando por tanto tempo que nem me dou conta de que estou fazendo isso. Tomei uma decisão em seu lugar para esta ocasião e contratei alguém que tem apenas uma fração do seu talento.

– Não necessariamente – disse ela. – O Sr. Pierce está trabalhando esta noite, e está se saindo bem. Como ele poderia exibir algum talento nessas circunstâncias? Ele não está aqui para atrair atenção para si mesmo, nem mesmo para a música.

– A senhorita está completamente certa – concordou o duque. – Estou sendo constantemente lembrado do motivo por que gosto tanto da senhorita. Vai tocar para os nossos convidados? Logo depois da ceia, talvez? Direi a Pierce para fazer um intervalo e ir cear lá embaixo. Fará isso? Por favor?

– Eu me veria consumida pelo pânico – disse Dora. Mas... ah, que vontade de aceitar.

– Isso é um não? – perguntou ele. – Mas seus olhos dizem sim. Meus motivos são totalmente egoístas. Desejo compartilhar os talentos da minha noiva com esses membros da aristocracia reunidos aqui e me banhar no reflexo da sua glória. No entanto, não a pressionarei. Esta noite provavelmente já está sendo um pouco intimidante para a senhorita sem a necessidade de tocar, embora não esteja demonstrando isso de forma alguma.

– Por muito pouco tempo, talvez? – perguntou Dora, e logo desejou não ter dito aquilo.

– Pelo tempo que desejar, longo ou curto – garantiu ele.

Ela respirou fundo e mordeu o lábio inferior.

– Peço perdão... – disse o duque.

– Muito bem – falou ela ao mesmo tempo.

Ele franziu o cenho, preocupado. Dora sorriu. E ele sorriu também.

– Tem certeza? – perguntou o duque.

– Sem dúvida, não – retrucou ela. – Mas farei.

– Obrigado – disse ele. E lhe ofereceu o braço. – Vamos cumprimentar Pierce.

Embora a ocasião não exigisse uma ceia formal, uma vez que não era um baile, naquela noite seria diferente, porque era a festa de noivado deles, conforme o duque lhe explicara um ou dois dias antes. Dora sentou-se ao lado dele no salão de baile, que havia sido arrumado com o número de mesas necessário para acomodar a todos. A luz das velas dos candelabros acima fazia cintilar a porcelana fina, os cristais e as joias. Foi servido um banquete suntuoso. Ela não conseguiu sentir o sabor de nada. Com o que se comprometera? Mas a única culpada por aquilo era ela mesma.

O duque ficou de pé depois que os convidados já haviam terminado de comer e esperou que todos ficassem em silêncio. Ele agradeceu a todos que estavam na cidade apenas por causa do casamento dele com a Srta. Debbins, mais especificamente ao pai da noiva, sir Walter Debbins, com lady Debbins, e o irmão dela, o reverendo Oliver Debbins, com a Sra. Debbins. Então, propôs um brinde à noiva, que logo seria sua esposa.

Dora sorriu para o pai, para o irmão e a cunhada, para Agnes, para Chloe e Ralf, que estavam diretamente na sua linha de visão. E sentiu um frio na barriga.

– Tenho um presente especial para todos depois da ceia – anunciou o duque. – Minha noiva não apenas é uma musicista de perfeita formação, como também é extremamente talentosa. Eu a conheci cerca de um ano atrás, em um jantar em Middlebury Park, e ela tocou harpa e piano para nós a pedido de lorde e lady Darleigh. Infelizmente, não temos harpa aqui, mas a Srta. Debbins concordou em tocar piano para nós assim que voltarmos ao salão de visitas. Depois que a ouvirem tocar, vocês vão compreender por que não fui capaz de esquecê-la, e voltei há um mês para implorar que me desse a honra de se casar comigo. Embora deva me apressar em acrescentar que não foi *apenas* o talento musical dela que me atraiu.

Ele se virou e sorriu para Dora enquanto risos e aplausos enchiam o salão de baile.

Agora era tarde demais para voltar atrás, pensou ela. Mas queria mesmo voltar atrás? Dora não viu nada além de gentileza e boa vontade ao seu redor enquanto corria os olhos pelo salão. Quando encontrou o olhar de Flavian, ele piscou para ela.

O duque foi o primeiro a deixar o salão. Dora saiu depois, com o irmão, a cunhada e Ben – sir Benedict Harper –, que caminhava com determinação, com a ajuda de duas bengalas feitas especialmente para ele.

– Você é muito corajosa, Dora – comentou Louisa, pegando o braço da cunhada. – Mas é de fato talentosa. Estou muito feliz por você. Merece toda a felicidade do mundo.

– Tive o privilégio de estar presente a esse recital do ano passado – comentou Ben. – No entanto, fui lento demais para me dar conta de que havia um romance sendo gestado ali.

O salão de visitas havia sido transformado enquanto eles ceavam. Parte do painel que o separava da sala de música fora recolhido, e cadeiras tinham sido distribuídas em ambos os cômodos, viradas para a área aberta, para onde fora levado o piano. O número de convidados pareceu muito maior para Dora naquele momento do que antes. Quase todos haviam se sentado e olhavam em expectativa na direção da porta, onde o duque de Stanbrook a aguardava. Ele sorriu e levantou a mão para pegar a dela. Então, levou-a na direção do instrumento. Dora se sentou e tentou acalmar a mente, os olhos fixos nas teclas do piano. Suas mãos estavam úmidas e formigando um pouco. O burburinho em ambos os salões parecia alto.

Dora pousou as mãos nas teclas do piano e começou a tocar uma sonata de Beethoven. Por alguns segundos, ela teve a sensação de que seus dedos pareciam não desejar tocar as notas que conhecia tão bem, e sua mente transbordava com os pensamentos mais diversos sobre todos os assuntos, menos a música. Então Dora ouviu a melodia, se deixou envolver por ela e a recriou com os dedos e as mãos. Ela não perdeu contato com o ambiente que a cercava. Sabia que estava na Casa Stanbrook, rodeada por um grande grupo, alguns eram próximos dela, queridos, mas a maior parte eram pessoas que não conhecia até aquela noite. Dora sabia que estava tocando a pedido do duque de Stanbrook. Sabia que estava fazendo algo que nunca fizera naquela dimensão. Mas a pessoa que estava consciente dessas coisas parecia bastante remota, alguém com quem ela só teria que se preocupar mais tarde. Naquele momento, a música a reivindicava.

Ela ficou assombrada com o volume dos aplausos depois que terminou de tocar, com o som das vozes, o arrastar das cadeiras enquanto toda a audiência a aplaudia de pé. Ela levantou os olhos, mordeu o lábio, viu o duque parado na porta do salão de visitas, o rosto radiante de orgulho, as mãos nas costas, e sorriu.

– Mais – pediu alguém, e todos passaram a repetir a mesma coisa, as vozes misturadas aos risos e a um assovio agudo.

Dora tocou uma sonata de Mozart e, para terminar, já que os convidados não queriam que acabasse, a canção folclórica galesa "Llwyn On", que costumava tocar na harpa.

Enquanto os aplausos cessavam e ela se via cercada pelos elogios dos convidados, Dora pensou que aquele sem dúvida tinha sido um dos dias mais felizes de sua vida. E era só o início de tudo.

Dali a dois dias, seria o dia do seu casamento.

George não costumava receber um grande número de convidados com frequência, embora, é claro, tivesse acabado de oferecer a recepção de casamento para Imogen e Percy. No entanto, a festa do noivado dele tinha sido organizada com o que *ele* desejava em mente. George desejara apresentar a noiva à aristocracia antes do casamento, para que o dia das núpcias fosse menos tenso para ela. Por escolha da Srta. Debbins, a festa de noivado seria como uma apresentação dela à sociedade, mais de vinte anos depois do que deveria ter ocorrido.

Ele estava mais do que satisfeito com o modo como a noite progredira. A Srta. Debbins estava vestida com elegância, na última moda, com os cabelos bem penteados. Ainda assim, continuava a ser ela mesma. Não tentava parecer mais jovem e grandiosa do que era. Não usava joias, a não ser por pequenos brincos de ouro. Era fácil ver a professora disciplinada, quase conservadora, tanto na aparência como na atitude dela. Ainda assim, se comportava com classe e parecia à vontade com toda a atenção a que se viu exposta. Conforme a noite avançava, George percebeu que, de modo geral, todos haviam gostado da Srta. Debbins e a aprovado. Ele, sem dúvida, estava encantado com ela.

O recital de música, no entanto, erguera-a acima do papel de noiva dele e a estabelecera como uma mulher talentosa e interessante por si só. As pessoas que se aglomeraram ao redor dela depois que terminara de tocar não o fizeram porque a Srta. Debbins havia pescado um duque como marido, mas porque era alguém que conquistara a admiração deles.

George estava muito mais do que satisfeito.

Os dois dias seguintes teriam que passar muito rápido. Não só para que ele pudesse tê-la em sua cama – embora esse fosse um dos motivos –, mas também para que pudesse tê-la permanentemente em sua vida. George se ressentia um pouco do fato de que a Srta. Debbins retornaria à Casa Arnott, do outro lado da praça, com toda a família, enquanto ele permaneceria sozinho ali.

Ele sorriu ao encontrar os olhos dela do outro lado do salão. E se deu conta, com certa surpresa, de que estava feliz. Costumava se sentir feliz pelos outros. Fora o que sentira em relação a todos os oficiais que haviam deixado o hospital em Penderris curados, ou ao menos a caminho da cura. Também se sentira feliz pelo sobrinho quando ele se casara com Philippa, e então quando Belinda nascera. E se sentira muito feliz por cada um de seus companheiros Sobreviventes quando eles se casaram e tiveram filhos. Sentia-se feliz por Dora Debbins naquela noite. Mas... quando havia realmente se sentido feliz por si mesmo? Por mais que tentasse, não conseguiu se lembrar de nenhuma ocasião desde que se juntara ao regimento, aos 17 anos, quando se sentira feliz por um tempo breve demais. Apenas recentemente, George começara a sentir algo semelhante a felicidade se aproximando – quando foi para Gloucestershire fazer o pedido de casamento e foi aceito, algumas vezes durante o último mês e, agora, naquela noite. Naquele momento.

Era um homem feliz, pensou, e aquilo era só o começo. Logo, a Srta. Debbins não voltaria mais para a Casa Arnott, deixando-o sozinho ali. Logo, ela seria a esposa dele. Eles ficariam juntos. George se sentiu quase trêmulo pelo puro prazer que a ideia lhe causava.

E um instante depois, ele se sentiu abalado de novo pelo súbito aperto de medo no estômago, de que algo pudesse acontecer para destruir aquela felicidade. Por mais difícil que pudesse ser, ele teria que aprender a confiar no presente e no futuro, e deixar o passado para trás de uma vez por todas.

Alguém pousou a mão no braço de George e, quando ele se virou, viu o sobrinho parado ao seu lado.

– Seu brilho está sendo ofuscado pela sua própria noiva, tio George – disse Julian com um sorriso. – Meus sentimentos.

– Insolente – falou George com carinho. – Estou parado aqui me banhando no reflexo da glória dela.

– Eu gostaria de falar com o senhor em particular – pediu Julian –, se não for um momento inconveniente.

– De forma alguma – garantiu George. – Acredito que não sentirão a minha falta por algum tempo. Vamos até o patamar da escada.

O sobrinho não voltou a falar até eles estarem apoiados contra a balaustrada de carvalho acima da escada e do saguão.

– Philippa e eu conversamos muito sobre as suas núpcias iminentes – disse Julian –, e nos correu que talvez o senhor esteja se sentindo um pouco preocupado conosco.

George ergueu as sobrancelhas e o sobrinho enrubesceu.

– O senhor deixou muito claro para mim, depois... depois da morte de Brendan – explicou ele –, que me considerava seu herdeiro. Na época, disse que nunca teria outro filho. Não, não diga nada. – Julian ergueu a mão quando George fez menção de falar. – Deixe-me terminar. Estamos perfeitamente conscientes de que a Srta. Debbins não é... bem, que ela não é uma dama muito jovem, e que o senhor talvez não esteja se casando com ela com a ideia de ter filhos de novo, mas...

– Você está absolutamente certo – disse George, interrompendo o sobrinho com firmeza. – Estou me casando com a Srta. Debbins porque tenho afeto por ela. Não temos qualquer desejo de encher Penderris de filhos. Sua posição como meu herdeiro não corre risco.

O rubor de Julian ficou ainda mais profundo.

– Acredito no senhor e estou sinceramente feliz por vocês – falou. – Ficou muito claro esta noite que o senhor e a Srta. Debbins têm grande estima um pelo outro. Mas a questão, tio George, é que coisas inesperadas às vezes acontecem. Não sei se é uma possibilidade e, pelo amor de Deus, não quero saber. Mas Philippa parece pensar que sim, e talvez ela esteja certa, sendo mulher e tudo mais. De qualquer modo, nós dois concordamos que estamos absolutamente felizes com o que temos e com quem somos. Recuperei a minha casa e a minha propriedade da quase ruína em que meu pai as deixou, e fiz muito mais do que isso. O lugar está prosperando. Tenho muito para deixar ao meu filho mais velho, se tivermos filhos, é claro, e os meios necessários para prover Belinda e quaisquer outros filhos com que possamos ser abençoados. Não vamos achar que fomos privados do meu direito de nascença se o senhor tiver outro filho. Afinal, papai era um filho mais novo, e nunca esperou sucedê-lo, assim como eu nunca esperei. Sempre houve Brendan... – Ele se interrompeu e franziu o cenho, obviamente perturbado.

George ficou comovido.

– Obrigado, Julian – falou. – O inesperado, como você colocou, muito provavelmente não vai acontecer, mas sua disponibilidade, e o fato de também falar por Philippa, me dá grande conforto. Eu não poderia desejar sobrinhos melhores.

Ele se perguntou pela primeira vez se a Srta. Debbins realmente havia tirado da mente qualquer possibilidade de ter um filho – e se ela aceitaria bem caso isso acontecesse em um casamento já tão tarde em sua vida. O fato de não ter tido filhos talvez lhe houvesse causado certa infelicidade no passado, mas, assim como todo o resto, George imaginava que a Srta. Debbins teria lidado com qualquer desapontamento com o bom senso tranquilo que a caracterizava. O pedido de casamento dele teria revivido alguma débil esperança nela? George esperava sinceramente que não.

Então, Julian voltou a falar.

– O senhor sabia que o irmão da tia Miriam está na cidade? – perguntou.

– *Eastham?* – questionou George, ao mesmo tempo surpreso e aborrecido ao ouvir que o irmão da falecida esposa estava em Londres. Anthony Meikle, conde de Eastham, na verdade era meio-irmão de Miriam. – Mas ele sempre foi quase um recluso. Mora em Derbyshire. Nunca vem a Londres.

– Bem, ele está aqui agora – disse Julian. – Eu o vi com meus próprios olhos, ontem mesmo, do lado de fora do Tattersall's. Até falei com ele, que me disse que veio por aproximadamente uma semana, a negócios. Mas ele não pareceu muito satisfeito em me ver. Com certeza não se mostrou inclinado a esticar a conversa. O homem sempre foi um pouco esquisito, não acha?

– Não leve a antipatia dele para o lado pessoal – comentou George. – Eastham teria ficado ainda menos satisfeito se tivesse se encontrado comigo.

Bem menos, na verdade, pensou George. Ele esticou os dedos das mãos para evitar cerrar os punhos. E sentiu a boca subitamente seca.

– Cheguei a pensar por um momento – continuou Julian – que talvez o senhor o tivesse convidado para o casamento. Mas dificilmente faria isso, não é mesmo? Vocês dois nunca foram exatamente os melhores amigos.

69

– Não – respondeu George. – Eu não o convidei.

Julian franziu o cenho e deu a impressão de que teria falado mais se tivesse conseguido encontrar as palavras. George deu um tapinha carinhoso no ombro do sobrinho e se afastou da balaustrada.

– Preciso voltar para meus convidados – disse bruscamente. – Obrigado por suas palavras, Julian. Agradeça a Philippa por mim, por favor.

Ele voltou para o salão de visitas e viu que a noiva, ruborizada e rindo, ainda estava no meio de um grupo grande. George sorriu diante da cena.

Mas a onda de profunda felicidade que sentira apenas poucos minutos antes tinha sido de todo substituída por um medo, certamente infundado, que o deixou arrepiado.

Eastham poderia ter qualquer motivo para ir a Londres. A presença dele ali, naquele momento, provavelmente não tinha nada a ver com o fato de que George iria se casar dali a dois dias. Por que teria, afinal? Coincidências aconteciam o tempo todo.

Mas que diabo o *levara* a Londres?

CAPÍTULO 7

Ao longo da vida, Dora já se dera conta de que o tempo tinha a estranha capacidade de se arrastar e galopar simultaneamente. Parecia que havia se passado muito mais de um mês desde que ela estava em seu chalé em Inglebrook, satisfeita com a vida que levava e com a rotina estabelecida para os seus dias, sem pedir nada mais do futuro além da continuidade do que já tinha. Na verdade, tudo aquilo parecia ter pertencido a outra pessoa, em uma outra vida. E ainda assim... Bem, ela acordou na manhã do casamento sem acreditar que um mês já havia se passado. Parecia que fora na véspera que chegara a Londres com todo o tempo do mundo para se ajustar à nova realidade da sua existência.

Ela acordou com uma sensação de pânico, achando que havia sido apressada demais, que não estava pronta, que nem sequer tinha certeza de que aquela era a coisa certa a fazer. Sentia uma ânsia estranha de voltar ao conforto e à segurança de sua vida antiga. Aquela nova vida parecia dinâmica demais, cintilante demais... *feliz*, enfim. O futuro se escancarava diante dela, desconhecido e irreconhecível. Poderia confiar nele? Ficou surpresa por ter dormido, e até ressentida. Teria sido bom usar a noite para ponderar e avaliar.

Mas o que havia a considerar?

Estava com medo da felicidade? A felicidade a desapontara na juventude e ela tinha medo de se entregar de novo? Estava prestes a se casar com um homem gentil e maravilhoso. Estava até – ela podia muito bem ser honesta na privacidade da própria mente – um pouco apaixonada por ele. Talvez bastante apaixonada, embora jamais fosse admitir tamanha tolice em voz alta. De qualquer modo, iria se casar *naquele dia*. Antes que a manhã terminasse, na verdade. Nada poderia ou iria impedir aquilo, porque o duque era um homem de honra. Além do mais, ele queria se casar com ela. Fora ele que se deslocara até Inglebrook para pedi-la em casamento, e não havia nada em seus modos que sugerisse arrependimento.

Não, de fato não havia nada a ponderar e nada a temer. Dora afastou as cobertas, saiu da cama e atravessou o quarto para abrir as cortinas. Tinha chovido um pouco nos últimos quatro dias, e o céu estivera pesado com nuvens o tempo todo. E o clima também estivera frio e ventoso para um mês de junho. Mas veja! Naquela manhã, o céu estava azul, sem nenhuma nuvem à vista. As árvores no parque, no centro da praça logo abaixo, estavam imóveis, sem nem mesmo uma brisa leve oscilando as folhas. A luz do sol, vinda do leste, se derramava sobre elas.

Ah, aquele prometia ser um dia perfeito. Mas é claro que sim. Teria sido perfeito mesmo se estivesse caindo um temporal e soprando um vendaval.

Ainda era muito cedo. Dora pegou o xale da cadeira, passou-o ao redor dos ombros para se proteger do ar ligeiramente frio, e se acomodou no assento da janela. Levantou as pernas e abraçou os joelhos. Então, ficou olhando para o outro lado da praça, na direção da Casa Stanbrook, embora mais da metade da casa estivesse escondida pelas árvores. Ele já teria acordado? Também estaria olhando pela janela naquela direção? Naquela noite, a Casa Stanbrook seria a casa dela. Àquela hora, no dia seguinte, ela estaria lá, com ele. Dora podia sentir e ouvir ao mesmo tempo o coração acelerado, e abriu um sorriso melancólico. Era um pouco embaraçoso ter 39 anos e ser virgem, enquanto ele, presumivelmente, tinha anos de experiência. Ora, é claro que tinha. Afinal, fora casado por quase vinte anos.

Mas não queria pensar naquilo. Com certeza não hoje.

E, de repente, do nada, Dora sentiu uma enorme pontada de anseio pela mãe. Tão forte que a deixou sem ar, com o estômago ardendo. Ela abaixou a cabeça até apoiar a testa nos joelhos e engoliu com dificuldade.

A mãe tinha sido de uma beleza vibrante, cheia de sorrisos, de risadas e de amor. Ela se dedicara aos filhos e nunca contratara uma ama para cuidar deles. Havia chorado desconsoladamente quando Oliver partira para o colégio, aos 12 anos, quando Dora estava com 10. Dora tivera a atenção exclusiva da mãe pelos dois anos seguintes, até Agnes nascer. A mãe amara as duas igualmente depois disso. Ela havia se dedicado incansavelmente e com prazer a atender a bebê, assim como Dora, e conversara com a filha mais velha, sonhara com ela em relação ao futuro, prometera uma apresentação exuberante à sociedade na temporada social de Londres e um marido bonito, rico e amoroso depois disso. Elas tinham rido juntas sobre como o marido seria belo e rico, além de encantador e apaixonado. A mãe havia escovado e arrumado com gosto os cabelos de Dora e costurado belas roupas para ela, sempre fazendo questão de dizer como a filha seria uma mulher encantadora. Ela mesma havia dado aulas a Dora em vez de contratar uma governanta, embora tivesse insistido para que o marido contratasse uma boa professora de música. A mãe dissera certa vez que se sentia privilegiada e honrada por ter uma filha com tanto talento musical. E sempre acrescentava que o talento de Dora não fora herdado dela – nem do pai, por sinal.

Quando Dora fez 17 anos, elas começaram a planejar ativamente sua apresentação à sociedade, na temporada que começaria na primavera seguinte. A professora de música foi contratada para dar aulas extras de dança a Dora, mas as três costumavam dançar umas com as outras entre as aulas, Dora com a mãe, enquanto uma delas ou as duas cantarolavam a música até estarem ofegantes, e Agnes dava gargalhadas e batia palmas. Então a mãe, com os pezinhos de Agnes equilibrados sobre os seus, cantava e dançava, e Dora praticava os passos sozinha, com um parceiro imaginário, até todas se deixarem cair juntas, rindo e exaustas.

Aqueles dias, aqueles anos, haviam sido mesmo tão felizes e despreocupados como Dora se lembrava? Provavelmente não. A memória tendia a ser seletiva. Ela se lembrava da infância e do início da juventude como uma sequência de dias ensolarados intermináveis, cheios de amor e riso, talvez por causa do grande contraste com o que se seguira.

Dora havia recebido permissão para comparecer à abominável assembleia, porque chegara à idade mágica de 17 anos. Ela não era exatamente uma jovem dama, mas também não era mais uma menina. E ficara fora de si de empolgação, quase doente de expectativa, na verdade. Dora se lembrava de que a pequena Agnes também tinha ficado animada enquanto observava a irmã se arrumando, o queixo apoiado nas mãos em um dos lados da penteadeira. Ela tinha dito que Dora parecia uma princesa e se perguntara se um príncipe entraria cavalgando um corcel branco durante a noite. As duas riram da ideia.

No meio da noite, Dora estava ruborizada de prazer pelo triunfo da sua apresentação à sociedade local. Participara de todas as danças – embora uma delas tivesse sido com o vigário, um homem que não poderia ser menos parecido com um príncipe –, e acertara todos os passos, sem nem precisar parar para se lembrar deles. Então, o pai fizera aquela cena terrível, a voz cada vez mais alta enquanto acusava a mãe de traí-lo com o belo e muito mais jovem sir Everard Havell, que estava em uma de suas longas visitas a parentes na vizinhança. Antes que o pai de Dora fosse levado para fora por dois vizinhos, para "pegar um pouco de ar fresco", ele havia informado à assembleia reunida que iria expulsar a mulher de casa e se divorciar dela.

Dora se sentira tão constrangida que havia permanecido escondida em um dos cantos dos salões da assembleia pelo resto da noite, resistindo a todas as tentativas de conversas ou convites para dançar. Ela chegara mesmo a dizer à melhor amiga para ir embora e deixá-la sozinha. E torcera com tanta força o lenço que apertava na mão que nunca mais conseguira fazê-lo voltar a um quadrado perfeito, por mais que o passasse a ferro. Se dependesse de sua vontade, Dora teria morrido ali, naquele momento. Enquanto isso, a mãe agia como se nada tivesse acontecido, sorrindo, gargalhando, conversando e dançando – e mantendo distância de sir Everard – até o fim da noite.

Toda aquela situação terrível poderia ter acabado ali mesmo, por mais horrorosa que tivesse sido. O pai não bebia em excesso com frequência, mas era conhecido por envergonhar a si mesmo, à família e aos vizinhos sempre que isso acontecia. Todos fingiriam esquecer, e a vida continuaria como sempre.

Mas talvez a mãe de Dora tivesse chegado a um limite naquela noite. Talvez tivesse se sentido constrangida e humilhada demais. Dora não sabia, afinal não havia comparecido a nenhum evento de adultos até aquela noite. Ou talvez a acusação fosse justificada, ainda que a natureza pública da acusação do pai não fosse. O importante é que a mãe de Dora tinha fugido durante aquela noite, e presumia-se que o fizera na companhia de sir Everard, já que ele também havia desaparecido na manhã seguinte sem avisar aos parentes.

A mãe nunca mais voltou, e nunca escreveu para nenhum dos filhos, nem mesmo para Oliver, que estava em Oxford na época. O pai cumpriu a ameaça, embora o divórcio tenha abocanhado parte significativa da fortuna dele e aniquilado o dote da mãe, que deveria ter sido dividido por dois, para aumentar o dote que Dora e Agnes poderiam esperar do pai quando se casassem. Logo depois que o processo de divórcio passara na Casa dos Lordes, soube-se que a mãe de Dora havia se casado com sir Everard Havell. A Sra. Brough, uma vizinha e amiga de longa data da família – e agora esposa do pai de Dora – dera a notícia. O Sr. Brough ainda estava vivo na época, e havia recebido uma carta de alguém em Londres que vira a notícia nos jornais da manhã.

A vida de Dora mudara tão abrupta e totalmente depois da noite daquela assembleia quanto mudara um mês antes, em Inglebrook, embora de um modo bem diferente. Não houve apresentação à sociedade na temporada social de Londres quando ela completou 18 anos. Ainda que pudesse ter conseguido alguém para apadrinhá-la, o terrível escândalo a deteve, assim como a pobreza comparativa do pai. Além do mais, ela não teria ido para Londres, mesmo se pudesse, assim como não tinha ido para Harrogate alguns anos depois, quando a tia Shaw a convidara para a casa dela, e prometera apresentar Dora à sociedade e a alguns bons partidos. Ela não foi por causa de Agnes. A pobre Agnes, tão pequena, tão confusa e infeliz, que chorava pela mãe e só tinha Dora para ampará-la.

Dora ficara por Agnes.

Foi como se a mera lembrança tivesse invocado a irmã. Ouviu uma batida leve na porta do quarto, que foi aberta devagar e revelou o rosto ansioso de Agnes, antes do volume de um vestido embrulhado em papel.

– Ah, você está acordada – disse Agnes, entrando no quarto e fechando a porta. – Achei que estaria. No que está pensando?

Dora sorriu e quase mentiu. As duas raramente conversavam sobre lembranças dolorosas do passado. Mas se pegou dizendo a verdade.

– Na mamãe – falou. E piscou ao perceber que tinha os olhos marejados.

– Ah, Dora! – Agnes correu para ela, as mãos estendidas. – Você sente muita falta dela? Mesmo depois de tanto tempo? Tenho pensado na mamãe de vez em quando, desde que Flavian esteve com ela no ano passado. Mas você sabe que eu mal me lembro dela. Acredito que não a reconheceria se passasse por ela na rua, mesmo se ainda tivesse a mesma aparência de tantos anos atrás. Tenho apenas alguns poucos lampejos de lembrança dela. Mas para você é diferente. Você tinha 17 anos. Ela esteve com você durante toda a infância e início da juventude.

– Sim – disse Dora, apertando a mão de Agnes e procurando por um lenço.

– Fez diferença para você o que ela disse a Flavian no ano passado? – quis saber Agnes.

– Que ela era inocente? – falou Dora. – Que não havia tido nada mais do que um flerte com aquele homem, antes de o papai dizer o que disse? Posso acreditar nisso. Papai foi o culpado naquela ocasião, e acho que consigo entender por que a mamãe fugiu. Como alguém poderia encarar os amigos e vizinhos depois de uma humilhação daquelas? Talvez eu possa até entender o fato de ela ter deixado o papai. Como a mamãe poderia perdoar o que ele tinha feito, supondo que ele pedisse perdão? Mas ela *nos* deixou, Agnes. Deixou você. Que não passava de um bebê. Poderia ter voltado, mas não voltou. Poderia ter escrito, mas não escreveu. Mamãe usou aquela noite terrível para concretizar o que provavelmente sonhou fazer por um longo tempo. Ela fugiu com aquele homem. E se casou com ele. Mamãe colocou a própria gratificação antes de nós... antes de você. Não, o que ela disse ao Flavian não fez diferença.

– Ela teria sido profundamente infeliz se tivesse ficado – comentou Agnes. – Pobre mamãe.

– As pessoas são infelizes com frequência – retrucou Dora. – E fazem o melhor possível para lidar com isso. Constroem uma vida significativa apesar disso. Encontram *felicidade* apesar disso. A infelicidade prolongada é, com frequência, ao menos parcialmente autoinfligida.

Agnes puxou uma cadeira, se sentou ao lado da irmã e pousou a mão, de forma inconsciente, no ventre ligeiramente protuberante, que guardava o seu bebê.

– Você tirou felicidade da infelicidade, Dora – disse Agnes em um tom gentil. – Você me fez feliz. Sabe disso? E sabe que eu adorava você e ainda adoro? Sinto muito... sinto tanto que você tenha sido obrigada a abrir mão da sua juventude por mim... ou que tenha escolhido abrir mão.

Dora virou a cabeça e segurou a mão da irmã.

– Não há prazer maior, Agnes – disse –, do que fazer uma criança se sentir segura e feliz quando temos o poder para isso. Sei que não substituí a mamãe, mas amei você profundamente. Não foi um sacrifício. Acredite em mim, não foi.

Agnes sorriu, e agora também havia lágrimas em seus olhos.

– Acho que, depois de Flavian, amo George mais do que qualquer outro homem que conheço. Todos amam, sabe... os Sobreviventes, quero dizer. Todos o adoram. Ele salvou a vida deles de muitas outras maneiras além de oferecer sua casa como hospital. E fez tudo isso com uma bondade e um amor sólidos e silenciosos. Flavian diz que George tinha o dom de fazer cada um deles sentir que tinha sua atenção exclusiva. Ele doou tanto de si mesmo que é impressionante que ainda reste alguma coisa para dar. Mas esse é o mistério do amor, não é mesmo? Quanto mais se dá, mais se tem. Estou tão feliz por ele ter você, Dora. George merece você. E poucos homens mereceriam. E você certamente o merece. Está feliz? Não... se acomodou à situação, apenas? Você ama George?

– Estou feliz. – Dora sorriu. – Poderiam ter me derrubado com uma pena, sabe, quando ele apareceu sem avisar na minha sala de estar, há um mês. Fiquei um pouco irritada quando ouvi alguém batendo na porta. O dia tinha sido agitado e eu estava exausta. Então, ele entrou na sala e perguntou se eu aceitaria me casar com ele.

As duas riram e apertaram as mãos uma da outra.

– Estou feliz – repetiu Dora. – Ele é a gentileza em pessoa.

– Só gentileza? – perguntou Agnes. – Você o ama, Dora?

– Nós concordamos que somos velhos demais para essa bobagem – respondeu Dora.

Agnes deu uma risadinha aguda e se colocou de pé em um pulo.

– Devo conseguir uma cadeira de rodas para levá-la ao casamento? – perguntou. – E devo mandar outra para a Casa Stanbrook, para levar George?

Dora mudou a posição das pernas e as duas caíram na gargalhada de novo.

– Tenho carinho por ele – admitiu ela. – Pronto. Está satisfeita? E acredito que ele tenha carinho por mim.

– Estou chocada com o romantismo da situação – falou Agnes, levando uma das mãos à altura do coração. – Mas não acredito em você nem por um momento. Não acredito que sintam apenas carinho um pelo outro. Estava observando George enquanto você tocava piano, duas noites atrás. A expressão dele era radiante. E não era apenas orgulho. Eu vi o modo como você olhou para ele depois que terminou de tocar, antes de ser envolvida pelas atenções dos convidados. Ah, Dora, hoje é o dia do seu *casamento*. Estou tão feliz que poderia explodir.

– Por favor, não faça isso – disse Dora.

Uma batida na porta naquele momento anunciou a chegada de uma criada com uma bandeja de café da manhã para Dora. Agnes saiu, prometendo voltar em uma hora para ajudar a irmã a se vestir para a cerimônia. Dora encarou sem muito apetite a torrada com manteiga e a xícara de chocolate quente, mas seria muito embaraçoso se o seu estômago vazio começasse a roncar durante a cerimônia de núpcias. Por isso, se dedicou a limpar o prato.

Sim, era o dia do seu casamento. Mas a mãe não compareceria, embora aparentemente não morasse muito longe dali. Ela saberia? Saberia que Dora estava se casando com o duque de Stanbrook naquele dia? E se importaria se soubesse? O duque se dispusera a convidá-la e, por um momento, Dora se sentiu quase ilogicamente arrependida por não ter aceitado.

– Mamãe – murmurou, então sacudiu a cabeça para clarear as ideias. Como estava sendo tola.

Logo o dia do casamento de Dora começou de verdade. Agnes retornou como prometido, seguida pela cunhada delas, Louisa, pela esposa de seu pai – Dora nunca conseguira se forçar a chamar a antiga Sra. Brough de madrasta – e pela tia Millicent. A camareira da própria Agnes arrumou Dora em seu traje de casamento – com muitos conselhos e assistência das damas presentes. Dora havia escolhido um vestido azul-escuro, que algumas pessoas talvez achassem simples demais para a ocasião, embora Agnes e todas as amigas que a acompanhavam quando o escolheu tivessem garantido que o corte perfeito e o estilo tornavam a escolha não apenas elegante, mas perfeitamente adequada. O vestido foi complementado por um *bonnet* de palha de aba estreita e copa alta, enfeitado com centáureas azuis, e sapatos e luvas cor de palha. A camareira de Agnes arrumou os cabelos de Dora em um penteado baixo na nuca, para acomodar o *bonnet*, mas lindamente cacheado, para que não parecesse tão severo quanto o penteado que ela costumava usar.

Todas – exceto a camareira – abraçaram Dora com força quando chegou a hora de partirem para a igreja, e todas estavam falando ao mesmo tempo, ao que parecia. Houve muitas gargalhadas.

Então, assim que tudo se aquietou e só restava Agnes no quarto, enquanto Dora se preparava para o que a aguardava, elas ouviram uma batida brusca na porta, e Flavian enfiou a cabeça por uma fresta. Ele declarou que ela estava apresentável – o que teria feito se não estivesse? – e abriu mais a porta para entrar no quarto e permitir que Oliver e tio Harold o seguissem. Flavian a fitou com um olhar demorado e declarou que ela estava elegante como uma moeda de 5 pence – o que quer que aquilo significasse –, e Oliver disse que a irmã estava bela como uma pintura, e que ele se sentia orgulhoso como um pavão. O irmão nunca fora conhecido por sua originalidade com as palavras. Então, ele a abraçou e pareceu estar tentando esmagar cada uma das costelas de Dora enquanto assegurava que, se alguém merecia finalmente ser feliz, esse alguém era ela. O tio Harold apenas pareceu tímido e deu um beijinho no rosto dela antes de dizer que a sobrinha estava muito bem.

Oliver informou que o pai deles estava esperando no andar de baixo para acompanhar Dora à igreja.

O pai nunca fora um homem emotivo ou que demonstrasse os sentimentos – isso para dizer o mínimo –, mas ficou olhando fixamente para Dora enquanto ela descia as escadas até o saguão de entrada.

– Você está muito bonita, Dora – falou. E hesitou antes de continuar. – Agradeço a você por convidar Helen e a mim para o seu casamento e, mais ainda, por me pedir para levá-la até o altar. Sabe, nunca foi nossa intenção fazer com que você se sentisse obrigada a deixar a nossa casa depois que nos casamos.

Dora não estava tão certa de que não fora essa a intenção da Sra. Brough. A nova mulher do pai tivera o que havia chamado de uma conversa franca com a enteada pouco tempo depois do casamento de Agnes com William Keeping, e um ano depois do casamento dela com o pai de Dora. Helen havia explicado que, embora Dora estivesse dirigindo a casa desde que era pouco mais do que uma menina, não deveria se sentir obrigada a continuar fazendo isso, agora que a casa tinha uma dona de verdade. Talvez, sugerira ela, Dora não se importasse de visitar a tia, em Harrogate, por um período indefinido. Ou talvez quisesse morar com Agnes e o Sr. Keeping e deixar que a irmã tomasse conta dela, para variar. Dora ficara magoada, já que vinha se esforçando para não se envolver na administração da casa. Ao mesmo tempo, sentira certo alívio por estar livre para seguir seu próprio caminho.

– Estou muito feliz por vocês dois terem vindo, papai – garantiu ela, com bastante sinceridade.

O pai nunca se esforçara para demonstrar afeto, mas também nunca fora desagradável com ela, e Dora o amava.

Ele lhe ofereceu o braço e a levou até a carruagem que aguardava. O sol ainda brilhava no céu claro. O ar estava cálido e agradável. Uma enorme quantidade de pássaros, escondidos entre os galhos das árvores do parque, cantava com vontade.

Ah, que isso seja um bom presságio, pensou Dora.

CAPÍTULO 8

Às 10h55 da manhã, era improvável que houvesse um lugar vazio em qualquer um dos bancos da igreja de St. George's, na Hanover Square. Na verdade, alguns dos homens convidados estavam de pé no fundo, e já começavam a ocupar os corredores laterais. Casamentos da alta sociedade durante a temporada social invariavelmente atraíam uma grande quantidade de convidados, mas, quando o noivo era um duque e a noiva uma total desconhecida, a quantidade de presentes com certeza era maior do que o comum. Até mesmo o rei George IV explicara que teria ficado encantado de comparecer se já não tivesse um compromisso marcado havia muito tempo, que o obrigaria a se ausentar da cidade no dia em questão.

O organista tocava baixinho, abafando os murmúrios das conversas.

George, sentado na frente da igreja com o sobrinho, achava que deveria estar se sentindo nervoso. Era quase obrigatório que os noivos sentissem o colarinho apertando a garganta e as palmas das mãos úmidas naquela altura dos procedimentos, não era? Mas foi Julian quem mostrou sinais de nervosismo enquanto tateava os bolsos para garantir que a aliança não havia escapado do confinamento nos últimos cinco minutos.

George estava se sentindo perfeitamente composto. Não, na verdade ele estava sentindo algo mais positivo do que isso. Estava consciente da energia quase juvenil que o dominava enquanto esperava a noiva. Iria saborear cada palavra, cada momento da cerimônia de núpcias com ela ao seu lado. A cerimônia seria a porta de entrada para o futuro que os dois haviam escolhido para si. Seria o começo perfeito de um casamento de perfeita satisfação – como ele firmemente acreditava. Já tinha esperança disso quando fora até Gloucestershire para pedi-la em casamento, mas se convencera a respeito ao longo do último mês. Dora era a esposa por quem ele inconscientemente ansiara talvez durante toda a vida, e ousava acreditar que era o marido com o qual ela sonhara e que lhe fora negado quando era uma jovem dama. Mas o destino era uma coisa estranha. Ele não estaria livre para se comprometer com ela na época, mesmo se os dois tivessem se encontrado.

– Ela está atrasada? – murmurou ele, quando lhe pareceu que devia ser pelo menos onze da manhã.

Julian se deleitou com aquele pequeno sinal de fraqueza.

– Arrá! – disse, virando a cabeça e sorrindo. – O senhor *está* nervoso. Mas duvido que ela esteja atrasada. A Srta. Debbins não parece o tipo de dama que manteria alguém esperando. Se ela se atrasou um pouco, certamente não vai se atrasar mais. Acredito que tenha chegado.

No momento em que ele falou, o bispo apareceu na frente da igreja, em suas belas vestes formais, ladeado por dois meros mortais, meros clérigos. Fez sinal para que George se levantasse. O órgão ficou em silêncio por um momento – assim como a congregação –, então começou a tocar um hino solene.

Todas as cabeças se viraram para trás e ouviu-se o murmúrio das vozes quando a noiva surgiu à vista e começou a atravessar a nave de braço dado com o pai.

O primeiro, e estranho, pensamento de George quando se virou e a viu foi que Dora se parecia exatamente com ela mesma. O vestido azul, de mangas longas e decote redondo, um modelo simples e sem adornos, caía perfeitamente nela. O *bonnet* de palha era elegante, com as abas estreitas, e os cabelos haviam sido arrumados com capricho. Ela estava de olhos arregalados e não olhou nem para a direita nem para a esquerda conforme se aproximava, mas parecia composta, serena até. Seus olhos encontraram os de George quase de imediato e permaneceram fixos neles.

George sentiu uma onda cálida de afeto por ela e uma profunda certeza de que tudo estava como deveria ser. Seria feliz finalmente. E Dora também seria – ele se certificaria disso. George sorriu e ela sorriu de volta, com uma expressão de óbvio prazer.

Então, Dora estava a seu lado. O pai dela se inclinou em um cumprimento e foi se sentar ao lado de lady Debbins no banco da frente, e os noivos se viraram juntos para o altar, para se casarem. A congregação foi esquecida, e George se viu dominado por uma sensação de paz, de completude. Era o dia do seu casamento, e em poucos minutos aquela mulher ao seu lado seria a sua esposa. Sua esposa.

– Caríssimos – disse o bispo, e George voltou sua atenção para a cerimônia. Ele queria se lembrar de cada detalhe daqueles momentos preciosos pelo resto da vida.

– ... serão agora unidos – dizia o bispo alguns momentos depois, naquela voz característica dos clérigos de toda parte, que alcançam os cantos mais distantes até mesmo da igreja mais alta. – Se alguém aqui souber de algum motivo justo para que eles não possam ser legalmente casados, fale agora ou cale-se em paz para sempre.

Ele estava se dirigindo à congregação. A seguir, faria a mesma pergunta aos dois, então eles diriam os votos que os uniriam pelo resto de suas vidas. Mas George não conseguiu evitar a pontada de ansiedade que todos os noivos e noivas deviam experimentar durante o breve instante de silêncio que se seguia àquela admoestação. Alguém tossiu. O bispo tomou fôlego para continuar.

E o impensável aconteceu.

Uma voz quebrou o silêncio bem no fundo da igreja, antes que o bispo pudesse retomar a cerimônia – uma voz masculina, distinta, alta e ligeiramente trêmula de emoção. Era uma voz conhecida, embora George não a ouvisse fazia vários anos.

– *Eu* posso dar um motivo justo.

E, de algum modo, George teve a impressão de que estava esperando por aquilo, que era inevitável.

Um arquejo coletivo de choque se ergueu dos bancos e ouviu-se o farfalhar de sedas e cetins conforme os membros da congregação, quase como um só corpo, se viravam para ver quem falara. George se virou também e, no caminho, seus olhos encontraram brevemente os da noiva. Mesmo naquele instante, ele percebeu que ela empalidecera de súbito. Teve a sensação de que o sangue havia congelado em suas veias.

Anthony Meikle, conde de Eastham, havia se colocado às vistas de todos. Ele se levantara e fora até o centro da nave. Ou talvez nem sequer tivesse se sentado. Talvez tivesse acabado de chegar.

O bispo e os clérigos permaneceram calmos. O bispo ergueu a mão pedindo silêncio e foi atendido quase no mesmo instante.

– Identifique-se, senhor, e declare a natureza do impedimento – disse ele, usando sua voz eclesiástica formal.

Sentindo-se quase alheio à cena, George percebeu que Hugo se colocara de pé, a expressão ameaçadora. O mesmo fez Ralph, que estava alguns lugares adiante, no mesmo banco, a cicatriz no rosto reforçando a expressão de pirata mais do que o usual.

Em um gesto dramático, que pareceu teatral demais para qualquer palco que se prezasse, Eastham ergueu o braço direito e apontou um dedo ligeiramente trêmulo na direção de George.

– *Esse homem* – falou –, *o duque de Stanbrook*, é um assassino, um criminoso. Ele matou a primeira esposa empurrando-a do penhasco em sua propriedade na Cornualha, fazendo-a cair nas rochas pontiagudas. A duquesa de Stanbrook era minha irmã e jamais, sob qualquer circunstância, teria tirado a própria vida. Stanbrook a odiava, e ele a matou.

– Meia-irmã – George ouviu alguém murmurar, e percebeu que havia sido ele mesmo.

Houve um burburinho entre metade dos presentes, enquanto a outra metade pedia silêncio, até que todos se calaram em grande expectativa.

Anthony Meikle, agora conde de Eastham, fizera a mesma acusação imediatamente após a morte de Miriam, doze anos antes, para qualquer um disposto a ouvi-lo – e muitos se dispuseram. Ele fizera aquilo apesar de ter sido incapaz de oferecer qualquer prova concreta ou uma evidência crível. Depois do funeral, Meikle jurara vingança. Provavelmente era o que estava fazendo no momento.

Sua rara aparição em Londres estava explicada. George se deu conta de que deveria ter imaginado que aquilo, ou algo semelhante, acabaria acontecendo.

– O senhor tem alguma evidência que prove uma acusação dessa gravidade? – perguntou o bispo. – Se tiver, seu curso devido de ação seria levar a informação a um magistrado, ou a outro oficial da lei.

– *Oficial da lei!* – exclamou Eastham, a voz carregada de desprezo. – Ele sendo um duque? Esse homem deveria ser pendurado pelo pescoço até a morte, e mesmo esse fim ainda seria bom demais para ele. Mas é claro que isso não vai acontecer, porque ele tem a proteção do título. Mas eu lhe cobro a verdade assim mesmo. E cobro ao senhor, milorde bispo, que cumpra o seu dever e coloque um fim na farsa que é esta cerimônia de casamento. Não pode permitir que o duque de Stanbrook tenha uma segunda esposa, já que ele assassinou a primeira.

George virou a cabeça para olhar na direção de sua noiva outra vez. Ela estava pálida como um fantasma, e ele se perguntou se iria desmaiar. Mas Dora encarava Eastham com firmeza e uma calma aparente.

– Temo, senhor – disse o bispo, com a voz severa –, que devo rechaçar seu protesto e dar seguimento à cerimônia. Sua acusação sem fundamento não pôde me convencer de que haja qualquer impedimento válido para as núpcias que estou aqui para celebrar.

– Não há nenhum – disse George. Ele não fez qualquer tentativa de erguer a voz, embora o silêncio fosse tamanho que não duvidava que todos pudessem ouvi-lo. – Fui a única testemunha da morte da minha esposa, e estava longe demais para salvá-la.

– Você é um *mentiroso* sujo, Stanbrook! – gritou Eastham, e se adiantou alguns passos, em uma atitude ameaçadora. Mas Hugo e Ralph já haviam avançado até a nave e estavam ali perto, com Flavian logo atrás. Percy abria caminho para sair de um banco do outro lado da nave.

– Senhor. – A voz do bispo se ergueu na igreja, com autoridade solene. – Sua objeção a essa cerimônia já foi ouvida e rejeitada. Sente-se agora, em paz, ou retire-se da igreja.

Eastham não teve oportunidade de escolher. Hugo passou um braço pelo dele, de um lado, enquanto Ralph fazia o mesmo do outro, e os dois retiraram o conde depressa, embora o homem não tenha saído em silêncio. Flavian e Percy seguiram logo atrás. Percy não voltou a entrar na igreja.

Mas George estava apenas vagamente consciente do que estava acontecendo, assim como do burburinho que voltara a se erguer dos bancos da igreja. Seus olhos estavam fixos nos de sua noiva, que desviara a atenção do espetáculo desagradável para encará-lo.

– Deseja prosseguir? – perguntou-lhe George, em voz baixa. – Podemos adiar o nosso casamento para outro momento, se preferir.

Ou cancelar, se fosse o desejo dela.

– Desejo prosseguir agora.

Ela não hesitou e seus olhos permaneceram fixos nos dele. Mas o sorriso cálido e radiante se fora. E George temia que sua própria expressão fosse soturna.

Um silêncio pesado caiu sobre a igreja, embora George não sentisse qualquer hostilidade em particular. Não houve uma debandada em massa de convidados ultrajados, apenas o som dos saltos das botas de seus amigos contra as pedras quando voltaram para os seus lugares. Mas é claro que quase todos os presentes tinham ouvido aquele rumor em particular anos antes. O boato causara comoção nos arredores de Penderris Hall nos dias e semanas que se seguiram à morte de Miriam, e era suficientemente sombrio para conseguir se espalhar por outras partes do país, mais especificamente por Londres. Sempre haveria pessoas ansiosas em acusar de assassinato o marido de uma mulher que morrera em circunstâncias violentas, quando fora ele a única testemunha do ocorrido. Era pouco provável que muitas pessoas ainda acreditassem naquilo. Na verdade, era pouco provável que muitas pessoas fora dos arredores de Penderris Hall sequer tivessem acreditado.

O bispo prosseguiu com a cerimônia, continuando exatamente de onde havia parado, e George tentou recapturar seu humor anterior, e olhou para a noiva para ver se ela havia conseguido fazer o mesmo.

Foi impossível, é claro – assim como foi impossível se concentrar completamente.

Eles disseram seus votos com as vozes firmes, olhando nos olhos um do outro, e George colocou a aliança de casamento no dedo de Dora enquanto repetia as palavras que o bispo lia para ele. Nem a mão dele, nem a dela, mostrava sequer o menor dos tremores. Mas a mão dela estava gelada sob a dele. George sorriu para Dora, e ela sorriu de volta. Foi necessário um esforço consciente da parte dele para fazer isso, e sem dúvida da parte dela também. Havia calor no sorriso dela, mas não era um sorriso radiante.

O bispo proclamou os dois marido e mulher e, de repente, quase sem que se desse conta, o momento que George antecipara com uma expectativa tão juvenil chegou e passou, e eles estavam casados.

Dora já saberia sobre os rumores que cercavam a morte da esposa dele?, perguntou-se George. E se deu conta, tarde demais, de que talvez devesse ter levantado o assunto com ela antes.

Quando chegou a hora de se retirarem para a sacristia, para assinarem a certidão, ele passou a mão dela, ainda sem luva, por seu braço e a cobriu com a própria mão ao descobrir que a pele de Dora ainda estava fria, como se fosse só a mão dela que precisasse de conforto.

– Lamento muito – murmurou ele.
– Mas não foi culpa sua – disse ela.
– Eu queria que o nosso casamento fosse perfeito para você – disse ele.
Os olhos dela encontraram os dele.
– Não foi culpa sua – repetiu Dora –, assim como não foi minha culpa.

Mas ela não assegurou a ele que tudo havia sido perfeito.

Os dois estavam sorrindo quando saíram da sacristia alguns minutos depois, tendo assinado a certidão na presença de testemunhas, em uma confirmação final do casamento. Um mar de rostos sorridentes os observava dos bancos da igreja, como se nada tivesse acontecido para estragar a cerimônia, ou para garantir combustível para as fofocas nos elegantes salões de visita pelos próximos dias.

George e Dora caminharam lentamente, assentindo com a cabeça para os dois lados da igreja, reconhecendo amigos e parentes em particular – Agnes mordendo o lábio superior e com os olhos marejados; Philippa com as mãos na boca; Gwen sorrindo e assentindo ao lado de Chloe com seus cabelos flamejantes; Imogen com os olhos cintilantes de ternura indo de um para o outro; Vincent, olhando tão diretamente na direção deles que parecia quase impossível acreditar que era cego; Oliver Debbins fitando a irmã com o cenho franzido, enquanto sua esposa sorria; Ben com... lágrimas nos olhos? George reparou na ausência marcante dos outros Sobreviventes – Hugo, Ralph, Flavian e, é claro, o Sobrevivente-por-casamento, Percy –, e não era preciso ser um gênio para imaginar aonde tinham ido e o que estavam fazendo. Ao menos não quando já participara do casamento de outros cinco Sobreviventes nos últimos dois anos, sendo um deles pouco mais de um mês antes.

Eles estavam esperando do lado de fora da igreja, junto com uma aglomeração de curiosos, que aplaudiram e soltaram vivas quando o noivo e a noiva emergiram. Os quatro homens, como George esperava, haviam se armado com grandes punhados de pétalas de flores, que logo estavam flutuando no ar e caindo sobre a cabeça de George e de sua noiva. Ele a pegou pela mão e os dois riram e saíram correndo em direção à carruagem que os esperava. O veículo tinha sido enfeitado com flores antes de George sair de casa. Mas, sem nem precisar olhar, ele sabia que, àquela altura, a carruagem havia ganhado uma carga menos bela de coisas metálicas e barulhentas presas à traseira, prontas para garantir um barulho ensurdecedor assim que se colocassem em movimento.

George ajudou a noiva a entrar na carruagem e entrou logo depois. Outra chuva de pétalas coloridas voou pelo céu. Os sinos da igreja tocaram com alegria, celebrando os recém-casados. Os convidados estavam começando a sair pelas portas.

O sol brilhava.

Uma mão tocou o ombro de George e apertou com firmeza.

– Não se preocupe – disse Percy, apenas para os ouvidos dele. – Ele se foi e não vai reaparecer por enquanto.

Então, o cocheiro deu sinal para os cavalos partirem e qualquer outro som foi abafado pelo tilintar profano da decoração não oficial da carruagem.

George se acomodou em um dos cantos do assento e pegou uma das mãos da noiva.

– Bem, minha cara duquesa – disse, enquanto ela era forçada a ler os lábios dele para saber o que estava sendo dito.

Ela sorriu, então fez uma careta e riu do barulho.

George levou a mão da nova esposa aos lábios e a manteve ali, enquanto a carruagem saía da Hanover Square, em direção à Portman Square, já que Chloe e Ralph haviam insistido em oferecer o café da manhã festivo na Casa Stockwood.

Ele tivera a intenção de passar os braços ao redor de seus ombros e beijá-la nos lábios para que todos do lado de fora da igreja vissem. Era o que os amigos dele esperariam. Teria sido a conclusão perfeita para um casamento perfeito, o começo perfeito para um casamento feliz.

Deveria ter feito aquilo de qualquer forma. Mas agora era tarde demais.

O dia havia sido irremediavelmente estragado.

O dia *não* fora estragado, Dora garantiu a si mesma nas horas que se seguiram. O que acontecera na igreja tinha sido lamentável – ah, que imenso eufemismo! –, mas a situação fora resolvida de forma rápida e firme, o homem fora retirado da igreja, e a cerimônia de casamento continuara como se a interrupção desagradável não tivesse acontecido.

A não ser por aqueles breves momentos, a cerimônia fora perfeita. Assim como o clima. O sol e o calor receberam Dora e seu novo marido quando eles saíram da igreja e se depararam com a surpresa deliciosa da aglomeração de pessoas que os aplaudia, e com os rostos felizes e sorridentes dos amigos que os cobriram de pétalas de rosas, exatamente como ela se lembrava que haviam feito no casamento de Agnes no ano anterior. Até mesmo o som ensurdecedor de panelas e frigideiras sendo arrastadas por todo o caminho até a Casa Stockwood tinha sido divertido. O marido segurara a mão dela entre as dele por todo o caminho, e se sentara com o corpo voltado para ela, encarando-a com os olhos sorridentes.

A casa de Chloe e Ralph fora decorada de forma festiva para a ocasião, com fitas, laços e vasos de flores. O salão de baile parecia mais um jardim luxuriante do que um cômodo interno de uma casa, e Dora perdeu o fôlego quando entrou ali de braço dado com o duque. Logo o lugar estava cheio de convidados, todos se inclinando, fazendo reverências, sorrindo e felicitando-os, desejando tudo de melhor conforme passavam por eles na fila de recepção. A comida era suntuosa, os discursos foram comoventes – e muitas vezes provocaram risadas –, e o bolo de casamento era uma obra de arte tão bela que pareceu trágico cortá-lo. Depois do café da manhã, os convidados não tiveram a menor pressa em partir, preferindo passar para outros cômodos e sair para o terraço para continuar as conversas. Mas, aos poucos, as pessoas começaram a partir e restaram apenas a família e os amigos próximos.

Tudo tinha sido perfeito.

Ninguém fizera qualquer referência ao que acontecera durante aqueles cinco minutos na igreja. Era quase como se Dora tivesse imaginado a cena.

No fim do dia, o que ela mais se lembrava era dos sorrisos, da risada e da alegria de tantas pessoas, todas celebrando as suas núpcias. Por que aquilo a deixava com vontade de chorar?

A não ser por aqueles três ou quatro minutos – definitivamente não mais do que quatro –, aquele dia longo e agitado havia sido alegre e perfeito. Era como um inseto no coração de uma rosa imaculada.

Eu posso dar um motivo justo.

Com certeza era o pesadelo de toda noiva que o curto silêncio na cerimônia de casamento fosse rompido exatamente com aquelas palavras.

Esse homem, o duque de Stanbrook, é um assassino, um criminoso. Ele matou a primeira esposa empurrando-a do penhasco em sua propriedade na Cornualha, fazendo-a cair nas rochas pontiagudas. A duquesa de Stanbrook era minha irmã e jamais, sob qualquer circunstância, teria tirado a própria vida. Stanbrook a odiava, e ele a matou.

Esse homem deveria ser pendurado pelo pescoço até a morte... Não pode permitir que o duque de Stanbrook tenha uma segunda esposa, já que ele assassinou a primeira.

Era quase inacreditável que o resto da cerimônia de casamento e o café da manhã houvessem prosseguido de forma tão normal, tão feliz, tão *perfeita* depois de terem sido ditas palavras como aquelas. Como todos eles haviam conseguido sorrir pelo resto do dia? Como ele havia conseguido sorrir? E ela? Por que nada fora dito?

Era injusto. Era profundamente injusto.

Ele agora a chamava de "minha cara", percebeu Dora. Ela não o chamava de nada. Como poderia continuar a chamá-lo de "Vossa Graça", agora que estava casada com ele? Mas como poderia chamá-lo de "George", uma vez que ele não a convidara a fazer isso? Mas ela precisava de convite? Ele era seu marido. E eles eram amigos, não eram? A amizade certamente se desenvolvera entre eles durante o último mês. Mas... ela o conhecia? Ele vivera 47 anos antes que ela sequer o conhecesse no ano anterior, mais da metade de uma vida. A verdade era que Dora não conhecia de fato o duque.

Ora, é claro que não conhecia. Eles haviam passado apenas um mês juntos, além daqueles poucos dias no ano anterior. Dora tinha, sim, a sensação de que o conhecia, de que conhecia o seu espírito. Mas o fato era que ela não sabia nada sobre ele. Na verdade, o casamento seria a forma de conhecerem um ao outro.

A noite já estava adiantada quando eles chegaram em casa. Até mesmo a recepção que tiveram deveria ter parecido perfeita. O mordomo abriu as portas duplas com um floreio, deixando a luz se projetar pelos degraus escuros, e se inclinou em uma reverência. Atrás dele, todos os criados estavam reunidos, organizados formalmente em duas fileiras que se estendiam pelo saguão, as mulheres de um lado, os homens do outro. Apesar da hora tardia, estavam todos sorrindo, com a cabeça virada na direção da porta. Seguindo o que provavelmente fora um sinal pré-combinado de alguém, todos aplaudiram quando o duque de Stanbrook entrou pela porta com Dora.

Alguém provavelmente se adiantara a eles, saindo mais cedo da Casa Stockwood, para avisar aos criados que eles estavam a caminho.

O mordomo fez um discurso rígido, mas amável. O duque agradeceu e apresentou Dora como sua duquesa. Mais aplausos e mais sorrisos se seguiram, e ela agradeceu a todos pela acolhida e prometeu conhecê-los e chamá-los pelo nome ao longo dos próximos dias.

Uma bandeja de chá foi levada até a sala de estar e Dora se adiantou para servir – seu primeiro dever como esposa em sua nova casa. Eles se sentaram nas poltronas diante do fogo, que garantia um calor bem-vindo depois do frio que o crepúsculo trouxera. E conversaram sobre o dia, concordando em como havia sido perfeito.

Porque fora perfeito.

A não ser por aqueles poucos minutos.

Dora pensou várias vezes em levantar o assunto, mas não teve coragem. Pensou várias vezes que o duque faria alguma menção ao que aconteceu, mas, quando ele abria a boca para falar, era sobre outro assunto, outra lembrança feliz daquele dia.

Ele não parou de sorrir. Nem ela, Dora se deu conta.

– Você está cansada, minha cara – disse o duque, por fim. – Foi um dia longo e cheio. Mas um dia feliz, não concorda?

– Sim – respondeu ela. – Muito feliz.

Ah, santo Deus, qual era o problema com eles? Como podiam permitir que um homem desequilibrado fizesse aquilo?

O duque parou diante da poltrona de Dora e estendeu a mão para ela. Sua noite de núpcias a aguardava. Por que ela se sentia deprimida? Dora pousou a mão na dele, ficou de pé e permitiu que o marido passasse o braço pelo seu. Ela se deu conta, então, de que nem sabia onde ficava o quarto que ocuparia, onde estavam os baús que foram levados para lá ao longo do dia, nos quais poderia encontrar o que precisasse, o lugar onde se despiria, onde...

O duque subiu as escadas com ela, passando por candeeiros de parede, com velas acesas, e ao longo de um corredor largo, antes de parar diante de uma porta fechada.

– Você está cansada, minha cara – repetiu ele, segurando a mão dela e levando-a aos lábios. – Vou deixá-la para que tenha uma boa noite de descanso, e esperarei ansioso para vê-la outra vez no café da manhã. Embora não deva se sentir obrigada a se levantar cedo, caso deseje dormir até mais tarde. Boa noite.

O quê?

Mas Dora não teve tempo de sequer demonstrar ou expressar o seu choque. Ela abriu a porta para um quarto de vestir iluminado por velas, onde uma camareira a recebeu com uma cortesia e um sorriso. Dora reconheceu sobre uma cadeira a camisola elegante de linho que havia escolhido para a sua noite de núpcias. Ela entrou no quarto de vestir e a porta foi fechada.

– Sou Maisie, Vossa Graça – disse a criada. – Serei a sua camareira por enquanto, até que escolha outra pessoa, a menos que deseje continuar comigo, o que eu gostaria mais do que tudo.

Dora sorriu.

Sorrisos. Perfeição. O que havia acontecido em poucos minutos. Era assim que ela se lembraria do dia do seu casamento pelo tempo que vivesse, pensou Dora, enquanto se entregava aos cuidados pouco familiares da nova camareira.

Ah, e da ausência de uma noite de núpcias.

Você está cansada, minha cara.

Minha cara.

Ela não queria ser "minha cara" para ele. Queria ser *Dora*.

CAPÍTULO 9

George estava parado diante da janela de seu quarto, os nós dos dedos apoiados no peitoril, os ombros curvados. Tinha o olhar perdido na escuridão, embora mal se desse conta de que não havia nada para ver. Usava seus trajes noturnos com o roupão azul fechado sobre a camisa de dormir. Atrás dele, as cobertas da grande cama de dossel haviam sido abertas para a noite – dos dois lados da cama.

Ele dificilmente conseguiria ter tornado o dia mais confuso, mesmo se tivesse tentado. A aparição de Eastham na igreja e sua declaração dramática tinham sido totalmente inesperadas, era verdade, mas a vida era cheia de momentos inesperados. Em seus 48 anos de vida, já deveria ter aprendido a lidar melhor com isso. Na verdade, George acreditava que, no momento em que tudo aconteceu, ele havia se comportado com o controle e a dignidade adequados, assim como o bispo. Tivera até a presença de espírito de perguntar à noiva se ela desejava adiar o casamento.

O restante do dia é que havia sido um desastre. E George temia não ter mais ninguém a quem culpar a não ser ele mesmo. Todos haviam tomado o comportamento dele como referência de ação.

Deveria ter beijado a noiva na carruagem, como havia planejado fazer, sob os olhares de todos. Então, deveria ter conversado com ela sobre o que havia acontecido, e prometido que eles falariam mais sobre o assunto quando estivessem sozinhos, sem a distração do barulho provocado por todas as panelas e frigideiras que estavam arrastando. *Então*, ele deveria ter levantado o assunto adequadamente com os convidados no início do café da manhã nupcial, explicado mais uma vez que não havia qualquer verdade nas acusações que o conde de Eastham havia feito contra ele – tanto naquela manhã, como imediatamente depois da morte de Miriam – e convidado todos a deixar o lamentável incidente para trás, se pudessem, e celebrar o dia do casamento dele com sua nova duquesa. Mais tarde, depois que a maior parte dos convidados tivesse partido, quando só restassem a família e os amigos mais próximos, ele deveria ter voltado a tocar no assunto e conversado a respeito com eles. *Então*, depois de voltar para casa com sua noiva, deveria ter se sentado com ela e conversado em particular sobre o assunto, contado a história outra vez.

Aquilo era o que ele *deveria* ter feito. Afinal, não tinha nada a esconder, e nada do que se envergonhar.

Mas não fizera nenhuma dessas coisas.

Em vez disso, depois daquele breve pedido de desculpas à noiva, na igreja, ele não dissera mais nada para ninguém, e ainda se comportara como se o episódio chocante nunca tivesse acontecido. E, a não ser pelo breve comentário de Percy, antes que a carruagem partisse, todos seguiram pelo mesmo caminho. Todos sorriram e festejaram com alegria pelo resto do dia – a festa de casamento perfeita, com o casal perfeitamente feliz.

Nem uma nuvem no céu. Apenas a alegria interminável diante deles.

Fora tudo uma grande encenação. Durante todo o dia, houvera um silêncio gritante sobre o assunto que certamente estava ocupando a maior parte do pensamento de todos. Eastham ficaria encantado se soubesse que havia arruinado o dia de casamento de George, mesmo tendo falhado em impedir que se concretizasse.

George mudou de posição e apoiou as mãos nas laterais da janela, logo acima da altura de sua cabeça. Uma luz balançava lentamente ao redor da praça – a lanterna do vigilante noturno. No entanto, a presença do homem era desnecessária. Nada perturbava a paz, ali. Ao menos ali fora.

Então, acontecera o maior desastre de todos. Ele deixara a noiva ir para a cama sozinha – na noite de núpcias dela. Fizera aquilo porque ela parecia cansada, e ele achara que estava lhe fazendo uma gentileza.

Que disparate!

Por que diabo ele fizera aquilo, então? Porque não conseguiu se forçar a encará-la na intimidade do leito nupcial? Porque temia que uma parte dela talvez acreditasse no que ouvira? Porque se recolher ao seu mundo interior era uma segunda natureza para ele, e sentira necessidade de ficar só?

Na sua noite de núpcias?

George cerrou os punhos e bateu levemente com eles na moldura da janela. Permitiria que Eastham fizesse aquilo com ele, além de tudo o que já fizera?

De repente, George sentiu como se tivesse 17 anos de novo, dolorosamente desajeitado e sem o controle da própria vida e do próprio destino. Como tinha sido capaz de mandar a noiva sozinha para a cama na noite de núpcias? Ele se encolheu ligeiramente envergonhado e constrangido.

Já passava bastante da meia-noite, estava tarde demais para procurá-la. Mas estaria mesmo? Qual a probabilidade de que ela estivesse dormindo? Não muita, imaginou George. Como ela poderia? Ele desejara tanto que o dia do casamento fosse o mais feliz da vida de ambos. Em vez disso, o transformara no que talvez fosse o pior pesadelo que qualquer um dos dois já enfrentara. Santo Deus, ela fora abandonada pelo noivo na noite de núpcias – o noivo de 48 anos, supostamente tão maduro que se permitira desestabilizar completamente pelo arremedo de homem que arruinara uma grande parte da sua vida adulta.

George não levou uma vela quando entrou no seu quarto de vestir, e então no dela, logo depois. Não queria que a luz a acordasse caso ela estivesse dormindo. Ou talvez não quisesse iluminar o próprio rosto se ela estivesse acordada. Ele bateu com suavidade na porta do quarto da duquesa – no qual jamais pretendera que ela dormisse, a não ser talvez para cochilos vespertinos –, girou a maçaneta silenciosamente, abriu a porta e entrou.

A cama estava intocada. George percebeu isso pela luz mortiça que entrava pela janela, cujas cortinas não tinham sido fechadas. Por um momento, pensou que o quarto estivesse vazio. Mas havia uma poltrona grande ao lado da janela, onde percebeu a forma dela enrodilhada, as pernas erguidas em cima do assento e viradas de lado, um braço segurando o outro pelo cotovelo, na altura do peito, a cabeça recostada no assento. Ela estava imóvel e em absoluto silêncio. Imóvel demais e em silêncio demais para estar dormindo.

George atravessou o quarto e parou diante da cadeira dela. Dora realmente não estava dormindo. Seus olhos estavam abertos e virados para ele.

– Sinto muito, minha cara – disse ele. As mesmas palavras inúteis que usara mais cedo.

– Não me chame assim. – A voz dela era baixa e inexpressiva.

Ele sentiu uma pontada de alarme.

– Eu tenho um nome – falou ela.

– Dora – disse ele baixinho.

George planejara chamá-la assim na carruagem, antes de beijá-la do lado de fora da igreja, e propositalmente não perguntara antes do dia do casamento deles se poderia ter o privilégio de chamá-la daquele jeito. E havia ansiado por ouvi-la dizer o nome dele. Havia intimidade nos nomes, e ele quisera que aquela intimidade ficasse marcada no momento em que saíssem da igreja como marido e mulher. De onde diabo ele tirara "*minha cara*"?

– Eu não poderia ter administrado esse dia de maneira pior, não é mesmo? – disse George.

– Não foi sua culpa – disse Dora, o tom ainda monótono e sem vida.

– Ah, na maior parte foi, sim – retrucou ele. – Alguns poucos minutos horríveis poderiam ter sido apenas isso, só uns poucos minutos, se depois eu tivesse falado abertamente sobre o incidente com nossos convidados, se tivesse conversado mais a respeito com nossos familiares e amigos, e se tivesse explicado tudo a você quando ficamos a sós.

– Como não sabia o que iria acontecer, não teve oportunidade de preparar uma reação adequada. E se comportou com dignidade mesmo assim.

George se agachou diante dela. E teria pegado suas mãos se elas estivessem disponíveis, mas Dora continuava a se abraçar pelos cotovelos. Se pudesse ter desaparecido na cadeira, ele acreditava que ela já teria feito isso.

– Dora – continuou George –, não há um grão de verdade em nada do que ele disse. Juro a você que não há.

– Nem por um momento acreditei que houvesse – afirmou ela. – Ninguém acreditou.

Talvez não. Mas, na época da tragédia, houvera aqueles que escolheram acreditar, incluindo um pequeno grupo de vizinhos que haviam cedido à deplorável necessidade humana de converter uma tragédia isolada em um espetáculo sinistro. Ser acusado de um crime hediondo quando não se tinha uma prova irrefutável da própria inocência com certeza era uma das piores sensações do mundo. Havia a ânsia de proclamar sua inocência, mas, como sabia que de nada adiantaria, a pessoa acabava se recolhendo ao canto mais profundo e escuro de si mesmo – e ficava ali para sempre. Ao menos fora aquilo que ele fizera, embora estivesse convencido de que todos os elementos mais sensatos da sociedade já o tinham absolvido havia muito de qualquer suspeita.

George estendeu a mão e pousou-a no rosto de Dora, que não se esquivou, e também não se moveu – nem mesmo para encostar o rosto na mão dele, que apoiou um dos joelhos no chão, para se equilibrar melhor.

– Eu queria que o dia do nosso casamento fosse perfeito para você – disse ele. Dora não disse nada. Mas o que havia a dizer?

– Em vez disso – continuou George –, deve ter sido um dos piores dias da sua vida.

Ele a ouviu inspirar, como se estivesse se preparando para falar, mas Dora continuou em silêncio.

– Já passa da meia-noite – disse George. – É um novo dia. Permita-me começar de novo, se puder.

A cabeça dela havia se inclinado minimamente contra a mão dele?

– Deixe-me levá-la para a cama – pediu ele. – Para o nosso leito nupcial, no nosso quarto. Não aqui. Este é o seu quarto particular, para que o use durante o dia. Ao menos espero que seja só para isso que ele seja usado. Venha para a cama comigo, Dora. Deixe que eu faça amor com você.

George a ouviu inspirar lentamente.

– Sou sua esposa – disse ela, no mesmo tom sem expressão.

Ele se levantou abruptamente, se virou para a janela e apoiou as mãos contra a moldura. O vigilante noturno há muito se fora. Não havia nada além de escuridão.

– Por favor, não – pediu George. – Não faça disso uma questão de dever. Você não tem dever algum em relação a mim. Eu me casei com você porque queria uma companheira e uma amante. Achei que você queria o mesmo. Se me enganei, ou se você mudou de ideia, então... que seja. – Houve um curto silêncio. – Eu me enganei? Você mudou de ideia?

– Nem um, nem outro.

– Perdoe-me por hoje – disse ele –, e particularmente por esta noite. Não consigo explicar nem para mim mesmo por que me despedi de você do lado de fora do seu quarto de vestir. Certamente não foi porque não a desejasse. Por favor, acredite em mim.

George sentiu uma mão pousar em suas costas. Não a ouvira se levantar.

– Também peço desculpas, Vossa Graça – disse Dora. – Ambos temos idade o bastante para saber que não devemos esperar perfeição seja qual for a circunstância. Que tolice a nossa esperar isso do dia do nosso casamento. Mesmo assim, foi um dia perfeito, a não ser por aqueles poucos minutos, que não foram culpa minha nem sua.

Ele se virou.

– Vossa Graça? – E riu. – Ah, não, por favor, Dora.

– George – disse ela. O nome dele pareceu sair um pouco rígido, mas ainda assim o som foi encantador.

Ele passou um braço ao redor dos ombros dela e outro por sua cintura, puxando-a junto a seu corpo. Dora era quente, bem-feita, feminina, na camisola previsivelmente modesta, sem adornos, do linho mais delicado. E cheirava à fragrância floral leve que George já notara antes. Ela pousou as mãos nos ombros dele e levantou o rosto, que ele não conseguia ver claramente. Embora ela estivesse de frente para a janela, a sombra do corpo dele a cobria.

George a beijou nos lábios pela primeira vez. Ela se manteve rígida e imóvel e ocorreu a ele, com certo choque, que era possível que a esposa nunca tivesse sido beijada, ou isso provavelmente acontecera muito tempo antes. Ele afastou a cabeça por um momento e se inclinou com ela ligeiramente na direção da luz, para conseguir ver seu rosto.

– Sorria para mim – murmurou.

Talvez a surpresa do pedido a tivesse feito obedecer.

George voltou a beijá-la, e os lábios de Dora, ainda curvados e ligeiramente entreabertos pelo sorriso, eram macios e dóceis. Ele a beijou com mais delicadeza, avançando um pouco, tocando os lábios dela com a língua, pressionando-os de leve para que se abrissem mais. Ela deixou escapar um som baixo, assustada, mas George a segurou pelos cotovelos e passou os braços dela ao redor de seu pescoço. Então a puxou outra vez contra si e aprofundou o beijo, sem fazer mais nada que pudesse chocá-la de novo.

Ficou surpreso com a sensação de puro prazer daquele abraço quase casto. O prazer não tinha nada a ver com desejo sexual, embora isso também estivesse presente. Tinha mais a ver com o fato de que Dora era sua mulher, sua esposa, companheira, que seria *dele* pelo resto da vida. Parte da alegria daquela manhã – da manhã da véspera, na verdade – retornou.

Dora afastou o rosto do dele, então, e George pôde ver o bastante de sua expressão para perceber certa ansiedade nele.

– Você tem noção de que sou virgem? – perguntou a ele.

George seria capaz de apostar que o rosto dela estava muito vermelho.

Ele sentiu vontade de sorrir, até de rir, porque ela falara na mesma voz que costumava usar com seus alunos de música mais desatentos, mas teria sido a coisa errada a fazer.

– Sim, tenho noção disso – respondeu George, muito sério. – Pela manhã, isso não será mais um fato. Venha para a cama, Dora.

Santo Deus, devia ter adormecido muito profundamente, pensou Dora, conforme acordava aos poucos. Estava envolvida em calor e conforto. O colchão nunca parecera tão macio, ou o travesseiro, tão quente e firme sob sua nuca. E ela nunca se sentira tão absolutamente relaxada, ou tão preenchida por uma sensação de total bem-estar. Um relógio tiquetaqueava em algum lugar perto. Dora inspirou um aroma agradável, mas pouco familiar. Além desse som, havia o ressonar profundo e tranquilo de alguém adormecido ao lado dela. E – o único detalhe dissonante – havia uma ardência entre suas coxas, e mais para cima, mais para dentro dela. Mas na verdade não era nada dissonante, porque, paradoxalmente, a ardência era a sensação mais deliciosa e reconfortante que já sentira, e a fonte de sua profunda satisfação.

Ela estava finalmente desperta e começou a se lembrar. Estava em uma cama desconhecida, em um quarto desconhecido. Mas a cama era... como ele a chamara? O leito nupcial deles. E aquele era o quarto deles, ao menos sempre que estivessem em Londres. Aquele outro quarto, onde ele fora procurá-la, era dela apenas para uso durante o dia. Mas Dora não tinha o menor desejo de voltar para lá.

Ele estava dormindo a seu lado agora, o braço sob a cabeça dela. Havia feito amor com ela antes de dormir. Tinha sido uma atividade muito unilateral, já que Dora fora lamentavelmente ignorante e inadequada. Mas não, não, não, *não*, ela não pensaria aquilo. George garantira que não fora o caso. Ele dissera que ela havia sido maravilhosa e, ah, Deus, Dora acreditara nele, porque George falara aquilo com a boca colada ao seu ouvido, enquanto uma de suas mãos acariciava os cabelos dela, e o corpo dele estava sobre o dela, e ele ainda estava... dentro dela. Ele a fizera se sentir maravilhosa, embora Dora não tivesse ideia de como agir para tornar a intimidade deles um ato mútuo. George havia dito que ela não precisava fazer nada, só precisava *estar* ali e aproveitar o momento, se conseguisse. Ele se desculpara pela dor que sabia estar causando a Dora e prometera que seria melhor na vez seguinte, e melhor ainda depois disso.

George não conseguira compreender, embora ela tivesse tentado explicar, que na verdade não se importou com a dor de forma alguma, ainda que doesse. Bem, não era de espantar que ele não tivesse compreendido se ela havia descrito daquela forma. Fora mesmo tão incoerente? Mas não conseguia descrever a sensação adequadamente em palavras, nem mesmo dentro da própria mente. Havia derramado algumas lágrimas, porque ele a estava machucando, mas as lágrimas tinham sido menos por causa da dor do que pela absoluta maravilha do que estava acontecendo. Como era possível saber durante toda a vida adulta o que acontecia entre um homem e uma mulher, e imaginar como seria aquela sensação, e ainda assim não ter a menor ideia de como era?

Ela havia se convencido vezes sem conta ao longo dos anos que a ausência *daquilo* em sua vida não a tornava menos feliz, ou menos realizada como pessoa ou como mulher. E, é claro, estava certa. Não teria vivido seus dias como uma mulher incompleta se George nunca tivesse aparecido para pedi-la em casamento. Mas, ah, o prazer da descoberta da noite anterior e a... a pura alegria de saber que aquilo aconteceria de novo, e de novo, no futuro.

Era uma dama casada. Em todos os sentidos – do casamento na véspera à consumação na noite anterior.

Mas não fora apenas o ato em si que havia sido maravilhoso. George tinha sido maravilhoso. Fora atencioso e respeitara a inexperiência desajeitada dela. Ele tinha apagado as velas antes de se juntar a ela na cama, e não despira totalmente a camisola de Dora, apenas a levantara até a cintura, então voltara a abaixá-la depois que haviam terminado. George havia despido a própria camisa de dormir, mas só depois que o quarto estava escuro. Ao longo da lateral do seu braço direito, Dora podia sentir o peito nu do marido, quente e ligeiramente coberto de pelos macios. Ele também fora paciente. Por mais ignorante que fosse sobre o tema, ela sentira que o marido havia se contido enquanto a preparava para o ato com as mãos cálidas, habilidosas, com a boca gentil e deliciosa. E se preocupara em sustentar o peso do próprio corpo enquanto estava sobre ela. E a penetrara lentamente. Dora não tinha certeza de que George havia conseguido poupá-la de alguma dor, mas provavelmente evitara o choque da penetração e do estiramento *lá*. Mesmo depois de tê-la penetrado por completo, ela sentira que o marido prosseguira de forma cautelosa, até ele terminar e Dora sentir o calor líquido invadindo seu íntimo.

Ah, sim, fora doloroso e chocante. E também fora – de longe – a experiência mais gloriosa da vida dela.

Mesmo contra sua vontade, os pensamentos voltaram ao casamento deles, ao dia que Dora havia esperado que fosse o mais feliz de sua vida. Não fora, é claro, porém, por mais perturbador que tivesse sido, provavelmente fora muito pior para George. Aquele homem – o conde de Eastham – tinha sido cunhado dele e, ainda assim, o acusara de assassinato. Por quê? E por que tão publicamente e em uma ocasião como aquela? De alguma forma, aquele momento resgatara a lembrança terrível de outra ocasião em que alguém – o pai de Dora – fizera uma denúncia pública e mudara a vida dela para sempre. O que acontecera fora apenas rancor da parte do conde porque o viúvo da irmã dele estava se casando de novo?

Ela não poderia perguntar. Embora George tivesse dito na noite anterior que deveria ter conversado abertamente sobre o incidente com os convidados e amigos durante o dia, e falado mais com ela quando os dois ficaram sozinhos, ele não fizera aquilo quando fora procurá-la no quarto. Em vez disso, a levara para a cama.

Dora de repente se deu conta de que não estava mais ouvindo a respiração compassada do marido ao seu lado. Virou a cabeça e o pegou fitando-a com olhos sonolentos e sorridentes.

– Dora – murmurou ele.

– George.

Ele soltou uma risadinha depois de alguns instantes.

– Ora, essa foi uma conversa profunda.

– Sim – concordou Dora.

Mas uma parte dela não estava brincando. Um nome – o primeiro nome – era uma coisa poderosa. O coração de Dora ansiara por ele na noite passada, quando o marido a chamara pelo nome pela primeira vez. Chamá-lo pelo primeiro nome parecia pessoal, íntimo demais, quando ele era... o duque de Stanbrook, em quem ela pensara como uma figura da nobreza remota e inatingível por bem mais de um ano. No entanto, agora ela era esposa dele. Estava na cama dele. Eles tinham feito amor. Ele era George.

– Gosto de acordar e ver você aqui. – Ele fechou os olhos e suspirou. – Minha cama estava muito vazia, Dora.

Desde a morte da esposa dele? Mas Dora não queria pensar naquele assunto em particular. E não importava. Aquilo era passado. Eles estavam no presente.

– A minha também – respondeu Dora. Ah, ela não havia percebido como a própria cama estivera vazia.

Ele voltou a abrir os olhos.

– Gosta de acordar comigo?

– Sim.

– Essa conversa está ficando mais profunda a cada instante – brincou George, e eles sorriram um para o outro, então caíram na gargalhada.

Era bom demais rir com ele. Dora tivera grande esperança de que haveria leveza e riso no casamento deles, assim como o companheirismo e a intimidade de que George falara quando a pedira em casamento.

Ela se perguntou se o marido conversaria com ela sobre o que acontecera na véspera, e sobre o que teria provocado aquele incidente. Nada sabia sobre o primeiro casamento dele, sobre a primeira esposa, sobre o filho deles. Não sabia nada sobre o coração dele. Logo, ela partiria com o marido para Penderris Hall, onde George morara por quase vinte anos com a primeira esposa e o filho. Não havia pensado naquilo antes. Será que sentiria a presença residual dos dois? Seria capaz de estar totalmente presente para o marido? Ele seria capaz de estar totalmente presente para ela?

Perguntas tolas, muito tolas. O casamento deles seria o que eles fizessem dele. Os dois haviam concordado com uma base de companheirismo, de amizade e de intimidade, e essas coisas pareceram muito boas para Dora. E ainda pareciam. Ela não deveria começar a ansiar por ter o marido totalmente presente, ou por um "felizes para sempre", ou qualquer outra dessas tolices românticas, de contos de fadas, com que uma jovem talvez sonhasse.

A mão de George estava pousada com gentileza sobre o abdômen dela, por cima da camisola.

– Você sem dúvida deve estar dolorida – comentou ele. – Vou me conter por uma ou duas noites até que se sinta melhor, mas quero você aqui, na cama comigo, Dora, esta noite e em todas as noites. Espero que esse também seja o seu desejo.

– É.

Ela virou a cabeça e encostou o rosto contra o ombro dele – ah, Deus, ele tinha um cheiro tão bom. George aconchegou o rosto contra o topo da cabeça da esposa, e Dora teve a sensação de que poderia facilmente desmaiar de prazer.

Sim, era o bastante. Aquilo era o bastante, aquela felicidade tranquila, ao lado do homem com quem se casara na véspera e com quem dormira na noite anterior.

Ela adormeceu novamente.

CAPÍTULO 10

Na manhã seguinte, George atravessou a praça ao lado de Dora até a casa da irmã dela. Eles pegaram o atalho através do pequeno parque no centro da praça, mas o caminho acabou se tornando mais longo, já que Dora precisara parar várias vezes para apreciar as flores e elogiar a forma como haviam sido distribuídas nos canteiros. Ela gostou particularmente dos canteiros de rosas, e se inclinou sobre um botão vermelho-escuro, segurando-o delicadamente entre os dedos antes de inspirar seu aroma. Então, virou-se para o marido.

– Há alguma coisa mais linda e mais perfeita em todo o universo? – perguntou a ele.

Na verdade, George era capaz de pensar em uma coisa, e estava olhando diretamente para ela – e os olhos dele não estavam no botão de rosa aninhado entre os dedos esguios e sensíveis de musicista. Dora estava usando o que ele imaginou ser um dos seus vestidos novos, uma versão de certa forma mais elegante das roupas que ela costumava usar. Mas o tom de rosa suave era uma surpresa. George desconfiava que Agnes ou uma das outras damas a havia convencido a ser um pouco mais ousada do que o usual. A cor a fazia parecer muitos anos mais nova – ou talvez fosse mais preciso dizer que dava certo frescor de juventude à sua idade verdadeira. Dora claramente não estava tentando parecer alguém que não era.

– Sim – disse ele. – Pode haver.

– É mesmo? – Dora endireitou o corpo e pareceu um pouco indignada. – O quê?

– Ora – falou George –, se eu lhe disser, me sentirei terrivelmente tolo, como se estivesse tentando me passar por um amante jovem e suspirante com estrelas nos olhos.

102

Ele viu a indignação dar lugar à compreensão no rosto da esposa.

– Oh – disse ela –, que tolice.

– Está vendo? – George gesticulou com uma das mãos. – Sou considerado tolo mesmo quando não verbalizo a ideia. Portanto vou falar. Esse pequeno *bonnet* de palha que você está usando é tão adorável quanto a rosa.

Dora o encarou por um longo momento, então soltou uma gargalhada de prazer – e lá se foram mais alguns anos de sua idade.

– O senhor não tem qualquer poder de discernimento – acusou ela.

George desconfiava que estava sorrindo, o que não era comum.

– Terei que discordar da senhora de forma contundente – falou.

Ele lhe ofereceu o braço e os dois retomaram a curta caminhada até a Casa Arnott. Não voltaram a falar, mas George se sentiu feliz com a conversa breve e tola que haviam tido. Era um imenso alívio terem vencido aquele terrível constrangimento da véspera e poderem relaxar e se sentirem confortáveis juntos, como ele havia sonhado desde o início. Naquela manhã, George se sentia de novo cheio de esperança no futuro. E, mais uma vez, era uma bela manhã. O ar estava quente e ainda havia todo o verão à frente.

Ele se deleitava com a ideia de que Dora era sua esposa, sua amante, assim como a mulher a quem estava legalmente unido pelo resto de suas vidas. A consumação do casamento tinha sido doce, apesar da inexperiência dela e das restrições que ele se impusera pelo bem dela. Tinha sido... a perfeição em si.

Eles estavam indo à Casa Arnott para que Dora pudesse se despedir do pai e de lady Debbins, e também do irmão e da cunhada, que estavam partindo de volta para casa. Já havia uma carruagem parada do lado de fora, e dois criados estavam guardando um baú e várias outras bagagens lá dentro. Havia uma atividade intensa dentro da casa também, enquanto os dois casais se preparavam para partir, mas todos se viraram ao mesmo tempo quando George e Dora entraram sem serem anunciados. Os homens lançaram olhares especulativos para George, enquanto as damas abraçaram Dora. Todos falaram e riram ao mesmo tempo.

– O salão de visitas está transbordando de d-damas – disse Flavian a George, com uma expressão teatral no rosto, enquanto passava a ponta do dedo sob as extremidades erguidas do colarinho da camisa. – Os Sobreviventes foram para a casa do Hugo, e estão esperando que eu leve você para lá, se conseguir arrancá-lo do lado de sua esposa. É melhor irmos. Tenho a forte suspeita de que não vão nos querer aqui depois que a família de Dora partir. Meros homens, você entende.

George sorriu para ele.

– A questão, na verdade, é que os Sobreviventes não nos querem lá, Flavian – disse Agnes, desviando sua atenção da família por um instante. – Hugo garantiu a Gwen que ela não deveria ter a sensação de que estava sendo expulsa da própria casa, mas então Vincent chegou e informou que acabara de deixar Sophia na nossa porta. São as esposas dos Sobreviventes, entre outras, que estão no salão de visitas, Dora. Mas, estranhamente, o marido da única mulher membro do grupo não está aqui... embora me arrisque a dizer que isso é uma boa coisa para o pobre Percy.

Sir Walter e a esposa estavam partindo, e a atenção de todos se voltou mais uma vez para eles. George apertou a mão do sogro e beijou o rosto de lady Debbins. E viu quando Dora também apertou a mão do pai, até ele cobrir a mão da filha com as suas e dizer alguma coisa a ela que George não conseguiu ouvir. Dora pousou a mão no ombro do pai, então, e lhe deu um beijo no rosto. Não foi uma despedida efusiva. Mas também não foi fria. Ela apertou a mão da madrasta, e as duas trocaram sorrisos.

Mais de dez minutos se passaram antes que uma segunda carruagem levasse o reverendo Oliver Debbins e a esposa de volta para casa e para os filhos. Aquela despedida incluiu abraços prolongados entre irmão, irmã e cunhadas. Agnes também demonstrou muito mais carinho pelo irmão e pela cunhada do que demonstrara pelo pai e pela esposa dele.

Aquele casamento rompido tantos anos antes havia causado uma dor que se estendia até o presente, pensou George.

– Você não vai se importar se eu for até a casa de Hugo por cerca de uma hora, vai? – perguntou ele à esposa quando a carruagem partiu.

George pegara a mão de Dora e estava olhando direto nos olhos dela. Havia lágrimas neles, embora não escorressem por seu rosto.

– É claro que não – respondeu ela. – Eu não o sujeitaria a um salão cheio de damas, especialmente na manhã seguinte ao nosso casamento. – Dora enrubesceu.

– Exatamente.

Cinco minutos depois, o cabriolé de Flavian levava os dois. Os membros do Clube dos Sobreviventes passavam algum tempo a sós sempre que podiam. Eles haviam feito aquilo quase diariamente durante os três anos em que todos viveram em Penderris Hall, e mantinham o costume na maioria das noites durante as três semanas em que se reuniam anualmente, e sempre que as circunstâncias os juntavam em algum momento ao longo do caminho. Conversavam de maneira aberta e sincera sobre o progresso que haviam feito, sobre seus triunfos e reveses, e sobre qualquer outra preocupação profunda de qualquer um deles. Os membros do clube haviam se tornado quase como sete segmentos de uma única alma enquanto viviam em Penderris, e haviam mantido aquele vínculo profundo.

Ainda assim, George sempre se sentira um pouco diferente dos outros. Por um lado, Penderris era a casa dele. Por outro, ele não havia sofrido nenhum dano físico nas guerras. Nunca estivera na Península ou na Bélgica, onde a Batalha de Waterloo finalmente colocara fim nas ambições de Napoleão Bonaparte. George havia compartilhado menos de si mesmo do que os outros. Seu maior papel fora escutar. Sempre se vira como o membro forte do grupo, o que confortava, o que cuidava. Chegara mesmo a pensar que havia sido uma figura paterna para Vincent e Ralph, que eram muito jovens quando os conheceu.

Naquela manhã, no entanto, enquanto seguia sentado em silêncio ao lado de Flavian, George desconfiou que seria o foco das atenções do grupo. Provavelmente levantariam o que acontecera na véspera. Solidariedade, compreensão e ajuda estariam à disposição dele. Estava se sentindo extremamente desconfortável. Pois o que ele nunca compartilhara com aqueles amigos mais próximos nunca poderia ser compartilhado. Havia... segredos que não cabia a ele divulgar.

Hugo morava a alguma distância da Grosvenor Square, na casa que fora do pai. O falecido Sr. Emes fora um homem de negócios próspero, sem pretensões à aristocracia. Hugo havia conquistado seu título – barão de Trentham – depois de liderar um grupo quase suicida da infantaria em uma missão extremamente difícil e cruel, porém bem-sucedida. Mas a verdade era que aquele tipo de ataque sempre era cruel por natureza para os seus membros. Os grupos costumavam ser formados por voluntários cientes da enorme probabilidade de serem mortos.

George e Flavian foram os últimos a chegar. Os outros estavam reunidos na sala de estar, tomando café ou alguma bebida alcóolica. O único presente que não era membro do clube era Percy, conde de Hardford, marido de Imogen, embora ele tivesse se colocado de pé quando George foi levado até a sala.

– Não pertenço a este momento – disse ele. – Não tenho intenção de ficar.

– Você pode muito bem se sentar já que está aqui – respondeu Hugo. – É totalmente bem-vindo para ficar se quiser, Percy, mas com certeza precisa permanecer aqui por algum tempo.

Percy voltou a se sentar e as atenções se viraram para George.

– Nós o esperávamos aqui um pouco mais cedo – informou Ben, enquanto George se servia de uma xícara de chá e se sentava. – Acordou tarde esta manhã, não é mesmo, George? Foi se deitar tarde, talvez? E não dormiu muito, certo?

– Não pude deixar de reparar que a duquesa parecia extremamente r-rosada quando George a levou até a Casa Arnott – acrescentou Flavian. – É claro que o dia está ensolarado e alguns talvez possam dizer que a travessia da praça é longa, e um tanto extenuante, mas mesmo assim.

George deu um gole no café com a mão firme.

– Isso não é da conta de vocês – falou. – E esse assunto está proibido.

– Flave, tenho quase certeza de que ele foi se deitar tarde e não dormiu muito – disse Ben.

– A esperança é o que nos resta, Ben – disse Flavian com um suspiro, enquanto se sentava com um copo de bebida na mão.

– Sobre ontem, George – iniciou Ralph.

Era evidente que ele não estava se referindo ao dia em geral, mas a uma parte específica dele.

George suspirou e pousou a xícara.

– Preciso agradecer a você e ao Hugo – disse – por retirarem Eastham da igreja com o mínimo de confusão, Ralph. E a você por mandá-lo embora, Percy. Como conseguiu?

– Posso ser bastante persuasivo quando quero – disse Percy com um sorriso –, e muito discreto, também. Como deve ter percebido, não havia nenhuma agitação na Hanover Square quando você saiu da igreja. Nada de tomates ou ovos podres sendo arremessados na sua cabeça, ou na de qualquer outra pessoa. O homem quis conversar quando expressei alguma simpatia pela causa dele. Eu o convidei para ir a uma taberna cuja reputação conheço bem. No entanto, ele não teve oportunidade de falar muito. Foi lamentável, mas fomos pegos em uma briga de bêbados poucos minutos depois de termos chegado. Não ficou muito claro quem começou. Escapei com o meu rosto e o meu elegante traje festivo intactos e voltei depressa para a Hanover

Square, a tempo de acompanhar Imogen ao café da manhã nupcial. Sei que Eastham não teve a mesma sorte. Acredito que o rosto e a pessoa dele como um todo sofreram danos leves.

– Como você sabia que não valia a pena ouvir a história que ele tinha para contar? – perguntou George, com a voz um pouco tensa.

– Não duvido que ele tivesse alguma coisa *interessante* para contar, George – comentou Percy, ainda sorrindo. – Mas que valesse a pena? Dificilmente. Imogen me convenceu de que você está ao lado dos anjos em tudo o que faz, e que talvez seja até um deles disfarçado na forma humana. Assassinato não é o seu estilo. Seja como for, já terminei a minha participação por aqui. Pobre de mim, prometi um passeio no Hyde Park ao cão que me adotou no dia em que conheci Imogen, e que não teve o desejo de me *des*adotar desde então. Se por acaso eu não aparecer, ele vai me encarar com aqueles olhos protuberantes cheios de reprovação, e vou me sentir o pior dos mortais, o mais sem coração.

– Ah, Percy – disse Imogen –, você sabe muito bem que é louco por Hector.

– Imogen, acho que Percy está tentando se retirar sutilmente para nos deixar a sós – comentou Victor.

– Ah, sei disso – retrucou ela, rindo.

– Estou indo, então – falou Percy. – Obrigado pela bebida, Hugo.

Ele saiu da sala, então, e fechou a porta ao passar.

George pigarreou.

– Ontem à noite, garanti à minha esposa que não há verdade alguma na acusação de Eastham. E digo o mesmo a vocês, agora.

– Nossa, devo dizer que isso é um grande alívio, George – falou Ralph. – Conhecemos você há apenas uma década, por isso, naturalmente, quando um estranho apareceu na St. George's ontem e o acusou de assassinato sem dar uma única evidência, acreditamos nele sem questionar e perdemos a fé em você.

– Você não pensou que teríamos alguma dúvida, não é, George? – perguntou Imogen.

Vincent havia se inclinado para a frente na cadeira e estava olhando direto para George, naquele seu modo misterioso de parecer que realmente enxergava.

– Acredito que você provavelmente salvou a minha vida tantos anos atrás, em Penderris, George – disse ele. – E tenho certeza de que salvou a minha sanidade quando eu ainda estava surdo, além de cego. Não acreditaria que você pudesse ser culpado de assassinato ou de qualquer ato violento contra outra pessoa, mesmo que se levantasse agora e nos confessasse sua culpa. Não que você fosse fazer isso. Não é mentiroso, assim como não é assassino. Eu não acreditaria em nada sórdido relacionado a você. E morreria por você se fosse preciso fazer algo tão melodramático.

– Bravo, Vince – grunhiu Hugo.

George se sentiu absurdamente próximo das lágrimas e torceu com todas as forças para que ninguém percebesse isso.

Ele não falara muito sobre o próprio passado de modo geral – com ninguém. Os amigos sabiam, é claro, da morte de Brendan em Portugal e sobre o suicídio de Miriam logo depois. Sabiam do pesadelo mais recorrente dele, em que corria na direção da beira do penhasco onde ela estava parada, com a sensação de que estava se movendo através de alguma coisa grossa e resistente, que não era o ar, tentando alcançá-la a tempo de salvá-la, e fracassando... então, pensando nas palavras exatas que deveria ter dito quando já era tarde demais, a mão quase tocando a dela, que pulava.

– Eastham era meio-irmão de Miriam – disse ele –, embora tenha recebido o título depois da morte dela. Os dois eram muito próximos. Miriam costumava visitar com frequência a casa onde crescera e permanecia lá por longos períodos... a saúde do pai exigiu cuidado por vários anos antes que ele morresse. Eastham, que na época era apenas Meikle, também costumava visitar Penderris, até que eu... o desencorajei. Ele apareceu depois da morte de Brendan para confortar Miriam, mas não foi a Penderris. Depois que ela... morreu, Eastham me acusou de tê-la matado. Ele estava fora de si, é claro... assim como eu. Mas não retirou a acusação nos dias que se seguiram ao funeral, e voltou a me acusar para quem quisesse ouvir. Muitas pessoas realmente lhe deram ouvidos, como vocês devem imaginar, e algumas poucas se dispuseram a acreditar nele. Mas o boato acabou se dissipando com o tempo, já que não havia nenhuma prova, e Meikle deixou a Cornualha logo depois do funeral, jurando vingança, mesmo que isso demorasse o resto de sua vida. Imagino que ontem tenha sido a sua primeira tentativa. Não acho que ele tenha ficado plenamente satisfeito, mas arruinou o dia para Dora. É possível que esteja planejando mais.

Maldição... talvez houvesse mais. No entanto, o que mais poderia haver?

Um longo silêncio se seguiu às palavras de George, algo típico daquelas sessões de conversas entre eles. Nunca falavam só por falar, para preencher o espaço com palavras vazias de conforto e segurança.

– Você... *o desencorajou*? – perguntou Ben, por fim.

– Nunca houve qualquer afinidade entre nós – disse George. – Eu era muito jovem quando me casei, tinha apenas 17 anos. Eastham era dez anos mais velho, o que é uma diferença considerável nessa fase da vida. Tínhamos... motivos para não nos gostarmos e para nos ressentirmos um do outro. Mas ele acabou se tornando agressivo demais para ser tolerado, e causou grande dano à minha família. Eu o informei, então, de que não era mais bem-vindo em Penderris.

– Agressivo? – disse Flavian.

George olhou para ele e balançou lentamente a cabeça. Confiaria a própria vida àquele grupo. Amava cada um deles sem restrições. Mas não poderia dizer mais nada.

– Sim, agressivo – respondeu apenas.

– Espero que ontem Percy não tenha piorado o problema, George – comentou Imogen. – Espero que não tenha lhe causado mais problemas do que soluções pondo aquele homem fora de ação pelo resto do dia.

– Percy fez o melhor para garantir que o dia do casamento de Dora não fosse um completo desastre – disse George. – Serei eternamente grato a ele. Se houver mais problemas vindo por aí, não será porque Percy o envolveu em uma briga de taberna.

– E agora? – perguntou Ralph. – O que podemos fazer por você, George?

Eles se inclinaram para a frente em seus assentos. George sabia que estariam dispostos a mover montanhas por ele. E se forçou a sorrir.

– Absolutamente nada – respondeu. – O pior dessa situação veio à tona anos atrás, depois que Miriam morreu. O assunto foi reavivado ontem, e não tenho dúvidas de que será o principal assunto das conversas nos clubes e salões de visita ao longo dos próximos dias. Mas não espero ser visto como um possível assassino, não mais do que fui na época. Além disso, vou levar Dora para casa, na Cornualha, nos próximos dias, e isso vai dar um fim à questão.

O problema era que ele não acreditava totalmente naquilo.

– Não acha possível que ele o siga até lá? – perguntou Hugo.

– Se ele fizer isso – garantiu George, sentindo o estômago arder de forma desconfortável –, não poderei detê-lo, mas ele não ficará em Penderris

Hall, e ignorarei a sua presença. Mas não espero que isso aconteça. De que adiantaria?

De nada adiantaria, a não ser pela possibilidade de revirar ressentimentos antigos e rançosos e embaraçar Dora.

– Aquele antigo pesadelo não está mais atormentando você? – perguntou Vincent.

– Ultimamente, não – garantiu George. – Acredito que, com o tempo, vai parar por completo. Tenho uma nova esposa e um novo casamento para me dar esperança e felicidade.

Houve mais um momento de silêncio.

– Só é uma pena que algumas coisas nunca possam ser inteiramente esquecidas apenas com a força da nossa vontade – acrescentou ele. – Mas todos tivemos que aprender essa lição.

– É verdade – concordou Imogen.

Vincent nunca se esqueceria de que havia ficado cego pelo resto da vida como consequência de um movimento tolo e ingênuo no campo de batalha. Imogen jamais esqueceria que fora ela a disparar o tiro que matara seu amado marido na Península quando os dois foram feitos prisioneiros. Hugo jamais esqueceria que era um dos poucos a terem sobrevivido ao ataque suicida que liderara, ou que era o único que havia sobrevivido sem um arranhão. Ralph jamais esqueceria que havia persuadido três de seus amigos mais próximos a comprar patentes de oficial e se juntarem a ele na Península – para logo depois serem feitos em pedaços em um ataque à cavalaria. Todos tinham fardos que carregariam pelo resto da vida, embora tivessem aprendido a conviver com esses fardos e tivessem até mesmo voltado a encontrar a felicidade.

Seria feliz de novo, pensou George, apesar de todos os fardos do passado. *Estava* feliz. Seu coração se enchia de alegria quando pensava em Dora. E garantiria que ela também fosse feliz.

Flavian ficou de pé e deu uma palmadinha no ombro de George quando passou para devolver o copo ao aparador.

– É melhor eu levá-lo de v-volta para casa, George – disse –, ou a minha cunhada vai deixar de falar comigo, e então Agnes fará o mesmo.

Aquele foi o sinal para que todos partissem, a não ser por Imogen, que esperaria ali até que Percy voltasse de sua caminhada no parque. Todos voltariam às suas casas no campo em poucos dias, e era pouco provável que se vissem de novo até a reunião anual, na primavera seguinte. Àquela altura, já haveria novas crianças para levar a Penderris – o grupo inicial de sete estava se expandindo depressa. Todos se abraçaram e desejaram boa viagem uns aos outros.

Era provável que não tivessem passado mais de uma hora na casa de Hugo, pensou George, sentado ao lado de Flavian no cabriolé. Tinha parecido muito mais do que isso. Ele sorriu ao se dar conta de que estava sentindo falta da esposa, e que mal podia esperar para vê-la de novo. Quantos anos tinha mesmo? Quarenta e oito, ou 19?

– Um penny pelos seus pensamentos – disse Flavian.

– Pelos meus pensamentos? Nem por 1 libra, Flave. – George sorriu para o amigo. – Nem por 20 libras.

Eles retornaram à Casa Stanbrook contornando a praça, em vez de atravessarem o parque, a mão de Dora pousada no braço de George. Como era agradável, pensou ela, estar indo para casa, tranquilamente, com o marido, depois da pompa e da agitação da véspera.

– Ah, preciso lhe contar – falou Dora. – Surgiu uma pessoa interessada em se mudar para Inglebrook, para dar aulas de música… um Sr. Madison. Ele vai visitar o visconde… vai visitar Sophia e Vincent esta tarde. E se mostrou interessado até no fato de haver um chalé à venda no vilarejo. O Sr. Vincent foi membro de uma orquestra sinfônica por vários anos e viajou por toda a Grã-Bretanha e pela Europa. Mas se casou recentemente e começou uma família, por isso agora deseja uma vida mais tranquila e mais estável, embora ainda lucrativa o bastante para lhe garantir uma renda fixa.

– Ele não estará a sua altura – comentou George com um sorriso de lado.

– Ah, que elogio tolo – disse ela. – Mas agradeço. Agora vou me sentir bem menos culpada por deixar a função tão abruptamente… se o Sr. Madison gostar das informações que receberá esta tarde a respeito do trabalho, é claro. Você vai sair de novo? Para o seu clube, talvez?

– Tive a esperança de passar o resto do dia com a minha esposa – disse ele. – Não tem tempo para mim?

– É claro que tenho. – Dora se sentiu muito satisfeita. – Achei que todos os homens passavam seus dias em um dos clubes de cavalheiros, ou no Parlamento, ou em algum outro domínio exclusivamente masculino.

– Não este homem – garantiu George enquanto eles subiam os degraus de casa. – Ao menos não o tempo todo, e certamente não no primeiro dia de casado, depois de ter passado toda a manhã separado da minha esposa. Você se divertiu?

– Sim – garantiu ela.

Mas não acrescentou como fora deliciosa a sensação de ser uma esposa entre outras esposas, uma amiga entre amigas – ah, como fora bom saber que tinha um marido que voltaria para ela. Teria ficado constrangida em comentar aquele tipo de coisa em voz alta. Sentia-se até um pouco constrangida em pensar aquilo. O que acontecera com o orgulho que sentia da própria independência, da capacidade de ficar só, sem homem algum?

Eles não ficaram em casa o resto do dia. Em vez disso, foram caminhar no Hyde Park, embora não na área onde a nata da sociedade passeava e montava durante a tarde.

– As pessoas poderiam se sentir obrigadas a parar e nos informar como está o clima, se fôssemos até lá – disse ele, como explicação. – Não quero ser parado, nem conversar com outra pessoa hoje. E você?

Dora riu.

– Não – respondeu. – Tenho toda a companhia que desejo para o dia.

– Ah. – Ele riu. – Recebi meu elogio e agora já posso ficar em paz.

Ela não teria imaginado que o casamento pudesse ser tão... confortável, que envolveria provocações bem-humoradas, gracejos e risadas.

Eles caminharam pelas trilhas estreitas entre as árvores, subindo e descendo, e às vezes se deparando com pedras ou raízes expostas em que tinham que prestar atenção para não tropeçar. As trilhas estavam silenciosas e vazias, de modo geral, deixando entrever relances ocasionais dos gramados e de pequenos grupos de pessoas, tanto de cavalheiros e damas a cavalo quanto de pedestres. Duas amas estavam sentadas na grama, conversando, enquanto as crianças de quem cuidavam corriam e brincavam ao redor. Um cachorrinho corria atrás de um galho que o dono lançara longe, a cauda girando como se fosse um pequeno furacão. George lhe contou sobre o cão de Percy, antes um animal sem dono, de raça indeterminada e aparência pouco atraente, que chamara a atenção de Percy até o homem não ter outra escolha a não ser ficar com ele e amá-lo.

– Gosto sinceramente de Percy – comentou Dora, rindo da história. – Ele parece perfeito para Imogen.

– Ele a faz cintilar – disse George –, e isso já lhe garante a minha mais profunda estima.

Dora se perguntou se naquele momento, em que estavam juntos e longe de casa, ele conversaria sobre o que acontecera na véspera e sobre a morte da primeira esposa.

– Foi triste termos que nos despedir do seu pai e do seu irmão esta manhã – comentou ele. – Você provavelmente gostaria de ter passado mais tempo com eles.

– Fiquei muito feliz por eles terem podido vir ao casamento – garantiu Dora. – Mas Oliver tem uma vida ocupada, e Louisa não gosta de ficar afastada dos filhos por mais tempo do que o necessário. E meu pai simplesmente não gosta de sair de casa.

– Mas ele fez isso por sua causa – lembrou George. – Fico feliz.

Ele continuou a olhar para ela, e Dora sentiu o questionamento silencioso.

– Meu pai nunca foi um homem abertamente afetuoso – disse ela –, embora também não tenha sido grosseiro ou negligente... ao menos não conosco, os filhos. A Sra. Brough era amiga da minha mãe. Eu gostava dela e, depois que minha mãe partiu, ela continuou a me visitar, sempre com algum conselho, ou uma palavra de encorajamento. Mas depois que o Sr. Brough morreu, alguns anos mais tarde, ficou evidente que o interesse dela era mais no meu pai do que em mim. O casamento dos dois não foi uma grande surpresa. Logo depois que se casaram, ela deixou claro para Agnes que já estava na hora de considerar seriamente o casamento... e Agnes se casou com William Keeping, algo que nunca deveria ter acontecido. Então, foi a vez de a Sra. Brough deixar claro para mim que não havia espaço para duas donas na nossa casa, embora eu tivesse me esforçado muito para tornar a minha presença insignificante. Acredito que tenha sido um grande alívio para todos nós, exceto talvez para Agnes, quando me mudei para Inglebrook. Nunca consegui pensar na Sra. Brough por nenhum outro nome, mas, como não posso mais chamá-la assim, não a chamo de nada. É um pouco esquisito. No que diz respeito ao meu pai, não temos um relacionamento próximo, mas também não somos excessivamente distantes. Estou feliz por ele ter vindo e entrado na igreja comigo. Ele também ficou feliz com isso.

– Você se ressentiu por ele se casar de novo? – perguntou George.

Dora hesitou enquanto o marido usava a mão livre para afastar um galho baixo, que teria esbarrado no rosto dela caso ele não tivesse percebido.

– Tentei não me ressentir – respondeu ela. – Não havia razão para que ele não se casasse, e eles pareciam... ainda parecem... gostar bastante um do outro. Teria sido errado da minha parte me ressentir do casamento do meu pai por razões puramente egoístas.

– Egoístas? – disse George. – Mas você não desistiu dos seus sonhos para cuidar da casa para o seu pai e criar a sua irmã?

– Mas não fiz isso por exigência dele – protestou Dora. – Foi escolha minha. Não poderia culpar outra pessoa pelo que decidi fazer por livre e espontânea vontade.

– Talvez eu discorde desse ponto, Dora – insistiu George. – Você não culpou o seu pai pelo abandono da sua mãe? Ah, perdoe-me. Essa pergunta foi totalmente fora de propósito. Ignore-a, por favor, e vamos admirar a beleza do parque.

– Ah, eu o culpei – disse ela com um suspiro –, principalmente depois de saber o que a minha mãe disse a Flavian no ano passado. Presumo que você tenha ouvido a respeito. E é claro que eu também a culpei. De início, a culpa foi inteiramente do meu pai. Eu estava presente quando ele acusou a minha mãe no meio de uma assembleia. E ele não se calou, mesmo que várias pessoas o estivessem alertando para não dizer o que viveria para se arrepender. Mas... ela não precisava ir embora e nunca mais voltar. Ou talvez precisasse. Como posso saber quanto o casamento havia se tornado intolerável para ela? Não se pode saber com certeza dessas coisas estando de fora, não é mesmo?

– Não – concordou George, com tom gentil –, não se pode.

– Mas havia uma criança – continuou Dora. – Havia Agnes. Com certeza... ah, posso estar muito errada, mas com certeza ela devia ter colocado o bem-estar da filha antes de qualquer infelicidade pessoal com o casamento. Agnes tinha 5 anos.

– Dos filhos, talvez – disse ele. – Havia você também, além da Agnes. E o seu irmão.

– Eu já tinha idade o bastante para cuidar de mim mesma – falou Dora. – Santo Deus, muitas moças já estão casadas aos 17 anos.

– Fui um filho à mercê de forças além do meu controle – confessou George –, assim como você.

– Sim. – Ela esperou, mas o marido não explicou aquela declaração sobre si mesmo. – Ah, eu realmente tento não odiar a minha mãe, não fazer julgamentos, mas nem sempre consigo. Não podemos saber como é a vida de uma pessoa a menos que possamos incorporar a vida dela, e isso é impossível. Só posso julgar a minha mãe pela dor que ela causou a Agnes e a mim... e a Oliver. E isso talvez seja injusto, principalmente porque foi o meu pai quem começou tudo... ao menos aparentemente.

Eles haviam deixado as árvores para trás e estavam caminhando sob o sol. Dora ergueu o rosto para poder sentir o calor quase de verão contra o rosto, sob a aba do *bonnet*. George parou de caminhar e se virou junto com ela para que encarassem diretamente o sol.

– Minha mãe tinha tanto direito de estar comigo ontem quanto ele – falou Dora, e percebeu tarde demais que havia falado em voz alta.

– Você lamenta não tê-la convidado? – perguntou ele.

– Não. – Ela fechou brevemente os olhos. – Teria sido intolerável. Você deve ter se dado conta disso depois que fez a sugestão, há um mês.

– Mas teria sido possível – retrucou George. – Muitas coisas são possíveis quando se é um duque.

Ela olhou para ele e viu que o marido estava sorrindo, daquele jeito gentil e bondoso dele.

– Sabe, ontem de manhã eu me peguei imaginando se a minha mãe soube do meu casamento, imaginando se ela se importava – disse a ele.

– Sabe, Dora – falou George, e a bondade que cintilava em seu olhar pareceu envolvê-la como uma manta quente –, não precisamos partir para a Cornualha amanhã, nem depois de amanhã.

Eles estavam planejando partir no dia seguinte. Iriam para Penderris, e Dora ansiava profundamente seguir caminho com o marido. Para casa. Ela não queria atrasar a partida nem por um dia.

Eles saíram da trilha para permitir a passagem de duas jovens seguidas por uma criada. Dora esperou até elas se distanciarem.

– Não posso ir visitá-la – falou.

– Como você desejar. – O sorriso dele a aqueceu mesmo quando o sol foi coberto por uma pequena nuvem.

– Não sei onde ela mora – disse Dora.

– Flavian sabe – lembrou George.

Ela umedeceu os lábios com a língua.

– Acha que devo ir?

– Acho que devo deixar que você decida por si mesma, Dora – disse

115

ele. – Mas se desejar ficar mais um ou dois dias, será o que faremos. E se desejar visitar a sua mãe, eu a acompanharei... ou não.

Dora inclinou a cabeça para o lado e o fitou com atenção.

– Agora sei o que Flavian e Agnes queriam dizer quando falavam de você.

Ele ergueu as sobrancelhas.

– Que você tem o dom de escutar – disse ela. – Que oferece conforto, força e apoio sem de forma alguma tentar impor a sua vontade sobre a dos outros, sem tentar controlar as ações de ninguém.

– Não é preciso grande talento para escutar quando se ama seu interlocutor – argumentou ele.

Ama?

– E você ama todo mundo – concluiu ela.

– Ah – disse George –, de forma alguma, Dora. Sinto muito, mas você não vai conseguir fazer de mim nenhum tipo de santo.

– Seus companheiros Sobreviventes fazem.

Ele riu baixinho.

– Fui capaz de confortá-los quando estavam nos piores momentos de suas vidas. Foi fácil ser um herói quando eu estava incólume.

– Você estava? – Dora franziu o cenho.

Algo se ocultou nos olhos dele, quase como se uma cortina tivesse sido baixada.

– Vamos caminhar?

George gesticulou para o longo trecho gramado diante deles, e os dois deixaram a trilha e seguiram em direção ao que Dora imaginava ser o lago Serpentine. Talvez ele achasse que já era hora de voltar a encontrar as outras pessoas que passeavam pelo parque.

– Você irá comigo? – perguntou ela depois de um ou dois minutos de silêncio.

– Sim.

– Amanhã?

– Sim.

Mas Dora não queria ir. Ou queria? Ela não estava esperando por nenhum tipo de reconciliação. Nunca esperaria. Tentava não julgar as ações da mãe, nem odiá-la, ou culpá-la pelo mal que fizera a Agnes e à própria Dora – e provavelmente a Oliver também –, mas não conseguia... perdoá-la, assim como não conseguia realmente perdoar o pai. Mas ainda assim ela o convidara para o casamento – e para entrar na igreja com ela. A mãe não merecia consideração semelhante? A ideia deixou Dora um pouco tonta.

– Que estranho! – comentou. – Se minha mãe não tivesse ido embora, se minha vida tivesse prosseguido de acordo com o planejado, eu possivelmente não estaria aqui, caminhando com você, agora. E teria odiado isso. Embora não fosse saber o que estava perdendo, não é?

Ela se virou para ele, e os dois riram.

– Eu também teria odiado – disse George.

CAPÍTULO 11

Os anos durante os quais Penderris Hall havia sido um hospital para oficiais feridos salvaram a sanidade de George. Ele tinha certeza disso. Não apenas porque a casa estava cheia e a vida, ocupada o bastante para manter sua mente distraída de si mesmo. O que mais o ajudara fora ter por perto pessoas que precisavam dele. Esse fato o surpreendeu a princípio, pois ele presumira que o sucesso de seu plano dependeria quase inteiramente do talento incrível de Joseph Connor, o médico que contratara. George acreditava que só forneceria o espaço e os meios financeiros. No entanto, ele acabara se vendo com uma função quase tão importante quanto a de Connor, pois havia descoberto em si mesmo uma enorme capacidade de sentir empatia, de se colocar no lugar de quem sofria, de *ouvir*, para então encontrar as palavras exatas em resposta. Descobriu que era um homem paciente, que podia passar tanto tempo com cada homem ferido quanto fosse necessário. Havia passado muitas horas, por exemplo, apenas abraçando Vincent durante os meses horríveis em que o rapaz estava surdo e cego. Naqueles anos, ele descobriu em si mesmo uma capacidade de amar que se estendia a qualquer pessoa necessitada.

A recompensa de tudo aquilo – ah, a qualidade bíblica daquilo! – foi que, ao se doar, ele também recebera em abundância. Cada um dos oficiais que haviam estado em Penderris e sobrevivido ainda lhe escrevia regularmente. E George sabia que os seis que formaram com ele o Clube dos Sobreviventes o amavam tanto quanto ele os amava. Era mesmo uma enorme recompensa.

George também sentia empatia por Dora. Ela havia sacrificado as próprias perspectivas de uma vida feliz como jovem esposa e mãe para que a irmã pudesse crescer sentindo-se segura e amada. Então, quando parecera que ninguém mais precisava dela, havia construído uma nova vida para si, uma vida admirável em sua dignidade e valor. Mas as mágoas que carregava eram profundas, provavelmente muito mais profundas do que a própria Dora se dava conta. Ela podia perdoar o pai com mais facilidade do que a mãe, porque ele nunca fora o centro de sua vida e porque o vínculo de afeto entre eles sempre tinha sido morno, na melhor das hipóteses. Mas a mãe fora tudo para Dora até o início de sua juventude, e a deserção da mulher e seu silêncio subsequente a devastaram. George sabia que havia um grande vazio na vida da esposa, no lugar antes ocupado pela mãe – não, era pior do que um vazio. Um espaço vazio não trazia dor. E por mais que a dor tivesse sido empurrada para o fundo da alma de Dora, ainda assim permanecia lá, provavelmente tão viva quanto antes.

George faria o que estivesse ao seu alcance e ainda mais para consertar as coisas para ela, embora soubesse por experiência própria que ninguém jamais poderia consertar a vida de outra pessoa. Só se podia ouvir, encorajar e amar. E *abraçar*, quando abraçar era apropriado.

Ele não fez amor com a esposa naquela noite. Sabia que havia lhe causado dor na noite de núpcias, embora também soubesse que ela o teria aceitado de bom grado, que o lado físico do casamento era importante para Dora. Santo Deus, como deveria ser viver metade da vida em celibato? E não adiantava tentarem convencê-lo de que as mulheres não sentiam desejos e frustrações sexuais como os homens. Mas naquela noite, George daria ao corpo dela uma chance de se curar. Iria apenas abraçá-la. Dora havia ficado muito quieta desde o passeio no parque, e ele sabia que a mente dela estava focada no dia seguinte e na decisão que havia tomado de ver a mãe.

Ele passou um braço ao redor dos ombros dela e a aconchegou contra o corpo. Com a outra mão, segurou seu queixo e a beijou.

Era ótimo beijar Dora. Tinha uma boca quente, macia e doce, e quando ele traçou a linha de seus lábios com a língua, ela os entreabriu e as línguas se encontraram. O beijo foi quente, úmido e bem recebido. Dora se virou para se aproximar mais dele e deixou escapar um suspiro profundo.

Havia algo surpreendentemente adorável em abraçar uma mulher quando não se tinha intenção de ter uma relação sexual com ela. Na verdade, aquela era uma experiência inteiramente nova para George. Ele beijou a testa da esposa, sua têmpora, a orelha, o queixo, o pescoço. Então, deixou a mão correr pelo corpo dela, roçando a lateral de um seio, traçando a linha de um quadril, a extensão plana do abdômen, circundando uma nádega arredondada. Dora era quente, cheirosa, doce... e era dele.

Aquela era a maior de todas as maravilhas, o maior milagre – ela era *dele*. Sua esposa, até que a morte os separasse. E não apenas esposa dele – ah, não, não apenas isso. Dora era sua companheira, sua parceira de cama, sua amiga. E sim, eles seriam amigos. Já eram, embora ainda houvesse muito para descobrirem um sobre o outro e, sem dúvida, muitos ajustes a serem feitos. Ele gostava dela... ah, mais do que gostava de qualquer outra pessoa no mundo.

A mão de Dora estava pousada nas costas dele.

– Podemos dispensar a camisola? – perguntou George, a boca junto à dela. – Mas só se você se sentir confortável em ficar com a pele colada à minha.

– Suponho que as coisas funcionem assim entre pessoas casadas, não é? – retrucou Dora, soando tão parecida com a Srta. Debbins de Inglebrook que George sorriu na escuridão.

– Não precisamos fazer nada que as pessoas casadas façam – disse a ela. – Faremos apenas o que quisermos.

– Muito bem – disse Dora, e teria se sentado se o marido não a tivesse mantido no lugar com o braço passado por seus ombros.

George deslizou a camisola lentamente para cima pelo corpo dela, deixando as costas dos dedos roçarem por suas coxas no caminho, e então pela barriga.

– Levante os braços para mim – falou ele, e despiu completamente a camisola, jogando-a ao lado da cama. – Você é muito, muito linda, Dora.

– Isso é porque o quarto está escuro – brincou ela.

– Ah, mas as minhas mãos, os meus dedos e a minha boca não precisam de luz – garantiu ele.

Ela não parecia uma menina, e George ficou grato por isso. Dora tinha corpo de mulher, não exatamente voluptuoso, mas ainda assim muito feminino. Ela era quente, a pele macia e sedosa... se não tomasse cuidado, ele acabaria mais excitado do que gostaria.

Ela era perfeita.

George acariciou os seios de Dora com dedos suaves como uma pena, então a beijou na boca e acariciou a carne úmida com a língua.

– Você também pode me tocar, se desejar – disse ele.

– Estou tocando... – começou a dizer Dora, mas ele aprofundou o beijo.

– Onde você quiser – continuou George. – Sou seu marido. Sou seu. Estou a sua disposição para lhe dar prazer, assim como para tudo mais.

– Oh. – Ela suspirou suavemente contra a boca dele.

– Espero que isso venha a ser tão prazeroso para você como é para mim – disse George.

– *Venha* a ser? – Seu tom era mais uma vez o da Srta. Debbins – Ah, George, já é. Você não tem ideia.

Sim. Sim, ele tinha.

Dora deixou as mãos correrem pelas costas, pelos ombros e pela cintura do marido. Então, deslizou-as pela frente, em movimentos circulares, pelo peito, ombros, dos braços até os cotovelos.

– Você é muito bonito – comentou Dora.

Se George estivesse pensando em termos de romance, poderia muito bem ter se apaixonado um pouco mais por ela naquele momento. Mas estava pensando em termos de prazer – mais dela do que dele mesmo. E também em abraçá-la, protegê-la, amá-la, em tornar mais leves os fardos que a esposa carregava, em especial os que ela enfrentaria na manhã seguinte. Esperava ter feito a coisa certa ao dar um empurrãozinho para convencê-la a visitar a mãe. Ele a puxou mais para perto, passando os dois braços ao seu redor, prendendo as mãos de Dora entre eles, e a beijou suavemente.

– Durma agora – disse ele. – Amanhã à noite faremos amor novamente.

– Sim – disse ela, enquanto apoiava o pescoço no braço dele e a cabeça em seu ombro. – Sim, por favor – acrescentou, sonolenta, alguns instantes depois.

George sorriu e beijou o topo de sua cabeça.

Na tarde seguinte, Dora, George, Agnes e Flavian estavam juntos na carruagem do duque a caminho da casa de sir Everard e lady Havell, em Kensington. George havia passado na Casa Arnott, na noite da véspera, para perguntar a Flavian onde a mãe de Dora e Agnes morava, e voltara pouco depois com a notícia de que Agnes insistira que, se Dora iria visitar a mãe, ela também iria.

No ano anterior, Agnes se recusara a ir. Ficara feliz com as notícias, dissera isso a Dora ao contar sobre a visita de Flavian, mas não sentia o menor desejo de se relacionar com a mãe que a havia abandonado quando ela era pouco mais do que um bebê.

As irmãs iam sentadas lado a lado, de frente para os cavalos, olhando a vista pelas janelas opostas, enquanto os maridos mantinham o que parecia uma conversa tensa, embora Dora não tentasse acompanhar o que estava sendo dito. Em vez disso, quando a mão da irmã mais nova encontrou a sua no assento entre as duas, ela a agarrou e sentiu-se escorregar de volta para aqueles anos em que tinha sido mais mãe do que irmã de Agnes.

Dora estava convencida de que não estaria fazendo aquilo se George não a tivesse pressionado. No entanto, aquele era um pensamento extremamente injusto. O marido não exercera pressão alguma. Ele nem mesmo havia sugerido que Dora visitasse a mãe. Apenas sorrira gentilmente enquanto ela se convencia a fazer o que achara que nunca faria. E a ouvira explicar a ambos que, se não fizesse isso naquele momento, provavelmente nunca o faria e poderia acabar arrependida, continuando a odiar a mãe que a abandonara sem dizer uma palavra, ao mesmo tempo que sofria pela perda. George não tinha feito nada para persuadi-la antes que ela decidisse, ou para dissuadi-la depois que a decisão foi tomada.

No entanto, Dora desconfiava que de alguma forma ele a havia levado àquilo.

Os olhos dela encontraram os do marido no assento a sua frente – seus joelhos se tocavam sempre que a carruagem oscilava – e ele sorriu. Ah, aquele sorriso! Era uma coisa poderosa. Sugeria força, apoio, bondade e aprovação. Também era uma espécie de escudo. Como ele conseguira fazê-la falar sobre a família na véspera, e sobre o evento mais perturbador de sua história familiar? Ela não conseguia se lembrar de George fazendo qualquer pergunta intrusiva ou direta. Ainda assim, ela falara. No entanto, o marido não havia lhe contado nada sobre a própria família, ou sobre o terrível desastre que pusera fim a ela e o deixara sozinho e solitário. Será que algum dia ele conversaria com ela a esse respeito? Dora tinha a desconfortável suspeita de que o marido não apenas era um desconhecido para ela, mas também, de muitas maneiras, inatingível.

Mas era cedo demais para chegar àquela conclusão. Eles estavam casados há apenas dois dias. Logo, provavelmente no dia seguinte, partiriam para Penderris. Uma vez que estivessem em casa, George sem dúvida se abriria sobre a sua vida, como ela havia se aberto sobre a dela.

Ela retribuiu o sorriso dele.

– Aqui – disse Flavian enfim, enquanto a carruagem saía da estrada para acessar a casa. – Parece q-que estamos nos embrenhando na natureza selvagem, mas há um jardim bonito e bem cuidado ao redor da casa... ou pelo menos havia um no ano passado, quando estive aqui.

E de fato ainda havia. A casa em si era uma mansão sólida com um leve ar de descuido, embora não estivesse de forma alguma abandonada. A mão de Agnes apertava convulsivamente a de Dora.

– Talvez – disse ela, parecendo esperançosa – eles não estejam em casa.

– Ano passado – comentou Flavian, inclinando-se para a frente no assento e pegando a mão livre da esposa –, não tive a impressão de que eles se afastavam de casa com frequência, Agnes.

– Duvido que eu a reconheça – comentou Agnes. – Realmente não consigo me lembrar de como ela era... e não a vejo há mais de vinte anos.

Dora apenas olhou para George em busca de coragem. Nenhum dos dois falou.

Um criado idoso abriu a porta depois que George bateu com a ponta da bengala. O homem olhou para cada um deles até reconhecer Flavian. Ele se afastou da porta para deixá-los entrar, pegando o cartão de visita que George lhe entregou.

– O duque e a duquesa de Stanbrook e o visconde e lady Ponsonby para ver sir Everard e lady Havell, se eles estiverem recebendo – disse George.

O homem inclinou a cabeça, subiu as escadas que ficavam de um lado do saguão e reapareceu um ou dois minutos depois.

– Milorde e milady os receberão no salão de visitas – informou, e se virou de novo para levá-los até o andar de cima.

Dora teria adorado se virar e fugir, mas não tinha ido tão longe só para bancar a covarde. Ela pegou o braço oferecido por George e seguiu o criado. Agnes estava logo atrás, com Flavian.

Sir Everard não esperou que fossem anunciados. Ele os encontrou na porta da sala, que estava aberta, com um sorriso de boas-vindas no rosto.

Sir Everard não envelhecera muito bem, pensou Dora, embora reconhecesse com facilidade o antes belo e arrojado jovem de quem ela se lembrava das várias visitas prolongadas que ele fizera a parentes na vizinhança, durante sua infância. Ele havia sido motivo de suspiros para muitas mulheres. Várias das mais jovens haviam se empenhado em chamar a sua atenção. Mas, depois de tantos anos, sir Everard tinha uma barriga saliente, os cabelos loiros agora estavam ralos e desbotados, e o rosto tinha ficado mais redondo e mais vermelho. Dora se deu conta, um tanto chocada, de que ele provavelmente era apenas alguns anos mais velho do que George.

Ela se demorou avaliando a aparência de sir Everard Havell, porque não queria voltar a atenção para a outra ocupante da sala, que estava parada logo atrás dele.

– Sejam todos muito bem-vindos – disse sir Everard, o tom efusivo e um pouco exagerado. – Já nos encontramos antes com o visconde Ponsonby, não é, Rosamond? O senhor, então, deve ser o duque de Stanbrook. E as damas...

Dora não ouviu o que ele tinha a dizer sobre elas. Ela voltara os olhos para a mulher que ele chamara de Rosamond. A mãe havia envelhecido perceptivelmente. Ora, é claro que sim, afinal estava 22 anos mais velha. Também ganhara peso, embora, com seu porte, os quilos extras, proporcionalmente distribuídos, lhe caíssem bem. Seus cabelos, antes tão escuros quanto os de Dora, agora eram de um cinza prateado uniforme. O rosto tinha rugas e o contorno do maxilar estava menos definido, como era inevitável, embora ela ainda mantivesse traços da antiga beleza. Seus olhos ainda eram escuros e vivos.

Ela parecia uma estranha. Por alguns momentos, foi quase impossível conciliar a aparência daquela mulher mais velha com a lembrança de uma mãe vibrante, sorridente e jovem, dançando com uma filha de cada vez, dando a impressão de que para ela o sol nascia e se punha por elas e pelo filho ausente. Mas o estranhamento durou apenas alguns momentos antes que Dora visse em lady Havell a mãe de que se lembrava.

Sir Everard estava tentando pegar a mão de Dora e se curvar para ela, mas Dora o ignorou. Na verdade, ela havia praticamente se esquecido dele.

– Dora? – Os lábios da mãe mal se moveram, e a palavra saiu quase inaudível, mas ah, meu Deus, ela falou com a voz de que Dora se lembrava. – E... *Agnes*?

– A duquesa certamente herdou a beleza da mãe – disse sir Everard, a voz ainda alta –, recordo-me bem disso, de quando ela ainda era muito jovem. Não concorda, Stanbrook?

Dora não ouviu a resposta de George, se é que ele respondeu. Estava experimentando exatamente o mesmo problema que sempre tivera com a Sra. Brough. Não sabia como chamar aquela mulher.

– Senhora? – falou, enquanto inclinava a cabeça. E percebeu que Agnes também fazia uma reverência breve e rígida ao seu lado, sem dizer uma palavra.

– Vocês vieram – disse a mãe, passando as mãos com muita força ao redor da própria cintura... e, ah, ela usava o mesmo anel de prata que sempre estivera no dedo mínimo de sua mão direita. – Lemos o anúncio das núpcias nos jornais da manhã, Dora. O casamento foi anteontem? Eu não esperava que vocês viessem, mas me vesti para receber visitas todos os dias desde que li o anúncio, só para garantir, por menor que fosse a possibilidade... Ah, vocês duas se saíram muito bem na vida. Nem consigo dizer como estou satisfeita. Mas para onde foram minhas boas maneiras? Nem cumprimentei o duque de Stanbrook e o visconde Ponsonby. – Ela fez uma reverência e fixou os olhos em cada um dos dois.

– Sentem-se, sentem-se – convidou sir Everard. – Nosso mordomo logo estará de volta com a bandeja de chá.

Enquanto sir Everard falava e ninguém mais dizia uma única palavra, Dora se deu conta de que aquela situação era muito, muito difícil. Ainda pior do que temia que pudesse ser. Quando ela por fim falou, sir Everard pareceu prestes a desmaiar de alívio, mas Dora não viu a reação dele ao que disse.

– Tenho sido assombrada pelo seu abandono desde a noite em que a senhora se foi – começou Dora, dirigindo-se à mãe com palavras que não planejara dizer... na verdade, não havia planejado nada além da visita. – Estava farta de ser assombrada por isso. Vim aqui para ver por mim mesma que muito tempo se passou e a mulher de que me lembro, a mãe de que me lembro, não existe mais. Já vi o que queria ver e agora estou satisfeita. A senhora é lady Havell. Guarda apenas uma leve semelhança com minha mãe.

Ela ouviu a si mesma, horrorizada com a própria rudeza, mas feliz por ter encontrado a coragem de falar a verdade. Seria um absurdo se tivessem tomado chá e conversado trivialidades antes de se despedir.

A mãe a encarou de volta, o rosto sem expressão. Mas suas mãos estavam fechadas sobre o colo, os nós dos dedos muito pálidos.

– Sei que meu pai teve tanta culpa quanto a senhora – continuou Dora –, na verdade, ainda mais, naquela noite. Mesmo que houvesse alguma verdade no que ele disse, foi imperdoável da parte dele acusá-la tão publicamente. Consigo entender que as palavras do meu pai foram uma humilhação intolerável para a senhora e que a perspectiva de viver como esposa dele deve ter parecido insuportável. Posso até mesmo entender a atração por um homem mais jovem, por um novo amor, quando o seu casamento era tão obviamente infeliz. O que não consigo entender, ou pelo menos não consigo perdoar, é a senhora ter *nos* abandonado completamente, além do papai. O que nós fizemos para merecer isso? A senhora era nossa mãe, nossa mãe tão querida, precisávamos da senhora. Agnes era uma criança. Ela nem sequer conseguia entender. Só sabia que a mãe havia partido, que talvez a senhora tivesse ido embora porque ela era não digna de amor.

Dora se deu conta de que sua voz estava trêmula. E ela também. E estava ofegante. Ela se sentou em uma poltrona, com George a seu lado. Ele cobriu uma das mãos dela com a sua, embora sem apertá-la nem dizer nada.

– Suponho – disse Agnes – que a senhora amava sir Everard. Posso entender que às vezes um novo romance pode parecer mais atraente do que o casamento que já se tem. Mas mais atraente do que o amor pelos filhos? Talvez eu esteja sendo injusta com a senhora, porque é possível, até mesmo provável, que a senhora não tivesse escolhido sir Everard em vez de nós se papai não a tivesse pressionado a fazer isso. Foi uma atitude particularmente hedionda da parte dele, se de fato a senhora era inocente, como garantiu a Flavian quando ele esteve aqui no ano passado. Ainda assim, nós continuamos a falar com o papai e a tratá-lo com estima e respeito. Talvez seja errado da nossa parte ter esse... padrão duplo.

A mãe delas falou por fim.

– Na verdade, eu escrevi para você, Dora. Mandei presentes para vocês duas nos aniversários, até que o silêncio que tive em resposta me convenceu de que o seu pai as estava privando deles. Além disso, cartas e presentes não eram uma expiação adequada pelo abandono. Eu não poderia ter levado vocês comigo quando parti. Seu pai teria ido atrás de mim e me levado de volta para casa, e isso teria sido mais traumático para vocês do que deixá-las para trás. Na época, eu também não tinha para onde ir, para onde levar vocês. Não que eu tenha de fato chegado a pensar nisso até bem mais tarde, devo confessar. Fugi por impulso, e quando meu coração começou a doer terrivelmente de saudades, optei por permanecer longe em vez de voltar para vocês, e para o seu pai também. Mas estar permanentemente separada dos meus filhos partiu meu coração ao meio. E ele nunca se curou por completo.

– Dora, Agnes, garanto a vocês... – começou a dizer sir Everard.

Dora se virou para ele e o encarou, incrédula. Ele hesitou e seu rosto ficou ainda mais vermelho, antes que recomeçasse:

– Eu lhes asseguro, Vossa Graça, milady, que sua mãe não fez nada para merecer a humilhação que sofreu nas mãos do seu pai naquela noite, não mais do que eu. Um flerte inocente. Ora, todo mundo flerta, vocês sabem. Foi totalmente inofensivo. Tínhamos tanta ideia de fugir quanto... bem, de voar para a lua. Mas, quando seu pai disse o que disse, fui forçado, como um cavalheiro honrado, a fazer uma escolha. Ou batia no rosto dele com uma luva e o chamava para um duelo, ou levava Rosamond embora e esperava pacientemente até poder oferecer a ela a proteção do meu nome pelo resto da vida.

– Mas, como um cavalheiro honrado – comentou Flavian, a voz carregada de ironia –, o senhor não teve a decência de considerar os f-filhos de lady Debbins. – Não foi uma pergunta.

O criado escolheu aquele momento para chegar com a bandeja de chá cheia de bebidas e iguarias que nenhum deles desejava. Lady Havell não fez menção de servi-los, nem fez qualquer referência ao chá. No momento em que o criado saiu, o silêncio era eloquente e pesado.

– Peço desculpas por ter vindo perturbar sua paz sem ser convidada – disse Dora, pondo-se de pé. – Não pretendia falar tão duramente. Acho que pensei que fosse estender algum tipo de ramo de oliveira. Todos nós fazemos escolhas na vida e devemos viver com as consequências dessas escolhas. E algumas dessas decisões não são fáceis de tomar. Já vivi o bastante para entender isso, e também para saber que quase nunca podemos voltar atrás se nos arrependermos do rumo que tomamos. Mas agradeço a sua gentileza em nos receber.

– Eu não me lembro da senhora – disse Agnes, dirigindo-se à mãe –, a não ser por algumas imagens vagas que nunca formam cenas inteiras. Mas sei que uma coisa a senhora fez muito bem. Dora foi uma mãe maravilhosa para mim ao longo da minha infância e início da juventude. Foi afetuosa, amorosa e carinhosa. E só pode ter aprendido a agir assim com a senhora, já que o papai sempre foi uma figura distante e sem humor, que cuidava das nossas necessidades materiais, mas nunca nos deu muita atenção ou amor. Deve ter sido difícil ser casada com ele.

William Keeping tinha sido um homem difícil, pensou Dora, embora fosse verdade que não bebia nem era abertamente ciumento.

Os outros também se levantaram. George ainda não falara uma única palavra. Mas fez isso naquele momento. Ele estendeu a mão para a mãe dela, que estava começando a se levantar.

– Estou satisfeito por tê-la conhecido, senhora – falou. – E lhe prometo que vou cuidar da sua filha pelo resto dos meus dias.

Dora viu a mãe morder o lábio enquanto seus olhos ficavam curiosamente brilhantes.

– Nunca desejei nada além da felicidade dela – disse ela –, embora suponha que o meu comportamento tenha sugerido o contrário. Eu lhe agradeço, Vossa Graça. Diria que Dora é uma dama de sorte, mas acredito que o senhor seja um homem igualmente afortunado. – Ele sorriu para ela.

– Senhora – disse Dora, antes de fazer uma pausa e baixar a cabeça até as mãos da mãe. Ela recomeçou. – Mãe, talvez a senhora queira começar a escrever para mim novamente em Penderris Hall, na Cornualha. Eu receberei suas cartas e as responderei.

– Farei isso, Dora – disse a mãe.

– Vou ter um filho no outono – desabafou Agnes.

– Oh. – A mãe virou os olhos ávidos para ela. – Estou tão feliz, Agnes. – Mas era provável que ela já tivesse reparado na condição da filha.

– Eu... avisarei – disse Agnes.

– Obrigada.

E eles logo estavam de volta à carruagem, menos de meia hora depois de terem saído dela. Ou uma eternidade se passara? Dora e Agnes não se sentaram uma ao lado da outra novamente. Agnes estava de costas para os cavalos, com o braço de Flavian passado ao redor de seus ombros, o rosto escondido na depressão entre o ombro e o pescoço do marido. Dora se sentou ao lado de George, sem tocá-lo exatamente.

– Lamento ter trazido você, meu amor – disse Flavian.

Aquilo fez Agnes levantar a cabeça.

– Você não foi responsável por isso – disse ela. – Eu disse a George que viria e você disse que me acompanharia.

– Sempre tive um p-pouco de d-dificuldade com a minha memória – disse ele com mansidão, exagerando deliberadamente a gagueira.

– Não lamento ter vindo – disse Agnes, apoiando a cabeça outra vez no ombro dele. – *Vou* escrever para ela depois do meu resguardo. Afinal, por que eu deveria escrever para o papai, e não para ela?

– Exatamente – disse Flavian.

Dora ansiava por se apoiar em George, para sentir seu calor e sua força tranquilizadores. Talvez ele tenha percebido, pois pegou a mão dela, entrelaçou os dedos dos dois e os levou aos lábios. Então, se inclinou um pouco para o lado até que a cabeça dela encostasse naturalmente em seu ombro.

– Bravo, Dora – disse baixinho.

Ela teve que se concentrar muito para não chorar.

Como encontrara conforto na vida, se perguntou Dora, antes que houvesse a voz calma de George, os olhos gentis, os ombros firmes e os braços protetores?

Ela poderia ter ficado um pouco alarmada diante da perda de seu espírito independente, se tivesse pensado nisso.

Seu coração doía pela mãe que perdera 22 anos antes, que havia reencontrado naquele dia e...

E *o quê?*

CAPÍTULO 12

Agnes e Flavian partiram para sua propriedade em Sussex já bem tarde, assim que todos voltaram para a Grosvenor Square. Dora e George foram se despedir.

– Estou feliz por ter ido com você – disse Agnes –, embora ache que ainda vou passar alguns dias perturbada por causa desse encontro. Ela é uma estranha, e ainda assim é a *nossa mãe*. Ah, não sei o que pensar. Como está se sentindo, Dora?

– Ela não é uma estranha para mim – respondeu Dora –, ainda que seja. Se ela escrever para mim, eu responderei. Ah, Agnes, como foi cruel o papai ter retido as cartas e presentes que a mamãe nos enviou. Embora talvez ele tenha achado que era o melhor a fazer. Estou cansada de culpar, de me ressentir e de odiar.

Elas se abraçaram, ambas com lágrimas nos olhos.

– Pelo menos temos uma à outra – declarou Agnes. – Amo você mais do que jamais serei capaz de explicar, Dora.

Depois de voltarem para a Casa Stanbrook, Dora subiu para se deitar no quarto da duquesa. Mas não conseguiu adormecer, por mais cansada que estivesse. Não parava de se lembrar da mãe dizendo que se vestia todos os dias para receber visitas depois de ver o anúncio do casamento de Dora, e aquela lembrança fez sua garganta doer com as lágrimas não derramadas. Mas como poderia sentir pena? Agnes havia esperado dia após dia, semana após semana, quando era criança. Ela costumava apoiar uma das bonecas na janela todas as noites quando ia para a cama, para ficar de guarda enquanto dormia, e todas as noites dizia à boneca tudo o que teria para mostrar quando a mamãe voltasse para casa. Mas, às vezes, ela fechava a boneca dentro de um armário, se escondia embaixo das cobertas e se recusava até mesmo a dar a um beijo de boa noite em Dora.

Ah, como o coração dói às vezes... mesmo com a lembrança de eventos há muito passados e que deveriam ser esquecidos.

Toda aquela felicidade na semana anterior, quando o pai viera a Londres e concordara em entrar com ela na igreja. E as palavras dele na manhã do casamento tinham aquecido seu coração. No entanto, o pai havia afastado a mãe dela e impedira as filhas de receberem as cartas e presentes que ela enviara. Como fora capaz de negar presentes a uma criança de 5 anos?

Ah, mas ela estava mesmo muito cansada, *cansada* de atribuir culpas.

Provavelmente cochilara, porque acordou quando algo quente cobriu sua mão, que estava para fora das cobertas. Era a mão de George. Ele estava sentado no seu lado da cama, olhando para ela com preocupação. Quando o marido usou a outra mão para secar delicadamente o seu rosto com um grande lenço de linho, Dora se deu conta de que suas faces estavam molhadas de lágrimas. Ela sorriu e colocou a mão sob a dele para segurá-la.

– Você é muito bom nisso – disse.

– Nisso? – Ele ergueu as sobrancelhas.

– Em dar conforto – explicou Dora. – Mas quem conforta você, George?

Dora poderia ter jurado que, por um momento, vira uma dor profunda nos olhos dele, mas logo o marido sorriu com uma gentileza que mais parecia um escudo.

– Eu me conforto ao confortar.

Ela acreditou nele. Tinha ouvido muito a respeito de George dos amigos dele, de suas respectivas esposas e de Agnes, e ela mesma havia experimentado sua bondade. Mas a questão permanecia. Quem o confortava? Dora conseguia ver uma enorme poça escura de solidão nele. Ele admitira isso em Inglebrook, quando fora pedi-la em casamento, mas na época ela pensara que estivesse se referindo apenas a uma ausência de amigos íntimos e de uma esposa. Agora ela suspeitava – mais do que suspeitava, na verdade – que a solidão do marido era muito mais profunda do que aquilo.

– Me conforte, então. – Ela se deitou de costas e abriu os braços para ele. Mas havia se enfiado embaixo das cobertas quando se deitara, por isso, afastou-as agora e voltou a abrir os braços para o marido. – E deixe-me confortá-lo.

Os olhos de George voltaram a encontrar os dela por um momento, antes de se desviarem para olhar o quarto.

– No quarto da duquesa? – perguntou.

– Eu sou a duquesa – disse ela.

– Bem – disse ele baixinho –, é mesmo.

Os dois estavam totalmente vestidos. George ainda usava até mesmo as botas hessianas. Ele afastou mais as cobertas e subiu na cama ainda sem tirar as botas ou qualquer outra peça de roupa, o que poderia significar apenas que estava cansado e pretendia se deitar ao lado dela e dormir.

Mas não era isso o que George pretendia – ao menos ainda não, de qualquer forma. E fora ela quem começara aquilo. Deus, ela de fato o convidara para a própria cama. Em plena luz do dia. Que tipo de devassa o marido pensaria que era?

Mas não havia qualquer evidência de que ele estivesse sequer pensando, e logo a racionalidade também fugiu da mente de Dora. Ela achara os abraços da noite anterior maravilhosamente íntimos, depois que George despiu sua camisola e os dois ficaram nus. Mas agora, quando estavam completamente vestidos... Bem, agora ele a acariciava com mãos firmes que passeavam por seu corpo e com a boca urgente e exigente, e ela explorou o corpo do marido com a mesma ousadia, apesar da barreira de várias camadas de roupas. E George ergueu a saia de Dora apenas o bastante para conseguir se posicionar entre as pernas dela, depois de afastar bem suas coxas com os joelhos. Então, abriu a calça, passou as mãos por baixo das nádegas da esposa e penetrou-a profundamente – tudo isso pareceu acontecer em uma questão de segundos, e tudo completamente visível para ambos.

Dora sentiu a respiração presa na garganta e pousou as mãos nos ombros ainda totalmente vestidos do marido. As pernas dela, ainda com as meias, envolveram as costas dele, e seus pés se apoiaram no couro quente e flexível das botas de George.

– Estou machucando você? – As pálpebras dele estavam pesadas de desejo.

– Não.

E, ah – *ah, Deus!* –, ele recuou e voltou a penetrá-la profundamente, fazendo com que ela pressionasse com mais força as pernas dele, firmando os pés no colchão e erguendo os quadris enquanto ambos cavalgavam em disparada – não havia outra maneira de descrever o que estava acontecendo, mesmo que a mente dela buscasse por palavras. Dora não saberia dizer quanto tempo havia durado, e não teria tido como saber mesmo se houvesse um relógio em seu campo de visão, pois o tempo deixara de existir. Os olhos dela estavam fixos nos de George e os dele nos dela, mas não havia qualquer constrangimento, nem mesmo uma consciência real de que estavam se encarando enquanto faziam amor. No que dizia respeito a Dora, aquilo poderia ter durado para sempre. Mas o prazer maravilhoso, *maravilhoso* acabou se transformando em uma ânsia quase dolorosa, mas que trouxe ainda mais prazer, até chegar a uma urgência que fez todo o corpo de Dora ficar tenso, e então se abrir para George, que a segurou com firmeza, arremeteu fundo e permaneceu dentro do corpo dela.

O universo se desfez – o que era o pensamento mais idiota possível, concluiu Dora segundos ou minutos depois de sentir outra vez aquele adorável jorro do alívio de George, que então saiu de dentro dela e se deitou ao seu lado, com o braço embaixo da cabeça dela. Eles estavam com calor, amarrotados e sem fôlego e, Deus, era assim que as pessoas casadas se comportavam? Aquilo era *normal*?

Se não fosse, ela não se importava. Ah, *realmente não se importava.*

– Obrigado, Dora – murmurou George contra o ouvido dela depois de um longo tempo. – Você é de fato um enorme conforto para mim.

E a tristeza voltou. Porque, mesmo que se entregasse a ele como acabara de fazer, Dora sabia não ter sido capaz de confortar aquela dor que estava certa de ter visto nos olhos do marido, em um momento de descuido pouco antes. Talvez, ah, talvez ele compartilhasse fosse o que fosse com ela quando estivessem em Penderris. Talvez George lhe contasse o real motivo de o conde de Eastham ter aparecido na igreja durante o casamento deles.

Dora tinha certeza de que significava mais do que parecera.

– Iremos para casa amanhã? – perguntou a George.

– Acho que estou em casa agora – respondeu ele. – Não necessariamente na Casa Stanbrook, mas aqui com você em meus braços.

Para alguém que disse que não haveria romance no casamento deles, George realmente não estava se saindo nada mal.

– Mas sim – disse ele. – Vamos para casa, Dora. Vamos para a Cornualha. Amanhã.

A viagem entre Londres e Penderris Hall sempre era longa. As horas passadas dentro da carruagem eram entediantes, e George sempre achou quase impossível ler – o livro sacudia demais em suas mãos, apesar de a carruagem dele ter um bom sistema de amortecimento. E a paisagem ao redor já deixara de encantá-lo há muito tempo. Paradas de pedágio; a necessidade de troca de cavalos; ter que comer e dormir em estalagens; o clima, às vezes uma chuva torrencial e, outras, até mesmo uma neve que tornava as estradas intransitáveis – tudo fazia a viagem parecer mais longa a cada vez.

Mas, naquela ocasião, George não achou a volta para casa longa ou tediosa. Ele viu tudo com novos olhos enquanto Dora comentava sobre os cenários e as pessoas que passavam. George apreciou aspectos da jornada em que nunca havia reparado muito. Dora achou divertido, por exemplo, que fossem recebidos com reverências e mimos aonde quer que fossem, que sempre houvesse uma sala privada disponível para os dois – mesmo quando paravam inesperadamente para uma refeição –, que os melhores quartos estivessem sempre prontos para recebê-los e a melhor comida fosse servida rapidamente.

– Eu poderia me acostumar a ser uma duquesa – comentou Dora na primeira noite, depois de terminarem o jantar.

– Espero que sim – brincou George –, já que estará presa a isso pelo resto da vida.

Ela o encarou por um momento, como se não tivesse entendido, então caiu na gargalhada.

George adorava ouvi-la rir.

Dora não estava exatamente rindo, certa manhã, depois de viajarem por uma hora ou mais em um silêncio amigável. Mas estava sorrindo, e seus olhos cintilavam de alegria.

– Por que está sorrindo? – perguntou ele.

– Ah – disse ela, e pareceu envergonhada por ele ter notado. – Talvez seja apenas porque estou feliz.

– A felicidade a faz sorrir como uma boba? – brincou George. Mas logo descobriu que também estava sorrindo.

Ela riu abertamente então.

– Eu me senti um pouco eufórica ao me dar conta de que estou indo para casa com meu marido – explicou ela. – Achei que pudesse estar sonhando, que entrara em um transe enquanto tentava não ouvir Miranda Corley se arrastar penosamente por uma peça ao piano e havia inventado essa adorável vida imaginária para mim.

– Miranda Corley não era sua pupila estrela? – perguntou ele.

– Pobre Miranda – comentou Dora. – Não duvido que ela tenha uma dúzia de qualidades. Mas o talento musical não está entre elas.

– Foi um belo sonho? – perguntou ele.

– Ora, pense bem, George. – Ela se virou para olhá-lo, mais uma vez incorporando a Srta. Debbins que George conhecera no ano anterior. – Há pouco mais de um mês, eu estava sentada no meu humilde chalé, tomando chá e cuidando da minha vida, quando apareceu um duque bonito e rico para pedir minha mão em casamento. Foi como nos contos de fadas. Mas parece que é real, já que não estou acordando para ouvir os lamentáveis esforços de Miranda para produzir música, estou?

– Rico? – perguntou-lhe o duque. – Você tem certeza?

Aquilo a deteve, e Dora corou.

– Você é?

– Sou. – George pegou a mão dela e entrelaçou os dedos dos dois. – E *bonito*, Dora? Como nos contos de fadas?

– Ora, você é – disse ela, e se recostou no assento. – E é como nos contos de fadas. Para você, talvez não. Mas para mim? Sim.

Eles ficaram em silêncio outra vez enquanto George pensava sobre o que a esposa dissera. Ele era o Príncipe Encantado para a Cinderela dela, não é mesmo? Dora não fazia ideia de que a união dos dois também parecia um conto de fadas para ele, embora antes do casamento tivesse se referido àquela união em termos práticos e mundanos. Mas ter Dora ao seu lado, como sua companheira e amante, como sua esposa, era mais maravilhoso do que as palavras poderiam descrever. Ele tinha dito que não haveria romance, mas na época estava pensando na palavra em termos de uma paixão tórrida e juvenil. Agora estava descobrindo que também existia romance na meia-idade – mais calmo e menos expansivo, mas ainda assim... ora, romântico.

– George – perguntou Dora –, por que você se casou comigo? Quero dizer, por que *eu*?

Ele ainda não sabia por que e só poderia falar a verdade.

– Não sei – respondeu. E virou a cabeça para olhá-la. Os olhos de Dora estavam fixos em suas mãos entrelaçadas no assento entre eles. George apoiou a mão dela em sua coxa. – Só sei que, quando pensei que queria me casar, não foi um casamento em abstrato que me ocorreu, mas um casamento com você. Pareceu a coisa certa quando tive a ideia e quando a vi de novo.

Pareceu o certo a fazer durante o mês em Londres, e ainda mais no dia do nosso casamento. E vem parecendo a coisa certa desde então.

Ela ergueu a cabeça para encará-lo. E não respondeu. Em vez disso, sorriu. George amava o sorriso de Dora.

O clima não estava bom enquanto eles atravessavam Devon e entravam na Cornualha, com o mar frequentemente à vista à esquerda. O céu insistia em permanecer cinza, com nuvens pesadas, e o vento que vinha do oeste golpeava a carruagem. Como resultado, o mar estava agitado, cinzento e com ondas altas. Pelo menos a chuva havia parado, mas tudo devia parecer muito triste para alguém que não tinha estado ali antes. Como um menino, George quisera que tudo fosse perfeito para a chegada de sua noiva.

– Eu gostaria de ter trazido você aqui com sol – disse ele no fim da manhã, quando estavam a menos de 20 quilômetros de casa –, mas infelizmente não tenho o poder de interferir no clima.

– Ah, mas o sol vai brilhar em algum momento – retrucou Dora. Ela inspirou, como se estivesse prestes a dizer mais alguma coisa, mas não o fez. Quando enfim voltou a falar, sua voz era alegre. – George, vamos falar sobre o dia do nosso casamento.

Por instinto, ele chegou mais para trás no assento.

– Três ou quatro minutos não fazem um dia – declarou Dora. – Vamos esquecer aqueles minutos e lembrar de todo o resto. Quero me lembrar desse dia como o mais maravilhoso da minha vida.

Ah, Dora...

– E da minha – concordou George, e apoiou o ombro no dela. – Qual é a sua lembrança mais preciosa?

– Ah, isso é difícil – disse Dora. – Acho que foi o momento em que o bispo disse a todos na igreja que éramos marido e mulher, e que nenhum homem, e suponho que ele quisesse dizer que nenhuma mulher também, poderia nos separar. Aquele foi o momento mais precioso da minha vida. Mas houve muitos outros memoráveis.

– Ver você atravessar a nave da igreja de braço dado com o seu pai – lembrou George.

– Ver você esperando por mim – disse ela –, e saber que você era o meu *noivo.*

– Colocar a aliança no seu dedo – falou ele –, e sentir como se encaixava perfeitamente.

– Ouvir você jurar que iria me amar e cuidar de mim.

– Ver você assinar o registro, usando seu nome de solteira pela última vez, e saber que a certidão estava oficialmente assinada, que você era minha esposa para sempre.

– Sair pela nave da igreja, vendo tantos rostos sorridentes, alguns familiares, muitos não. Ah, e a música, George. Aquele órgão da igreja deve ser magnífico.

– Vou levá-la para vê-lo na próxima vez que estivermos em Londres – prometeu George. – E para tocá-lo.

– Isso seria permitido? – perguntou Dora, arregalando os olhos.

– Tudo é permitido a uma duquesa – afirmou ele, e os dois sorriram um para o outro... não, eles riram com alegria.

– As pétalas de flores que Flavian e seus amigos atiraram em nós quando saímos da igreja – continuou ela.

– Aquele monte de coisas de metal presas à carruagem.

– A fila de recepção na porta do salão de baile de Chloe e Ralph – falou Dora –, e todo aquele afeto dirigido só a nós dois.

– Abraçar a nossa família e os nossos amigos – foi a vez de George. – Vê-los felizes por nós.

– A comida e o bolo de casamento.

– O vinho e os brindes.

– Minha aliança de casamento cintilante – disse Dora. – Fiquei levantando a mão de propósito só para poder vê-la. – Ela a levantou de novo.

– Nossa noite de núpcias – falou George, baixinho –, embora tenha acontecido no que foi oficialmente um dia após nosso casamento. Sinto muito que...

– Não – pediu Dora, interrompendo-o. – Não devemos nos arrepender de nada. Nada é perfeito, George, e o dia do nosso casamento não foi exceção. Mas foi tão perfeito quanto qualquer dia poderia ser. Vamos nos lembrar dele com alegria. Vamos parar de tentar esquecê-lo só porque houve aquele ligeiro problema.

Ligeiro problema. Ah, Dora...

– Um mero grão de pó – concordou George. – Um mero grão de areia. E também foi o dia mais maravilhoso da minha vida.

– A... primeira vez não foi assim? – perguntou ela.

George respirou fundo e soltou o ar devagar.

– Não – falou. – Não foi. Veja, estamos em casa.

A carruagem tinha entrado no terreno de Penderris, e a casa surgia à vista no lado de Dora. Poderia ser vista como um lugar sinistro, supôs George, principalmente naquele clima. Era uma enorme mansão de pedra cinzenta construída no meio de jardins floridos – que pelo menos exibiam alguma cor naquela época do ano, mesmo que o sol não estivesse brilhando. Abaixo dos jardins da frente estava o cenário indomável da costa, com a relva alta, a urze, o solo pedregoso e acidentado e, é claro, os penhascos altos, que davam para mais rochas, para a areia dourada e para o mar, abaixo.

– Oh. – Dora parecia encantada. – É tão vasto. Santo Deus, como vou conseguir administrar uma casa dessas? Até a casa do meu pai pareceria insignificante se fosse colocada ao lado dela. Minha casa, então, pareceria um galpão de jardineiro.

George passou um braço ao redor dos ombros dela.

– Tenho uma governanta absolutamente competente, que trabalha para mim desde sempre – falou. – Eu me casei com você porque queria uma esposa e uma amiga, não porque precisava de alguém que administrasse as questões domésticas de Penderris.

Dora desviou os olhos da janela e encarou o marido com o que ele descreveria como a expressão prática e sensata da esposa. Só que, naquele momento, estava mesclada a um toque de exasperação.

– Que coisa tola de se dizer! – exclamou Dora. – Como se alguém que se casa com um duque fosse esperar ser apenas esposa e amiga dele. Todos os seus criados me desprezariam! E comentariam com outros criados e vendedores, que por sua vez contariam a seus patrões e clientes, e logo, logo, todos em um raio de quilômetros ao redor me olhariam com desdém e desprezo. Não sou apenas sua esposa, George. Também sou, que Deus me ajude, a sua duquesa. E não se atreva a sorrir para mim assim, como se estivesse achando graça. Vou ter que aprender a ser dona dessa... dessa mansão, e não tente me convencer do contrário.

George percebeu que a esposa havia ficado momentaneamente desprovida de sua famosa serenidade interior. Pobre Dora. Enquanto ele estava ansioso para voltar para casa em sua companhia, ela claramente se aproximava do novo lar com uma agitação crescente. Ainda que ele não tivesse imposto nenhuma expectativa a ela, a própria Dora as impôs a si mesma. Ele apertou o ombro da esposa e a beijou.

– Só tenha em mente – disse ele – que há corações palpitando de medo dentro daquela mansão. E não é porque estou voltando para casa. Já me conhecem. É porque você está chegando, a nova duquesa de Stanbrook. Ficariam todos muito espantados se soubessem que você está com medo deles.

Dora suspirou.

– Eu lhe contei sobre Miranda Corley alguns dias atrás – disse ela. – Ela é desafinada, para ser gentil, e há dez polegares em suas mãos no lugar dos dedos normais. Ela também está em uma idade em que vem experimentando toda a rebeldia emburrada da juventude oprimida. Ainda assim, os pais acreditam que Miranda seja um prodígio musical e me contrataram para nutrir a sua genialidade. Estou lhe contando isso para que você compreenda a que me refiro quando digo que, neste momento, eu preferiria estar encarando uma aula tripla com Miranda do que enfrentando a minha chegada a Penderris.

George riu enquanto a carruagem parava diante dos degraus da frente e ele recolhia o braço que estava ao redor dos ombros da esposa.

– Estamos em casa.

Só tenha em mente que há corações palpitando de medo dentro daquela mansão... porque você está chegando, a nova duquesa de Stanbrook.

Dora se agarrou àquelas palavras pelo resto do dia. Ela já havia se ajustado a novas circunstâncias na vida antes, e faria isso de novo. Além do mais, não era inexperiente na administração de uma casa. A questão era que Penderris era uma casa em uma escala muito grande. *Muito* maior do que qualquer outro lugar em que já morara.

Ao menos ali Dora se viu poupada da recepção formal que tivera na Casa Stanbrook, na noite do seu casamento, talvez porque tivesse sido impossível prever exatamente quando eles chegariam. No entanto, quando se sentou com George para um almoço tardio, ela já havia conhecido o mordomo, que os recebera na porta da frente, e a governanta, uma mulher roliça e amatronada, que a fitara com expressão avaliativa, mas sem qualquer desaprovação evidente. Dora informara a governanta de que ansiava por um encontro mais longo entre as duas no dia seguinte, e talvez uma visita às cozinhas.

Ela também encontrou Maisie, a camareira que lhe fora designada em Londres, aguardando-a no quarto de vestir – que era do tamanho do seu quarto de dormir no chalé em Inglebrook. Dora passou mais ou menos uma hora sozinha nos aposentos da duquesa, supostamente descansando. Em vez disso, acomodou-se no assento da janela, com as pernas dobradas para trás, e ficou olhando além do parque à sua frente, para os penhascos e o mar a distância. Levaria algum tempo para se acostumar àquela beleza intensa. George a levou para uma curta caminhada no parque interno depois, e logo já era hora de se vestir para o jantar, que era servido no horário do campo, mais cedo do que em Londres. A refeição foi servida em uma sala de jantar grande, em uma mesa que parecia se estender por quase todo o comprimento do cômodo. Felizmente, o lugar dela fora colocado ao lado do marido, que ocupara a cabeceira da mesa, e os dois puderam conversar sem ter que gritar um com o outro de uma ponta à outra.

Tinha sido uma chegada desconcertante, mas nada infeliz. Dora estava certa de que, em poucos dias, já teria se familiarizado com o ambiente e com seus novos deveres, e poderia relaxar e se sentir em casa.

No entanto, algo a incomodara desde o momento de sua chegada. Ou talvez fosse a ausência de algo. Esperara encontrar sinais da primeira duquesa, por menores que fossem. É claro que ainda não vira muito da casa, pois, a seu pedido, George saíra com ela para que tomassem um pouco de ar, quando na verdade deveria ter pedido que ele lhe mostrasse a casa. Mas, por tudo o que vira, não havia qualquer sugestão de que Penderris já tivesse sido alguma coisa além da casa de um solteiro.

Dora deveria ter se sentido aliviada, já que lhe parecera um pouco desconfortável durante os dias de viagem lembrar-se de que era a segunda duquesa, e que sua antecessora morara na casa e a administrara por quase vinte anos. Quando entrou no quarto da duquesa, se sentiu quase como uma intrusa, temendo encontrar ali a marca da outra mulher. No entanto, o que encontrara fora um lindo quarto, decorado em vários matizes de verde--musgo e dourado, mas um cômodo também impessoal, como um quarto de hóspedes, ou um cômodo esperando para absorver a personalidade de sua ocupante.

Também não havia sinal de um toque feminino em nenhum outro cômodo – nem no salão de visitas, ou no de jantar, nem mesmo nos jardins. Também não havia qualquer sinal de que já houvera uma criança ali – um menino, um rapaz, o filho da casa. É claro que tanto a primeira duquesa quanto o filho haviam morrido há mais de dez anos e, desde então, Penderris tinha sido usada como hospital e casa de convalescência. Talvez recentemente tivesse havido ordens para que quaisquer sinais remanescentes dos outros moradores fossem removidos em deferência a ela. Se fosse esse o caso, havia sido uma gentileza, embora completamente desnecessária. A vida de duas pessoas nunca deveria ser apagada do lugar que fora seu lar.

Era quase como se eles nunca tivessem existido.

Mas Dora estava cansada depois da longa viagem. Talvez quando ela conhecesse a casa toda no dia seguinte e visse todo tipo de evidências da primeira família de George – talvez um quarto de criança ainda com livros e brinquedos, ou o quarto de um rapaz como ele o deixara, talvez um retrato da duquesa. Dora não tinha ideia de como era a aparência da primeira esposa de George.

Depois do jantar, ele passara a mão de Dora por seu braço e saíra com ela do salão. Mas, em vez de levá-la para o salão de visitas, George subiu com ela para o que descreveu como a sala de estar da duquesa. Ficava entre os quartos de vestir deles, com os quartos de dormir mais além. Dora não entrara ali antes. Era um cômodo aconchegante, pensou na mesma hora, mobiliado com móveis de aparência confortável, macios. O fogo estava aceso na lareira e, junto com as velas nos dois candelabros, dava um ar alegre e cálido à sala.

Mas a impressão geral que Dora teve logo foi deixada de lado, pois sua atenção foi desviada quase de imediato para um objeto familiar – o piano dela, com sua aparência antiga e usada, emanando uma sensação de lar.

– Oh! – exclamou Dora. Ela soltou o braço de George e se adiantou depressa pela sala até parar de novo e se virar para encarar o marido, as mãos erguidas como em prece contra os lábios.

Ele estava sorrindo.

– Espero – disse – que você não estivesse se congratulando por finalmente ter se livrado dele.

Ela balançou a cabeça, mordeu o lábio... e sua visão ficou nublada.

– Não chore. – George riu baixinho, e Dora sentiu as mãos dele em seus ombros. – Está tão infeliz assim por ver o piano?

– É uma coisa tão velha e feia que não quis comentar nada a respeito – falou ela, secando as lágrimas com as duas mãos. – Eu me despedi dele no chalé, torcendo para que quem o comprasse pudesse tirar algum proveito dele. O que o fez pensar em trazê-lo para cá?

– Talvez um desejo de agradá-la – disse ele. – Ou, quem sabe, a lembrança de ouvi-la tocando por um curto espaço de tempo no dia em que a pedi em casamento. Mas principalmente o desejo de agradá-la... e a mim. Está satisfeita?

– Você sabe que estou – respondeu ela. – Obrigada, obrigada, George. Que gentileza da sua parte e que bondade comigo.

– É um prazer agradá-la – disse ele, e apertou com carinho os ombros dela. – Você tocaria para mim, Dora? Depois de tomarmos nosso chá?

– É claro que sim. Mas antes disso. Não vou conseguir esperar.

Ela tocou por uma hora. Nenhum dos dois disse uma palavra durante esse tempo, nem mesmo entre as peças musicais. George não aplaudiu, ou mostrou qualquer outro sinal de apreciação – nem de tédio. Dora tocou sem olhar para ele sequer uma vez, mas o tempo todo consciente de sua presença. Ela tocou para o marido, porque ele pedira, mas ainda mais porque George tivera a consideração de pegar o piano em Inglebrook, porque ele parecera tão encantado com a surpresa dela, porque ele estava *ali*, ouvindo. Dora se sentiu mais completamente casada durante aquela hora do que em qualquer outro momento até ali. Estava conscientemente feliz. Palavras, até mesmo olhares, eram desnecessários, e aquele talvez fosse o pensamento mais feliz de todos.

Enquanto os dois tomavam chá, depois, e conversavam confortavelmente sobre uma variedade de assuntos, Dora pensou em como o casamento era algo muito, muito doce, e como ela tivera sorte de enfim se casar.

– Hora de ir para a cama? – sugeriu George, depois que a bandeja foi recolhida.

– Sim – concordou Dora. – Estou cansada.

– Cansada demais? – perguntou ele.

– Ah, não – assegurou ela. – Não cansada demais.

Como ela algum dia poderia estar cansada demais para fazer amor com ele? Ou cansada demais para ele? Estava, é claro, desesperada e irrevogavelmente apaixonada por George. Já admitira aquilo para si mesma havia algum tempo. Mas, na verdade, aquilo não fazia diferença alguma. Eram só palavras – estar apaixonada, amor romântico.

Ela não precisava de palavras quando a realidade era tão deliciosa.

CAPÍTULO 13

George passou a maior parte da manhã seguinte em casa, primeiro com seu secretário, depois com o capataz. Precisava colocar algumas coisas em dia, já que passara um bom tempo longe – primeiro por causa do casamento de Imogen, depois por causa do próprio casamento. No café da manhã, Dora, que estava muito elegante em um de seus novos vestidos, e com os cabelos arrumados em um penteado simples, havia informado ao marido que passaria a manhã com a Sra. Lerner, a governanta, e que também pretendia visitar as cozinhas, conhecer o chef e alguns dos criados que trabalhavam dentro de casa. Ela pretendia memorizar o nome de todos em poucos dias, e esperava que fossem tolerantes nesse meio-tempo. Mas seria cuidadosa para não ultrapassar nenhum limite, pois sabia que alguns chefs cuidavam de seus domínios com zelo e se ressentiam de qualquer interferência, até mesmo da dona da casa.

George ouvira com carinho e se perguntara o que os criados pensariam de Dora. Ela não fizera qualquer tentativa de se parecer com uma duquesa – na verdade, parecia mais uma professora de música provinciana –, ou de se comportar como uma. No entanto, Dora pretendia ser a duquesa e a dona de sua nova casa. E conseguiria fazer as coisas do seu jeito.

– Até a Sra. Henry, a minha governanta em Inglebrook, ficava irritada se achasse que eu estava me metendo em suas tarefas – acrescentara ela.

George poderia apostar que seus criados logo estariam respeitando a sua esposa, e que chegariam mesmo a amá-la. Duvidava que Miriam, sua primeira esposa, soubesse o nome de mais do que uns poucos criados. Mas não pretendia fazer comparações.

George havia planejado sugerir uma caminhada pela praia à tarde, mas o clima continuava ruim. Uma manhã nublada e chuvosa deu lugar a uma tarde com vento e garoa, e ele foi forçado a pensar em alguma distração dentro de casa. Não era difícil, já que Dora ainda não vira muito da residência. George soubera, durante o almoço, que a manhã de atividades da esposa não a levara além do salão de café da manhã e das cozinhas.

Ele a levou para visitar o resto da casa, então.

Primeiro, Dora quis ver onde todos haviam ficado durante os anos em que Penderris fora um hospital. George mostrou os quartos que cada um dos Sobreviventes ocupara, e o tempo passou depressa enquanto ele se lembrava de algumas histórias sobre eles – instigado por ela.

– Talvez pareça estranho para você que eu me lembre com carinho daqueles anos – disse George enquanto os dois estavam parados diante da janela do antigo quarto de Vincent. O cômodo tinha vista para o mar, embora Vincent não tivesse sido capaz de apreciá-la. Mas ele gostava de ouvir o mar, depois que sua audição voltou, e mantinha a janela aberta mesmo nos dias de clima mais inclemente, para poder sentir o cheiro da maresia. – Houve muitos momentos de sofrimento e, às vezes, era quase insuportável assistir, quando havia tão pouco que eu podia fazer para confortá-los. Mas de várias formas aqueles foram os anos mais felizes da minha vida.

– Eu diria que você viu o que há de pior do sofrimento humano, e o que há de melhor em força e resiliência – comentou Dora. – Não conheço todos os feridos que passaram por aqui, é claro, apenas os seis que se tornaram seus amigos. Mas esses são seres humanos extraordinários, e acredito que são pessoas tão adoráveis, fortes e cheias de vida, ao menos em parte por causa de todo o sofrimento por que passaram, e não apesar dele.

– Fui muito privilegiado em conhecê-los – disse George, enquanto levava a esposa ao quarto que Imogen ocupara por três anos, que dava para o jardim dos fundos.

– Acredito que isso seja verdade – concordou Dora. – E eles também foram imensamente privilegiados por conhecer você.

Ela talvez fosse um pouco suspeita para dizer aquilo.

– Por que fez isso? – perguntou Dora.

– Abrir a minha casa como um hospital? – disse George, enquanto ela abaixava os olhos para as flores multicoloridas no jardim dos fundos, que enchiam os vasos da casa. – Sinceramente, não sei de onde a ideia surgiu. Já ouvi dizer que alguns artistas e escritores não sabem de onde vêm as suas ideias. Não me coloco à altura deles, mas compreendo o que querem dizer. A casa parecia vazia e opressiva. Eu me sentia vazio e oprimido. Minha vida estava vazia e sem sentido, e meu futuro era vazio e desinteressante. Na verdade, não havia nada além do vazio, tanto ao meu redor quanto dentro de mim. Por que me ocorreu de repente encher a minha casa e a minha vida com soldados gravemente feridos? Isso poderia muito bem ser visto como a pior solução para o que me afligia. Mas, às vezes, acredito que quando nos perguntamos o que desejamos mais profundamente, e esperamos por uma resposta sem ficarmos ansiosos demais para inventá-la, a resposta chega, parecendo vir do nada. Não é assim, é claro. Tudo vem de algum lugar, mesmo que esse lugar esteja além do que somos capazes de perceber de maneira consciente. Mas estou me enredando em pensamentos. Deveria ter parado depois de "sinceramente, não sei" para responder a sua pergunta.

– Talvez – comentou Dora, a voz suave, sem se virar da janela – a ideia tenha lhe surgido, ao menos em parte, porque seu filho era um oficial e morreu. E porque sua esposa não conseguiu suportar o luto e acabou de estilhaçar o seu coração já partido.

George teve a sensação de ter levado um soco no estômago com toda a força. Ele sentiu o ar lhe faltar e uma dor crua atingi-lo.

– Quem sabe? – respondeu em tom abrupto, depois de um silêncio que pareceu que não seria quebrado por nenhum dos dois. – Agora vou lhe mostrar o quarto onde Ben aprendeu a andar novamente e onde Flavian descobriu como lidar com suas crises de ira.

– Desculpe – disse Dora, franzindo o cenho ao se afastar da janela e pegar o braço que ele oferecia.

– Não diga isso – falou George. Ele percebeu como seu tom fora brusco e se esforçou para corrigi-lo. – Não precisa se desculpar por nada que escolha me dizer, Dora. Você é minha esposa. – Agora a voz dele parecia apenas fria. Para não mencionar afetada.

O cômodo para onde ele a levou a seguir havia sido convertido de volta em um salão – que raramente era usado, já que ele nunca organizava recepções em larga escala. Mas, em certo momento, houvera ali barras firmes fixadas por todo o cômodo – um conjunto preso à parede e outro a uma curta distância do anterior, e paralelo a ele, ambos da altura certa para que Ben se segurasse de ambos os lados, enquanto forçava o peso aos poucos sobre as pernas e pés esmagados, e aprendia a movê-los de novo de um modo semelhante a uma caminhada. Fora uma visão dolorosa. E muito inspiradora.

– Nunca vi ninguém mais determinado a fazer algo que era aparentemente impossível – disse George a Dora, depois de descrever a engenhoca. – O rosto de Ben pingava de suor, ele xingava muito e é um espanto que seus dentes não tenham virado pó de tanto que ele os cerrava, quando não estava usando a boca para praguejar. Ele estava determinado a voltar a andar, mesmo que precisasse atravessar as brasas do inferno para isso.

– E ele conseguiu, agora anda com a ajuda de suas duas bengalas – comentou Dora.

– Pela força da mais pura teimosia – comentou George com um sorriso. – Ficamos todos muito felizes quando ele enfim se convenceu de que usar uma cadeira de rodas não era uma admissão de derrota, e sim o contrário. Mas isso não aconteceu até ele conhecer Samantha e ir para o País de Gales. Ele também monta a cavalo e nada.

– E Flavian? – perguntou ela.

– Nós estofamos um saco de couro e prendemos no teto, para que o seu cunhado usasse. Flavian aprendeu a vir aqui quando suas ideias estavam tão embaralhadas que ele não conseguia colocá-las em palavras, mesmo que gaguejando. Sua frustração acabava encontrando alívio na violência, o que deixou um bom número de pessoas apavoradas. Por isso o trouxe para cá. A família não sabia como lidar com ele.

– De quem foi a ideia do saco para ele socar? – quis saber Dora.

– Do médico? – falou George. – Minha? Não consigo me lembrar.

– Acho que provavelmente foi sua – disse ela.

– Você está me transformando em um herói, não é mesmo?

– Ah, não – falou Dora. – Você é um herói. Não precisa que eu o transforme no que você já é.

George riu e a levou até a galeria de retratos da família, que ocupava toda a extensão do lado oeste do andar superior da casa, onde o sol era um problema menor do que seria no lado leste.

Deveria ter levado a esposa de volta para o salão de visitas e não para lá, pensou George depois, quando já era tarde demais. Eles haviam passado boa parte da tarde nos cômodos que tinham sido usados para o hospital, e estava cedo demais para o chá, principalmente porque tinha uma surpresa preparada para ela depois. Mas estava gostando de lhe mostrar a casa, de observar seu interesse genuíno. E estava adorando a companhia da esposa, adorando saber que Dora pertencia àquele lugar agora, que não era uma mera vista que iria embora mais cedo ou mais tarde.

Assim, ele a levou à galeria.

As origens da família Crabbe poderiam ser traçadas em uma linha ininterrupta até o início do século XIII, quando o primeiro dos ancestrais que havia sido registrado ganhara um baronato por alguma façanha militar que chamara a atenção do rei. O título havia evoluído para visconde, conde e, por fim, duque. George era o quarto duque de Stanbrook. Havia retratos remontando ao início da família, com muito poucas omissões.

– Não passei em uma prova de História sobre a Guerra Civil quando tinha cerca de 8 anos – contou a Dora. – Não conseguia sentir qualquer entusiasmo pelos Cavaleiros do Rei, nem pelos Cabeças Redondas, e não teria acertado uma única resposta se não sentisse uma fascinação mórbida pelo fato de o rei Carlos I ter sido decapitado. Meu pai me puniu me mandando aqui para cima, para aprender a história da minha própria família. Isso foi no auge do inverno e o meu pobre tutor veio comigo, talvez como castigo por não ter conseguido despertar o meu interesse. Em uma prova preparada pelo meu pai no dia seguinte, acertei todas as respostas e cheguei a irritar o meu tutor escrevendo uma redação em cada uma delas, quando uma única frase teria sido suficiente. Amo a galeria de retratos desde então, quando supostamente deveria ter passado a vê-la como uma espécie de câmara de torturas.

Dora riu.

– Vou ter que fazer uma prova amanhã? – perguntou ao marido.

– Duvido que você tivesse incentivo o bastante para isso – retrucou George. – Não estamos no inverno, e não mantenho uma vara pronta para ser usada como castigo na biblioteca, como o meu pai fazia, embora, para ser justo, ele nunca a tenha usado em mim... ou no meu irmão.

Eles seguiram devagar pela galeria, enquanto George identificava quem era quem em cada retrato. Ele foi breve em seus comentários, para não entediá-la, mas Dora fez várias perguntas e encontrou semelhanças físicas entre o marido e diversos membros da família desde o século anterior, apesar das perucas elaboradas e empoadas e das pintas pretas falsas no rosto, além da vasta quantidade de veludo e renda.

– Ah – disse ela com prazer evidente quando chegaram ao grande retrato de família que havia sido pintado pouco antes da morte da mãe de George, quando ele tinha 14 anos.

George se lembrava de que se achara muito crescido enquanto aquele retrato estava sendo pintado, porque nem o pintor, nem o pai dele, tinham precisado lhe dizer uma única vez para que ficasse sentado e quieto – ao contrário do irmão dele, que não parava de se mexer e bocejar, se coçando e reclamando durante quase todo o tedioso processo.

– Você se parece muito com o seu pai, George. Seu irmão se parecia mais com a sua mãe... e Julian se parece com ele. Você sente uma falta terrível do seu irmão? E ele era mais novo do que você...

– Sim, sinto falta do meu irmão – admitiu George. – Infelizmente, ele se deixou prender pelas garras do álcool e dos jogos de azar quando ainda era muito novo, e pareceu nunca conseguir se libertar, mesmo quando a maior parte de seus contemporâneos havia superado a fase mais rebelde da juventude e estavam se acomodando como adultos responsáveis. Se meu irmão não tivesse morrido, não teria restado praticamente nada de seus bens para o meu sobrinho herdar. Por algum tempo, Julian deu a impressão de que seguiria os passos do pai, mas ele teve a sorte de conhecer Philippa, que na época ainda estava nos bancos da sala de aula. Julian esperou que ela crescesse, embora o pai de Philippa o tivesse despachado prontamente e ele só voltasse a colocar os olhos nela anos depois. Julian usou aquele tempo para se tornar digno da moça e uma opção aceitável para o pai dela. Tive e ainda tenho muito orgulho dele... além de muito carinho.

Dora tinha se virado para olhar o marido.

– Quando conheci Julian, em Londres, pude ver que você o ama profundamente – comentou ela –, e que ele retribui o seu afeto. Julian será um sucessor digno do seu título.

– Mas não tão cedo, espero – disse ele.

– Ah. – Dora riu. – Também espero o mesmo. Gosto de ter você aqui, comigo.

– Gosta? – George abaixou a cabeça e deu um beijo rápido nos lábios da esposa.

Ela se virou novamente para a parede vazia e, pela primeira vez, George se deu conta de que não deveria tê-la levado ali. Porque Dora observou a extensão vazia da parede depois daquele retrato de família, então olhou para o marido por cima do ombro, as sobrancelhas erguidas.

— Mas esse é o último? — perguntou ela. — Não há mais?

— Não — disse George. — Ainda não.

Tinha 14 anos quando aquele retrato de família fora pintado, três anos antes da morte do pai. Estava com 48 no momento. Haviam-se passado 34 anos. Ele nunca mandara pintar um retrato de família com Miriam e Brendan. E também não havia nenhum retrato oficial de nenhum deles sozinhos.

Não havia pensado com antecedência em como aquela parede vazia pareceria a Dora.

— Talvez — disse George, o tom um pouco exagerado — possamos programar isso para o próximo inverno, Dora. Eu me lembro de que é uma empreitada longa e tediosa, posar para um retrato, mas precisa ser feito. Gostaria que fizéssemos isso. Vamos encontrar um retratista de renome e trazê-lo para cá, para se hospedar conosco. Ele pode nos pintar nos dias em que estiver muito frio e ventoso para nos aventurarmos do lado de fora.

Mas ela se virou para encará-lo, os olhos fixos nos dele, com o cenho franzido, parecendo confusa.

— Não há nenhuma pintura da sua esposa e do seu filho? — perguntou. — Você não pediu que fossem removidos em deferência aos meus sentimentos, não é? Realmente não precisava ter feito isso, George. Deve colocá-los de volta. Não me ressinto do seu casamento de quase vinte anos, que aconteceu antes mesmo de eu ter noção da sua existência. Não tenho ciúmes. Você achou que eu teria? Além do mais, eles são uma parte da história dessa família que deve ficar exposta aqui.

Em vez de responder, George deu as costas à esposa e avançou alguns passos ao longo da galeria, o som das botas ressoando no piso de madeira encerada. Ele parou tão abruptamente quanto havia começado a caminhar, mas não se virou na direção de Dora.

— Não há retrato algum, Dora — falou. — Deveria ter havido, talvez, mas nunca tomei as providências necessárias para isso. Nada foi escondido das suas vistas. Eles foram uma parte da minha vida por muitos anos, Miriam e Brendan, então morreram. Muita coisa aconteceu depois... em Penderris, na minha vida. Agora você está aqui, a esposa do meu presente e do futuro que garantiremos para nós. Prefiro não olhar para trás, não falar sobre o passado, nem mesmo pensar a respeito. Quero o que tenho com você. Quero a nossa amizade, o nosso... casamento. Tenho sido feliz com ele, e sinto que você também.

Ele não a ouvira se aproximar. Seu braço ficou tenso quando Dora pousou a mão sobre ele.

– Desculpe – disse ela.

George se virou.

– *Pare* de pedir desculpas.

Dora levantou a mão, como se a tivesse escaldado, e a manteve suspensa na altura do ombro, a palma virada para fora, os dedos abertos. Por um momento, George viu uma expressão de alarme em seu rosto.

– Desculpe – repetiu ela.

Ele deixou os ombros caírem. Não conseguia se lembrar da última vez em que perdera a cabeça. E agora fizera aquilo com Dora.

– Não – disse George –, sou eu quem precisa pedir desculpas, Dora. E peço, sim, que me perdoe. Por favor, me perdoe. Quando me casei com você, queria muito uma vida nova e boa para nós dois, livre das lembranças do passado. Afinal, o passado não existe mais, se foi. O presente é a realidade que temos, e sou grato por isso. Gosto do presente. E você? Tem algum arrependimento?

George ficou aborrecido ao ver que um momento se passou antes que ela balançasse a cabeça e abaixasse o braço ao lado do corpo.

– Sempre sonhei em me casar com um homem de quem eu pudesse gostar – disse ela –, embora não tenha desperdiçado a minha vida esperando que ele aparecesse.

– E você pode gostar de mim? – perguntou George. E percebeu que estava prendendo a respiração.

– Posso – respondeu Dora, muito séria. Mas então abriu um sorriso que começou em seus olhos e chegou aos seus lábios. – E gosto.

– Acho que devemos descer para o chá – disse ele, e entrelaçou as mãos nas costas.

Apesar de certo nervosismo, Dora gostou muito da manhã. Ela estabelecera um bom relacionamento de trabalho tanto com a Sra. Lerner quanto com o Sr. Humble, o chef de cozinha, embora acreditasse que o nome dele, que significava "humilde", não fazia jus à sua personalidade. Achava que havia conseguido conquistar uma aprovação cautelosa da parte deles. Já conhecera vários criados que trabalhavam na cozinha, depois que o Sr. Humble os alinhara para que ela os inspecionasse e aproveitara para repreender o desleixo de um rapaz que cuidava das botas, e uma criada por ter uma mancha no avental, embora ainda fosse de manhã. Dora estava confiante de que conseguiria se lembrar do nome de cada criado, e que seria até mesmo capaz de ligar o nome à pessoa a quem pertencia.

Ela também gostara da tarde, apesar de a chuva ter impedido que descesse até a praia, o que vinha ansiando fazer. Mas havia tanto a descobrir na casa que não ficou tão desapontada. E tinha sido delicioso ser apresentada a Penderris Hall pelo próprio George, que claramente adorava o lugar e amava falar a seu respeito. Ela adorara ouvir as lembranças que o marido tinha dos companheiros Sobreviventes e dos anos que eles todos haviam passado ali. E gostara de visitar a galeria, de ouvir George identificar seus ancestrais nos retratos, enquanto contava um pouco de suas histórias. Dora sabia que ele não costumava ser um homem falante. Preferia ouvir, e era muito talentoso em levar os outros, inclusive ela, a falar sobre si mesmos. Mas, naquela tarde, o marido acabara absorvido na história de sua família, e parecera relaxado e satisfeito.

Agora, porém, Dora desejava que eles simplesmente não tivessem ido.

Havia algo terrivelmente errado.

Qualquer estranho que não soubesse nada sobre a família presumiria, depois de estar na galeria de retratos, que George fora solteiro até ali, embora mesmo um estranho talvez esperasse que ele tivesse posado para um retrato em algum momento durante os últimos trinta anos. Mas, na realidade, George se casara apenas três anos depois daquele retrato de família ter sido pintado. O filho dele nascera um ano depois disso. E, embora tanto a mulher quanto o filho tivessem falecido, eles haviam vivido todos juntos, como uma família, por muitos anos. Quase vinte. Bem ali. Em Penderris Hall.

A parte realmente intrigante era que George amava a história de sua família. Isso ficara óbvio naquela tarde, assim como o fato de que ele tinha orgulho daqueles retratos, que se estendiam ininterruptamente por vários séculos. Por que, então, ele quebrara a tradição e não contratara um pintor para fazer o retrato da própria família?

Eles caminharam em silêncio até o salão de visitas, Dora com as mãos cruzadas na altura da cintura, George com as dele atrás das costas. Ela estremeceu por dentro quando se lembrou da reação do marido à sua pergunta sobre o retrato ausente. Ele lhe dera as costas e se afastara. E, embora tivesse parado quase imediatamente, não se virara outra vez para ela. Então, ficara irritado e a atacara. Por um momento, George parecera um estranho bastante perigoso. Ah, ele se recuperara muito depressa e se desculpara. Mas Dora permanecera com a sensação de que havia sido alertada em termos muito diretos de que o passado dele estava além dos limites para ela. E para todo mundo também. Parecia não haver qualquer registro do passado, qualquer sinal, qualquer traço dele.

Em poucas palavras, George lhe dissera que tudo o que havia acontecido na vida dele entre os 17 e os 35 ou 36 anos não era de sua conta. Um intervalo de tempo grande e sombrio. E estava certo, é claro. O casamento anterior dele não era problema de Dora. A não ser pelo fato de que ele era marido dela, e supostamente deveria haver transparência entre os parceiros em um casamento, não é mesmo?

Além disso, de algum modo George a induzira a contar toda a história de sua própria vida, com todos os demônios e esqueletos no armário, antes mesmo de eles deixarem Londres.

Dora caminhou ao lado do marido e se deu conta de que mal o conhecia, e talvez nunca viesse a conhecer. Porque como era possível conhecer um homem vivendo apenas o presente com ele, sem ter qualquer informação do passado que o moldou na pessoa que ele era? George vivera quase *48 anos* antes de se casar com ela.

Mesmo contra sua vontade, a mente de Dora voltou ao episódio na igreja, quando o meio-irmão da primeira duquesa acusara George de assassinar a esposa. Dora não acreditara naquilo, nem por um único instante. Ainda assim... ainda assim alguma coisa havia feito o conde de Eastham invadir o casamento deles e fazer uma cena como aquela, na frente de todo mundo.

O que acontecera? O que *de fato* acontecera?

O fogo fora aceso no salão de visitas, à espera deles, apesar de estarem em junho, e a bandeja do chá estava sendo servida no momento em que chegaram. George agradeceu aos dois criados e Dora sorriu. Gostava daquilo nele. Gostava que os criados não fossem invisíveis para ele, como pareciam ser para tantas pessoas que sempre esperavam ter seus menores desejos rapidamente atendidos.

– O clima não tem sido gentil com você até aqui, não é mesmo, Dora? – comentou George, enquanto ela servia o chá.

– Mas será – disse ela. – Imagine o meu prazer quando eu acordar uma manhã e descobrir o sol cintilando no céu azul, sobre o mar ainda mais azul.

– Espero estar perto para ver isso – afirmou ele.

Os dois se acomodaram um de cada lado da lareira e ficaram conversando tranquilamente. Os modos de George eram relaxados, agradáveis, afetuosos até. Ele sorria com frequência para Dora e, mesmo quando não estava sorrindo, a expressão dos seus olhos era gentil. Sua irritabilidade, sua fúria na galeria de retratos, quase parecia ter sido fruto da imaginação. Mas Dora se pegou pensando na permanente gentileza do marido, nos seus olhos sorridentes. Seriam uma espécie de escudo? Para impedir que outras pessoas o vissem por dentro? Para ver o mundo e as outras pessoas como George queria vê-los, apesar de fosse o que fosse que estivesse trancado bem fundo dentro dele?

Ou ela estava imaginando que havia aquelas profundezas escuras dentro do marido?

– Tenho um presente de casamento para você – disse George, depois de pousar a xícara vazia e o pires de volta na bandeja.

– George! – falou Dora em tom de reprovação. – Você não precisa ficar me enchendo de presentes. Seu presente de casamento já foi um pingente e brincos de diamante, e isso é mais do que o bastante. Nunca possuí nada tão precioso.

– Joias! – George fez um gesto de desprezo com uma das mãos, como se as joias não tivessem qualquer valor real. – Isso é algo mais pessoal, algo que eu acredito que você vai gostar.

– Gosto dos meus diamantes – garantiu ela.

– Vai gostar mais disso. – Ele ficou de pé e segurou as mãos dela. – Venha. Deixe eu lhe mostrar.

Ele parecia um menino ansioso, pensou Dora.

George desceu as escadas com ela e passou por uma porta que, Dora sabia, levava à biblioteca, embora ainda não tivesse entrado em nenhum dos cômodos do térreo. Passaria a semana seguinte inteira explorando a casa antes de ter visto tudo, ou ao menos era a impressão que tinha. Ele parou do lado de fora da porta ao lado da biblioteca.

– É a sala de música – disse a Dora, com a mão sobre a maçaneta. – Tem vista para o jardim de rosas, não para o mar, e sempre achei isso particularmente inteligente. Sempre houve apenas um piano aqui, além das cadeiras ansiosas por uma audiência. Está afinado e acredito que você vá gostar de tocá-lo, sempre que conseguir se afastar do seu próprio piano, na sua sala de estar.

Dora inclinou a cabeça para o lado e encarou o marido. Ele estava demorando deliberadamente a abrir a porta.

– Mas o seu presente de casamento não é nem o jardim de rosas, nem o piano – continuou George.

– As cadeiras, então?

Ele sorriu, abriu a porta e se afastou para o lado, para que a esposa pudesse entrar primeiro na sala.

O grande piano que se erguia quase sozinho no meio de um cômodo grande, de teto alto, era de fato um instrumento magnífico. Aquilo ficou claro na mesma hora para Dora. Tinha linhas elegantes e agradáveis e um brilho intenso, que cintilava mesmo com a pouca luz que entrava pelas janelas. E que se refletia no piso de madeira muito bem encerado. As rosas enchiam a vista do lado de fora. Mas não foi em nenhuma dessas coisas lindas que os olhos dela se fixaram.

– Oh. – Dora ficou parada, imóvel, na entrada da sala.

Uma harpa grande, com entalhes elegantes e intrincados e parecendo ter sido feita de ouro, se destacava ao lado do piano, com uma cadeira dourada ao lado.

– É minha? Essa harpa é *minha*?

– Apenas com a condição de que você me permita ouvi-la tocando ocasionalmente – disse George por trás dos ombros da esposa. – Não, deixe-me corrigir isso. Não há qualquer condição. É um presente, Dora... o meu presente de casamento para você. Sim, é sua.

Dora se viu dominada pelas lembranças do ano anterior, do seu primeiro encontro com o duque de Stanbrook. Quando entretivera os convidados do visconde Darleigh, em Middlebury Park, havia tocado harpa primeiro, antes de passar para o piano. Todos tinham sido muito gentis e deixado claro quanto haviam apreciado, mas fora o duque – George – que se colocara de pé quando ela terminara de tocar a harpa e puxara o banco do piano para que se acomodasse. Fora ele que subira as escadas com ela e a acompanhara até o salão de visitas, onde havia sido servida uma refeição ligeira. Fora ele que preparara um prato e o levara para ela com uma xícara de chá, antes de se sentar ao seu lado e elogiar seu talento, com palavras atenciosas.

Dora havia se apaixonado um pouco por ele naquela noite, por mais tolo e presunçoso que isso pudesse ter parecido na época.

– Nunca vi nada mais magnífico. É uma obra de arte – declarou Dora.

Ela atravessou a sala em direção à harpa e tocou a beleza sólida de sua moldura com reverência, antes de passar os dedos levemente pelas cordas. Um som melodioso se seguiu ao movimento. Dora nem se arriscaria a imaginar quanto deveria ter custado aquele instrumento.

E era dela.

– Quando eu era menina – falou –, fiquei encantada com uma harpa antiga e em mau estado, que ninguém tocava, na casa de um dos nossos vizinhos. Eu não conseguia parar de correr a mão pelas cordas só para ouvir o som que produziam. Meu maior desejo no mundo era conseguir fazer música de verdade com aquela harpa. Minha mãe conseguiu que os vizinhos permitissem que minha professora de música me acompanhasse até a casa deles alguns dias e me ensinasse a tocar. Às vezes, esses vizinhos me deixavam ir até lá sozinha e praticar. Minha mãe persuadiu meu pai a me comprar a pequena harpa que ainda tenho, a que eu levava comigo quando visitava os doentes e os idosos em Inglebrook. Não voltei a ver uma harpa de verdade até o visconde Darleigh… Vincent… me contratar para lhe dar aulas de piano e eu me deparar com a deles, na sala de música de Middlebury Park. Nem em sonho eu jamais imaginei que algum dia teria uma.

– Mas agora você tem – disse George.

Dora se virou e viu o marido ainda parado na entrada da sala, as mãos atrás das costas, sorrindo de prazer.

– O que eu fiz para merecer isso? – perguntou a ele.

– Deixe-me ver. – Ele olhou para o teto dourado como se estivesse perdido em pensamentos. – Ah, sim. – Então voltou a olhar para ela. – Você concordou em se casar comigo.

– Como se qualquer mulher em seu juízo perfeito fosse recusar – disse Dora.

– Ah, mas você não é uma mulher qualquer, Dora – declarou George, cruzando a sala até chegar aonde ela estava –, e acredito que teria recusado o meu pedido se não gostasse de mim, ainda que só um pouquinho. Comprei a harpa para você porque achei que a faria feliz. E também por razões egoístas. Porque, se *você* estiver feliz, então eu também estarei.

Dora se sentiu subitamente desconfortável de novo. Porque voltou a lhe ocorrer, quando olhou nos olhos sorridentes do marido, que ele era um homem muito, muito solitário. Ainda. E também lhe ocorreu que ele só conseguia lidar com a própria solidão se doando e fazendo outras pessoas felizes. Não recebendo. Ele não sabia como receber.

Quem tirara aquela capacidade dele?

George não precisava ter levado o piano dela para lá. Não precisava ter gastado uma fortuna em uma harpa para ela. Eles estavam casados, e ele era bom para ela. Aquilo era o bastante. Ah, era mais do que suficiente.

– Você não precisa chorar – falou George, baixinho. – É só uma harpa, Dora, e você nem sabe ainda se é realmente boa.

Ela ergueu os braços e segurou o rosto dele entre as mãos.

– Ah, é sim – disse com convicção. – Obrigada, George. É o presente mais maravilhoso que já recebi. Guardarei como um tesouro pelo resto da vida, principalmente porque foi você quem me deu. E pode me ouvir tocar quando quiser. Só precisa me pedir... ou entrar quando eu estiver tocando sozinha. Sou sua esposa. E também sua amiga.

Dora fez então o que nunca fizera antes. *Ela* beijou o *marido*. Nos lábios. George ficou imóvel até ela terminar, embora seus lábios fossem macios contra os dela.

– Você tocaria para mim agora? – pediu ele.

– Estou muito enferrujada – avisou Dora. – Já faz bem mais de um mês desde a última vez em que toquei harpa em Middlebury. Mas, sim. Tocarei para você. É claro que sim.

George ajustou a posição da cadeira para ela e ficou de pé ao seu lado, um pouco mais para trás, enquanto Dora posicionava a harpa contra o ombro até se sentir confortável. Então, ela passou as mãos pelas cordas. *Da harpa dela.*

Dora fechou os olhos e tocou uma melodia simples e comovente de uma antiga canção folclórica. Como a maior parte dessas canções antigas, era linda e trágica.

Mas a vida não precisava ser trágica.

Precisava?

CAPÍTULO 14

A vida de George mudou gradual mas perceptivelmente ao longo das semanas seguintes.

Em primeiro lugar, porque ele estava muito satisfeito. Sua vida seguia a antiga rotina de um modo geral – na maior parte dos dias, ele passava algumas horas percorrendo a propriedade, às vezes na companhia do capataz, às vezes sozinho. Seus campos de cultivo eram no momento uma promessa verde ondulante, os cordeirinhos estavam se transformando em pequenas ovelhas, e as ovelhas maiores já pareciam prestes a precisar de uma tosa. Ele também passava algum tempo no escritório que ficava na parte de trás da casa, já que gostava de saber exatamente o que estava acontecendo em suas fazendas, apesar de ter um capataz competente e confiável.

A diferença era que, durante todo o tempo que passava ocupado com seus próprios negócios, George sabia que a esposa também estava ocupada com seus deveres como dona de Penderris Hall, embora a própria Dora tivesse admitido que a governanta e o chef poderiam fazer tudo funcionar muito bem sem ela, para não mencionar o mordomo. Mas, assim como o marido, Dora precisava compreender o funcionamento interno da casa, e ainda acreditava que os criados a desprezariam se ela não mostrasse qualquer interesse. E as comidas preferidas dele sem dúvida eram servidas com um pouco mais de frequência do que antes, pensou George, ainda que nunca tivesse tido do que reclamar sobre o que o chef costumava servir.

A real diferença era que, quando ele não estava trabalhando, as horas não eram mais longas e vazias. Porque agora tinha uma companhia constante, alguém com quem podia conversar sobre os acontecimentos do dia, e sobre qualquer outro assunto que lhes ocorresse. Ele agora tinha uma companheira com quem podia passar horas sentado em silêncio, enquanto os dois liam, ou enquanto ele lia e Dora, mais produtiva, bordava, fazia crochê ou renda. Às vezes, George lia em voz alta para ela. Ele tinha uma companheira que compartilhava seu prazer com as cartas, que com frequência apareciam ao lado do prato de café da manhã dele – e agora do dela também. Ambos tinham desenvolvido o hábito de ler a maior parte da correspondência em voz alta, um para o outro.

Sophia e Vincent haviam publicado outro livro infantil – outra aventura de Bertha e Dan; a segunda gravidez de Sophia parecia estar evoluindo bem – assim como as de Chloe, Samantha e Agnes; Imogen e Percy haviam se demorado um tempo maior do que esperavam em Londres, já que quase toda a numerosa família de ambos presumira que eles ficariam encantados em celebrar a felicidade após a lua de mel, embora, àquela altura, os dois já fossem um casal antigo e sereno – Percy escrevera aquela carta em particular; o primeiro dentinho de Melody Emes estava nascendo e Hugo se perguntava se algum dia na vida voltaria a saber o que era dormir – ao que parecia, ele ficava andando com a bebê de um lado para outro à noite, para que a ama, que era paga para isso, pudesse descansar; o avô galês de Samantha havia se recuperado do forte resfriado que o deixara de cama desde antes do Natal; a Sra. Henry, antiga governanta de Dora, recebera uma oferta de trabalho temporário em Middlebury Park; a mãe de Dora ainda estava encantada com o dia em que as *duas* filhas a visitaram, e mandara duas cartas até ali. Em ambas, ela deixara claro como estava feliz por ter visto que as filhas se transformaram em damas tão adoráveis e por saber que ambas tinham casamentos felizes e com homens bem-sucedidos.

Em um pós-escrito – que George não teria compartilhado com Dora, se não fosse ela quem estivesse lendo a carta em voz alta –, Percy contara que o conde de Eastham, depois de se recuperar de sua indisposição, partira para casa, em Derbyshire. George se perguntou se aquela seria a última vez que ouviria falar do antigo cunhado. Dora não fez qualquer comentário a não ser erguer as sobrancelhas e fazer uma única pergunta.

– Indisposição?

– É o que parece – respondeu George vagamente e, a não ser por um olhar firme, ela não continuou com o assunto.

E havia a música, que agora enchia a vida dele. Mal se passava um dia sem que Dora tocasse o piano em sua sala de estar privada, ou a harpa na sala de música – ou ambos. Às vezes, ela tocava o piano grande, embora logo tivesse declarado que ele estava ligeiramente desafinado, algo que não era aparente aos ouvidos de George. Ele nunca lia enquanto a esposa tocava. A música que ela produzia era um prazer por si só, mas o efeito que tinha sobre ele era pura alegria. E aquilo tinha mais a ver com a própria Dora do que com a música em si. Havia um talento verdadeiro nos dedos dela, mas também uma profunda beleza em sua alma. George nunca vira ninguém ficar tão absorvido no ato de tocar música como sua esposa, assim que começava a dedilhar o instrumento. Ele duvidava que ela soubesse como sua figura era graciosa enquanto oscilava o corpo ligeiramente com a música – ou como seu rosto era lindo enquanto tocava.

As noites dele eram cheias de prazer e satisfação. Eles nem sempre faziam amor, e quando faziam nem sempre era com uma paixão arrebatadora. Na verdade, raramente era assim, embora sempre o enchesse do mais puro prazer, e ele tinha certeza de que a ela também. Mas, mesmo quando não faziam amor, Dora gostava de se deitar nos braços dele e dormir a noite toda aconchegada ao seu corpo. Às vezes, George demorava um pouco mais a dormir só para poder saborear a sensação do corpo quente da esposa, o cheiro de seus cabelos e da sua pele, o som suave de sua respiração. A esposa dele, na cama dele – mas não era assim impessoal. Era *Dora* na cama *deles*.

Então, houve outras mudanças na vida dele.

Com a exceção do pequeno grupo de vizinhos que George considerava amigos de longa data, ninguém jamais aparecera na casa sem ser convidado, por anos, assim como ele não visitara ninguém a não ser esses amigos. Agora, um grande número de pessoas aparecia sempre, como era devido, para apresentar seus respeitos à nova duquesa de Stanbrook. Os amigos de George apareceram, assim como alguns conhecidos, com quem ele se encontrava regularmente na igreja, ou na rua do vilarejo. Pessoas que ele mal conhecia apareceram, assim como alguns poucos inimigos... embora *inimigo* fosse uma palavra forte demais na maioria dos casos – na maior parte, eram damas que tinham sido amigas de Miriam, embora talvez menos amigas do que parasitas, bajuladoras, mulheres que se aproximavam de Miriam por causa de sua beleza e posição social, para então se gabarem diante dos vizinhos por serem amigas íntimas e confidentes da cara duquesa. Eram as mesmas damas que haviam acreditado nas palavras de Eastham depois da morte de Miriam – embora ele fosse Meikle na época, já que ainda não havia herdado o título do pai –, e que olharam para George como um vilão assassino. Talvez ainda olhassem.

Todas aquelas pessoas apareceram e, de acordo com Dora, as visitas precisavam ser retribuídas. George questionou a necessidade disso, mas a esposa insistiu que ser uma duquesa não a colocava acima das regras de um comportamento social cortês.

— Além do mais — explicou Dora ao marido —, vizinhos são importantes, George. É importante cultivar uma boa impressão, sempre que possível, sem comprometer nossos princípios. Às vezes, vizinhos podem se tornar amigos, e amigos são preciosos.

As palavras dela deram a George uma ideia de como ela devia ter se sentido solitária quando se mudara para Inglebrook, uma mulher solteira de 30 anos. Ainda assim, quando a conhecera anos depois, Dora estava estabelecida na comunidade, era respeitada.

Ele não a acompanhou em todas as visitas de retribuição, mas foi em algumas. E ainda que achasse tediosas as conversas polidas com pessoas com quem tinha pouco em comum, ficava tocado com a satisfação com que eram recebidos em quase todos os lugares. E George tinha orgulho da esposa, que se comportava com a dignidade de sua nova posição social, mas continuava a ser calorosa e acessível como a Srta. Debbins que ela fora até muito recentemente. Ele percebia que, de modo geral, as pessoas gostavam muito de Dora, e isso o deixava feliz. Não fora assim com Miriam. Como sempre, George se apressou em afastar comparações indesejadas.

Dora fez duas amigas de verdade. Uma era a Sra. Newman, esposa do vigário, uma mulher ligeiramente desanimada, mais ou menos da idade de Dora, que acabava desabrochando e se animando quando a nova duquesa falava com ela. A outra era Ann Cox-Hampton, esposa de um dos amigos do próprio George. Já na primeira vez em que se encontraram, as duas damas descobriram interesses similares por livros, música e costura, e conversaram animadamente, sentadas lado a lado no sofá, enquanto George e James Cox-Hampton, livres da necessidade de manter uma conversa superficial, trocavam ideias sobre cultivo, gado, mercados e corridas de cavalo.

Durante aquelas duas semanas de mudança e satisfação que se seguiram ao retorno de Penderris, George afastou a lembrança daquela primeira tarde, quando cometera o erro de levar Dora à galeria de retratos. Eles não haviam voltado lá, nem tinham se referido ao passado desde então. Talvez aquilo pudesse ser deixado para trás e esquecido, pensava George às vezes, ou, se isso fosse impossível, ao menos relegado a um canto distante da memória dele, onde não teria qualquer impacto no presente.

O presente era de fato muito prazeroso.

Em uma tarde em particular, Dora estava fazendo uma visita sozinha. Por mais que soubesse que o marido havia feito mais visitas aos vizinhos com ela do que jamais fizera sozinho antes, também sabia que ele não tinha grande prazer naquilo. Ela mesma talvez não devesse ter saído para fazer visitas naquele dia, já que o sol estava brilhando, o ar estava quente e a praia era uma tentação. Mas havia mencionado à Sra. Yarby, na igreja, no domingo, que a visitaria naquele dia, se fosse conveniente, e a dama lhe garantira que seria, sim, e que estaria esperando ansiosa pela visita de Sua Graça. A primeira coisa que Dora pensou, bem-humorada, assim que chegou à casa da Sra. Yarby, foi que tinha sido ótimo que George não a tivesse acompanhado, já que a anfitriã, como havia sido avisada, fizera da visita um Evento com *E* maiúsculo.

A governanta, que usava um uniforme exageradamente engomado, levou Dora até a sala de estar, abriu a porta e anunciou a duquesa. Parada orgulhosamente no meio da sala, como se estivesse na expectativa daquele momento havia algum tempo, a Sra. Yarby usava um traje para a tarde que não chamaria a atenção em um salão de visitas de Londres, mas que com certeza era extremamente elegante para um vilarejo do campo. Havia outras cinco damas sentadas ao redor da sala, e todas se colocaram de pé ao mesmo tempo, com um farfalhar de sedas e musselinas, arrumadas como se estivessem prestes a participar de uma festa ao ar livre com a realeza.

Três das cinco mulheres já haviam visitado Penderris Hall, mas talvez não tivessem se dado conta de que Dora pretendia retribuir a visita a cada uma delas, em algum momento. Talvez a Sra. Yarby as tivesse convencido de que só ela receberia aquela atenção especial.

Dora aceitou os cumprimentos ensaiados da anfitriã com um sorriso – imaginou que o Sr. Yarby tivesse se retirado para outro lugar, ou sido expulso dali, já que havia ficado claro que o duque não a acompanharia. Ela também sorriu para cada uma das outras convidadas e inclinou a cabeça quando foi apresentada às duas mulheres que ainda não conhecia. Ainda parecia um pouco estranho se dirigirem a ela como "Vossa Graça" e ser tratada como se fosse alguém à parte delas.

George, por sua vez, mesmo sem qualquer arrogância consciente, aceitava aquela deferência como algo completamente natural.

Os cumprimentos terminaram e Dora foi levada ao lugar de honra, perto da lareira, com seus carvões apagados, e a bandeja de chá foi servida quase de imediato – ou melhor, as bandejas de chá. Um serviço de chá de prata cintilava na primeira bandeja junto com o que certamente era a melhor porcelana da casa. Comidas suntuosas ocupavam toda a outra bandeja, incluindo pequenos sanduíches delicados com vários recheios diferentes, bolos, doces e tortas de maçã com aroma de canela, e bolinhos com creme batido e geleia de morango. A cozinheira dos Yarbys decerto estivera muito ocupada desde domingo, pensou Dora.

O clima foi tema de uma animada conversa por um total de dez minutos. Perguntas sobre a saúde do caro duque consumiram outros cinco. Depois disso, todas as damas se dedicaram às comidas em seus pratos, com sorrisos cintilantes no rosto, como se estivessem perfeitamente à vontade.

Eu sou apenas eu, Dora teve vontade de dizer. Mas é claro que o "apenas eu" era agora uma duquesa e, para ser sincera, ela conseguia compreender perfeitamente como aquelas damas se sentiam quando se lembrava de como ficara impressionada quando, no ano anterior, ela e Agnes haviam sido convidadas para jantar em Middlebury Park, com o visconde, lady Darleigh e todos os seus convidados, cada um portador de seu próprio título, dentre eles, um duque – o duque de Stanbrook.

Dora se empenhou, então, em deixar a Sra. Yarby e suas convidadas mais à vontade, fazendo perguntas – sobre elas, sobre os filhos delas, sobre a vida no vilarejo e sobre a bela enseada abaixo. E se lembrou dos ensinamentos da mãe, quando Dora era uma jovem tímida, que estava começando a frequentar reuniões de adultos. A mãe dissera, basicamente, que as pessoas gostam de falar de si mesmas. O segredo de uma boa conversa era induzi-las a fazer exatamente isso e mostrar interesse pelo que tinham a dizer. Mas não apenas mostrar interesse, Dora havia acrescentado a esse ensinamento anos depois. Era preciso estar de fato interessada.

As pessoas eram quase invariavelmente interessantes quando alguém as escutava de verdade. Todos eram muito diferentes uns dos outros.

O silêncio rígido e constrangido logo foi substituído por uma conversa animada e por risadas, e não demorou para que os assuntos gerais fossem substituídos por conversas entre duas ou três pessoas, e Dora já não se sentia mais o foco da atenção, como se fosse um espécime à parte.

– O duque, seu marido, é um amigo querido – disse a dama ao lado de Dora.

– É mesmo? – Dora sorriu educadamente e fez um esforço para se lembrar do nome da dama... ela era uma das pessoas que conhecera apenas naquele dia. Ah, aquela era a Sra. Parkinson.

– Sim. – A Sra. Parkinson sorriu de maneira graciosa. – Tive o prazer de apresentar a minha amiga mais querida a ele e aos seus ilustres hóspedes em Penderris Hall cerca de dois anos atrás. Nós duas fomos apresentadas à sociedade juntas, quando éramos jovens, e logo nos tornamos inseparáveis. Ela se casou com o visconde Muir. Eu poderia ter me casado com o dono de um título ainda mais impressionante se o desejasse... Deus sabe que não me faltaram ofertas. Mas, em vez disso, me casei com o Sr. Parkinson por amor... ele era um irmão mais jovem de sir Roger Parkinson, como a senhora sabe. O Sr. Parkinson morreu há poucos anos e me deixou em um estado de colapso nervoso, com o coração partido. E a minha caríssima Gwen, que também estava viúva na época... embora eu acredite que ela não sentiu a perda do marido como eu senti... veio ficar comigo para me dar apoio. *Tudo o que você precisar, minha caríssima Vera*, foram as primeiras palavras que ela me disse no dia em que chegou, na carruagem do irmão, o conde de Kilbourne. Enquanto ela ainda estava comigo, eu a levei a Penderris Hall. O barão Trentham se encantou por ela e os dois acabaram se casando... embora eu saiba que ele não nasceu com o título. E também não herdou do pai. Na verdade, dizem que o pai dele era comerciante. A minha pobre Gwen... arrisco dizer que ele guardou essa informação para si até depois do casamento. Ela sofreu uma grande queda social.

Santo Deus, pensou Dora.

– A senhora deve se sentir muito satisfeita por ter tido uma participação no encontro deles – disse ela. – Lorde Trentham foi agraciado com o seu baronato pelo príncipe de Gales, agora rei, depois de liderar uma missão muito perigosa em Portugal, que acabou sendo bem-sucedida. Ele é um dos nossos grandes heróis de guerra.

– Sim, bem, se a senhora está dizendo... – disse a Sra. Parkinson. – Embora seja curioso como um homem que nem sequer nasceu na nobreza conseguiu se tornar oficial e como teve permissão para liderar um ataque quando devia haver uma dúzia de cavalheiros dispostos a fazer isso eles mesmos, sem exigir qualquer recompensa. Cavalheiros não se comportam com tanta vulgaridade, não é? Nosso mundo não é mais o que já foi, Vossa Graça, como estou certa de que a senhora concorda. O Sr. Parkinson gostava de dizer que não demoraria muito até termos a ralé no Parlamento. Não acreditei nele naquela época, mas agora me pergunto se não estaria certo. Só posso torcer para que Gwen esteja feliz com a decisão impulsiva de se casar com alguém abaixo do seu nível.

– Acredito que os dois estejam imensamente felizes – retrucou Dora, e considerou a possibilidade de fazer uma pergunta sobre o falecido e estimado Sr. Parkinson, o que mudaria o rumo da conversa. Mas a dama falou primeiro.

– Fiquei profundamente perturbada por sua causa, Vossa Graça – disse ela, a voz subitamente mais baixa, o tom de confidência –, quando soube da interrupção no seu casamento.

Ah.

Mas seria esperar demais, pensou Dora, que uma fofoca tentadora como aquela não tivesse viajado de Londres até ali e chegado antes deles. No entanto, *não* seria esperar demais que ninguém fosse mal-educado a ponto de comentar a respeito quando ela ou George estivessem por perto.

– Obrigada – disse Dora. – Foi apenas um pequeno contratempo em um dia perfeito.

A Sra. Parkinson pousou a mão no braço de Dora e se aproximou mais um pouco.

– Eu a admiro por conseguir encarar a situação com coragem, duquesa – falou. – Mas estou certa de que não tem nada a temer.

Dora fixou os olhos na mão em seu braço, depois olhou com a mesma firmeza para o rosto da Sra. Parkinson.

– Nada a temer? – falou, ouvindo a frieza na própria voz.

A Sra. Parkinson recolheu a mão depressa. Seu rosto enrubesceu e seus olhos mostraram primeiro pesar, então... maldade? Mas o sorriso em seus lábios era doce.

– Ela era uma dama que inspirava paixão em todos os homens que a conheciam – disse a mulher. – Embora nunca tenha colocado um contra o outro deliberadamente. Estou me referindo à primeira duquesa. Ela era loira, de olhos azuis, alta e esguia, e mais bonita do que qualquer mulher teria o direito de ser. Eu talvez tivesse sentido inveja se a duquesa não fosse a pessoa mais doce que já conheci. O duque a adorava e tinha muito ciúme dela. Nenhum homem podia sequer olhar para ela sem provocar a sua ira. Ele odiava até mesmo a família da duquesa, porque eles a amavam, queriam visitá-la e queriam que ela visitasse a casa onde crescera. O duque chegou ao ponto de proibir o irmão da esposa de visitar Penderris, e o próprio filho de visitar o tio e o avô, por mais que eles adorassem o menino. Aliás, o duque detestava a criança, porque, para a duquesa, o sol nascia e se punha pelo filho. Eu lhe digo que uma mãe nunca amou tanto um filho. Ela ficou inconsolável quando ele morreu, depois que o duque insistiu em comprar uma patente para o rapaz e mandá-lo para a Península, para o centro do perigo. Ele não deu atenção a nenhum dos apelos desesperados da pobre mãe do rapaz. Mesmo que não tenha empurrado a esposa daquele penhasco, o duque na verdade a matou. Mas me arrisco a dizer que o pior de suas paixões morreu com ela, já que ele se tornou um homem muito diferente desde então. E, é claro, a senhora é uma mulher completamente diferente da primeira duquesa.

Dora tentava desesperadamente pensar em uma forma de silenciar a mulher. Ela teria se colocado de pé para contê-la com firmeza, se não tivesse plena consciência das outras damas ao redor, que pareciam estar rindo e falando ao mesmo tempo. Mas, por sorte, a Sra. Yarby enfim apareceu em seu socorro.

– Sra. Parkinson – disse em tom determinado –, vai acabar entediando Sua Graça ao monopolizar a atenção dela dessa forma.

A Sra. Parkinson se virou para a anfitriã com um sorriso doce.

– Eu estava contando à Sua Graça sobre a época em que fiz papel de casamenteira, em Penderris Hall, para a minha querida amiga, que ainda era viscondessa Muir naquela época – disse.

– Pelo que eu sei – comentou a Sra. Eddingsley –, a dama conheceu lorde Trentham quando estava caminhando sozinha e torceu o tornozelo ao entrar sem querer no terreno de Penderris. Ele a viu e a levou para a casa. Sempre achei a história dos dois particularmente romântica, com um final feliz.

– Está certíssima, Sra. Eddingsley – disse a Sra. Parkinson. – Mas a minha querida Gwen não demorou a me implorar que a levasse para casa, pois estava muito embaraçada por ter sido encontrada nas terras do duque. No entanto, fui esperta e insisti para que ela permanecesse em Penderris enquanto seu tornozelo se curava. Ficou muito claro para mim que o verdadeiro amor precisava de uma ajudinha.

Algumas damas deram risadinhas.

Que mulher absolutamente horrorosa, pensou Dora. E se perguntou o que poderia ter feito Gwen se hospedar com ela. Embora tivesse sido algo proveitoso, caso contrário ela jamais teria conhecido Hugo. Como podem ser estranhos os caminhos do destino.

– A primeira vez em que meu marido me levou até a praia – contou Dora –, ele me mostrou o terreno pedregoso e íngreme onde o acidente aconteceu, e a pedra afastada onde lorde Trentham estava sentado quando a viu. – Ela sorriu para todas as damas. – Não é uma maravilha viver perto de uma praia de areias douradas e do mar? Eu me sinto incrivelmente abençoada, depois de ter passado toda a vida no interior.

Como Dora esperara, várias damas tinham algo a comentar sobre o assunto, e a conversa continuou por temas gerais até Dora se levantar para partir. Ainda que tivesse sido a última a chegar, ela sabia que ninguém faria qualquer menção de ir embora até que a duquesa se fosse. Dora agradeceu a Sra. Yarby por sua hospitalidade, sorriu enquanto desejava uma boa tarde a todas e escapou.

Era lamentável pensar em sua partida como uma fuga, pensou, ao voltar para casa na carruagem. A Sra. Yarby tivera tanto trabalho para recebê-la com elegância, e as outras damas haviam sido simpáticas e respeitosas.

Mas aquela mulher! Santo Deus, *aquela mulher*.

A Sra. Parkinson era entediante e gostava de se gabar – e aquelas eram as suas boas qualidades. E, pelo amor de Deus, onde a mulher estava tentando chegar com aqueles últimos comentários? Sua intenção era apenas ser maldosa? Mas por quê? Para causar um prejuízo moral? *Mas por quê?* Se Dora tivesse podido tapar os ouvidos, teria feito isso. E, como uma criança, teria cantarolado ao mesmo tempo. Mas, estando onde estava, aquilo teria sido impossível, e agora ela temia que seus pensamentos e seus sonhos fossem assombrados por todos os pequenos detalhes maldosos que a Sra. Parkinson havia condensado com habilidade naqueles poucos minutos.

Quando a carruagem se aproximou da casa, Dora viu George parado diante das portas da frente, observando o veículo se aproximar. Ele parecia tão agradavelmente familiar, as mãos atrás das costas, o rosto irradiando prazer.

George não esperou que o cocheiro descesse e ele mesmo abriu a porta, pousou os degraus no chão e estendeu as duas mãos para a esposa.

– Senti sua falta – disseram os dois ao mesmo tempo quando ela desceu, e ambos riram.

Dora ergueu o rosto para um beijo. George hesitou por uma fração de segundos, enquanto ela se dava conta de que estavam na presença de criados e deveria estar se comportando com mais decoro.

O marido a beijou suavemente nos lábios.

– Estou muito feliz por estar em casa – disse Dora.

CAPÍTULO 15

Durante o jantar, Dora contou a George sobre a visita à Sra. Yarby.
– Qualquer um imaginaria que sou alguém especial – disse ela.
– Mas você é – garantiu ele. – E, além disso, é uma duquesa.
Aquilo a fez parar para pensar... e então rir com prazer.
– Você é um galanteador, George – disse ao marido, balançando um dedo em sua direção.
Ele também lhe contou sobre como passara a tarde e disse que não fora até a praia, já que ela não estava com ele. George caminhara pelo promontório em vez disso, e quase perdera o chapéu para a força do vento.
– Estou muito feliz por isso não ter acontecido – disse ele. – Eu não teria parecido muito digno se fosse visto caçando meu chapéu pelo parque. E, você sabe, duques sempre devem parecer dignos.
Ele adorava ouvi-la rir.
Mas, por mais que Dora parecesse se divertir com a história, havia alguma coisa... estivera presente durante todo o jantar e depois, quando eles passaram para a sala de estar da duquesa. Dora escolheu tocar uma melodia um tanto melancólica ao piano. George não reconheceu a música e não perguntou qual era. Aquela estranheza permaneceu depois que ela se sentou diante da lareira com ele, e George acendeu o fogo embora fosse verão e o dia tivesse sido quente. Os dois leram por algum tempo. Ao menos era o que pareciam estar fazendo. Mas ele volta e meia relanceava o olhar para a esposa. Estava quase certo de que ela não virara uma única página.
Dora levantou os olhos, encontrou os dele e sorriu.
– O livro é bom? – perguntou a ele.
– Sim – respondeu George. – E o seu?

– Sim.

George fechou o próprio livro, marcando com o dedo a página em que estava. E não disse mais nada. A experiência lhe ensinara que o silêncio com frequência era a melhor maneira de arrancar confidências quando a outra pessoa obviamente tinha algo em mente. E Dora claramente tinha.

Estou muito feliz por estar em casa, dissera ela quando voltara do vilarejo. Mas não havia muita sinceridade em seu tom – também não era um simples cansaço depois de uma tarde atarefada. Havia algo mais, algo que beirava o desespero. E ela o convidara a beijá-la enquanto estavam à plena vista no terraço, com criados ao redor. Aquilo não era típico de Dora.

Ela virou a página do livro pela primeira vez, mas em seguida fechou-o com um gesto decidido.

– Soube de boa fonte – comentou Dora – que você é um amigo querido da Sra. Parkinson.

– Como?

– No entanto, não é o amigo *mais querido* dela – acrescentou, levantando o indicador. – Esse lugar no coração e na estima da Sra. Parkinson está reservado para Gwen. A Sra. Parkinson a apresentou a você e aos seus companheiros Sobreviventes, aqui, pelo que compreendi, e carinhosamente bancou a casamenteira para Gwen e Hugo.

Era *aquilo* que estava na mente de Dora? Não, George não acreditava naquilo. Mas ele achou divertido mesmo assim.

– E presumo que a sua boa fonte foi a própria dama em questão, certo? – disse George. – Há ao menos alguma verdade no que ela lhe contou. A Sra. Parkinson de fato fez muita questão de que Gwen permanecesse aqui depois de torcer o tornozelo, para grande constrangimento da própria Gwen, que ficou absolutamente envergonhada diante da perspectiva de impor sua presença a um grupo de estranhos em uma casa particular. No entanto, acredito que a intenção da Sra. Parkinson não era fazer o papel de casamenteira. Ela viu no acidente de Gwen uma forma de se insinuar a mim e aos meus hóspedes... todos eles, com exceção de Imogen, eram belos homens, com títulos e fortunas, e nenhum deles estava casado na época. A Sra. Parkinson foi extremamente atenciosa com a sua amiga mais querida no mundo, e vinha aqui todos os dias, permanecendo por horas a cada visita. Acredito que Flavian teve a honra de ser o favorito dela. Você correu um sério risco de não o ter como cunhado, Dora.

– O que escapa por completo à minha compreensão – comentou Dora, balançando lentamente a cabeça –, antes de mais nada, é por que Gwen estava hospedada com uma mulher tão terrível.

– Ao que parece, as duas se conheceram quando foram apresentadas à sociedade – disse George –, e continuaram a se corresponder depois. Quando a Sra. Parkinson perdeu o marido, meu palpite é que Gwen ficou com pena e se ofereceu para lhe fazer companhia por algum tempo. Acredito que ela acabou se arrependendo do ato caridoso pouco depois da sua chegada, mas acabou sendo recompensada quando torceu o tornozelo já machucado nas minhas terras, e um certo gigante gentil saiu do meio das rochas para erguê-la nos braços e trazê-la para cá.

– Não há nenhuma verdade na alegação da Sra. Parkinson de que é sua grande amiga? – perguntou Dora.

George balançou a cabeça.

– Que Deus me perdoe – disse.

Dora se encostou na cadeira, cruzou os braços na altura da cintura e segurou os cotovelos. Seu sorriso se apagou. E George percebeu que ela estava chegando ao ponto... fosse o que fosse.

– Ela se lamentou comigo sobre a interrupção do nosso casamento – falou Dora.

– Ah. – Ele tirou o dedo que marcava a página no livro e pousou-o na mesa ao seu lado. – Acredito que era inevitável que a notícia de uma cena tão dramática tivesse chegado aqui. Espero que a Sra. Parkinson não tenha dito mais nada para aborrecê-la.

Mas George sabia que aquilo era improvável. Ao que parecia, o passado não estava mesmo disposto a morrer e deixá-lo em paz. Ele e Dora não tinham conversado a respeito desde aquele dia horrível na galeria de retratos, e vinham sendo felizes. A vida estava sendo boa. Mas ali estava o passado de novo.

George percebeu que Dora hesitou antes de voltar a falar.

– Acredito que fui consolada por não ser capaz de inspirar uma grande paixão em você... – disse ela – por causa da minha idade e da minha aparência, eu suponho. No entanto, não é ruim ser uma mulher de meia-idade, comum e sem grandes atrativos, pois aparentemente o sangue sobe à sua cabeça e você fica possessivo, e talvez até violento, quando é tomado por uma paixão arrebatadora. Ao menos... acredito que foi isso o que a Sra.

Parkinson sugeriu. Acho que ela deixou de gostar de mim quando não concordei com suas insinuações de que Hugo era um arrivista e que Gwen se casou com alguém abaixo do seu valor.

Ela falou baixo, em uma voz quase sem expressão, os olhos fixos no fogo que morria.

George abriu os dedos no colo, cerrou-os e voltou a abri-los.

– Não deve colocar muita fé em nada do que a Sra. Parkinson diga, Dora – afirmou. – Por tudo o que você me disse, vejo que as palavras dela foram cheias de contradições. Não tratei você com grande dose de romance ou de paixão desde que nos casamos, mas tenho profundo apreço por você. Sua idade e sua aparência a tornam muito mais interessante para mim do que uma moça no auge da juventude. Você é linda aos meus olhos e tem a idade perfeita para ser minha companheira e amiga. E também é perfeita para mim em todos os aspectos como minha amante.

– Não acreditei nela – garantiu Dora, virando os olhos para o marido, o cenho franzido. – Ela é uma pessoa desagradável e maldosa, uma das mais desagradáveis que já tive o infortúnio de conhecer. Estou feliz com o nosso casamento exatamente como ele é, George. Não consigo imaginá-lo sendo ciumento, possessivo ou violento. Na verdade, você é exatamente o oposto. Você não cerceia o que ama. Ao contrário, dá asas e deixa voar. Basta conhecer seus companheiros Sobreviventes e conversar com eles para compreender isso.

Estranhamente, George teve vontade de chorar.

– Mas desejaria que eles nunca tivessem voado – falou.

– Não, isso não é verdade a seu respeito. – Dora encostou a cabeça na cadeira e olhou para ele com a suavidade do que só poderia ser afeto. Seu cenho já não estava mais franzido. – Sente falta dos seus amigos quando eles estão longe. Sente-se até um pouco solitário sem eles. Mas com certeza não desejaria tê-los tornado tão dependentes de você que ainda precisariam estar morando em Penderris. Você se sente feliz com a independência e com a felicidade deles. Não há por que negar isso, ainda que se sinta inclinado a fazê-lo. Vi você com os Sobreviventes. E você me deu asas com seus presentes... o piano e a harpa. Estou mais do que parcialmente reconciliada com a minha mãe porque você me encorajou a visitá-la e a conversar com ela. No entanto, não vou voar. Nunca. Porque você se casou comigo e é bom para mim. Vou ficar. Essa é uma promessa e um compromisso... não só por causa dos votos que fiz no nosso casamento, mas porque jamais poderia desejar deixá-lo.

Os olhos de Dora permaneceram fixos nos de George enquanto ele a encarava de volta com firmeza e percebia, com certo espanto, que ela estava falando a verdade. Mas por que o espanto? Casara-se com ela para ter uma companhia para o resto da vida, para ter alguém que fosse dele, que fosse ficar com ele. Mas... ela dissera "porque jamais poderia desejar deixá-lo". Ele nunca havia recebido um presente de valor tão imensurável. Como poderia ousar aceitá-lo sem se agarrar desesperadamente a ele?

– Espero nunca lhe dar motivo para lamentar essa promessa – disse George.

– O conde de Eastham deve ter amado profundamente a irmã – comentou Dora.

Ele voltou a cerrar os punhos. E sentiu uma pontada de dor quando as unhas penetraram a pele. O que...

– Ela devia ser muito importante para ele – continuou Dora. – Só isso poderia explicar sua ida a Londres para interromper nosso casamento daquele jeito. O conde provavelmente ficou muito aborrecido quando soube que você estava prestes a se casar de novo. Não foi nem um pouco correto da parte dele agir daquela forma. Na verdade, foi terrível e chocante. Mas, quando a emoção nos domina, todos podemos nos comportar mal. Talvez fosse melhor dar ao conde o benefício da dúvida e perdoá-lo. Arrisco-me a dizer que ele deve se arrepender profundamente de ter agido de forma tão impulsiva. Devo escrever para ele? Ou isso apenas causaria mais sofrimento ao pobre homem?

George inspirou profundamente e deixou o ar escapar devagar.

– Eu preferiria sinceramente que você não fizesse isso, Dora – falou. – Talvez você esteja certa. Eastham era apegado a Miriam e ela a ele. E ele teve muita dificuldade em acreditar que a irmã se matou. Acredito que tenha sido mais fácil acreditar que eu a empurrei, em especial porque Eastham e eu nunca tivemos grande apreço um pelo outro.

– Você o proibiu de visitar a sua esposa aqui? – perguntou Dora, o cenho franzido outra vez, a voz perturbada. – E se recusou a permitir que o seu filho visitasse o avô e o tio na casa deles?

Ah, Deus!

– Jamais para a última afirmação – afirmou George –, e nem sempre para a primeira. Quando fiz isso, tive minhas razões. Miriam e eu não tivemos um casamento feliz, Dora. Fomos forçados a nos unir quando eu tinha 17 anos e ela, 20. Meu pai estava morrendo e, por algum motivo insano, quis me ver casado enquanto ainda estava vivo, e o pai de Miriam achou que era hora de ela se casar. Eu a encontrei pela primeira vez quando a pedi em casamento... na presença do pai dela e do meu. E a encontrei pela segunda vez no nosso casamento, no dia seguinte... a licença de casamento já havia sido expedida.

– Ela era linda.

Ah, a Sra. Parkinson havia enchido os ouvidos dela. George se perguntou o que as outras damas estariam fazendo enquanto a mulher conversava sozinha com Dora. Com certeza a Sra. Yarby não teria permitido que aquele tipo de conversa acontecesse impunemente em seu salão de visitas se estivesse ouvindo.

– Incrivelmente – confirmou ele. – Miriam era uma das mulheres mais perfeitamente lindas em que coloquei os olhos. – No entanto, para ele, não tinha nem um décimo da beleza de sua segunda esposa. Mas as palavras teriam parecido falsas e forçadas se ele as tivesse dito em voz alta.

– Você comprou a patente do seu filho e o mandou para a Península contra a vontade da sua esposa? – perguntou Dora.

George sentiu uma súbita vontade de apertar o pescoço da Sra. Parkinson.

– Contra a vontade dela, sim – confirmou. – Mas não contra a vontade dele.

– Sinto tanto – disse ela. – Que ele tenha morrido, quero dizer.

George voltou a inspirar fundo e segurou o ar nos pulmões por algum tempo antes de soltá-lo.

– Às vezes acho que Brendan nunca teve o desejo ou a intenção de retornar vivo da Península – disse. – E *esse* é o fardo que minha alma terá que carregar enquanto houver vida em meu corpo, Dora. Talvez agora as suas perguntas cheguem ao fim.

Ele ficou de pé e deixou a sala sem olhar para trás.

E só foi para a cama muitas horas mais tarde. Na verdade, George quase esperou que a aurora começasse a surgir para enfim começar seu caminho de volta pelo promontório. Mas ainda estava escuro quando se despiu e foi para o quarto. Esperava encontrar a cama vazia. Mas Dora estava enrodilhada no centro do leito, profundamente adormecida, com um braço esticado na metade dele do colchão.

George ficou parado na escuridão, fitando-a por um longo tempo antes de afastar o braço dela com cuidado e se deitar ao seu lado. Ele a acomodou nos braços e puxou as cobertas sobre os dois, enquanto a esposa se aconchegava contra seu corpo, murmurando incoerentemente no sono. George descansou a cabeça contra a dela, fechou os olhos, inspirou seu perfume quente e reconfortante e dormiu.

༄

Dora adormeceu temendo ter arruinado seu casamento com todas aquelas perguntas. George havia deixado muito claro em várias ocasiões que não permitiria intromissões em suas lembranças do primeiro casamento, mas ela se intrometera mesmo assim. E não era consolo saber que havia feito isso não exatamente por curiosidade, mas pela convicção de que o marido *precisava* conversar sobre o passado, que precisava exorcizar alguns dos demônios que ela tinha certeza de que o atormentavam. E, ah, houvera evidências de que estava certa.

Às vezes acho que Brendan nunca teve o desejo ou a intenção de retornar vivo da Península. E esse é o fardo que minha alma terá que carregar enquanto houver vida em meu corpo, Dora.

O que George quisera dizer?

Ela nunca saberia. O marido jamais daria essa informação voluntariamente, e ela nunca mais voltaria a perguntar.

Dora adormeceu temendo pelo seu casamento, mas despertou em algum momento depois do amanhecer e se viu aconchegada, como sempre, nos braços de George. Quando ele chegara? Ela sabia que o marido havia saído, mas não fizera qualquer movimento para segui-lo. E não o ouvira retornar, contudo estava feliz, muito feliz, por ele ter voltado para casa.

– Se não fosse uma atitude absolutamente bárbara – disse ele baixinho, encostando o rosto na cabeça dela –, eu ficaria muito feliz em ferver a Sra. Parkinson em óleo.

Aquilo foi tão inesperado que Dora caiu na gargalhada contra o peito nu dele, e levantou o rosto.

– É bárbaro – concordou ela. – Mas você sabia que eu simplesmente adoro bárbaros?

Os olhos dele encontraram os dela, sorridentes. Seus cabelos estavam revoltos, os fios prateados misturados aos mais escuros. A barba por fazer. Estava lindo.

– Sinto muito por ontem à noite – falou George. – Mas nunca permita que aquela mulher plante dúvidas em sua mente, Dora. Eu a escolhi conscientemente, e foi uma escolha ainda mais sábia do que imaginei na época. Acho você linda e atraente, e essas duas qualidades englobam sua aparência, seu caráter, sua mente e até a sua alma. Nem por um único momento eu me arrependi de ter ido a Gloucestershire para encontrá-la e torná-la minha.

Dora sorriu e mordeu o lábio ao mesmo tempo. As palavras dele a deixaram com vontade de chorar. Mas George parecia perturbado apesar do que dissera, e ela percebeu que ele ainda não terminara.

– O meu primeiro casamento foi difícil e infeliz – disse George. – Eu tinha os meus amigos e Miriam tinha os dela. A Sra. Parkinson era uma dessas amigas, embora fosse muito jovem na época. Comprei a patente de Brendan não só porque ele me implorou para fazer isso, e certamente não porque a mãe dele era contra a ideia, mas porque achei que era a coisa certa para ele... a única coisa certa. Sua morte é um peso que vou carregar pelo resto da vida, assim como a infelicidade dele antes de morrer, mas não permito que a culpa me abata.

Dora o fitava enquanto ele falava. George estava lhe dando fatos, pensou ela, fatos carregados de emoção, mas que ele mantinha sob rígido controle. Ah, George. Havia tanto que ele não estava dizendo...

– E outra coisa que você deve estar se perguntando – continuou George. – A ausência de um retrato da minha própria família na galeria. Tive uma vida infeliz por muitos anos, Dora, desgraçada e irrevogavelmente infeliz. Não tive qualquer desejo de imortalizá-la em um quadro, para apreciação das futuras gerações. Talvez eu tenha errado. Talvez todos aqueles outros retratos escondam segredos que só os que posaram para eles conheciam. Talvez eu não tivesse o direito de privar as futuras gerações de trinta anos da história da família.

Ele fechou os olhos, e Dora o ouviu engolir com dificuldade. Ela pousou a mão sobre o peito do marido, mas o que poderia dizer? Palavras doces de conforto não adiantariam de nada. Só o que poderia fazer era permanecer ali, com ele. George voltou a abrir os olhos e sorriu para ela.

– Minha vida é feliz agora – disse, e Dora voltou a morder o lábio para conter as lágrimas –, e fico muito satisfeito que todos possam ver isso, agora e no futuro. Enfim haverá um retrato da minha família. Você é a minha família, Dora.

Ela apoiou a cabeça contra o peito dele.

– Respondi a suas perguntas? – perguntou George. – Está satisfeita?

– Sim – disse ela.

Ah, havia mais um milhão de perguntas que ela poderia fazer, porque desconfiava que o marido lhe revelara apenas a ponta do iceberg. Por que o casamento dele fora infeliz? Irrevogavelmente infeliz, como ele dissera. Mas George era um homem tão gentil, tão fácil de lidar. No entanto, ela não poderia perguntar mais. Se ele quisesse que ela soubesse, lhe contaria. Enquanto isso, tudo o que poderia fazer era tentar torná-lo menos infeliz em seu segundo casamento. E aquilo não seria difícil. *Minha vida é feliz agora*, dissera George. Precisava acreditar que ele falara a verdade sobre o que sentia, que sempre se sentiria assim.

– Mencionei sua aparência, sua mente, seu caráter e sua alma – continuou George. – Também mencionei que acho você sexualmente atraente?

Dora inclinou a cabeça, cerrou os lábios e franziu o cenho, pensativa, antes de balançar a cabeça.

– Não, você não mencionou.

– Ah – disse ele –, mas é verdade. Acho você sexualmente atraente, Dora.

– É mesmo?

– Você não acredita em mim?

– Talvez seja melhor você me mostrar o que quer dizer exatamente – disse Dora.

Eles sorriram devagar um para o outro e *ah, ela o amava, amava, amava*.

Ele só precisou de quinze minutos para mostrar a ela. Depois, Dora viu-se deitada mais uma vez nos braços do marido, quente, um pouco suada, ligeiramente ofegante, e tentou se lembrar da impressão que tivera de George quando o conhecera, em Middlebury Park. Certamente o achara belo, embora um pouco austero, gentil e encantador também, confiante e seguro de si, o perfeito cavalheiro e aristocrata, um homem sem problemas ou necessidades não satisfeitas, um homem para quem o sol provavelmente sempre brilhara. Em seus sonhos, Dora o transformara em uma espécie de príncipe encantado.

O homem de verdade era muito diferente, muito mais vulnerável.

Muito mais encantador.

Pela respiração do marido, Dora percebeu que ele dormira de novo. E ela logo fez o mesmo.

– Ah – disse George, enquanto eles estavam lendo as cartas que haviam chegado, diante da mesa do café da manhã, no dia seguinte –, Imogen e Percy voltaram para a Cornualha. Parece que eles deram um grande baile e convidaram todos os membros da família dele, até a terceira e a quarta gerações, essas são palavras de Percy, com o aviso de que aquela era a despedida deles de Londres até no mínimo a próxima primavera, e não haveria motivo para ninguém organizar mais nenhuma festa após a lua de mel deles. É preciso ser firme com parentes amorosos, declara ele.

– Gosto muito do Percy – comentou Dora.

– Fiquei chocado quando o conheci – contou George. – Ele pareceu rude, tempestuoso e com um temperamento difícil, o menos adequado possível a Imogen. Não demorei muito a perceber que, na verdade, os dois são perfeitos um para o outro. Ah, preciso ler isso para você.

Ele leu um parágrafo inteiro de reclamações pelo fato de que a coleção de gatos e cachorros de lady Lavinia Hayes aumentara visivelmente desde a última vez em que Percy estivera em Hardford, embora ela tentasse escondê-los no quarto da segunda governanta – e até agora ninguém conseguira explicar a Percy por que aquele quarto em particular recebia aquela denominação.

– Lady Lavinia – explicou George – é a irmã idosa do falecido conde e morou em Hardford a vida toda. Ela abriga pessoas e animais abandonados. Você não viu o cachorro de Percy, viu? Eu já o descrevi para você? De acordo com Percy, o bicho era o mais feio e mais esquelético de todo o bando quando ele chegou a Hardford, e o cão grudou nele apesar de ter sido terrível e vigorosamente desencorajado. Percy alega que ainda se sente exasperado porque o cão o segue para toda parte, mas é perfeitamente óbvio para qualquer um com metade de um cérebro que o animal é adorado.

Dora riu.

– Você recebeu outra carta da Sra. Henry? – perguntou ele.

– Ela voltou a morar no chalé em Inglebrook – contou ela. – Está trabalhando para o Sr. e a Sra. Madison, o novo professor de música e a esposa, e está gostando de ter os filhos deles por perto, embora sinta a minha falta. Mas dificilmente ela diria algo diferente, claro, já que está escrevendo para *mim*.

– Mas ela nem mesmo escreveria se não estivesse sentindo a sua falta – argumentou ele.

– Ah, Deus, escute isso, George – falou Dora. – Os Corleys estão reclamando do novo professor de música para todos que estejam dispostos a escutar. O Sr. Madison lhes informou de que estão perdendo dinheiro e o tempo da filha deles, além de estarem testando a paciência dele ao limite, ao insistirem para que ela continue com as aulas. Ao que parece, eu apreciava muito mais o grande talento de Miranda, mas... ah, Deus... isso era porque eu tinha um ouvido musical, enquanto "algumas pessoas" não têm. – Ela abaixou a carta e balançou a cabeça. – Ah, que homem corajoso e tolo. *Preciso ouvir a versão de Sophia para isso. Ela com certeza vai me escrever contando.*

Dora levantou a cabeça e caiu na gargalhada junto com George. Ele estendeu a mão e pegou a dela.

– A outra carta é da sua mãe? – perguntou.

– Sim. – Ela guardara aquela para o final. Sempre sentia um redemoinho de emoções que ainda não compreendia quando via a caligrafia familiar do lado de fora de uma carta e pensava na mãe, lembrando-se daquela visita em Londres. Dora rompeu o lacre e leu o que estava escrito na caligrafia caprichada. – Não há nada de muito espantoso. Eles organizaram uma reunião com os amigos, para jogarem cartas. Deram uma longa caminhada no Richmond Park, certa tarde, e fizeram um piquenique na relva. Os dois andaram trabalhando no jardim, pois não têm conseguido mantê-lo livre das ervas daninhas empregando apenas um jardineiro, mas esse fato torna as flores que conseguem cultivar ainda mais preciosas para eles. Há flores para cuidar e ervas daninhas para arrancar.

Dora parou de ler ali e mordeu o lábio com força. Então encostou a cabeça no papel.

– Dora? – George voltou a segurar as mãos dela. – O que foi?

– Nada – garantiu ela, secando as lágrimas e abrindo o lenço que ele colocara em suas mãos. – Que tolice da minha parte! Ela só diz que as ervas daninhas podem florescer nos campos ao redor com a sua benção, mas não nos canteiros dela. Isso é praticamente a mesma coisa que eu dizia do meu jardim em Inglebrook. Eu... ah, perdoe-me. Que tolice. – Dora pousou a carta na bandeja e levou o lenço aos olhos.

George esperou enquanto a esposa secava os olhos, assoava o nariz e levantava a cabeça para lhe oferecer um sorriso choroso, de olhos vermelhos. Então, ela voltou o olhar para a janela.

– Parece que o dia será tão lindo quanto ontem – disse ela. – Hoje não farei visitas. Talvez possamos descer até a praia mais tarde. Venho ansiando por tirar os sapatos, as meias, e enfiar os pés na água. Acha infantil da minha parte?

– Sim – disse ele. – Mas crianças são criaturas sábias e espontâneas, e seria bom se as imitássemos com mais frequência do que fazemos. – George ficou silencioso por um momento, fitando a esposa. – Dora, vamos convidar sua mãe e o marido para virem aqui.

Ela arregalou os olhos, chocada.

– Para *ficarem* aqui?

– Ora, dificilmente seria prático convidá-los apenas para o chá uma tarde, não é mesmo? – disse ele.

Dora o encarou, muda.

– Vamos convidá-los para passarem cerca de duas semanas – sugeriu ele –, ou um mês. Ou mais, se você desejar. Acredito que você anseia por conhecer outra vez a sua mãe, e talvez sir Everard Havell não seja o completo vilão que você sempre supôs que fosse. Deixe que venham. Para que os conheça melhor.

– Você não se importaria? – perguntou ela. – Talvez eles não sejam bem recebidos aqui.

– É claro que serão – afirmou George. – Afinal, são a mãe e o padrasto da duquesa de Stanbrook, não é mesmo? Sogros do duque? Tenho certeza de que, a essa altura, você já sabe que podemos contar com nossos vizinhos para que os recebam como deve ser feito. Escreva para a sua mãe depois do café, enquanto escrevo para Imogen e Percy. Diga a ela que mandarei a carruagem para pegá-los. Podemos organizar algumas reuniões para entretê--los enquanto estiverem aqui. Você gostaria disso, não é mesmo, agora que já conheceu a maior parte dos nossos vizinhos e trocou visitas de cortesia com eles?

– Você nunca recebeu muito aqui, não é? – perguntou Dora.

– Não em grande escala – respondeu George –, e também muito pouco em pequena escala. Mas... as coisas mudam e fico feliz em acompanhar essas mudanças. Você gostaria de organizar jantares, talvez até algumas festas?

– Um baile? – perguntou ela.

George pareceu surpreso por um momento, então sorriu para ela.

– Por que não? – disse ele. – Pobre Briggs, vai ter um ataque apoplético. Ou talvez não. Ele gosta de reclamar que é subaproveitado.

– Ah, mas eu o ajudarei – garantiu Dora, as mãos juntas no peito.

– Você tem um mundo de experiência organizando bailes, imagino? – disse George.

– Não pode ser tão difícil, não é mesmo? – perguntou ela.

O sorriso continuou no rosto dele.

– Talvez eu seja gentil o bastante para não lembrá-la dessa pergunta daqui a algum tempo.

Ela o encarou muito séria, recordando-se de repente do motivo de terem começado aquela conversa.

– George – falou –, tem certeza sobre convidar a minha mãe e sir Everard?

– Absoluta certeza – respondeu ele, sério outra vez. – Mas e quanto a você, Dora? Você precisa querer.

– Tenho tanto medo – disse ela.

George ergueu as sobrancelhas.

– Desde que a visitei – explicou Dora –, tenho sonhado que algo que imaginei irrevogavelmente destruído pudesse, talvez, ser reconstruído... lenta e cautelosamente. A certa distância. E se ela vier para cá e eu descobrir que é impossível reconstruir esse relacionamento? Será como perdê-la de novo.

George se levantou, pegou a mão da esposa e a puxou para os seus braços.

– Sinceramente, não acredito que isso vá acontecer – disse. – Mas, se você desejar deixar as coisas como estão, assim será. Quer pensar a respeito por um ou dois dias?

– Não – respondeu Dora, após um breve momento de hesitação. – Vou escrever para ela esta manhã mesmo. George? Posso dizer que a sua carruagem estará a caminho quando ela estiver lendo minha carta? Para que ela saiba que estou falando sério? Para que não recuse o convite? Para que eu não tenha que esperar demais?

Ele riu baixinho com a boca encostada no topo da cabeça dela.

– É melhor nos mexermos, então – falou –, ou a carruagem vai chegar até eles antes que a sua carta seja escrita.

George era muito, muito bom em persuadir as pessoas a resolverem seus problemas e serem felizes, pensou Dora, pouco tempo depois, quando estavam sentados juntos na biblioteca, escrevendo suas cartas. Mas e quanto a ele próprio? O marido lhe contara o bastante sobre si mesmo na noite anterior para fazer parecer que havia lhe contado tudo. Mas Dora sabia que isso não era verdade.

Ela temia que George estivesse mergulhado em uma dor e um sofrimento profundos, mas por alguma razão preferisse suportá-los sozinho. *Por que* o marido não compartilhava aquela dor com ela? Afinal, ele mesmo a encorajara a compartilhar o sofrimento que sentia pelo abandono da mãe, e algum bem saíra daquilo – ah, talvez um grande bem. O sofrimento, mesmo um sofrimento muito antigo, poderia ser curado. Mas reprimi-lo, se recusar a falar a respeito até com a esposa, não ajudaria em nada. Talvez a diferença fosse que a mãe dela ainda estava viva, enquanto a primeira esposa e o filho dele estavam mortos. Talvez George tivesse a impressão de que não havia como curar as feridas do passado.

Mas, ah, como ela desejava saber ao menos que feridas eram aquelas. Não era *apenas* luto, certo?

A ideia de que de fato havia algo além do luto atormentando o marido e lhe causando tanto sofrimento era mais do que Dora conseguiria suportar. Mas ela queria mesmo saber? A resposta com certeza era não. Mas...

Ela *precisava* saber.

Para que o casamento deles fosse de fato um casamento feliz, ela *precisava saber.*

No entanto, também precisava respeitar o direito de George à privacidade.

Dora balançou a cabeça e voltou a atenção para a carta que estava escrevendo.

CAPÍTULO 16

Dora estava empolgada com a perspectiva de ser anfitriã de seu primeiro baile. Também sentia certo pânico ao se dar conta de que não tinha qualquer experiência em organizar um evento tão grande. Talvez devesse ter começado com um jantar, ou uma festa pequena, para poucos convidados, e depois passado para o baile. Mas não poderia ser assim *tão difícil*, não é mesmo? E de fato não poderia, já que ela logo descobriu que seu papel no planejamento do baile seria muito pequeno.

Dora foi até o escritório do Sr. Briggs naquela mesma tarde, depois de caminhar na praia com George. Mas, quase antes que pudesse mencionar a palavra *baile* ao secretário do marido, ele deslizou por cima da mesa, na direção dela, uma lista impressionantemente longa de convidados, que preparara para a avaliação da duquesa. Briggs também fizera um esboço de convite. Pouco tempo depois, Dora chamou a Sra. Lerner à sua sala de estar, mas seu anúncio do evento não arrancou qualquer exclamação de surpresa da governanta. Em vez disso, a mulher sacou uma lista já escrita de planos e detalhes que Sua Graça talvez quisesse examinar.

Quando Dora desceu até as cozinhas na manhã seguinte, na esperança de não estar interrompendo o chef em um momento particularmente ocupado, descobriu que na verdade ele estava, sim, ocupado. Mas o Sr. Humble a levou até uma das extremidades da longa mesa de madeira da cozinha, sentou-a ali com uma xícara de chá quente nas mãos e dois biscoitos grandes de aveia e passas, recém-saídos do forno, e colocou à sua frente uma extensa lista de iguarias sugeridas para o salão de refeições, anexo ao de baile, e uma proposta de cardápio para a ceia, a ser servida às onze da noite. Àquela altura, Dora já não se espantava mais – estava descobrindo que os criados de uma casa grande como aquela sabiam de quase tudo antes mesmo de seus patrões. O Sr. Humble chegou a informá-la de que conhecia algumas pessoas em um raio de menos de 10 quilômetros da casa que teriam prazer em fornecer a ajuda de que ele, o mordomo e a governanta precisariam um dia ou dois antes do baile e até um dia ou dois depois. Sua Graça não precisava se preocupar com isso.

Quando se encontrou com o chefe dos jardineiros em uma das estufas que ficavam além da horta atrás da casa, Dora não se surpreendeu ao descobrir que ele já tinha ideias sobre que flores estariam desabrochando e que outras plantas estariam prontas para encher os vasos e urnas que decorariam o salão de baile, o salão principal, a escada e os outros cômodos que seriam usados na noite do baile. E, quando entrou nos estábulos para falar com o chefe dos cavalariços, já esperava que ele tivesse planos em andamento para lidar com um grande número de carruagens e cavalos. A expectativa se provou correta – Sua Graça não precisava se preocupar.

O Sr. Briggs havia informado a Dora, mais cedo, que estava no processo de encontrar e contratar a melhor orquestra disponível – é claro, isso dependeria da aprovação de Sua Graça. Ele também começara a rascunhar uma sugestão de programa de danças adequadas a um baile no campo, embora precisasse saber se Sua Graça desejava incluir alguma valsa. Embora, àquela altura, conforme Briggs lhe explicou, a valsa fosse um ritmo amplamente dançado em Londres, mesmo no clube Almack's, ainda havia pessoas nas partes mais rurais da Inglaterra que a consideravam uma invenção um tanto escandalosa. Dora o instruiu a incluir duas valsas, uma antes e outra depois da ceia.

Os convites ainda não haviam sido endereçados quando Dora visitou Barbara Newman no vicariato certa manhã. Barbara estava ensinando as duas filhas mais novas, de 8 e 9 anos, a tricotar. Elas estavam sentadas uma ao lado da outra no sofá, muito comportadas, segurando agulhas grandes e um novelo grosso de lã, com os cenhos franzidos e expressões de concentração idênticas no rosto. Dora já adorava as meninas, assim como adorava a mãe delas. Às vezes era difícil compreender o que elevava alguém à categoria de amigo, acima do nível de um conhecido por quem se tem simpatia. Não era algo costumeiro na vida de Dora, mas já acontecera duas vezes em Penderris. Ela estava sendo muito abençoada.

– Estão todos empolgadíssimos com o seu baile – comentou Barbara, logo depois de se cumprimentarem. – Não há nenhum grande entretenimento em Penderris desde que qualquer um consegue se lembrar. Que maravilhoso isso acontecer agora, quando o duque finalmente é um homem feliz.

Dora a encarou, surpresa.

– Mas como você soube? – perguntou.

Barbara riu.

– Você imagina mesmo que haja uma única pessoa em um raio de 10 quilômetros que não saiba? – falou.

Dora riu também. Mas a atenção da amiga havia se desviado para as lágrimas silenciosas da filha mais nova, que perdera um ponto no tricô e achava que seu trabalho havia sido arruinado. Barbara recuperou o ponto, refez o trabalho até a parte que o incluía e entregou as agulhas de volta à menina, com sorrisos e palavras de incentivo.

O baile, então, aconteceria praticamente por conta própria, pensou Dora ao voltar para casa, quase sem precisar de qualquer intervenção da parte dela. Agora não havia como voltar atrás, certo?

– Eu poderia me acostumar facilmente a ter um exército de criados – comentou ela com George, quando ele a encontrou sentada no jardim, antes do almoço, com um livro aberto no colo. Dora riu quando o marido ergueu as sobrancelhas, parecendo achar a declaração divertida. – Eles não apenas já têm todos os detalhes do baile sob controle, como também não deixaram uma única erva daninha sobrando para ser arrancada dos canteiros.

Por um lado, pensou Dora, conforme os dias se passavam, era uma pena que houvesse tão pouco para ela fazer enquanto esperava pela chegada da mãe – ou pelo retorno da carruagem vazia – em uma agonia que misturava empolgação e temor. Mas, aos poucos, durante aqueles dias, outra coisa aconteceu para perturbar seus pensamentos quando ela estava ociosa. Ou melhor, algo não aconteceu, algo que sempre acontecia com uma regularidade confiável todo mês, mas que não se materializara duas semanas antes, nem em qualquer outro dia desde então.

Dora acompanhou George em um passeio pela fazenda, um dia, e ouviu as explicações sobre rotação de culturas, drenagem, partos de ovelhas, pastos e tosa. E foi capaz de garantir ao marido com toda a sinceridade que não estava entediada. Em outro dia, eles foram visitar os chalés de alguns dos trabalhadores que o capataz acreditava precisarem de reparos, mas George achava que seria preciso refazê-los. Enquanto os dois discutiam o assunto, circundavam os chalés, subiam escadas e falavam com alguns poucos homens que moravam nas casas em questão, Dora procurou as esposas deles e trocou receitas de cozinha e de tricô com duas delas, enquanto observava por dentro as condições precárias dos chalés.

Ela voltou sozinha na manhã seguinte, com alguns pães e doces para as famílias e bolos de carne para as crianças – a própria Dora preparara tudo na noite anterior, depois de garantir a um Sr. Humble desconfiado e um tanto chocado que não colocaria fogo na cozinha, nem deixaria tudo uma confusão. Ela levou junto a pequena harpa e tocou para algumas pessoas mais idosas e para as crianças. E o mais importante: Dora pôde – com a bênção de George – levar a notícia de que os chalés seriam reconstruídos antes que o inverno chegasse.

Em outro dia, Dora seguiu George em um trajeto mais longo, para visitar Julian e Philippa. Os dois foram tão encantadores como quando ela os conhecera em Londres. Temia que o sobrinho de George e a esposa se ressentissem dela e que talvez até a vissem como uma caçadora de fortunas. Mas não encontrou nenhuma evidência disso. É claro que eles ainda não sabiam... Se é que havia alguma coisa para saber, claro.

– Tio George está tão obviamente feliz – disse Philippa a Dora, enquanto atravessavam o gramado até o lago de nenúfares. – Olhe só para ele.

As duas se viraram e olharam para trás, para onde Julian e George estavam parados, conversando, no terraço do lado de fora da sala que a família usava pela manhã. George segurava a pequena Belinda em um dos braços, e a criança pulava para cima e para baixo. Dora teve a sensação de que seu estômago dava uma cambalhota.

Ele estava feliz?, perguntou-se quando os dois voltavam de carruagem para casa, mais tarde, observando o perfil do marido, tão próximo. Tanto Barbara quanto Philippa haviam usado aquela palavra para descrever George. Mas se estava mesmo, era com certeza uma felicidade frágil, que poderia ser facilmente destruída. Se ela... Mas talvez não fosse isso.

George virou o rosto para ela e pegou sua mão.

– O que foi? – perguntou.

Dora balançou a cabeça.

– Ah, nada – falou. – Estou ansiosa com a chegada da minha mãe. E ao mesmo tempo com medo de que ela não venha.

Os olhos dele buscaram os dela.

– É só isso?

– Só? – repetiu ela. – Não convivo com ela há 22 anos, George, mais tempo do que vivi com ela. E sir Everard Havell é o homem que a levou de nós, embora eu tenha compreendido que ele talvez tenha sido motivado mais por uma questão de honra do que pela vilania. Não sei o que esperar de nenhum dos dois... ou de mim mesma. Às vezes pode ser mais sábio simplesmente deixar as coisas como estão.

– Mas só às vezes? – perguntou ele.

– Essa é uma questão retórica, de qualquer modo – falou Dora, com um suspiro. – Eles já foram convidados e a carruagem já foi enviada.

George não insistiu mais. Talvez ela devesse ter respondido às perguntas iniciais do marido com sinceridade, já que não estava realmente pensando na mãe naquele momento. Mas não tinha feito isso, e agora era tarde demais.

Eles seguiram pelo resto do trajeto no que poderia ter sido um silêncio amigável, se Dora não estivesse tentando se convencer, a cada quilômetro que passava, que era a superfície irregular da estrada e os consequentes sobressaltos da carruagem que a faziam se sentir ligeiramente nauseada.

Tinha sido bom ter um lindo dia de verão para visitar o sobrinho, pensou George, mas era uma pena que a maior parte daquele dia tivesse transcorrido dentro da carruagem. E Dora parecia ligeiramente pálida, embora tivesse alegado ser apenas nervosismo pela expectativa da visita da mãe.

A noite estava tão adorável quanto havia sido o dia, apenas mais fresca. Perfeita para um passeio. Ele sugeriu a Dora que fizessem aquilo depois do jantar, e a levou para caminhar pela alameda atrás da casa, em vez de seguirem pelo promontório ou descerem para a praia. Os campos de colheita ondulavam sob a brisa suave de ambos os lados, os carneiros e ovelhas baliam a distância, uma gaivota solitária gritou acima. O céu estava cor-de-rosa a oeste, o ar quente e ligeiramente salgado.

– Perfeito – disse George, e respirou fundo, enchendo os pulmões.

– E essa terra é toda sua – comentou Dora, gesticulando para a esquerda e para a direita. – Isso é espantoso.

– Tento não me tornar insensível a isso – falou ele –, embora esta terra tenha sido do meu pai, ou minha, por toda a minha vida. Sempre tive consciência do meu privilégio, mesmo nos momentos mais sombrios... e todos temos esses momentos. Sempre procurei garantir que os que vivem nas minhas terras e trabalham nelas compartilhassem de seus frutos. Estou muito constrangido por aqueles chalés terem chegado àquele estado de dilapidação antes que eu me desse conta de que, reparo após reparo, já não eram mais algo viável, ou justo.

Ele fez Dora parar depois de mais alguns passos.

– Fique parada bem aqui, Dora – disse –, onde essas alamedas se cruzam, e olhe para trás. Sempre foi um dos meus lugares favoritos na propriedade... ou em qualquer outro lugar, para ser sincero.

Eles haviam tomado um caminho que subia ligeiramente, embora essa inclinação só ficasse aparente quando se parava e olhava para trás. Havia os campos de cultivo, separados por muros de pedras e sebes verdes que bordeavam as alamedas estreitas. Abaixo deles estava a casa, quadrada e sólida, e os gramados e jardins que a circundavam. Mais além, em total contraste, estavam os penhascos e o mar, que parecia se estender até o infinito. A água era de um azul profundo naquele fim de tarde, com o céu acima – em um tom ligeiramente mais claro, se fundindo ao rosa, ao vermelho-alaranjado e dourado, no horizonte a oeste. Aquele era o melhor de todos os momentos para apreciar aquela vista – embora, na verdade, quase qualquer hora do dia e quase qualquer clima criassem o melhor de todos os momentos para se ficar parado bem ali.

– Às vezes, a beleza é mais profunda do que as palavras podem descrever, não é mesmo? – disse Dora depois de um longo momento de silêncio.

Ah, ela compreendia. E sentia também – o coração de Penderris Hall pulsando ali.

George pousou uma das mãos no ombro da esposa e o apertou ligeiramente. Miriam odiava o mar. Odiava Penderris. Que Deus o ajudasse, ela o odiava. Ele levou a mão à nuca de Dora e mexeu os dedos em círculos pela pele suave ali.

– Você vem aqui com frequência? – perguntou ela. – Sozinho?

– Nem sempre sozinho – respondeu ele. – Acho que cada um dos meus amigos veio aqui comigo ao menos uma vez, enquanto estavam convalescendo em Penderris. Há algo tranquilizador nas alamedas e campos de cultivo, nos carneiros e ovelhas. Até mesmo Ben conseguiu chegar até aqui com suas bengalas, embora eu me lembre de que seu humor ficou abalado na volta, quando ficou óbvio que estava exausto e com dor. Mas é claro que não permitiu que Hugo e Ralph o ajudassem. – George riu baixinho da lembrança. – Mas a maior parte das minhas caminhadas até aqui... ou por qualquer outro lugar... foram solitárias. Acho que sou um homem solitário. Ou talvez apenas não tivesse encontrado a companhia de caminhada perfeita até muito recentemente.

– Eu? – Dora se inclinou ligeiramente contra a mão dele.

– Eu me sinto totalmente à vontade com você, Dora – disse George –, e ainda fico maravilhado com essa surpresa. Você é tudo de que eu precisava... tudo de que sempre precisei e sempre vou precisar. Só você.

Ele se deu conta de que estava muito perto de usar a palavra *amor*. E poderia ter feito isso com toda a sinceridade, porque é claro que a amava. Mas a palavra estava tão desgastada por conotações juvenis de uma paixão ofegante e de estrelas cintilando nos olhos que parecia inapropriada, uma vez que era um homem de 48 anos e o amor que sentia pela esposa era uma emoção tranquila, cheia de satisfação e reverência.

Sim, reverência. Era uma palavra melhor do que amor para descrever seus sentimentos por Dora. Mas talvez nenhuma palavra específica precisasse ser dita em voz alta. Aquilo era o mais confortável em relação à esposa. As palavras nem sempre eram necessárias.

No entanto, George de repente se deu conta de que o silêncio entre eles agora assumira um caráter diferente, e que havia certa tensão nos músculos da nuca de Dora sob a sua mão.

– Você não está se sentindo confortável? – perguntou ele.

A hesitação de Dora pegou George de surpresa e o alarmou.

– Não neste exato momento – respondeu ela.

Ele se colocou entre ela e a vista. A luz da noite se refletia no rosto de Dora, deixando-a com uma aparência pálida e infeliz. O olhar dela pousou em algum lugar na altura do colarinho dele.

A gaivota acima deles subitamente soou sinistra. A brisa leve parecia fria.

– Estamos casados há pouco mais de um mês – falou Dora.

Cerca de seis semanas, pensou George. E aproximou a cabeça um pouco mais da dela.

– Nada aconteceu – disse ela. George não fez nenhum comentário, então Dora pigarreou e continuou: – Algo deveria ter acontecido a esta altura. Há mais de duas semanas, na verdade. Venho esperando, mas... Bem, duas semanas é um longo tempo. Lamento terrivelmente. – Ela estava olhando para as próprias mãos agora, as palmas abertas entre eles.

Quando se deu conta do que a esposa estava falando, George teve a sensação de ter levado um golpe de bastão na nuca.

– Está se referindo às suas regras? – perguntou ele.

– Sim – respondeu Dora. – Eu nunca... eu pensei que pudesse ser por causa das... das mudanças nas circunstâncias da minha vida, mas não acredito que possa ser isso. E é possível que seja... a mudança na vida. Não sei. Mas temo... venho me sentindo... bem, não exatamente nauseada, mas com a digestão um pouco difícil. Espero que seja a mudança. Espero sinceramente. Mas... bem, não acho que seja. Sinto muito, muito mesmo. Sei que, se eu estiver certa, tudo estará arruinado. Eu deveria ter sido mais cuidadosa, embora realmente não saiba como, a não ser... eu deveria... – Ela parou de falar abruptamente e levou as mãos ao rosto.

Àquela altura, George a segurava pelos ombros.

– Dora? – disse ele. – Você está *grávida*?

– Temo que sim – respondeu ela. – Acho que é demais esperar que sejam apenas as mudanças na vida.

George tentou olhar nos olhos dela, mas Dora estava com a cabeça baixa, o rosto sombreado pelo braço dele. A testa de George quase tocava a dela.

– Você vai ter um *bebê*? – falou ele. – *Nós* vamos ter um filho? Dora? – Algo estranho havia acontecido com a voz de George. Ele mal a reconhecia.

– Temo que sim – disse Dora. – Na verdade, no meu coração, sei que sim.

– Eu vou ser pai? – Ele ainda estava falando de um jeito estranho. Então, ainda segurando a esposa pelos ombros, George jogou a cabeça para trás, os olhos fechados com firmeza – Eu vou ser *pai*?

– Lamento tanto.

Ele finalmente ouviu a profunda infelicidade na voz dela. Então, abriu os olhos e baixou a cabeça.

– Por quê? – Os olhos dele encontraram os dela quando Dora levantou a cabeça. – Você está com medo, Dora? Por causa da sua idade, talvez? Isso é algo que você não queria? Porque, se for o caso, deveria ser eu a pedir desculpas. Mas... Você não quer ser mãe? Finalmente?

Dora segurou o marido pelos cotovelos.

– Eu quero. – A admissão soou quase como um uivo. – Ah, eu *quero*. Sempre quis, embora por um longo tempo tenha achado que nunca aconteceria. Tirei essa possibilidade da minha mente e dos meus sonhos há muito tempo. Então, quando enfim me casei, presumi que era tarde demais, embora... Bem, embora eu soubesse que ainda era possível. E agora aconteceu. Mas sei que *você* não quer mais filhos. Você deixou isso muito claro para mim quando me pediu em casamento. E me escolheu porque eu era mais velha, porque isso era impossível, porque você só queria uma companhia, uma amiga. E agora você acabou de dizer que sou tudo o que você quer. Lamento tanto.

George se sentiu um bruto. Ele passara mesmo aquela impressão? Dissera mesmo aquilo? E agora Dora estava esperando que ele a culpasse, embora tivesse sido ele quem a engravidara?

Santo Deus, seria possível? *Ele a havia engravidado.* Dora ia ter um bebê. Ele ia ser pai. Os dois iam criar um filho juntos.

George continuou olhando-a nos olhos por alguns instantes antes de prendê-la entre seus braços.

– Dora – disse George –, eu a escolhi porque você era *você*, independentemente da sua idade, ou da possibilidade ou não de ter filhos. Antes de mais nada, quis você como minha esposa, minha amiga, minha amante. Mas ser abençoado com um filho além de tudo isso? Ser pai? – Ele levantou o queixo dela e se aproximou do seu rosto. – Ter um filho *com você*? Poderia haver tanta felicidade no mundo? E você achou que eu ficaria aborrecido, zangado? Achou que eu a culparia, quando você certamente não teria como se colocar nessa condição sem uma ajuda considerável da minha parte? Ah, Dora, como você me conhece pouco.

Ela levantou uma das mãos e correu as costas dos dedos pelo maxilar do marido. E de repente pareceu melancólica.

– Temos idade para sermos avós – comentou.

– Mas não somos velhos demais, ao que parece, para sermos pais. – Ele sorriu para ela. – Consegue ficar feliz agora que sabe que estou feliz?

– Sim – falou Dora. – No fundo, eu estava feliz de qualquer forma, mas fiquei preocupada porque achava que você talvez não ficaria.

Ela deu um gritinho súbito, então, porque George se inclinou como o rapaz que ele já não era mais, levantou-a nos braços e girou com ela nos braços, enquanto Dora se agarrava ao seu pescoço. George pousou-a no chão e endireitou o corpo, satisfeito ao notar que mal perdera o fôlego.

– Eu vou ser *pai* – repetiu ele, sorrindo como um bobo. – Você foi feita para a maternidade, Dora. Estou tão feliz por ter tornado isso possível para você, tão feliz que seja o *meu* filho que você está gestando. Estou honrado.

A esposa o encarou conforme o crepúsculo caía e George viu alegria em seu sorriso.

E sentiu a alegria no próprio sorriso.

Ia ser pai! George sentiu uma urgência infantil de gritar aquilo para o mundo, como se mais ninguém na história do universo já tivesse sido tão brilhante.

A vida era a experiência mais estranha já inventada, concluiu George, mais tarde naquela noite. Ele acordara abruptamente, se lembrara e percebera que a euforia havia sido substituída pelo pânico.

As mulheres morriam o tempo todo no parto. E Dora tinha 39 anos. Teria 40 quando o bebê nascesse, e seria seu primeiro filho.

George recolheu o braço que estava sob a cabeça da esposa, se levantou e ficou parado diante da janela aberta, onde o ar estava abençoadamente fresco contra o seu corpo nu.

Chamaria o médico local assim que amanhecesse. O Dr. Dodd provavelmente já trouxera ao mundo várias centenas de bebês durante a sua longa carreira.

Quantos daqueles bebês haviam nascido mortos? Quantas mães...

Ele apoiou os punhos cerrados no parapeito da janela, baixou a cabeça e inspirou devagar o ar ligeiramente salgado. Como pudera ser tão descuidado, como pudera colocar a esposa em perigo de forma tão irresponsável? Mas como poderia não ter feito aquilo, depois que se casara com ela?

Abstendo-se?

Ainda assim, misturada a todo o terror que sentia, engolida em parte por esse terror, havia uma euforia, uma alegria, que ameaçava explodir a qualquer momento, como acontecera na noite da véspera, quando ele pegara Dora no colo e girara com ela.

Ele ia ser *pai*. Era como um grande milagre. Isto é, se a esposa sobrevivesse aos perigos do parto. E *se* a criança sobrevivesse.

Eram dois grandes *se*!

Mas... ser pai. Pela primeira vez, ele se perguntou se o bebê seria menino ou menina. Não se importava com o que seria. Já tinha em Julian o seu herdeiro. E ficaria feliz demais se tivesse uma filha. Ah, santo Deus, uma filha, uma menininha só dele. OU um filho. Ele amaria um fi...

E, de súbito, como se surgisse do nada, afastando tanto o pânico quanto a euforia, o luto se abateu sobre ele, uma dor tão intensa, tão profunda que, por alguns instantes, George se perguntou se conseguiria sobreviver àquela sensação, se queria sobreviver.

Brendan.

Ele fechou os olhos com força e pressionou os nós dos dedos contra eles até sentir dor.

Brendan. Ah, Brendan...

Não havia diminuído, com o tempo, a agonia do luto. A intensidade com que o acometia havia se espaçado cada vez mais, era verdade, mas, quando acontecia – e sempre acontecia –, era catapultado para as profundezas do inferno.

"Adeus, pap... Adeus, senhor". As últimas palavras que Brendan lhe dissera quando partira para se juntar ao regimento. George não voltara a vê-lo antes que o regimento partisse para a Península, onde o garoto morrera.

"Adeus, senhor". Não, papai, mas "senhor".

George não sabia o que o rapaz dissera à mãe.

– George? – O som veio de trás dele e George se virou. – Você deve estar com frio. Não consegue dormir?

Ele endireitou o corpo.

– Não é todo dia – falou – que um homem sabe que foi brilhante a ponto de gerar um filho em sua esposa.

– Eu não deveria ter repetido tantas vezes que lamentava, na noite passada – disse ela. – Não deveria ter dito nem uma vez, na verdade. Deve ter soado como se eu não desejasse o bebê, e jamais poderia fazer isso... *nunca*, George. E minhas palavras provavelmente soaram abjetas, embora eu estivesse apavorada com a fúria que imaginava que você fosse sentir. Não foi essa a minha intenção. O que eu estava dizendo era que lamentava que seu sonho de um segundo casamento feliz seria destruído por algo tão inesperado, algo que você disse especificamente que não queria. Estava dizendo que lamentava que isso pudesse criar um abismo entre nós. Temi que você não quisesse a criança, que não a amasse. O medo estava partindo o meu coração. Mas não lamento pelo bebê, e não lamentaria ainda que você não tivesse ficado feliz com a notícia. Eu só teria ficado triste... por você, por nós.

George passou os braços ao redor da esposa e a puxou contra o corpo.

– Eu estava parado ali, lutando contra o meu pânico em relação ao desafio que a aguarda – disse ele –, e sentindo a minha alegria. – E acrescentou algo que não tivera a intenção de falar em voz alta. – E sentindo uma tristeza profunda por Brendan.

Ele pousou a testa no topo da cabeça de Dora, sentindo a garganta apertada, lutando para conter as lágrimas.

– Você gostaria que eu tocasse o piano da sala de estar por algum tempo? – perguntou ela, baixinho, depois de alguns momentos de silêncio. – Posso descer até a cozinha, antes disso, para preparar um bule de chá? Era assim que eu conseguia que Agnes dormisse quando ela estava preocupada com alguma coisa.

Era tentador. Uma visita furtiva à cozinha para preparar chá e talvez encontrar alguns biscoitos, como uma dupla de crianças travessas? E música?

– Acho que vou preferir ficar só abraçando você – disse ele, por fim –, na cama, onde está quente. Eu a acordei?

– Foi a sua ausência que me acordou – disse Dora, quando eles voltaram para a cama e ela se acomodou junto ao corpo do marido, enquanto ele os cobria. – A sua presença me embala.

– Devo me sentir lisonjeado por saber que a minha presença lhe dá sono? – perguntou George.

Ela riu baixinho, o hálito quente contra o peito dele.

O próximo pensamento consciente de George foi que ele realmente deveria ter fechado as cortinas para que a luz do sol não batesse direto em seu rosto.

Então, se deu conta de que a esposa já se levantara da cama.

CAPÍTULO 17

Não eram as mudanças em sua vida.
 O Dr. Dodd confirmou na manhã seguinte que Sua Graça estava com aproximadamente um mês e meio de gravidez e, se havia alguma coisa de errado com a saúde dela, ele não pudera detectar. E por que a idade dela poderia ser um problema? Damas de 29 anos davam à luz o tempo todo sem qualquer problema. Como? Sua Graça dissera 39? Ele estava descobrindo que um homem de fato começava a ter alguns problemas de audição depois dos 60 anos. Ora, *apenas* 39 anos? Então ainda havia tempo para ter irmãos e irmãs para fazer companhia a esse primeiro. No ano passado mesmo ele fizera o parto do décimo quinto filho da Sra. Hancock, que estava com 47 anos na época, e não o surpreenderia se ela tivesse o décimo sexto antes de parar de vez.

Dora imaginou, bem-humorada, se o médico falava sem parar daquele jeito enquanto fazia o parto, e achou que era muito provável. Ela percebeu que aquela era a maneira que ele encontrara para relaxar uma mulher enquanto fazia exames tão íntimos.

Um dos resultados da visita do médico se evidenciou bem antes de o dia terminar, provavelmente antes de a manhã terminar: já ficara óbvio que todos os criados de dentro de casa, e sem dúvida os de fora também, sabiam que ela estava em "estado interessante", embora nenhum anúncio oficial, ou mesmo não oficial, tivesse sido feito. Ainda que Maisie, camareira de Dora, tivesse lhe garantido desde o início que não era faladeira. Antes que o dia tivesse terminado, todos os criados em um raio de quilômetros também saberiam, e depois que os criados soubessem, todos saberiam.

As suspeitas de Dora foram confirmadas mais cedo do que ela esperava.

Ann e James Cox-Hampton apareceram de visita na tarde seguinte, e Dora saiu para passear no jardim de rosas do lado de fora da sala de música com a amiga, enquanto George permanecia dentro de casa com o amigo.

– Dora – disse Ann, dando-lhe o braço e indo direto ao ponto, sem preâmbulos –, que história é essa que estamos ouvindo sobre você?

– O que vocês *ouviram*? – perguntou Dora, reparando que enfim havia pegado uma negligência dos jardineiros. Havia pelo menos duas rosas que já tinham passado de seu melhor momento.

– Que você está no que chamam de um estado delicado de saúde – disse Ann. – Embora eu não saiba como uma mulher conseguiria lidar com nove meses de desconforto e atribulações caso fosse delicada. Você está em um estado delicado?

– De forma alguma – disse-lhe Dora. – Mas estou esperando um bebê. Suponho que todo mundo já saiba, certo?

– Todo mundo e mais alguém – falou Ann. – Está satisfeita?

– Satisfeita? – Dora riu. – Estou em êxtase. Você não pode imaginar, Ann. Afinal, teve todos os seus filhos quando era nova. Não tem como saber como é ver todas as suas contemporâneas se casarem, terem filhos e...

– E viverem felizes para sempre? – Ann riu também. – Espere para ver. James diz que os nossos meninos às vezes causam problemas demais para valerem a pena, embora passem a maior parte do tempo longe, na escola, e resmunga que logo vai ter que afiar a espada para manter a distância todos os homens que olharem para as nossas filhas com intenções lascivas. Ele atribui a cada um dos filhos os seus cabelos grisalhos. E, é claro, os ama desesperadamente. Estou encantada por você, Dora. Nós dois estamos. George sempre foi uma figura tão melancólica... até recentemente. A transformação pela qual passou é impressionante. Ele está satisfeito?

– George diz que gritaria a notícia do alto das muralhas – disse Dora –, se não fosse um comportamento tão indigno... e se Penderris tivesse muralhas. Vamos passear pelo promontório?

Ann Cox-Hampton era da idade de Dora, talvez um ou dois anos mais velha, e tinha cinco filhos – dois meninos e três meninas –, todos com mais de 10 anos. E, assim como com Barbara Newman, Dora sentira afinidade imediata com ela, talvez porque Ann era uma dama inteligente, e as duas tinham muito em comum. Ann era uma leitora. E também se arriscava a escrever poesia e fazer pinturas de retratos em miniatura. Ela tocava piano e cantava, embora seu real interesse fosse o bandolim de dez cordas que o avô trouxera da Itália, depois do seu *Grand Tour* pela Europa, quase um século antes. Ann herdara o instrumento e aprendera a tocar.

Era uma delícia, pensou Dora, ter duas amigas íntimas, e que moravam tão perto. E ter um marido de quem gostava tanto – e a quem amava profundamente. E estar grávida. Ah, três meses antes, ela jamais poderia ter previsto nada daquilo, nem em seus sonhos mais loucos.

No entanto, nenhuma felicidade é perfeita.

A perspectiva de ter um filho era nova e maravilhosa para ela, mas para George a alegria se misturava ao luto, porque para ele a paternidade não era algo novo. George tivera um filho – Brendan – e sua alegria com a expectativa da chegada de um novo bebê talvez se mesclasse à culpa, já que o primeiro filho estava morto.

E, é claro, para Dora havia toda a ansiedade a respeito de sua mãe. Que ainda não chegara. Mas a carruagem também não voltara.

Sir Everard e lady Havell chegaram no fim da tarde, dois dias depois. Parado nos degraus diante das portas da frente, com Dora, esperando para cumprimentá-los, George pensou que eles pareciam cansados. Lady Havell também parecia apreensiva, assim como a filha desde que mandara o convite e a carruagem fora despachada. As duas eram extremamente parecidas, apesar de a dama mais velha ser mais robusta e ter os cabelos grisalhos. Dora apertou o braço do marido com força enquanto o criado, que viajara junto ao cocheiro, descia para abrir a porta da carruagem e posicionar os degraus.

– Dora – disse lady Havell, descendo. – Vossa Graça.

Ela parecia prestes a fazer uma reverência para os dois. Dora provavelmente também percebeu isso, porque soltou o braço dele e desceu correndo os degraus.

– Mamãe – falou, e se jogou nos braços de lady Havell. – A senhora veio! Estou tão feliz. Os dias pareceram intermináveis sem sabermos se vocês viriam, ou quando chegariam. Ah, mamãe, vou ter um bebê.

Então Dora recuou, subitamente constrangida, uma sensação que George compartilhava, embora também estivesse se divertindo. Ele poderia apostar que a esposa não havia planejado *aquela* recepção em particular. Mas o rosto de lady Havell se iluminou com um sorriso caloroso, e sir Everard logo desceu da carruagem atrás dela.

– Mas isso é maravilhoso, Dora – dizia lady Havell enquanto George estendia a mão para apertar a de sir Everard.

– Sejam bem-vindos a Penderris – disse.

– Este lugar é lindo, Stanbrook – comentou sir Everard, olhando ao redor, encantado.

O clima fora gentil para a chegada deles. O dia estava quente e ensolarado, e mesmo o vento quase onipresente se reduzira a uma brisa suave. O mar cintilava a distância.

– Senhora. – George voltou a atenção para lady Havell e lhe ofereceu a mão. – Estou honrado em recebê-la. Espero que tenham feito uma viagem agradável, embora saiba por experiência própria que também é uma jornada longa e tediosa.

Enquanto isso, Dora cumprimentava sir Everard, que estava se inclinando em uma reverência e se dirigindo a ela como *"Vossa Graça"*. George se lembrou de que a esposa havia repreendido o marido da mãe por usar livremente o nome dela e o de Agnes, na última vez em que se encontraram. Ela provavelmente se lembrou da mesma coisa.

– Sir Everard – disse, estendendo a mão direita para ele. – Ficaria feliz se me chamasse de Dora.

– Dora – falou ele. – O ar marinho deve combinar com você. Está parecendo particularmente bem.

– Você ouviu o que ela disse, Everard? – perguntou lady Havell. – Dora está esperando um bebê. Ela e Agnes. Como estou feliz!

Dora deu o braço à mãe e subiu com ela os degraus até a casa.

– Vamos subir para os seus aposentos – falou. – Devem estar exaustos.

George trocou um olhar ligeiramente acanhado com Havell e seguiu as duas para dentro. Daria tudo certo, pensou. Nunca se sabe com certeza se é isso que vai acontecer quando se encoraja alguém a tomar um curso de ação que essa pessoa estava relutante em tomar – mesmo quando se parece a coisa certa a fazer.

– Ora, então devo lhe dar os parabéns – disse Havell.

– Obrigado – falou George. – Estou me sentindo muito orgulhoso mesmo.

Não havia uma decisão real a tomar, descobriu Dora, depois da cena que fizera na chegada da mãe. Ela não planejara nada daquilo. Chegara mesmo a se perguntar, antes que eles chegassem, se apertaria a mão da mãe, ou apenas inclinaria a cabeça em um cumprimento educado. Decerto não imaginara que se veria dominada pela emoção ao rever a mãe, e que se sentiria tão desconcertada ao vê-la prestes a fazer uma reverência que desceria os degraus correndo e diria as primeiras palavras que saíssem de seus lábios, sem antes tê-las filtrado em seu cérebro. Ela chegara até a contar à mãe que estava esperando um bebê.

Dora se sentia um pouco constrangida por ter se comportado sem nada do refinamento digno que se espera de uma duquesa, e se desculpou com George, depois, por tê-lo embaraçado. Ele riu e lhe garantiu que, na verdade, ficava encantado que o mundo inteiro fosse informado de que seria pai aos 48 anos.

Mas era impossível voltar no tempo e cumprimentar a mãe e sir Everard de outra forma e, no fim, Dora se sentia feliz por isso. Por que decidir se deveria ou não perdoar a mãe? Não se pode mesmo mudar o passado. Por que deixar que esse passado atrapalhe o presente e o futuro?

A mãe estava claramente feliz por estar ali, e sir Everard não parecia infeliz. Ele aparentemente estava gostando de andar pela propriedade com George, enquanto Dora seguia com os planos para o baile com a ajuda da mãe – ela lhe mostrou o salão de baile, os outros salões e levou-a para conhecer Barbara Newman, no vicariato. A mãe de Dora e sir Everard foram apresentados a várias pessoas depois do serviço na igreja, no domingo seguinte à chegada dos dois, e se alguém conhecia a história deles – Dora não duvidava que todos soubessem –, ninguém fez qualquer referência à questão ou mostrou relutância em fazer uma cortesia aos dois, ou trocar um aperto de mão. Dora se lembrava de muitos anos antes, quando sir Everard, é claro, era capaz de ser extremamente encantador, e o mesmo valia para a mãe.

Sir Everard acompanhou Dora e a esposa quando foram visitar o Sr. e a Sra. Clark certa tarde – George tinha negócios a tratar com o capataz. Os Clarks tinham sido os primeiros a visitar Penderris, mas só agora Dora estava retribuindo a visita, depois de prometer que o faria quando se encontraram depois da igreja.

Ela não se encantara com a Sra. Clark quando a mulher estivera em Penderris. Achara seus modos um pouco obsequiosos demais, em especial com George, embora tivesse que admitir que a pobre mulher talvez tivesse ficado apenas fascinada. E, agora, tanto a Sra. Clark quanto o marido estavam fazendo um grande esforço para agradá-la. O Sr. Clark envolveu sir Everard em um debate sobre os méritos relativos de morar na cidade versus morar no campo, enquanto a Sra. Clark e a filha foram extremamente simpáticas enquanto conversavam com Dora e a mãe sobre moda, *bonnets*, o clima e a saúde delas. Dora talvez tivesse até se sentido à vontade se a Sra. Parkinson não estivesse presente também, e não tivesse ficado claro que as duas damas eram amigas e que a última havia sido convidada.

Dora tinha conseguido evitar ultrapassar um aceno de cabeça como cumprimento com a Sra. Parkinson desde aquela tarde terrível na casa da Sra. Yarby. Ela se sentou a certa distância da dama em questão e fez a mãe se sentar ao seu lado. Certamente não permitiria outra conversa a sós com a Sra. Parkinson como acontecera naquela ocasião.

No entanto, outra surpresa a aguardava antes que a meia hora de visita socialmente aceitável chegasse ao fim. A chegada de outro convidado provocou um espanto tão exagerado, tanto na Sra. Clark como na Sra. Parkinson, que Dora não acreditou nem por um instante que a presença dele era inesperada.

– *Milorde!* – exclamou a Sra. Clark, colocando-se rapidamente de pé, sorrindo e fazendo uma cortesia, quando o conde de Eastham foi anunciado. – Quase caí dura de surpresa.

– Ora, devo dizer que é uma surpresa encantadora – falou a Sra. Parkinson, levantando-se e fazendo uma cortesia ainda mais profunda do que a anfitriã. – Você não me contou, Isabella querida, que estava esperando o conde.

– Mas como eu poderia, Vera – retrucou a Sra. Clark, ainda fingindo grande espanto –, quando eu nem mesmo sabia que ele estava na Cornualha?

A filha dela também fez uma cortesia, os olhos fixos no chão.

– Como vai, Eastham? – perguntou o Sr. Clark, apertando a mão da visita. – Está passando algum tempo na região?

– Estou em viagem pelo sudoeste do país – explicou o conde de Eastham –, e no momento estou hospedado em uma estalagem a menos de 5 quilômetros daqui. Pensei em visitar os amigos que foram tão gentis comigo anos atrás, quando a minha irmã morreu. Mas... duquesa de Stanbrook? – Ele pareceu surpreso.

Dora o estivera observando com certo desalento. Vira o conde apenas uma vez na vida – quando ele acusara seu noivo de assassinato e tentara impedir seu casamento. Ela tentara, desde então, ver as ações dele sob a luz mais compassiva possível, mas era de fato terrível se ver em uma sala com o homem, sem qualquer chance decente de escapar.

– Ah, permita-me apresentá-lo – falou a Sra. Clark. – Mas... ah, Deus, eu havia esquecido completamente. O senhor conheceu a duquesa, não é mesmo? Em Londres, há poucos meses. Ah, isso é *muito* perturbador.

– Por favor, não se aborreça, senhora – disse o conde, inclinando-se em uma reverência para Dora e fitando-a com expressão preocupada. – Duquesa, permita que eu peça perdão por qualquer aflição que possa ter lhe causado em nosso último encontro. Eu lhe asseguro que não pretendia lhe causar nenhum mal. Na verdade, todo o meu comportamento naquela ocasião foi terrivelmente equivocado. Eu me coloco à sua disposição. E sairei imediatamente desta casa e dos arredores se for o seu desejo.

Dora achou que ele estava sendo sincero, embora fosse difícil acreditar que tudo aquilo não era proposital. Ela inclinou ligeiramente a cabeça.

– Está visitando o Sr. e a Sra. Clark na casa deles, lorde Eastham – disse. – Não deve se retirar por minha causa.

– Milorde – continuou a Sra. Clark –, permita-me apresentar lorde Everard e lady Havell, que é mãe de Sua Graça.

Dora sentiu a mãe ficar tensa ao seu lado assim que o conde foi anunciado, e soube que ela devia ter feito a ligação com o que provavelmente ouvira a respeito do casamento de Dora.

Depois das apresentações, o conde primeiro conversou brevemente com os cavalheiros, então, depois que a Sra. Clark colocou uma xícara de chá em suas mãos, sentou-se em um banco perto de Dora e da mãe. Ele se esforçou para se mostrar agradável, contando detalhes de suas viagens e fazendo perguntas sobre a impressão delas a respeito da Cornualha.

Talvez aquela tivesse sido a meia hora mais desconfortável da vida de Dora, embora depois tivesse admitido para si mesma que não lamentava totalmente a experiência. Com a cena no casamento, acabara ficando com a impressão de que o conde de Eastham era um monstro e, mesmo quando tentara encontrar desculpas para ele, mais tarde, ainda não era capaz de acreditar por completo em sua humanidade. Agora acreditava. O conde aparentava ser alguns anos mais velho do que George. Mesmo assim, guardava um resquício da boa aparência que provavelmente tivera quando jovem, seus modos eram agradáveis e sua conversa, interessante. Ele deixou a casa dos Clarks na mesma hora que Dora, a mãe e sir Everard, e ajudou a mãe de Dora a subir na carruagem com grande cortesia, antes que sir Everard fizesse o mesmo com Dora.

O conde de Eastham fez uma cortesia de despedida, então, quando já estavam todos acomodados, dirigiu-se a Dora:

– Agradeço sinceramente, duquesa, por ter permitido que eu permanecesse na casa da... dos antigos amigos da minha irmã, e meus amigos também. Foi bom vê-los de novo depois de tanto tempo. Vou me lembrar da sua gentileza e torcer para que chegue o dia em que a duquesa possa me perdoar pelo meu comportamento impulsivo e ofensivo no dia do seu casamento. Foi um prazer, lady Havell, Sr. Havell.

A mão da mãe buscou a de Dora assim que a carruagem foi posta em movimento.

– Que falta de sorte terrível – comentou ela. – Mas estou inclinada a acreditar que ele de fato se arrepende de ter estragado o dia do seu casamento, Dora. Deve ser difícil para um homem ver o viúvo da irmã se casar com outra pessoa. O amor de um irmão é diferente do amor de um cônjuge. De certo modo, é mais duradouro, por causa do laço de sangue. Uma esposa pode ser substituída, uma irmã, não.

– Ela era meia-irmã dele – disse Dora. – A senhora acha que a Sra. Clark e a Sra. Parkinson ficaram mesmo surpresas? Ele ficou?

– Não me ocorreu que não tivessem ficado – respondeu a mãe. – Está querendo dizer que acredita que ele queria se encontrar com você e o fez com a ajuda delas? Mas, mesmo se isso for verdade, Dora, não seria uma coisa ruim. Sugeriria ainda mais que ele estava sofrendo com remorsos e desejava se desculpar pessoalmente. O que acha, Everard?

Sir Everard, ao ser chamado para a conversa, pareceu pensativo.

– Se o homem desejava se desculpar com Dora – falou –, deveria ter escrito para ela. Ou ido até Penderris Hall e pedido para falar com ela. Embora eu acredite que Stanbrook teria algo a dizer sobre qualquer uma dessas abordagens.

– Encontrá-la ali, então, foi... orquestrado? – perguntou a mãe de Dora ao marido.

– Ou meramente acidental – respondeu ele, encolhendo os ombros. – Você vai contar a Stanbrook, Dora?

– Mas é claro – disse ela.

Não lhe ocorreria não contar ao marido. Embora não ansiasse pelo momento de fazer isso. Sentia-se quase culpada. Talvez, quando o conde de Eastham se oferecera para deixar a casa, ela mesma devesse ter ido embora. Mas isso teria sido deselegante com seus anfitriões, e a notícia não demoraria a se espalhar pelo vilarejo.

Aliás, se espalharia de qualquer modo. Mas pelo menos as histórias diriam que Dora e o conde de Eastham haviam sido civilizados um com o outro.

George ouviu uma batida na porta do quarto de vestir pouco antes do jantar, e Dora entrou. O valete acabara de dar o nó no lenço de pescoço dele, conseguindo, como sempre, um resultado elegante sem ser exagerado. George acenou para que o rapaz saísse antes que pudesse acrescentar o alfinete de diamante guardado sobre a cômoda. Algo estava aborrecendo Dora desde que ela voltara para casa naquela tarde, embora ela o tivesse tranquilizado e aberto um sorriso quando ele lhe perguntara a respeito.

– Está pronta para descer? – George se colocou de pé.

– Há algo que você precisa saber – disse Dora. – Provavelmente vai ficar... aborrecido, embora eu acredite que não haja motivo para preocupação.

Ele ergueu as sobrancelhas e cruzou as mãos nas costas.

– Espero que não esteja se sentindo mal – falou.

– Ah, não, não é nada disso – garantiu ela. – A minha mãe, sir Everard e eu fomos visitar os Clarks esta tarde. A Sra. Parkinson também estava lá.

– Ah – disse George. As duas damas haviam sido amigas de Miriam. – A visita foi uma provação e tanto para você, Dora? Espero que não tenha se repetido o que aconteceu nos Yarbys.

– De forma alguma – afirmou Dora. – O Sr. Clark conversou com sir Everard, e as damas foram muito amáveis comigo e com a mamãe. Mas... outro convidado chegou enquanto estávamos lá. A Sra. Clark reagiu com grande surpresa quando ele foi anunciado, assim como a Sra. Parkinson, mas tive a sensação de que elas o estavam esperando. Era o conde de Eastham.

Que diabo? George teve a sensação de que sua cabeça havia sido enfiada dentro de um balde com gelo.

– Ele está viajando pela Cornualha – continuou Dora – e se hospedou em uma estalagem a poucos quilômetros do vilarejo. O conde visitou os Clarks porque eles haviam sido gentis com ele depois... depois da morte da irmã do conde. O casal ficou encantado ao vê-lo, assim como a Sra. Parkinson. Mas me pareceu que a visita não foi a surpresa que eles fizeram parecer. O Sr. Clark não pareceu surpreso de forma alguma, e a Srta. Clark pareceu apenas constrangida. E depois ele, o conde, ficou chocado ao me ver.

– Santo Deus, Dora – explodiu George, indignado. – A impertinência disso. Você partiu imediatamente? Espero que Havell...

Mas ela estava erguendo as duas mãos para detê-lo.

– Tive a impressão de que o encontro foi combinado – falou –, mas acredito que os motivos do conde eram sinceros. Ele se desculpou com muita elegância pelo que aconteceu no dia do nosso casamento. Admitiu que havia se comportado muito mal na ocasião e pediu meu perdão na frente de todos, quando poderia ter se afastado comigo e conversado a respeito em particular, poupando-se assim de algum embaraço. Você está muito aborrecido por eu ter ficado e ouvido o que ele tinha a dizer?

Aborrecido? Ele estava quase vibrando de fúria. E também estava estranhamente... assustado.

– Eu me arrisco a dizer – disse George – que foram esses gentis amigos do vilarejo que escreveram para Eastham, para informá-lo do meu casamento iminente.

– Ah, sim – disse ela. – Não havia pensado nisso. E é claro que todos sabem o que aconteceu na igreja. Talvez o conde tenha achado que de fato deveria se desculpar na frente de todos, já que os Clarks com certeza pareciam constrangidos pelo mau uso que ele fizera da informação que tinham.

– Dora – disse George, se adiantando e pegando as mãos da esposa –, fique longe dele.

– Tenho certeza de que conseguirei fazer isso sem qualquer esforço – afirmou Dora. – Duvido que vá vê-lo de novo. O conde vai continuar suas viagens. Mas ele foi muito agradável com sir Everard e com minha mãe durante o chá... e comigo. Acredito, sim, que ele esteja sinceramente arrependido pelo que aconteceu. E se o conde sabia mesmo que eu estava na casa dos Clarks, então foi ainda mais louvável que tenha ido até lá para falar comigo. Não deve ter sido fácil e poderia muito bem ter sido evitado.

– Dora. – George apertou as mãos dela com mais força. – A Sra. Clark e a Sra. Parkinson estavam na linha de frente das acusações cruéis e sem fundamento que foram espalhadas por aqui depois da morte de Miriam. Elas, junto com o próprio Eastham. O homem estragou o dia do seu casamento.

– Ah, não o dia inteiro – protestou ela. – E ele com certeza não estragou o meu casamento, não é mesmo? Talvez não tenha havido nenhuma motivação maliciosa por trás desta tarde. O que eles poderiam ter desejado, além do meu constrangimento? Essa teria sido uma recompensa muito pequena para uma conspiração maligna. Parece muito mais provável que todos quisessem consertar um pouco as coisas, e apreciei isso, mesmo sem conseguir sentir grande simpatia por aquelas damas. Quanto ao conde de Eastham... George, ele já foi seu cunhado, e era obviamente muito apegado à irmã. O conde ficou aborrecido com a notícia do seu casamento iminente e se comportou mal. Acontece. Ele se desculpou. Isso também acontece. Suponho que, de certo modo, ele seja parte da sua família. Ninguém deixa de ser seu cunhado porque a pessoa que motivou essa ligação de parentesco morreu, não é? Agnes ainda seria sua cunhada se eu morresse.

– Não – falou George, levando as mãos dela aos lábios. – Não morra antes de mim, Dora. Na verdade, eu a proíbo expressamente de fazer isso.

Ela inclinou a cabeça para o lado e sorriu para o marido.

– Vou tentar obedecer – disse –, já que você não exigiu muito a minha obediência desde o nosso casamento. George, acho que seria um gesto maravilhoso se convidássemos o conde para o nosso baile. Todos da região veriam que qualquer desentendimento foi resolvido. E acredito que, depois, o conde partiria e não ouviríamos mais falar dele.

– Não! – George voltou a sentir a cabeça gelada. – Eastham *não* vai ser convidado para o baile, ou para esta casa, Dora. Nunca. Ele pode já ter sido meu cunhado, mas nunca houve o mais leve indício de qualquer sentimento fraterno entre nós. *Nunca*. Na verdade, foi o oposto, e ficou pior mais para o fim. Não sou muito dado a odiar, mas posso dizer sem hesitação e sem me desculpar que odeio Anthony Meikle, conde de Eastham. E posso lhe garantir sem sombra de dúvida que ele sempre retribuiu esse sentimento com toda a intensidade. Fique longe dele.

Dora encarou o marido com uma expressão indecifrável no rosto.

– Isso é uma ordem? – perguntou.

George soltou as mãos dela e se virou por um instante para pegar o alfinete de diamante, que prendeu no lugar, entre as dobras do lenço no pescoço.

– Não – falou. – Espero nunca tentar lhe dar uma ordem, Dora. É um pedido. Mas provavelmente estamos fazendo sua mãe e sir Everard esperar no salão de visitas e, pior, o chef esperar na cozinha.

Ela continuou a encará-lo por mais alguns instantes, antes de dar um passo à frente, afastar as mãos do marido e ajustar o alfinete mais ao seu gosto.

– Vamos para a sala de música depois do jantar? – sugeriu ela.

– Se você estivesse sempre disposta a tocar a harpa – disse George –, eu *moraria* na sala de música.

Ela riu.

– Minha mãe tinha uma linda voz – comentou. – Talvez possamos persuadi-la a cantar acompanhando a harpa. Ou a tocar piano enquanto toco harpa.

Ele se inclinou e beijou-a nos lábios.

– Está feliz por termos convidado a sua mãe? – perguntou.

Dora ergueu os olhos para encontrar os dele.

– Estou feliz – falou. – *Muito* feliz. Mas por ambos terem vindo, não só ela. Acho que gosto de sir Everard.

CAPÍTULO 18

Na semana anterior ao baile, Dora se viu incapaz de se concentrar em qualquer outra coisa, embora houvesse de fato muito pouco a fazer além de, ocasionalmente, andar pela casa parecendo ocupada. Umas poucas vezes, sentiu-se culpada por sua ociosidade, mas era tranquilizador saber que tinha empregados tão bons e eficientes. Certa vez, ela dissera a George que poderia se acostumar facilmente a ter tantos criados, e tinha sido isso que acabara acontecendo. Como havia conseguido administrar seu modesto chalé tendo apenas a Sra. Henry para ajudá-la? A resposta era óbvia, é claro: o chalé era pequeno e ela nunca tentara organizar um grande baile lá.

Dora acabou se dando conta de que os criados de Penderris estavam sendo ainda mais solícitos com ela do que o normal, por causa do seu estado delicado de saúde. Ela sempre sorria para si mesma quando se lembrava do que Ann Cox-Hampton dissera sobre a palavra *delicado*. Dora nunca se sentira melhor de saúde na vida.

No dia do baile, a casa enorme cintilava de tão limpa; o salão de baile fora polido até brilhar como um espelho; todos os candelabros tinham sido descidos para o chão sobre grandes lençóis e limpos até que as gotas de cristal que pendiam deles também cintilassem, e até que todos os suportes estivessem com velas novas, dezenas delas ao todo; o salão de baile e o balcão do lado de fora das portas francesas tinham sido enfeitados com grandes vasos de flores brancas, fúcsia e roxas, além de folhagens e samambaias; assim como as laterais da escada; um tapete vermelho fora enrolado de um lado do saguão, pronto para ser estendido nos degraus do lado de fora, mais no fim da tarde; as cozinhas e a despensa estavam tão cheias de comida que era de espantar que qualquer um conseguisse se movimentar por ali sem derrubar alguma coisa no chão, que estava quase tão imaculadamente limpo quanto as superfícies de trabalho; um grande número de quartos de hóspedes tinha sido arejado, as camas feitas, e um vaso de flores, um cesto de frutas e uma garrafa de vinho com uma bandeja de taças de cristal tinham sido colocados em cada um.

Não havia mesmo nada para Dora fazer depois de almoçarem cedo, a não ser esperar a chegada dos convidados que passariam a noite ali, embora fosse provável que aquilo ainda demoraria horas. Julian e Philippa haviam chegado antes do almoço, mas eles eram da família, e estavam ali em visita, não apenas para comparecer ao baile. Os dois chegaram cedo para terem tempo o bastante de acomodar Belinda no antigo quarto de crianças com a ama. Dora mencionara à Sra. Lerner que pretendia encontrar alguns brinquedos e livros para que a criança se distraísse, mas mesmo essa iniciativa foi frustrada. Um dos cômodos do sótão estava cheio de itens adequados, que foram guardados ali depois que deixaram de ser usados por qualquer criança da casa. Dois criados foram enviados para pegar o que fosse necessário e limpar tudo. Incluíram ainda um antigo cavalinho de brinquedo, que George se lembrava de ter sido um dos seus brinquedos favoritos quando era criança.

George levou Julian e sir Everard para cavalgar depois do almoço, dizendo que era melhor ficarem fora do caminho dos criados. Logo depois que eles saíram, Belinda foi acomodada para a sua soneca da tarde e a mãe de Dora foi até o vilarejo com Philippa, que desejava ver se a loja tinha um pedaço de fita do tom exato de rosa que ela procurava para a barra do *bonnet* que havia comprado em Londres. Dora não as acompanhou. Ficou em casa para receber qualquer convidado que, por acaso, pudesse chegar mais cedo. Também prometeu a George e à mãe que se recolheria ao quarto em algum momento durante a tarde, para descansar.

E de fato passou meia hora em seu quarto, mas não conseguia dormir, e não adiantava nada ficar deitada na cama olhando para o dossel sobre sua cabeça. Seu cérebro e seu estômago estavam agitados demais com uma mistura de empolgação e apreensão a respeito de seus deveres como anfitriã de seu próprio baile. Ela queria muito que cada instante do evento fosse absolutamente feliz e memorável.

Quando voltaram, a mãe e Philippa a encontraram em um grande aposento que havia sido arrumado como salão de jogos – era esperar demais, é claro, que todos quisessem dançar. Dora estava movendo uma mesa 2 centímetros para um lado, uma cadeira 1 centímetro para o outro, como se a mobília já não estivesse perfeitamente arrumada. Philippa acenou com a bolsinha em um gesto triunfante, da porta, antes de correr para o quarto das crianças.

– Encontrei um rolo inteiro de fita de cetim bem no tom que eu queria – anunciou –, e da largura certa também. Um milagre! – Ela fez uma pausa e olhou para o salão. – O que você está fazendo, tia Dora? Tio George teria um ataque se a visse movendo esta mesa.

– Eu a estava recolocando no lugar original – falou Dora em um tom contrito. – Às vezes, quase desejo que nossos criados não fossem tão eficientes.

– Vou ver se Belinda está acordada – disse Philippa antes de desaparecer.

– Ah, Dora – falou a mãe, enquanto a porta se fechava. – Estou tão feliz por ter encontrado você sozinha. Quando estávamos saindo da loja, quase esbarramos no conde de Eastham, que estava passando pela rua. Ele insistiu em nos acompanhar até a taberna e nos pagou um copo de limonada. O conde nos contou que tinha ido visitar o Sr. e a Sra. Clark, mas descobriu que os dois estavam ocupados se preparando para um baile aqui esta noite, e encurtou a visita, apesar dos protestos deles. O conde estava planejando tomar um copo de cerveja sozinho antes de voltar à estalagem e retomar suas viagens amanhã.

– Ah, Deus – disse Dora –, achei que ele já teria ido embora a essa altura. George não quis que o conde fosse convidado para o baile, mas isso parece tão indelicado. Ele e George sempre tiveram uma relação antagônica, embora eu não saiba o motivo. E é claro que tudo só piorou depois da morte da primeira duquesa, pois o conde não apenas culpou George por não evitar o suicídio da esposa, mas também sugeriu que ele a empurrara para a morte. Não é de surpreender que ele não tenha me permitido convidar o conde para o baile, certo? Mas é lamentável que o conde tenha escolhido hoje, entre todos os dias, para voltar ao vilarejo e descobrir que vai haver um baile aqui, e nós o excluímos. Acredito que ele possa ficar magoado.

– Mas ele compreendeu perfeitamente – garantiu a mãe. – O próprio conde disse isso. Chegou mesmo a escrever para Sua Graça, logo depois de ter falado com você na casa da Sra. Clark, naquela tarde. Achou que deveria fazer isso para não parecer que havia se aproximado de você pelas costas do seu marido. George devolveu a carta ainda fechada.

– Ah, Deus.

A mãe se aproximou mais e deu uma palmadinha na mão de Dora.

– O conde não quis aborrecê-la – falou. – Está sinceramente arrependido que você tenha sido envolvida numa briga tola no dia do seu casamento. Mas gostaria de lhe explicar algumas coisas, para que você tenha mais informações e, talvez, possa ter uma opinião mais gentil a respeito dele do que tem agora.

– Não acredito que George gostaria de me ver trocar correspondências com o conde de Eastham, mamãe – falou Dora. – E, de qualquer modo, não me sinto inclinada a fazer isso, embora provavelmente tenha sido só uma briga boba. Como a maior parte das brigas, certo? Embora possam causar anos de distanciamento e sofrimento desnecessários.

Poderia estar descrevendo a si mesma e à mãe, pensou Dora, a não ser pelo fato de que as duas nunca haviam brigado. A mãe simplesmente desaparecera. E o que causara o afastamento delas não tinha sido uma briga tola.

– O conde vai partir amanhã de manhã para continuar sua viagem – contou a mãe. – Ele compreende que você deve estar muito ocupada hoje. No entanto, me pediu para informá-la de que vai caminhar perto do promontório acima da enseada, pouco além dos limites do parque de Penderris, daqui a cerca de uma hora, e que ficaria honrado se você lhe desse alguns minutos do seu tempo.

Dora achou aquilo um pouco sorrateiro e muito desnecessário. Ela não desejava qualquer mal ao conde de Eastham e, ao que parecia, o mesmo valia para ele. Mas George se opunha totalmente a qualquer tipo de contato entre sua nova esposa e o antigo cunhado. Chegara mesmo a declarar que o odiava, uma confissão que surpreendera Dora, pois ela não imaginara que o marido pudesse odiar alguém. E George nem estava em casa naquela tarde para que ela o consultasse. Mas o conde de Eastham dificilmente poderia saber disso, não é mesmo? Depois de ter passado longos anos separada da mãe, de só agora tê-la encontrado de novo, Dora ficava triste ao pensar em todos os anos perdidos provocados por brigas na família. O conde havia se aproximado dela para se desculpar por ter estragado o dia do seu casamento. Chegara mesmo a escrever para George. E agora estava pedindo apenas alguns minutos do dia de Dora para se explicar um pouco melhor. Ela ainda se sentia culpada por não tê-lo convidado para o baile. Com certeza o mínimo que poderia fazer seria ouvir o que ele tinha a dizer.

Talvez ainda houvesse uma chance de persuadir George de que as pessoas com frequência magoam mais a si mesmas do que a qualquer outro quando se agarram a antigos ódios e ressentimentos, mesmo depois que um ramo de oliveira foi estendido. Talvez o conde estivesse estendendo um ramo de oliveira naquele dia.

A mãe a observava com certa preocupação.

– Talvez eu não devesse ter dito nada – falou. – O conde me pareceu um homem sincero e agradável, mas Everard não estava muito certo de seu caráter depois do nosso primeiro encontro. Fique aqui, Dora. De qualquer modo, acho que ele não espera mesmo que você apareça.

Dora franziu o cenho, então riu.

– Acho que, se eu não for, vou acabar me sentindo culpada a noite toda e não vou conseguir aproveitar plenamente o baile – retrucou. – Devo ir.

– Então deixe-me ir com você – pediu a mãe.

– A senhora acabou de fazer uma caminhada de ida e volta até o vilarejo – argumentou Dora. – Em um dia quente. Vá descansar, ou vá para o salão de visitas e peça um bule de chá. E mantenha-o quente para mim. Não vou demorar.

Mas aquilo era tolice, pensou, alguns minutos mais tarde, quando descia o caminho de entrada da casa em direção ao portão que ficava a leste. O conde de Eastham não deveria ter pedido para se encontrar com ela, e George ficaria aborrecido, para dizer o mínimo. É claro que contaria ao marido sobre o encontro, mesmo se o conde tivesse mudado de ideia e voltado para a estalagem sem esperar por ela – o que Dora torcia para que tivesse feito.

Antes de chegar ao portão, ela estava quase convencida a dar meia-volta e retornar. Mas então o viu à sua direita, parado, imóvel, no promontório, os olhos fixos no mar. O conde parecia solitário e até um tanto desamparado, e ocorreu a Dora que aquela devia ser a primeira vez que ele voltava ali desde a morte da irmã. E ele havia sido muito próximo dela.

Em seguida, ela percebeu que na verdade ele estava nas terras de Penderris, não além dos limites da propriedade, como disse que estaria. No entanto, não havia entrado muito nas terras de George, e estava fora da parte ajardinada do parque.

Dora hesitou por um breve instante antes de sair da trilha e seguir na direção do conde. Ele se virou quando ela chegou mais perto e a observou se aproximar com um sorriso caloroso. Então, se curvou em uma cortesia quando Dora estava ao seu lado, pegou a mão direita dela e levou aos lábios, um gesto curiosamente cortês para o lugar em que estavam.

– A senhora veio, apesar de estar tão ocupada hoje – disse ele. – Realmente não esperava, duquesa. Estou comovido com a sua gentileza.

Ela recolheu a mão.

– Estou esperando a chegada dos hóspedes – falou –, e não devo me afastar de casa por muito tempo. Minha mãe me disse que o senhor tinha algo particular para me dizer, e eu vim. Foi muita gentileza da sua parte oferecer um copo de limonada a ela e à Sra. Crabbe. Sei que elas apreciaram, em uma tarde tão quente.

– O prazer foi todo meu – disse ele. – Lady Havell é uma dama encantadora. Assim como a esposa do jovem Julian.

Mas Dora não tinha ido até ali para trocar amabilidades com ele. Ela o encarou com uma expressão questionadora e esperou.

– Gostaria que entendesse – falou o conde, fitando-a com uma expressão séria – que não tenho nada contra a senhora, duquesa. Não sei quanto seu marido lhe contou.

Dora hesitou.

– Não interfiro nos assuntos do meu marido, lorde Eastham, da mesma forma que ele não interfere nos meus. Sempre tive consciência de que a perturbação que o senhor causou no dia do nosso casamento não teve nada a ver comigo. Afinal, não me conhece, assim como não o conheço. Não guardo ressentimentos a respeito, se é o que o preocupa. O senhor sem dúvida teve suas razões para se sentir profundamente ofendido quando soube que o viúvo da sua irmã estava prestes a se casar de novo. Não compreendo o motivo exato, embora tenha alguns palpites. Mas isso não importa. O que aconteceu entre o senhor e meu marido diz respeito aos dois, não a mim. Mas realmente aprecio o fato de que o senhor fez um esforço para se desculpar pessoalmente comigo, na casa de pessoas que eram amigas da sua irmã, e até mesmo na presença da minha mãe.

Ele assentiu, ainda muito sério.

– Vamos caminhar? – sugeriu, indicando uma trilha que corria em paralelo ao promontório e que entrava mais na propriedade de Penderris. – Está absolutamente certa, duquesa... a senhora não compreende, embora faça total sentido para mim que Stanbrook não tenha lhe dito nada para esclarecer a situação.

– Como é direito dele – retrucou Dora com firmeza, caminhando ao seu lado. – Realmente não preciso saber nada do passado, lorde Eastham, caso meu marido prefira não me contar.

– A senhora é boa demais, duquesa – falou o conde. – Stanbrook sempre foi frio em relação ao menino e, no fim, cruel.

– Está se referindo ao *filho* dele? – Ela se virou para o conde, espantada. O rosto dele agora estava abatido e parecia mais marcado pela idade.

– Stanbrook queria desesperadamente mandar o filho para a escola – disse –, embora Brendan fosse um menino sensível, de saúde delicada, e a mãe se devotasse profundamente a ele e, portanto, fosse ficar arrasada se o filho fosse mandado embora. Stanbrook cedeu aos pedidos dela, mas contratou tutores ríspidos e sem humor, que castigavam o menino com frequência e o mantinham longe da mãe por longas horas todos os dias. Então, por fim, quando Brendan era pouco mais do que uma criança, Stanbrook o forçou a assumir uma patente militar e o mandou para a morte, na Península.

Dora não queria estar ouvindo aquilo. Parecia uma traição, como se agisse deliberadamente pelas costas de George para conseguir mais informações do que ele mesmo estava disposto a dar.

– Acredito que seja o habitual, para meninos da classe social de Brendan, serem mandados para um colégio interno em determinada idade – falou ela. – Se houve um desacordo entre os pais do seu sobrinho em relação ao assunto, então parece que o duque cedeu aos desejos da duquesa. Contratar tutores como um plano alternativo certamente é compreensível. Dificilmente alguém desejaria que o herdeiro de um ducado crescesse sem qualquer tipo de acesso à educação. Às vezes, é papel do tutor ser rígido, e até mesmo impor algum castigo. E uma patente de oficial era exatamente o que o seu sobrinho queria depois de crescer em casa, sem muita experiência com o mundo do lado de fora.

E com o que parecia ter sido uma mãe superprotetora. Mas, pensou Dora, ela não tinha o menor desejo de se envolver naquele tipo de conversa. Não teria ido ao encontro do conde se soubesse que ele queria falar daquelas questões.

– Sinceramente, lorde Eastham – falou. – Preciso ir...

– Ele fez isso para punir a minha irmã – acusou o conde.

Eles estavam passando por uma falha na encosta do penhasco, uma parte que havia caído no mar em algum momento no passado distante e acabara criando um caminho íngreme de pedras e seixos até a praia mais abaixo. Eles logo estariam à vista da casa. Dora não desejava ser vista com o conde antes de poder contar a George sobre aquele encontro. Na próxima brecha que aparecesse nos arbustos de tojo, ela precisaria ser firme com o conde, atravessar por ali e voltar para casa. O homem claramente não tinha nada para compartilhar com ela a não ser histórias que depreciavam George.

– Com todo o respeito, não desejo mais ouvir nada disso, lorde Eastham – disse ela, parando um pouco adiante do caminho, bem no ponto onde a trilha se curvava para seguir o contorno do topo do penhasco. A casa estava à vista dali. – Consigo compreender a preocupação que deve ter sentido pela sua irmã e pelo seu sobrinho, se acreditava que estavam infelizes, mas penso que talvez o senhor não soubesse de todos os fatos, ou, se soube, foi pelo ponto de vista da sua irmã, ignorando o do seu cunhado. As decisões tomadas no cerne daquela família na verdade só diziam respeito a eles, não ao senhor, e certamente não a mim.

O conde parou ao lado de Dora e a fitou com um estranho meio sorriso nos lábios. Ela percebeu que o caminho era mais estreito ali, e que era impossível colocar mais distância entre os dois. O arbusto espinhoso agarraria no vestido de Dora se ela desse meio passo para trás.

– Mas há um fato essencial e incontestável, duquesa – disse o conde. – Brendan não era filho de Stanbrook.

Dora o encarou sem compreender.

– Era meu filho – completou ele.

Dora ficou ainda mais confusa.

– Mas a duquesa era sua irmã.

– Meia-irmã – corrigiu o conde. – Acha que um homem e uma mulher não podem se amar dessa forma só porque há um grau de parentesco proibido entre eles, duquesa? Estaria errada se pensasse assim. Estive longe de casa por vários anos, fazendo o que um rapaz faz para aproveitar a vida. Quando voltei, vi as mudanças que aqueles anos haviam trazido para a filha da segunda esposa do meu pai. Ela havia crescido e estava linda de tirar o fôlego. Sabia que ela era linda? Ela enrubesceu e sorriu quando me viu pela primeira vez depois de quase cinco anos, e... nos apaixonamos. Foi um sentimento mútuo e muito intenso. Nunca deixamos de nos amar. Nunca. Nossa paixão foi de um tipo raro, que se mantém firme e imutável por uma vida inteira e além. Nosso pai tentou nos separar ao casá-la com um rapazinho insípido, filho de um duque, mas a única coisa que conseguiu foi entregar o *meu amor* nas mãos de um rapaz frio... ele mal poderia ser descrito como um homem... e o *meu filho* nas mãos de um homem que acabou encontrando um modo de matá-lo sem precisar apertar o gatilho. E, ao fazer isso, também encontrou uma forma de se livrar da esposa a quem dera o maior de todos os castigos.

Eles estavam parados ali havia tempo demais, pensou Dora, e o corpo dela vinha sendo mantido em um ângulo forçado, ligeiramente inclinado para trás a partir da cintura, para colocar alguma distância entre os dois. Ela achou que iria desmaiar. Havia um zumbido em seus ouvidos. E não conseguira compreender plenamente o que estava ouvindo.

– Isso não tem *nada* a ver comigo. Nem desejo ouvir a respeito. – A voz de Dora pareceu estranha aos seus ouvidos, como se estivesse vindo de muito longe. Mas agora era tarde demais para *não* ter ouvido.

– Mas, duquesa – disse o conde, franzindo o cenho agora –, tem *tudo* a ver com a senhora.

Para Dora já era o bastante – mais do que o bastante. Não escutaria mais nada. Ela se virou depressa e deu um passo adiante, esperando desesperadamente encontrar um modo de atravessar os arbustos sem dar nem mais um passo na trilha com o conde. Ele a pegou pelo braço, segurando-a acima do cotovelo, sem muita gentileza. E, a distância, perto da casa, Dora viu três homens, e um deles era George. Naquele breve instante, ficou óbvio que ele também a vira. Mas ela foi puxada para encarar o conde de Eastham antes que pudesse ver mais.

– Solte-me, senhor – disse Dora, indignada, e quase surpresa quando ele realmente a soltou.

– Duquesa, por que Stanbrook deveria ter um filho quando tirou o meu de mim? – perguntou o conde, o rosto muito próximo do dela. – E por que ele deveria ter uma mulher para confortá-lo quando me privou da minha?

Dora ficou gelada. Ele sabia de sua gravidez?

– Se tudo o que me disse é verdade, lorde Eastham – falou Dora –, o duque de Stanbrook foi enganado para aceitar um filho que não era dele e a mulher que gestava essa criança. Se está dizendo a verdade, foi o seu pai o autor do engodo, embora talvez ele não soubesse que a filha estava grávida, ou mesmo que vocês dois eram amantes. De qualquer forma, meu marido foi uma vítima, no mínimo, tanto quanto vocês dois. Mas *não importa o que houve*, não é da minha conta. Vim ao seu encontro e o escutei contra a minha vontade. Agora devo me despedir. Tenho assuntos a resolver na casa.

Ela tentou dar as costas a ele de novo, mas com menos sucesso desta vez. O conde a agarrou pelos dois braços, de forma que Dora não podia se virar. Então, de repente lhe ocorreu que talvez ela tivesse alguma coisa a temer, e ouviu as últimas palavras dele como um eco em seu cérebro – *Duquesa, por que Stanbrook deveria ter um filho quando tirou o meu de mim? E por que ele deveria ter uma mulher para confortá-lo quando me privou da minha?*

Dora o encarou, a expressão nos olhos tão fria quanto a sensação que o medo provocava em seu corpo.

– Solte-me – falou.

Daquela vez, ele não atendeu ao seu pedido.

– Alguém já lhe mostrou, duquesa – perguntou o conde –, onde exatamente a minha irmã estava parada, no topo do penhasco, quando foi empurrada para a morte?

Ninguém havia mostrado. Mas Dora era capaz de imaginar a resposta. Ele apontou mais para a frente com um dedo.

– Aqui – falou. – Ou, na verdade, um pouco mais perto da beira. Permita que eu lhe mostre.

– Não, obrigada – disse Dora.

Mas ele ainda a segurava por um braço e começou a puxá-la pela relva alta, que terminava de súbito pouco mais de 2 metros adiante.

Mas, enquanto via aquela distância encurtar, Dora ouviu uma voz ao longe. Era George.

– *Eastham!*

– Mantenha distância, Stanbrook. Você não tem nada a fazer aqui! – gritou o conde de volta, sem tirar os olhos de Dora. Ele voltou a abaixar a voz. – É olho por olho, dente por dente, a senhora entende, duquesa? Uma mulher e um filho por uma mulher e um filho... e quase da mesma forma, embora eu não possa, infelizmente, arrumar um jeito de o filho ser morto por armas inimigas.

– E também não pode encontrar uma forma de me fazer pular sem ajuda, como foi o caso da sua irmã – retrucou Dora, impressionada com a calma que ouviu na própria voz.

Na verdade, de repente ela parecia ter sido dominada por uma tranquilidade fria, o que era estranho, quando deveria estar incoerente de pânico e terror.

– Ele a ludibriou, duquesa – continuou o conde. – Mas me arrisco a dizer que, como uma solteirona de certa idade, a senhora foi uma presa fácil e não se importou muito com o tipo de homem com quem estava se casando. No entanto, não pretendo insultá-la. Não desgosto da senhora. Estava falando sério quando lhe disse que não guardo rancor em relação à senhora. Foi apenas falta de sorte que tenha se tornado o instrumento perfeito para minha vingança.

Pobre George, pensou uma parte distante da mente de Dora. Teria que passar por aquele pesadelo pela segunda vez na vida.

– Meu marido pode ver tudo – falou. – Assim como, provavelmente, os dois cavalheiros que estão com ele. Seria muita tolice da sua parte fazer o que tem em mente, lorde Eastham. Imagina mesmo que vá se sentir melhor depois de tirar a vida de uma mulher inocente e de uma criança que ainda nem nasceu? Acha mesmo que vai conseguir escapar e continuar vivendo como um homem livre?

Ele sorriu para ela.

– Saberei a resposta para a sua primeira pergunta em um instante, duquesa – disse. – E, sim, vou escapar… para a liberdade da eternidade, que espero compartilhar com Miriam e Brendan. A vida neste plano humano é o verdadeiro inferno para mim.

– *Eastham*. – A voz veio de algum ponto mais adiante da trilha por onde eles tinham caminhado. E não era a voz de George dessa vez.

O conde levantou os olhos, o sorriso ainda em seu rosto.

– Ah, sim, sei que vocês estão aí, os três, se esgueirando na minha direção! É uma pena que não consigam me cercar, não é mesmo? E, lamentavelmente para vocês, é pelo quarto lado, que não podem acessar, que a duquesa…

Nesse momento, o conde afrouxou muito ligeiramente a mão no braço de Dora. A atenção dele havia sido distraída por um breve instante. Dora sabia que era agora ou nunca. Ela puxou o braço, levantou as saias com a outra mão e disparou em direção à trilha por onde eles haviam chegado. Não havia tempo para tentar passar pelos arbustos. Não havia tempo para escapar, ou para George correr em seu resgate. O conde a alcançaria a qualquer momento.

– *Atrás de você, Eastham!*

Dora ouviu ao longe a voz do marido, mas já podia sentir o conde em seu encalço, esticando a mão para alcançá-la. Estava de costas para a falha na encosta do penhasco. Se permanecesse na trilha, que circundava aquele trecho, seria pega antes que chegasse ao outro lado. Mas se continuasse em frente…

Foi exatamente o que ela fez. E se viu diante da descida íngreme coberta por pedras e seixos, todos mais ou menos soltos, todos de tamanhos diferentes e em posições diferentes, formando um caminho traiçoeiro mesmo para alguém que podia se permitir descer com cuidado e tivesse o auxílio de uma mão masculina firme ao longo do caminho. Dora não podia se permitir nenhum desses luxos. Ela desceu como era possível e ouviu o conde gritar logo atrás. Ouvia o som das botas dele nas pedras soltas. Então outro grito. Agora, Dora estava cega de terror, a calma gelada a abandonara por completo. Esperava perder o equilíbrio, esperava sentir uma mão agarrar suas costas ou seu braço a qualquer momento. E se deu conta de que seu pânico a fizera dar as costas ao caminho que poderia salvá-la e escolher a opção que a levaria à morte.

Mas o segundo grito se transformou quase no mesmo instante em um berro longo, ao mesmo tempo que Dora ouviu outro grito de alerta, de outra voz, que a fez se afastar para um dos lados e se agarrar à relva alta que crescia ali e a uma pedra que se projetava da encosta do penhasco. A pedra era firme e Dora parou e viu, horrorizada, o conde de Eastham passar escorregando e dando cambalhotas pela descida íngreme, até cair em uma rocha particularmente grande, perto da base do rochedo, e permanecer imóvel, de bruços, os braços e pernas esticados. Seu corpo parecia estranhamente desconjuntado.

– *DORA!*

Ela teve consciência de que alguém descia depressa as rochas atrás dela. Então, antes que pudesse se virar, foi puxada para os braços daquele alguém, seu corpo pressionado contra o peito dele, a cabeça dele contra a lateral da sua.

– *Dora!* – Havia um universo de dor na voz dele.

Dora sentia a cabeça zumbindo, o ar gelado entrava por suas narinas, e sentiu o corpo flácido contra o dele, como se deslizasse por um tipo diferente de encosta.

– Por que demorou, George? – ouviu sua voz perguntar.

Mas não houve possibilidade de saber a resposta, ou de se deleitar com a súbita sensação de segurança. Ela continuou a deslizar, até tudo ficar frio e escuro.

CAPÍTULO 19

George estava voltando dos estábulos para casa, com Julian e sir Everard Havell, depois de uma cavalgada agradável, que todos tinham aproveitado. Esperava que Dora tivesse encontrado tempo para descansar, ou que a mãe tivesse insistido para ela fazer isso. A esposa estava muito empolgada com o baile, mas os criados tinham todos os preparativos sob controle e não precisavam da ajuda dela. No entanto, alguns convidados iriam passar a noite e precisariam chegar mais cedo do que os outros, a tempo do jantar, pelo menos. Dora sem dúvida desejaria ser a anfitriã perfeita, recebê-los à porta e cuidar para que estivessem bem acomodados em seus aposentos. Por um instante, George sentiu uma ponta de culpa por não ter permanecido em casa e fazer isso pela esposa, enquanto ela descansava.

Foi Havell quem chamou sua atenção para as duas figuras paradas no topo do rochedo, a distância.

– Espero que eles não estejam tão próximos da beira como parecem estar – comentara, acenando com a cabeça na direção dos dois. – Nunca fui muito chegado a alturas.

George olhou e sua primeira reação foi uma exasperação carinhosa, porque uma das duas pessoas era Dora, ele não tinha dúvida. Mas o que a esposa estava fazendo caminhando ali, logo naquele dia, quando o sol ainda estava quente e ela deveria descansar para a noite cheia que teria à frente? George não reconheceu de imediato o homem ao lado dela, mas presumiu que fosse um convidado que tivesse chegado mais cedo. O homem não poderia ter saído para passear sozinho, se estava com tanta vontade de fazer isso?

Mas logo sentiu o estômago se apertar ao se dar conta de que, por um acaso infeliz, os dois estavam parados justamente onde Miriam tinha... Foi ao perceber isso que George reconheceu o homem... e compreendeu tudo. Por Deus, era Eastham! No momento em que ele entendeu o que estava acontecendo, Dora se afastou um pouco do conde e se virou em direção à casa... mas só por um momento. George nem podia ter certeza de que ela o vira.

– Santo Deus! – disse, e estacou.

– Não é o irmão da tia Miriam, com a tia Dora? – perguntou Julian no mesmo instante, protegendo os olhos com as mãos para ver melhor. – Que diabo ele está fazendo aqui depois daquela cena horrível no casamento de vocês? O senhor não o convidou para o baile, não é mesmo?

Mas George já se virara e começara a correr pelo gramado que ficava ao sul, em direção ao terreno mais irregular acima dos penhascos. O gramado parecia ter 2 quilômetros de comprimento. Mas a distância exata não significava grande coisa, porque ele sabia, embora tivesse a esperança desesperada de estar errado, que não chegaria a tempo. Eastham estava virado na direção da casa. Devia ser capaz de ver os três homens ali.

Os outros dois cavalheiros agora corriam ao lado de George.

– Aquele é o homem que quase arruinou o dia do casamento de Dora? – perguntou Havell. – O quê, pelo amor de Deus...

– Ele vai empurrá-la – disse George. – Vai matá-la. Eastham! – Ele gritou a última palavra, mas obviamente em vão. O homem não ia se assustar só porque George estava correndo para resgatar a esposa. Na verdade, ele se deleitaria com a situação.

– Mantenha distância, Stanbrook! – gritou Eastham de volta.

– O quê, pelo amor de Deus... – repetiu Havell.

– Aquele é exatamente o lugar de onde tia Miriam se jogou – explicou Julian. – Mas... ele deve estar mostrando a tia Dora onde tudo aconteceu. Com certeza não a empurraria. Isso seria loucura. Haveria três testemunhas.

– Isso não o deterá – afirmou George.

Ele parara, mas sua mente estava em disparada. Caso se aproximasse mais, só instigaria Eastham a empurrar Dora mais rápido da beirada. Mas, se ficasse ali e não fizesse nada, o homem a empurraria de qualquer modo. Ele já a afastara da trilha e estava chegando mais perto da beira do penhasco.

– Deus! – George sentiu como se fosse ele a despencar de um penhasco e cair no mais profundo inferno de terror, pânico e desespero. Não havia nada...

Foi quando sir Everard Havell assumiu o controle da situação.

– Crabbe – disse ele, dirigindo-se a Julian em um tom firme –, vá pela direita. Eu irei pela esquerda. Atravesse todos aqueles arbustos, então chame o nome dele. Farei o mesmo logo à sua frente. Talvez possamos distraí-lo pelo tempo necessário para dar a Dora uma chance de escapar. Prepare-se para correr para ajudá-la, mas só se ela conseguir se afastar um pouco da beirada. George, fique aqui e mantenha a atenção dele concentrada em você.

George ficou onde estava, porque não conseguiria fazer mais nada. Estava impotente como da última vez, embora esta fosse uma situação diferente. Não havia qualquer curso de ação capaz de evitar a catástrofe. Mas a inação também não a evitaria. Ele mal tinha noção dos outros dois se afastando dos dois lados. O que deveria fazer? Avançar para a frente? Gritar ameaças? Pedir, implorar? Nenhuma dessas opções adiantaria de nada. Miriam havia saltado, e Eastham empurraria Dora. Mas George deu alguns passos à frente assim mesmo e se preparou para dizer alguma coisa.

– Eastham! – Era a voz de Julian, não a dele, vindo de algum ponto à direita.

Eastham respondeu com tom zombeteiro.

Mas, por um milagre, Dora se desvencilhou de Eastham e correu na direção oposta. O conde recuperou o foco quase no mesmo instante. Ela não conseguiria escapar.

– Atrás de você, Eastham! – gritou George, e o homem diminuiu o passo ao virar a cabeça para olhar na direção de onde viera a voz de Julian. Mas só por um brevíssimo momento.

Ele disparou atrás de Dora. Em instantes a agarraria de novo. Mas aqueles breves instantes deram um fio de esperança a George, que se colocou em ação. Mais tarde, ele nunca saberia dizer como passou pelos arbustos espinhosos, mas foi o que fez, deixando arranhões fundos nas botas, rasgando o calção e arrancando sangue dos joelhos, das coxas e das mãos. A trilha circundava a descida íngreme de pedras que eles usavam como acesso à praia, mas Dora não foi pela trilha. Ela continuou em frente e, no momento em que as mãos de Eastham estavam prestes a alcançá-la, desapareceu pela borda, em disparada.

George sentiu aquela sensação de pesadelo, de tentar correr a toda velocidade enquanto o ar parece cada vez mais denso e pegajoso. Mas aquilo era a realidade, não um pesadelo. Ele não conseguira alcançar a esposa a tempo, e Havell estava do outro lado da fenda no penhasco, longe demais para alcançá-la e puxá-la para cima em segurança. Mas Havell não estava longe demais para levantar o pé no momento em que Eastham se virava para descer também. A bota de Havell acertou o tornozelo de Eastham, que tropeçou e perdeu o equilíbrio.

Houve gritos – um deles deve ter sido de George –, e em seguida um grito mais alto e agudo.

George chegou ao cume do declive no momento em que Havell, oscilando na beira, recuperava o equilíbrio e gritava um alerta mais para baixo. Mas George só viu uma coisa. Viu Dora um pouco mais abaixo, o corpo colado a uma pedra de superfície irregular.

Ele não se lembrava de descer até ela. Só se lembrava de estar *lá*, de puxá-la para si, de chamar seu nome, mesmo sabendo que ela não conseguiria ouvi-lo, que estava morta.

– Dora! – repetiu George, e sentiu o coração se estilhaçar, a sanidade escapar de vez.

Ele a segurou pelo que pareceu uma eternidade antes de ouvir um som.

– Por que demorou, George? – perguntou ela, a voz muito baixa e arrastada.

George levantou a cabeça e olhou para a esposa. As pálpebras dela oscilaram por um momento, então ela desmaiou, o rosto muito pálido.

– Ah, Dora... – sussurrou ele contra os lábios dela. – Minha amada. Minha *única* amada.

– Ela está ferida? – A voz era de Julian, que se agachara ao lado de George, pressionando dois dedos na lateral do pescoço de Dora. – A pulsação está forte, graças a Deus. Tia Dora só desmaiou.

George o encarou sem compreender.

– Ela está viva?

Julian levou a mão ao ombro do tio e apertou com força.

– Parece que o senhor vai ser o próximo a desmaiar – disse ele. – Ela está viva, tio George. Pode me ouvir? E não vejo nenhum ferimento. Acredito que o único sangue aqui está vindo dos cortes nas suas mãos. Tenho alguns nas minhas também. Aqueles malditos arbustos espinhosos. Mas ela está *viva*. – Julian apertou outra vez o ombro de George.

– Ele está morto – disse uma voz mais abaixo. A de sir Everard Havell. – Eu o matei. E, por Deus, estou feliz. Dora está ferida?

Dora acordou se perguntando se já era hora de se levantar. Mas algo no ângulo da luz que entrava pela janela do quarto não estava certo. Aquilo a fez abrir depressa os olhos. Que horas eram? *Quando seria o baile?*

Ela teria jogado as cobertas para longe se sua mão não estivesse presa entre duas mãos bem maiores.

– George?

Ele estava sentado na lateral da cama, parecendo pálido como um fantasma.

– Graças a Deus – falou. – Você me reconheceu.

– Reconheci...? – Dora franziu o cenho, então se lembrou.

– Ah. – Ela arregalou os olhos. – Como eu cheguei aqui?

– Eu a trouxe – explicou ele. – Você desmaiou. Mais do que desmaiou, na verdade. Não conseguíamos acordá-la. Você passou mais de uma hora inconsciente.

Dora encarou fixamente o marido.

– Ele ia me matar. Olho por olho, dente por dente, foi o que disse. Uma mulher e um filho por uma mulher e um filho. Ele garantiu que não tinha qualquer rancor contra mim. Era vingança contra você.

– E uma vingança muito poderosa, se tivesse funcionado – confessou George. – Mil vezes mais do que se tivesse me matado.

– O que aconteceu com ele? – Ela tentou se sentar, mas o marido a fez se recostar contra os travesseiros, pousando uma das mãos em seu ombro.

– Sir Everard o fez tropeçar quando ele se virou para seguir você pela descida do penhasco – explicou George. – Eastham caiu quase até a base. Ele está morto.

– Morto – repetiu Dora. – Ele também tinha a intenção de se matar. Por isso não estava preocupado que você e os outros testemunhassem tudo. Acho que, na verdade, o conde queria ser visto, especialmente por você. Mas o que você disse? Sir Everard o fez tropeçar?

Um soluço abafado desviou a atenção de Dora para o pé da cama. A mãe dela estava parada ali, agarrada à coluna da cama do outro lado, tão pálida quanto George.

– Foi tudo minha culpa, Dora – disse ela. – Eu mandei você para falar com ele. Você quase *morreu*.

– Mas não morri – retrucou Dora. – E não fui obrigada a me encontrar com ele. A decisão foi minha, lembra? – Ela voltou a fechar os olhos por um momento e umedeceu os lábios secos.

– Sir Everard salvou a sua vida, Dora – disse George. – Ele se organizou com Julian para distrair Eastham e dar uma chance para você fugir, depois deteve Eastham antes que ele pudesse persegui-la pelo declive.

Os olhos de Dora se encheram de lágrimas quando ela olhou para a mãe.

– Ele tem medo de altura – disse a mãe dela.

Dora deu um sorriso débil. Como era possível que eles tivessem fechado o círculo, agora? Que o mesmo homem que ela sempre acreditara ter arruinado a sua vida, levando a mãe dela embora, agora a salvasse? Então, seus olhos se arregalaram em um pânico súbito.

– Mas que horas são? Deve haver convidados chegando. Deve estar quase na hora...

A mão que mantinha seu ombro na cama permaneceu ali.

– Está na hora de você ficar onde está – disse George. – Há outras pessoas para levar os convidados aos seus quartos. Dodd vai chegar a qualquer momento. Julian saiu correndo para buscá-lo.

– Mas não preciso de um médico – protestou Dora. – Preciso me aprontar para o jantar e para o baile. Que horas *são*?

– Ainda é fim de tarde – garantiu ele. – Escute, Dora. Você sofreu um choque profundo. Acredito que ainda não tenha sentido de fato os efeitos do que aconteceu. E ainda há a complicação de que está esperando um bebê. Vai ficar deitada aqui até Dodd examiná-la, e continuará deitada depois disso se ele achar que é o que você deve fazer. E isso é uma ordem. O jantar e o baile vão acontecer sem você, se for preciso, embora todos certamente vão lamentar a sua ausência, eu mais do que todos. Philippa concordou em ser a anfitriã dos eventos da noite se for necessário, e ela é perfeitamente capaz de fazer isso.

– Ficarei aqui com você, Dora, se o médico aconselhar repouso – disse a mãe. – Você não vai ficar sozinha. E ninguém vai culpá-la por não estar presente. A notícia do que aconteceu sem dúvida já se espalhou pelo vilarejo e mais além, a esta altura. Na verdade, acho que todos ficariam muito surpresos se você aparecesse esta noite.

Dora olhou com desânimo de um para o outro.

– Mas é o nosso primeiro grande evento juntos – disse, dirigindo-se ao marido. Então, virou-se para a mãe. – E planejamos tudo deliberadamente para a época em que a senhora e sir Everard estariam aqui.

– Haverá outros bailes, festas e concertos – disse George. – Mas só há uma Dora.

– Já é o bastante estarmos aqui – disse a mãe a ela. – Todos têm sido tão gentis conosco. Você e Sua Graça especialmente.

Dora agarrou as cobertas com a mão livre.

– Não vou perder o bebê, não é? – perguntou.

A mãe balançou a cabeça, mas foi George que respondeu.

– Esperamos sinceramente que não – disse ele –, mas você precisa ouvir o médico, Dora, e fazer o que ele lhe disser. Eu não arriscaria nosso filho, ou… e francamente isso é muito mais importante a esta altura… não arriscaria a sua segurança por um mero baile, por mais importante que eu saiba que isso é para você. Meu Deus, quase perdi você hoje. Eu quase a *perdi*… era isso que teria acontecido se não fosse por sir Everard e Julian.

Os olhos dele cintilavam quando a encarou, e Dora percebeu que o marido estava à beira das lágrimas. Ela deixou o corpo relaxar de novo contra os travesseiros.

E a imagem voltou de súbito à sua mente, muito viva, o espaço vazio que se abria menos de 1 metro a sua frente, com o conde de Eastham agarrando seu braço e puxando-a naquela direção. Ela se lembrou da fuga desesperada, quando conseguira soltar o braço, e da decisão que tomara, naquela fração de segundo, de descer o declive em vez de seguir a trilha que dava a volta na encosta – e da percepção quase simultânea de que não conseguiria chegar à base viva. Lembrou-se de um corpo passando por ela, gritando e batendo nas pedras. E dos braços que a apertaram com força, da voz penetrando na escuridão que ameaçava engoli-la quando ela já perdia a consciência, chamando seu nome. Dora se lembrava de uma voz alcançando-a nas profundezas da inconsciência – *Ah, Dora… Minha amada. Minha* única *amada.*

A voz de George.

– Eu deveria ter lhe dado ouvidos quando você me pediu para não ter qualquer contato com ele – disse ela. – Mas achei que sabia o que era melhor para você. Que houvesse um modo de reconciliar vocês dois.

– Não foi culpa sua – afirmou George. – Eu deveria ter lhe explicado o motivo. Mas vamos todos parar de assumir a culpa pelo que aconteceu esta tarde. Só havia um homem a culpar, e ele nunca mais vai voltar a lhe fazer mal.

– Ele está morto. – Dora fechou os olhos e inspirou devagar. – Que terrível não conseguir lamentar.

– Também não consigo – disse a mãe com alguma intensidade na voz. – Só lamento ter sido o pé de Everard que o fez tropeçar, não o meu.

Dora sorriu para ela.

– Estou feliz que tenha sido sir Everard – falou.

A mãe a encarou com certa surpresa.

– Só estou feliz por alguém ter feito isso – declarou George, o tom apaixonado, e Dora se virou para olhá-lo. E lembrou... Ah, e lembrou.

O filho de George não era dele, mas do conde de Eastham. O conde e a duquesa tinham nutrido uma paixão ilícita um pelo outro por muitos anos. O pai deles a forçara a se casar com George, com a intenção de separá-la do meio-irmão. Será que ele sabia da gravidez da filha? Talvez. Na verdade, provavelmente sabia. Quando George descobrira que o filho não era dele? Será que sempre soubera? Santo Deus, ele era só um garoto na época. Que tipo de impacto uma descoberta como aquela teria sobre ele? Mas ela presenciava esse impacto desde que conhecera George. A gentileza quase perpétua em seus olhos também guardava um toque de tristeza. Ela nunca conseguira identificar completamente aquela tristeza até aquele momento. E havia a solidão muito particular do marido, que ela sentia, mas que nunca conseguira penetrar.

A mão dele apertou a sua com força e duas lágrimas escorreram por seu rosto.

– Eu quase a perdi – disse George.

– Ah – falou Dora –, não é assim tão fácil me perder.

A mãe dela foi abrir a porta quando bateram e se afastou para deixar o Dr. Dodd entrar.

O médico não conseguiu detectar qualquer sinal físico da experiência traumática pela qual Dora passara durante a tarde. Também não havia qualquer indicação de um aborto iminente. Ela havia sofrido um choque terrível, é claro, e o médico não tinha como prever como aquilo poderia se manifestar nas horas e dias que se seguiriam. Mas, naquele momento, a pulsação de Dora estava estável, sua cor, saudável, e a mente, clara. Ele aconselhava fortemente algumas horas na cama. Cabia à própria duquesa decidir se apareceria diante dos convidados naquela noite, mas, se fizesse isso, ele a aconselhava a não se exaurir indevidamente, e não participar de qualquer dança mais vigorosa.

Dora concordou com relutância em permanecer em seus aposentos durante o jantar. Mais tarde decidiria sobre o baile.

– Embora deteste a ideia de perder até mesmo o jantar – afirmou para George com um suspiro. – Na verdade, me sinto ótima e quase uma farsante deitada aqui.

Ela não quis que a mãe lhe fizesse companhia.

– Embora agradeça a sua preocupação, mamãe – garantiu –, não vou conseguir dormir se a senhora estiver no quarto. Eu iria querer ficar conversando para que a senhora não se entediasse.

Uma hora mais tarde, catorze pessoas se sentaram para jantar. Foi uma enorme provação para George. Os convidados foram educados, é claro, mas ficou óbvio que todos estavam ardendo de curiosidade para saber exatamente o que havia acontecido naquela tarde que, de algum modo, mandara um homem morto para o vilarejo, à espera de um inquérito, e a duquesa para os seus aposentos privados, onde um médico a examinara. Não adiantava nada ser evasivo demais, decidira George depois de consultar Julian, sir Everard e as damas. Todos já sabiam que o conde de Eastham, muito tempo antes, acusara o cunhado de empurrar a primeira duquesa para a morte e, mais recentemente, renovara a acusação no casamento do duque com a segunda duquesa. Ele fora silenciado naquela ocasião, mas claramente ficara obcecado, e talvez até mesmo mentalmente perturbado, por sua convicção de que a irmã não tirara a própria vida – ainda que tivesse ficado claro para todos os que a conheciam que ela estava fora de si com a dor da perda recente do único filho. Portanto, George e Julian haviam concordado que o resto da história deveria ser explicado – Eastham fora à Cornualha, tramara para que a duquesa o acompanhasse em um passeio pelo promontório, em Penderris, e tentara empurrá-la para a morte, junto com o filho que carregava no ventre, no exato lugar onde a irmã dele morrera. Mas eles preferiram não mencionar o papel que Havell tivera no desenlace da situação.

A história foi ouvida com exclamações e debatida entre os convidados quase sem deixar margem para nenhum outro assunto. George se sentiu grato por Dora não estar presente. Ele esperava poder dissuadi-la de descer mais tarde, embora não quisesse proibi-la. Todos que chegassem para o baile estariam curiosos com quaisquer que fossem os fatos e rumores que tivessem chegado aos seus ouvidos, e iriam querer saber a verdade, e ouvi-la dos que estiveram pessoalmente envolvidos. Dora seria a atração principal se estivesse presente.

O que Eastham contara a Dora no promontório? Muitas coisas que ela não sabia antes, sem dúvida. Muitas coisas que *ele*, George, deveria ter lhe contado.

Mas havia pouco tempo para introspecção, choque, ou para se culpar. Ele estava dando um jantar. Portanto, sorriu, respondeu às perguntas dos que estavam sentados mais perto dele, mudou de assunto, respondeu a mais perguntas, mudou de assunto de novo e jantou sem sentir o sabor da comida, sem nem mesmo se dar conta do que estava sendo servido. O chef choraria se soubesse.

Por fim, George pôde subir de novo para ver se Dora havia dormido, e para tentar persuadi-la a permanecer na cama. Percebeu que ela estava em sua sala de estar particular assim que entrou no quarto. Podia ouvir a música naquela direção, e atravessou o próprio quarto de vestir para chegar à esposa.

Dora estava sentada diante de seu antigo piano, tocando uma melodia doce e suave, totalmente imersa na música. Usava um vestido magnífico fúcsia, que valorizava as curvas esguias e elegantes do seu corpo – ao redor do pescoço e nas orelhas, os diamantes que ele lhe dera. Seus cabelos escuros estavam presos no alto da cabeça em cachos elegantes, com mechas soltas ao redor do rosto. Ela também usava a tiara de diamantes da duquesa, que havia sido da avó de George e da mãe dele, mas que nunca fora de Miriam. Um par de longas luvas prateadas aguardava sobre o piano. Uma sapatilha prateada apertava um dos pedais do instrumento.

Ela parecia ter a idade que tinha, pensou George, mas a melhor versão de uma mulher da idade dela. Certamente era mais bela agora do que jamais poderia ter sido quando jovem. Cada linha do corpo de Dora declarava sua maturidade, o feminino no auge de seu desabrochar. E o filho deles crescia em seu ventre. Por um momento, os joelhos de George ameaçaram ceder quando ele se lembrou da cena nos penhascos mais cedo.

Dora terminou o que estava tocando e levantou os olhos com um sorriso. Ela provavelmente sentira sua presença à porta.

– Por acaso vai a um baile? – perguntou George.

– Por acaso, vou – respondeu ela. – Estou procurando um par.

– Permita-me essa honra. – George fez uma mesura exagerada depois de se adiantar alguns passos para dentro da sala.

Dora se virou no banco.

– Como foi o jantar? – perguntou.

– Provavelmente estava delicioso – disse ele. – Eu poderia ter certeza, mas não estava prestando atenção à comida. Nossos convidados pareceram muito satisfeitos. Philippa ocupou o seu lugar sem exageros, com um encanto tranquilo. Ela é uma preciosidade, Dora. A história do que aconteceu esta tarde foi contada e recontada. Nada foi escondido. E nada foi exagerado ou desprezado, também. Eu gostaria de poder dizer que agora todos estão satisfeitos e preparados para desfrutar a noite sem mais referências ao que houve, mas é claro que a maior parte dos convidados do baile não estava no jantar. A história ainda terá que ser repetida várias vezes. Gostaria que você permanecesse aqui.

Ela ficou de pé e foi até ele para fazer pequenos ajustes nas dobras do lenço de pescoço do marido.

– E desperdiçar este vestido e estas joias, e os esforços bem-sucedidos de Maisie com o meu penteado? – perguntou. – Todos vão estar ansiosos para me ver, sabendo do que quase aconteceu essa tarde. É da natureza humana, George. Se não me virem esta noite, então acontecerá em outra ocasião, talvez domingo, na igreja. Não posso me esconder pelo resto da vida. E prefiro fazer isso agora. Eles também vão preferir. Além do mais, venho esperando tanto pelo nosso baile, provavelmente farei uma cena se for forçada a perdê-lo.

Ele a encarou e viu profundezas insondáveis em seus olhos. A história que fora contada no jantar era verdadeira e precisa, mas não era completa. Somente Dora sabia o resto daquela história. Mas George se deu conta de que ela jamais se referiria ao que ouvira. Jamais o confrontaria com o que quer que Eastham tivesse lhe contado. Ela respeitaria sua privacidade e a ilusão de seus segredos.

Talvez tenha sido naquele momento que George se deu conta plenamente do quanto gostava dela. Do quanto a amava. Ele a amava mais do que o ar que respirava. Com toda a paixão juvenil que havia guardado em um cofre íntimo escondido imediatamente após o fim do primeiro casamento. E acreditava ter perdido a chave daquele cofre. Mas, de algum modo, Dora a encontrara, encaixara na fechadura e o destrancara.

– Vamos conversar – disse à esposa, pegando suas mãos e beijando a parte interna dos pulsos, um de cada vez.

– Se você desejar – respondeu Dora. George viu que ela havia compreendido o que ele queria dizer.

– Eu desejo.

Ele pegou as luvas sobre o piano, esperou enquanto ela as calçava e lhe ofereceu o braço.

Os convidados do baile logo começariam a chegar – e George duvidava que alguém fosse se atrasar naquela noite.

CAPÍTULO 20

Dora acreditava que nunca sorrira tanto na vida. O mais estranho era que, na maior parte do tempo, o sorriso era de felicidade genuína. E por que não? Ela poderia estar morta, mas estava viva e incólume – a não ser, suspeitava, emocionalmente. Fora salva pelos esforços combinados do marido, do sobrinho do marido e do marido da mãe dela, um homem que desprezara por anos, e que só recentemente passara a respeitar e até mesmo a estimar.

O que havia para *não* deixá-la feliz?

A noite com que sonhara por semanas estava acontecendo naquele momento. Era verdade que havia perdido o jantar formal, mas o baile se estendia à sua frente por várias horas, e Dora mal conseguia conter a empolgação que sentia ao ver a escada e o salão de baile enfeitados com flores, os candelabros novamente no lugar com as velas e cristais cintilando, o piso muito polido, e... ah, e tudo o mais. A orquestra chegara. Os instrumentos foram arrumados no estrado em uma das extremidades do longo salão de baile. Um violinista afinava suas cordas junto ao piano. Longas mesas no salão anexo foram cobertas com toalhas brancas engomadas e enfeitadas com vasos de flores, servidas com pratos e travessas de porcelana, copos de cristal e prataria. A comida e as bebidas foram levadas para a mesa assim que os convidados começaram a chegar. Os poucos que já estavam ali andavam pelo salão ou tinham se acomodado nas cadeiras estofadas de veludo, muito bem-vestidos e penteados para a ocasião.

E tudo aquilo era obra dela – embora, ao pensar nisso, não tivesse podido evitar sorrir para si mesma com bom humor genuíno quando se lembrou do pouco trabalho que tivera para realizar tudo. Ela e George deviam ter os melhores criados do mundo.

Ah, o que havia para *não* deixá-la feliz?

Ora, em primeiro lugar havia a compreensão que agora tinha da terrível infelicidade que fora a maior parte da vida de George – e grande parte dessa infelicidade ainda estava guardada dentro dele. Então, havia o fato de que o conde de Eastham quisera matá-la naquela tarde, e que por muito pouco não tivera sucesso. Ele lhe garantira que não era nada pessoal, mas aquilo lhe parecera bastante pessoal. Era terrível ter sido alvo de um ódio assassino como aquele. E havia o fato de que o conde morrera. Pesava em seu espírito saber que uma pessoa ao lado de quem caminhara e com quem conversara poucas horas antes agora estava morta. Dora sabia que se lembraria por um longo tempo da visão do conde passando por ela às cambalhotas, do som de seu grito... E se perguntou o que tinha acontecido com ele, ou melhor, com o corpo dele.

A primeira coisa que Dora fez depois de parar à porta para admirar o salão de baile foi passar o braço livre pelo de George, para andar pelo salão, cumprimentando os convidados que iriam pernoitar ali e se desculpando por não ter lhes mostrado seus aposentos mais cedo, e por não ter estado presente para entretê-los durante o jantar. Era bom, pensou ela, ser capaz de fazer aquilo sem se ver dominada pelo terror. Terror? Não havia nada muito terrível em apertar a mão de pessoas que a tratavam com tanta gentileza, em aceitar as cortesias e reverências, em se ouvir sendo chamada de "Vossa Graça", em conversar. Depois daquela tarde, certamente nada conseguiria deixá-la com medo de novo.

Percorrera um longo caminho em poucos meses.

Todos, é claro, lhe garantiram que ela não tinha motivos para se desculpar, e expressaram preocupação com seu bem-estar, além de lamentarem a provação pela qual passara. Dora se deu conta de que poderia esperar por reações semelhantes dos convidados que ainda chegariam. Pelo menos ninguém ficaria sem assunto naquela noite.

Mas havia duas outras coisas específicas que ela desejava fazer antes que os outros convidados chegassem – e os mais adiantados chegariam a qualquer minuto. Dora viu Julian e Philippa perto do estrado da orquestra, onde tinham acabado de conversar com o violinista.

Ela segurou as mãos de Philippa e beijou a moça em ambas as faces.

– Soube de boa fonte que você é uma preciosidade, Philippa – disse Dora –, e que conduziu seus deveres como anfitriã durante o jantar com o encanto tranquilo de sempre. Mas não era necessário que me dissessem isso. Obrigada, minha querida.

— Não posso acreditar — comentou Philippa — que permiti que aquele homem me comprasse uma limonada esta tarde, e que eu mesma teria lhe contado sobre o pedido dele para falar com você se lady Havell não tivesse me assegurado que faria isso, para que eu pudesse subir correndo ao quarto das crianças. Sinto tanto, tanto, tia Dora.

— Não sinta — garantiu Dora. — Como George comentou mais cedo, devemos parar de nos culpar. Só há um homem a culpar. — Ela se virou para Julian, pousou as mãos nos ombros do rapaz e também o beijou nas duas faces. — Foi você quem o distraiu pelo tempo necessário para que eu conseguisse me desvencilhar. Obrigada, Julian.

Ele sorriu para ela e deu uma palmadinha carinhosa nas mãos que tocavam seus ombros.

— Eu tinha que fazer alguma coisa para proteger o futuro herdeiro — disse Julian —, já que Philippa e eu decidimos que seria muito melhor que esse herdeiro seja o filho, e não o sobrinho, do tio George.

— Ora — disse Dora —, o herdeiro ainda pode ser o sobrinho, você sabe, se essa criança acabar sendo uma menina. George e eu ficaríamos igualmente felizes se fosse esse o caso.

Todos riram, e foi muito bom rir. Mas Dora viu a mãe passar pelas portas francesas com sir Everard. Eles provavelmente tinham ido até o balcão tomar um pouco de ar.

— Ah, me deem licença, por favor — disse ela a Julian e Philippa, e foi depressa na direção da mãe e do padrasto.

O rosto da mãe se iluminou de prazer ao vê-la.

— Como você está linda, Dora. Essa cor sempre lhe caiu bem, embora você costumasse protestar, dizendo que ficava melhor nas loiras. Tem certeza de que deveria estar aqui embaixo? Não vai se cansar demais?

— Prometo que não — garantiu Dora. — Já escutei o sermão de George.

A mãe também parecia magnífica em um vestido cinza-azulado, de um modelo clássico, e que Dora desconfiava ter sido feito por ela mesma. A mãe sempre fora uma costureira talentosa. Seus cabelos grisalhos estavam elegantemente penteados. O peso extra que ela ganhara desde a juventude na verdade a favorecia, pensou Dora, assim como o sorriso suave que trazia de volta muitas lembranças da mãe que ela adorara.

– Eu aprovo Sua Graça – comentou a mãe.

– Ah, eu também. – Dora riu e se virou para sir Everard. Estendeu as mãos para ele, mas, quando ele as pegou, Dora voltou a recolhê-las num impulso, passou os braços ao redor do pescoço dele e o beijou no rosto. Quando se afastou, havia lágrimas em seus olhos. – Eu lhe devo a minha vida, sir Everard. E, sinceramente, não acredito que exista alguém com quem eu preferiria ter essa dívida. O senhor tem sido bom para mamãe. Ficou ao lado dela quando poderia facilmente tê-la abandonado. Sinto muito por ter sido tão esnobe quando visitamos vocês em Kensington. Não compreendia, ali, como o senhor tinha sido bondoso, como é bondoso. E obrigada pela minha vida.

– Minha cara Dora. – Ele voltou a pegar as mãos dela, parecendo um pouco envergonhado, embora a mãe de Dora o fitasse com um sorriso radiante. – Eu estava lá esta tarde, e precisei fazer algo vagamente heroico. Só fico feliz por você, de algum modo, ter conseguido sobreviver intacta. Quanto à sua mãe... bem, acho que eu a amei antes mesmo de ela ser injustamente constrangida e forçada a fugir de casa. Jamais teria admitido isso, nem para mim mesmo, se as circunstâncias não tivessem me dado o maior presente da minha vida. Eu amo a sua mãe, minha cara. E permanecer ao lado dela não tem sido nenhum sacrifício. Muito pelo contrário.

Ah, ela *gostava* dele, pensou Dora. Porque é claro que sir Everard tivera que sacrificar muitas coisas quando escolhera permanecer ao lado de uma mulher mais velha, com quem provavelmente não tivera mais do que um flerte inocente até ali. Ela fora banida da sociedade quando deixara o pai de Dora, que se divorciara dela. E, embora homens costumassem ser menos punidos em situações como a deles, ainda assim a vida social de sir Everard provavelmente se tornara muito limitada, e suas chances de fazer um casamento mais vantajoso foram totalmente perdidas. Estava claro que, embora ele não fosse pobre, também não era um homem de grandes recursos financeiros.

Mas era leal e afetuoso. E digno. Era, pensou Dora, permitindo-se aquela deslealdade, mais digno da admiração dela do que o próprio pai.

– Acho que os convidados estão chegando – disse ela. – Devo me juntar a George.

Durante a meia hora seguinte, Dora pensou que, se tivesse acontecido em Londres, o baile de Penderris não poderia ter sido descrito como "uma aglomeração lamentável", como se costumava dizer de forma contraditoriamente apreciativa na capital. Mesmo antes de alguns convidados, a maior parte mais velhos, passarem para o salão de jogos, e de alguns outros ficarem andando pelo salão onde estavam os comes e bebes, ainda havia espaço para respirar no salão de baile. No entanto, aos olhos dela, parecia um evento impressionantemente cheio, já que todos os convidados tinham comparecido.

Até mesmo os Clarks foram, embora parecessem tensos e preocupados. Dora imaginou que haviam comparecido em parte por curiosidade, mas também para que sua ausência não sugerisse que eles tinham, de algum modo, sido cúmplices do conde de Eastham em um plano de assassinato. George sorriu e se curvou com polidez para os dois. Dora sorriu também e garantiu ao Sr. Clark, quando ele perguntou, que estava se sentindo muito bem depois de descansar por algumas horas a conselho médico.

A Sra. Parkinson chegou um pouco mais tarde com o Sr. e a Sra. Yarby, sorrindo, muito amável, e ansiosa para informar a Dora que, naquela manhã mesmo, havia recebido uma carta de Gwen, e que só podia lamentar que a cara lady Trentham fosse menos leal às antigas amizades do que ela, e que só tivesse escrito uma carta curta em resposta às três longas missivas que a própria Sra. Parkinson lhe escrevera.

– Embora eu dê um desconto a ela, Vossa Graça – acrescentou –, pelo fato de ter um filho pequeno, e não estou certa de que lorde Trentham contratou uma ama da melhor qualidade para cuidar de todas as necessidades da criança... ou mesmo se ele compreende que é obrigação de uma dama passar a manhã lidando com a correspondência. O pai dele era comerciante, como a senhora sabe. Minha pobre e caríssima Gwen...

Precisava se lembrar de compartilhar aquela informação com Gwen na próxima vez que lhe escrevesse, pensou Dora.

Ann e James Cox-Hampton chegaram com as duas filhas mais velhas, que não teriam idade o bastante para comparecer a um baile em Londres, mas eram muito bem-vindas naquele. James apertou com força a mão de George sem dizer nada, enquanto Ann abraçava Dora por longos segundos.

– Você está linda – comentou ela –, e muito composta depois de uma provação tão terrível. Se fosse adequado a uma dama fazer apostas, eu teria acabado de ganhar uma fortuna de James. Ele apostou que você não estaria presente esta noite.

– Mas, então, meu amor – retrucou James –, eu precisaria viver da fortuna da minha esposa pelo resto dos meus dias, e você perderia todo o respeito por mim. Fico feliz por você estar tão bem, Dora.

Barbara Newman também abraçou Dora com força quando chegou com o vigário.

– Raramente presto muita atenção em fofoca – disse ela. – Quase sempre as notícias são terrivelmente exageradas, ou mentirosas. Mas, como o conde de Eastham está morto, suponho que a sua vida esteve de fato em grave perigo, Dora.

– Mas eu sobrevivi – falou Dora. – Aproveite muito o baile, Barbara. Mais tarde encontrarei um tempo para lhe contar tudo a respeito, quando você não estiver dançando.

E finalmente parecia que todos haviam chegado. Como os eventos sociais no campo tendiam a terminar mais cedo do que os de Londres, nunca havia muitos retardatários. A expressão *elegantemente atrasado* mal era conhecida no campo.

Agora George estava passando o braço dela pelo seu e fitando-a com atenção.

– Você está cintilando – comentou ele –, e estou encantado. Mas seus sorrisos e olhos brilhantes estão escondendo a fadiga, Dora?

– Não estão, não – garantiu ela. – Mas vou manter a promessa de não dançar, apesar de o Dr. Dodd só ter mencionado as danças mais extenuantes. Será o bastante observar e me divertir com os frutos dos esforços de todos, menos do meu.

Ele riu.

– Mas o baile foi ideia sua – disse –, e isso é o que conta. Permita-me levá-la até onde está Ann. Ela estava ocupada garantindo que as filhas tivessem parceiros de dança respeitáveis e parece não ter a intenção de dançar.

George não precisava levá-la a lugar algum. Ela era a duquesa de Stanbrook. Santo Deus, estava até usando uma tiara. E era a anfitriã do baile. Mas Dora permitiu que o marido a deixasse ao lado da amiga, antes que ele abrisse as danças com Philippa. Durante as vigorosas quadrilhas, Dora contou a Ann tudo sobre o que acontecera – omitindo apenas os detalhes que o conde lhe revelara. E descobriu que era um alívio desabafar com alguém que não estivera envolvido na questão. Provavelmente faria o mesmo com Barbara mais tarde, e com mais ninguém. Que outras pessoas contassem a história.

Naquela noite, mais do que tudo, Dora queria se divertir. Havia tanto a celebrar – seu casamento, sua gravidez, a reconciliação com a mãe, a amizade.

A vida em si.

Ela passou a noite circulando entre os convidados, como havia planejado fazer desde o início. Nunca pretendera dançar muito. Dora conversou com todos, de vez em quando respondendo a perguntas sobre o que acontecera naquela tarde, mas também falando sobre vários outros assuntos. Ela encontrou parceiros para todos os mais jovens, que claramente queriam dançar, mas estavam tímidos demais para se fazerem notar – e aquilo se aplicava tanto a jovens cavalheiros como a jovens damas. Na verdade, se aplicava mais até aos cavalheiros, já que as damas tinham as mães para ajudá-las na tarefa, enquanto se esperava que os rapazes se virassem sozinhos. Ela preparou pratos de comida para alguns convidados mais idosos, que não conseguiam se movimentar com facilidade em meio à aglomeração, embora houvesse criados circulando constantemente com bandejas abarrotadas. E passou propositalmente o espaço entre duas danças com o Sr. e a Sra. Clark, fazendo-os rir com histórias de seus dias de professora de música. Dora foi até a galeria acima de uma das extremidades do salão de baile quando viu duas crianças, filhas de um casal de convidados, ali com as amas. E os deixou encantados quando lhes entregou pratos com tortinhas de carne, depois de obter permissão das amas.

Ah, sim, ela se divertiu. Como não? Porque o baile foi obviamente um sucesso. Dora tinha ficado com um pouco de medo que o fato de um homem ter morrido nas terras de Penderris mais cedo naquele dia pudesse comprometer as festividades, mas isso não aconteceu. George passou grande parte da noite dançando, e o resto do tempo andando entre os convidados, como Dora fizera. Ele parecia feliz e à vontade.

Mas, ah, pensou ela traiçoeiramente algumas vezes, conforme a noite avançava, como desejava poder dançar ao menos uma vez! Nem todas as danças eram extenuantes. Mas ela prometera...

A segunda das duas valsas planejadas para a noite aconteceu depois da ceia. George havia dançado a primeira com a mãe de Dora, que era tão leve na pista de dança como fora quando a filha era menina. Dora assistira com certa melancolia até ver as crianças na galeria e se distrair indo até elas.

Agora, os convidados tinham sido orientados a encontrar seus pares para a segunda valsa. Dora, que estava parada ao lado de Barbara – cuja atenção havia sido desviada momentaneamente para alguém que estava do seu outro lado –, abanou o rosto com o leque até ter o objeto retirado da sua mão.

– Você está com muito calor? – perguntou George, continuando a abanar o leque para ela. – Está se exaurindo demais?

– Não estou me exaurindo de forma alguma – garantiu ela. – Mas este não é o baile mais encantador em que você já esteve, George? Sinta-se à vontade para mentir.

– Ah, mas só posso falar a verdade – disse ele. – Este é de longe o baile mais encantador em que já estive, talvez porque a dama mais encantadora que já conheci esteja aqui.

– Não vou perguntar quem é ela – falou Dora. – Poderia ficar constrangida com a resposta.

– Mas eu só posso falar a verdade, lembre-se. Essa dama é você.

Ela riu e o sorriso dele ficou mais largo. Dora ficara surpresa e fascinada ao descobrir, desde que tinham se casado, como os dois eram capazes de, volta e meia, falar bobagens e rir juntos.

– Estou falando a verdade – garantiu George. – Eu me lembro de você ter me dito, logo depois de aceitar se casar comigo na St. George's, que sempre sonhara em dançar valsa em um baile de Londres. Faremos isso um dia, mas será que o nosso próprio baile aqui em Penderris serviria a esse propósito agora? Aceita valsar comigo?

Ah. Dora sentiu o coração apertado.

– Mas prometi a certo tirano que não dançaria de jeito nenhum.

– Mas esse tirano se recorda de que apenas danças extenuantes foram proibidas – retrucou ele. – Ele também teve uma palavrinha com o líder da orquestra depois da ceia e pediu especificamente por uma versão mais lenta da valsa do que a que foi tocada mais cedo. – George a encarou com intensidade. – Aceita valsar comigo, Dora?

Ela tirou o leque da mão dele e o fechou.

– Isso tornaria a noite perfeita – falou.

George lhe ofereceu o braço e ela pousou a mão no punho dele.

Dora havia valsado uma vez, em uma reunião social em Inglebrook, com um cavalheiro fazendeiro que provavelmente praticara seus passos enquanto corcoveava em cima de um touro fogoso. Não havia sido uma experiência particularmente agradável, embora ela sempre tivesse achado que poderia vir a ser. Era com certeza a dança mais romântica já inventada – quando dançada com o parceiro certo.

E Dora estava certa de que tinha o parceiro certo naquela noite.

George pousou a mão na parte de trás de sua cintura e segurou a mão dela com firmeza. Dora descansou a outra mão no ombro dele – quente, firme e sólido. Ela só teve tempo de reparar em alguns poucos casais ao redor na pista de dança – a mãe com sir Everard, Ann e James, Philippa e Julian. Então, a música começou.

Qualquer medo que Dora pudesse ter de não saber os passos logo se dissipou. Eles se movimentaram pelo salão de baile como se fossem um só... ela teve a sensação de estar dentro da música, criando-a com todo o corpo, em vez de apenas com a ponta dos dedos, como acontecia quando estava diante das teclas de um piano. Era como uma criação de todos os sentidos em vez de apenas o som. Havia os candelabros de cristal e a luz das velas acima de suas cabeças, e as flores e arranjos verdes ao redor. Havia o perfume das plantas, das colônias dos convidados – e até mesmo de café. Havia os sons da música e dos pés se movendo de modo ritmado no piso, das vozes e risadas. Havia o sabor que o vinho e o bolo deixaram na boca. E havia a sensação de um paletó de noite sob uma das mãos dela, da mão grande que segurava a sua outra mão, do calor dos corpos. Havia pessoas se divertindo. E nada era estático, como nada jamais é na música – ou na vida. Tudo girava ao seu redor em um redemoinho de luz e cor, e ela girava no meio de tudo isso.

Tudo era vida e alegria.

Mas havia uma constante no centro de tudo isso: o homem que a segurava nos braços e que valsava com ela. Sólido e elegante, estoico e bondoso, aristocrático e muito humano, complexo e vulnerável – o companheiro e amigo dela, seu marido, seu amante. Criando a música da vida com ela.

Era estranho como uma sensação de tamanha euforia podia vir na sequência de um terror que ameaçara sua vida. Os dois extremos. Talvez não fosse assim tão estranho.

Dora se lembrou do marido contando que a carregara para casa nos braços quando a tirara da encosta rochosa. Ela não tivera plena consciência da realidade daquele fato até aquele momento. George a *carregara*.

Mas o pensamento se foi e apenas a sensação permaneceu.

Ela se sentiu um tanto desolada quando a música enfim terminou. Mas George a manteve em seus braços um pouco mais, enquanto os outros pares deixavam a pista de dança.

– Eu gostaria que você subisse agora e fosse para a cama – disse ele. – Faria isso? Direi que você pediu desculpas a todos, e os convidados vão compreender. Acredito que haja mais um conjunto de danças. Então haverá a agitação de todos partindo.

Dora se sentiu exausta de repente, e assentiu.

– Venha – falou George. – Vou acompanhá-la.

Ele a deixou do lado de fora do seu quarto de dormir, depois de dar instruções ainda no andar de baixo para que Maisie subisse sem demora. George tomou as mãos da esposa nas suas e as beijou.

– Boa noite, Dora.

E, por um breve momento, ela achou ter visto certa vulnerabilidade na expressão do marido... certa infelicidade, um sofrimento profundo. Mas a luz estava baixa e talvez tivesse sido apenas impressão. George não levara um castiçal com eles; havia apenas a luz das velas nas arandelas presas à parede.

George se virou e seguiu pelo corredor em passadas largas.

Vamos conversar, ele dissera mais cedo. Mas Dora se perguntava se realmente fariam aquilo algum dia.

George ficou feliz por ter persuadido Dora a ir para a cama. Nunca havia sido anfitrião de um grande baile, embora, é claro, aquele fosse um evento no campo e, portanto, não houvesse a multidão que se esperaria receber em Londres. Ainda assim, estava um pouco familiarizado com o caos do fim de um baile, quando todos de súbito desejavam conversar uns com os outros, como se não houvessem tido a chance de fazer aquilo a noite toda; e as carruagens disputavam um lugar diante da porta – quando tinham sucesso, precisavam esperar que seus passageiros terminassem as longas despedidas dos anfitriões, de cada amigo e conhecido que haviam encontrado. No momento em que a última carruagem desapareceu ao longo do caminho que saía da propriedade, ainda havia os hóspedes da casa, que desejavam conversar sobre como fora maravilhosa a noite antes de irem para a cama.

Bem mais de uma hora se passou desde o fim do baile, antes que George conseguisse entrar silenciosamente em seu quarto de vestir para não acordar Dora no quarto ao lado. Mas, exatamente como acontecera antes, como um déjà-vu, ele pôde ouvir a música suave vindo da sala de estar.

Por que achou que ela fosse dormir, por mais exausta que estivesse?

George se despiu sem o auxílio do valete, que fora instruído a ir para a cama, e vestiu a camisa de dormir e um roupão antes de entrar na sala de estar de Dora.

Ela parou de tocar e levantou o rosto para o marido com um sorriso. Também estava vestida para dormir, com os cabelos soltos, que haviam sido escovados até cintilarem. E parecia muito cansada.

– Percebi que ninguém foi embora cedo – comentou Dora.

– Ninguém foi embora nem mesmo tarde – corrigiu George. – Todos foram embora *muito* tarde. Um sinal do grande sucesso que foi o seu baile. Vai ser comentado por uma década.

– Precisamos fazer isso com mais frequência – disse ela –, mesmo que não seja sempre em uma escala tão grande.

– Precisamos – concordou ele, indo até ela. – Mas não amanhã, se você não se importar, Dora, nem depois de amanhã. Não conseguiu dormir?

Ela balançou a cabeça.

– Tive medo de tentar.

– Com medo de ter pesadelos?

Ela se virou no banco, de modo que os joelhos deles se tocassem, e assentiu. George pousou a mão na cabeça da esposa e acariciou seus cabelos.

– Havia apenas mais dois passos, talvez, entre mim e um vazio imenso – disse Dora. – E eu sabia que nada o faria mudar de ideia. Nada que eu dissesse, nada que você dissesse.

Os dois ficaram em silêncio por algum tempo, até que ela se inclinou para a frente e passou os braços ao redor da cintura dele, enterrando o rosto em seu peito. E chorou, com soluços sentidos.

George a abraçou, os olhos fechados com força, e se perguntou como teria sido a insanidade que experimentaria se...

Dora chorou até a frente do roupão dele e a camisa de dormir por baixo estarem ensopados, então ergueu o rosto para que ele pudesse secá-lo com o lenço. Ela pegou o lenço da mão dele e assoou o nariz.

– Quero ir até lá amanhã – disse, deixando o lenço no banco. – Quero caminhar pela trilha no promontório, quero descer até a praia. Esta é a minha casa, e se eu não fizer isso amanhã, nunca mais farei. Você vem comigo?

George ficou horrorizado.

– É claro – respondeu. E se deu conta, mesmo com as pernas bambas, que a esposa estava absolutamente certa... e que era absurdamente corajosa. – Mas agora está muito tarde e precisamos dormir. Eu a abraçarei para protegê-la dos pesadelos, Dora. Não permitirei que nada nem ninguém lhe façam mal. – Palavras tolas à luz da total impotência que experimentara naquela tarde. Nem sempre se consegue proteger o que é seu. – Vamos conversar, eu lhe garanto, mas não esta noite. – Ele hesitou um momento. – Mas permita que eu lhe mostre uma coisa antes de nos deitarmos.

Dora ficou de pé e deu a mão ao marido. Ele a levou até o quarto de dormir deles e abriu a gaveta de cima de uma cômoda que raramente era usada. Então, pegou um objeto embrulhado em tecido macio, desembrulhou-o e usou uma vela para iluminar a pintura emoldurada que entregou à esposa.

– Originalmente, isso era um esboço que Ann fez certo dia, em um piquenique – explicou George. – Pedi para ficar com ele e ela se ofereceu para fazer um retrato em óleo a partir do esboço. E fez, um pouco maior do que uma miniatura. É muito fiel.

Dora ficou olhando para o retrato por um longo tempo.

– Brendan?

– Meu filho, sim – respondeu George. – Eu o amava.

Ela ergueu os olhos para encontrar os dele.

– É claro que o amava – falou. – Ele era seu filho.

George podia ver nos olhos de Dora que ela sabia a verdade. Mas que também estava falando a verdade. Brendan era filho dele.

– Você o mantinha à mostra antes de se casar comigo? – perguntou ela.

– Não. – Ele balançou a cabeça. – Este retrato não é para a galeria, embora provavelmente vá acabar lá em algum momento. Não é para a visão de qualquer criado que entre aqui. É apenas para os meus olhos. E para os seus agora.

– Obrigada – disse Dora, baixinho.

George voltou a embrulhar o retrato e o guardou.

– Venha, vamos dormir – chamou.

– Sim.

CAPÍTULO 21

Dora acordou com o som da chuva batendo contra a janela. A manhã já estava adiantada. George estava sentado diante da escrivaninha, com as mangas arregaçadas, escrevendo. Por incrível que pudesse parecer, ela havia dormido profundamente e, pelo visto, sem sonhos.

Dora se virou em silêncio para o lado e olhou o marido. Ele não costumava escrever cartas ali. Na verdade, ela nunca vira aquela escrivaninha ser usada antes. Mas imaginou que ele não quisera que ela se visse sozinha ao acordar. George molhou a pena no tinteiro e continuou a escrever, a cabeça debruçada sobre a folha de papel.

Os olhos de Dora se desviaram para a gaveta de cima da cômoda e ela sentiu as lágrimas brotando, embora piscasse com firmeza para afastá-las. Já chorara demais na véspera. Não haveria mais lágrimas naquele dia.

Mas havia tanta ternura nas mãos de George quando ele desembrulhou o tecido que cobria o retrato, tanta ternura nos olhos dele quando fitou brevemente a tela antes de entregá-la a ela... E em sua voz quando falara. *Meu filho, sim. Eu o amava.*

O menino devia ter 14 ou 15 anos quando o esboço foi feito, então pintado a óleo, um rosto de menino, comum, arredondado, os cabelos claros emaranhados pelo vento, a sugestão tímida de um sorriso lhe emprestando vulnerabilidade e encanto ao mesmo tempo. Era tão diferente de George quanto seria possível.

É muito fiel.

Eu o amava.

É apenas para os meus olhos. E para os seus agora.

Não havia nenhum retrato de família na galeria. Mas havia aquele retrato muito particular, muito precioso. O retrato de um menino que não tivera o sangue dele.

Meu filho, sim.

Ela provavelmente deixara escapar algum som. Ou talvez George estivesse checando de vez em quando. Ele virou a cabeça e sorriu – ah, ela o amava.

– Bom dia – disse baixinho.

– Bom dia.

Na véspera, Dora pensara apenas em si mesma, no fato de que poderia ter morrido. Naquela manhã, pensou nele. Como ele estaria naquele exato momento se ela *tivesse* morrido? Não acreditava que o marido sentisse qualquer grande paixão romântica por ela, mas sabia que ele a estimava muito e que estava satisfeito com o casamento.

Ah, Dora... Minha amada. Minha única amada.

Ela ouvira mesmo aquelas palavras? Ou foram parte de algum sonho quando perdera a consciência?

– Sem pesadelos? – perguntou George.

– Nenhum – respondeu Dora. – E você?

Mas ela soube a resposta antes mesmo que ele balançasse a cabeça. O marido simplesmente não dormira. Em seu rosto se viam olheiras, e as linhas que se estendiam da base do seu nariz, passavam pela boca e chegavam até o queixo estavam mais pronunciadas do que o habitual. E ele estava pálido.

– Havia uma carta de Imogen esta manhã, endereçada a nós dois – falou George –, e outra da sua irmã. – Ele deu um tapinha na carta fechada ao seu lado.

– O que Imogen tem a dizer? – perguntou ela.

– Você deve ler por si mesma – disse ele –, mas vou me adiantar e lhe contar logo a principal notícia. Nós, Sobreviventes, temos sido admiravelmente prolíficos em garantir a continuidade da raça humana.

– Ela está esperando um bebê? – Dora se sentou de repente na cama e jogou as cobertas para o lado. – Achei que Imogen era infértil.

– Ela também achou – confirmou George. – Aparentemente, vocês duas estavam erradas.

– Ah, Deus. – Ela começou a contar nos dedos. – Agnes, Imogen, Chloe, Sophia, Samantha. Eu.

– É de se imaginar o que há de errado com Hugo, não? – falou George.

– Terei que escrever para ele e perguntar. Embora eles tenham a jovem Melody, na verdade.

– Imogen e Percy devem estar em êxtase. Ah, preciso escrever para eles. É isso o que você está fazendo?

Dora atravessou o quarto descalça para olhar brevemente por cima dos ombros do marido – ele estava escrevendo para Imogen e Percy – e pegou a carta de Agnes. Parecia mais pesada do que o normal. Mas ela logo descobriu que aquilo se devia ao fato de que havia mais uma carta ali dentro, endereçada à mãe delas. Dora tinha quase certeza de que era a primeira que a irmã mandava para a mãe, embora se lembrasse de Agnes dizendo que informaria quando o bebê nascesse. Ela leu depressa a carta que era dela. Agnes não tivera um parto prematuro. Ainda estava se sentindo grande, ofegante, desajeitada e, com frequência, irritada quando Flavian ressaltava seu tamanho e parecia satisfeito consigo mesmo. Também se sentia empolgada e um pouco apreensiva e, como não podia roubar a própria Dora, estava tentando roubar a mãe delas de Penderris. Esperava que Dora não se importasse e que a mãe estivesse disposta a ir ficar com a filha mais nova.

"Devo ter enterrado lembranças da minha primeira infância", escrevera Agnes. "Embora não consiga lembrar de nenhum detalhe específico, experimento uma sensação de segurança, calma e conforto sempre que penso na nossa mãe. Ela era assim, Dora? Ou é apenas uma criação da nossa mente?"

– Agnes escreveu para a mamãe – disse Dora a George, levantando a carta dobrada. – Quer que ela vá para Candlebury Abbey, para acompanhá-la no parto.

– Ah, a sua mãe irá – afirmou George. – Mas você vai sentir falta dela.

– Sim – concordou Dora. – Mas eles pretendiam voltar para casa na próxima semana, de qualquer forma. Acredito que tenham vivido dias felizes aqui, mas os dois têm a própria vida, como todos nós.

– Não haverá caminhada hoje – informou George, acenando com a cabeça na direção da janela. – É bom que Philippa e Julian já estivessem mesmo planejando passar mais algum tempo aqui. As estradas vão estar enlameadas. Vamos torcer para que nossos outros hóspedes consigam chegar em casa a salvo.

Ainda chovia e ventava pesadamente, a julgar pelo barulho das janelas sacudindo. Era um lembrete de que o outono estava batendo à porta e que o inverno não estava muito distante.

– Talvez melhore mais tarde – falou Dora.

Ela ainda queria desesperadamente dar aquela caminhada que mencionara na noite anterior e, quanto mais cedo fizesse aquilo, melhor, antes que perdesse a coragem. Só de pensar em ir até o promontório, seus joelhos ficavam bambos e seu coração disparava. Então, Dora viu a hora no relógio sobre o console da lareira. Havia se esquecido dos convidados que tinham passado a noite na casa.

– Preciso me vestir e descer. O que todos vão pensar de mim?

– O que o seu marido pensa – retrucou ele – é que você parece absolutamente deliciosa.

Ela balançou a cabeça e fez um muxoxo enquanto seguia em direção ao quarto de vestir.

A chuva diminuiu depois do almoço, então parou. Mas, ao que parecia, por pouco tempo. Ainda havia nuvens baixas e escuras e rajadas de vento. Na verdade, o clima à tarde estava bastante desagradável, frio, úmido, triste, e o melhor seria passá-lo dentro de casa. Mesmo assim, um grupo de pessoas deixou o calor e o abrigo de Penderris Hall no início da tarde, todos agasalhados contra o frio, como se já estivessem em janeiro. George e Dora lideraram o caminho, com sir Everard e lady Havell, Philippa e Julian, Ann e James Cox-Hampton logo atrás. Todos foram avisados de que não deveriam se sentir obrigados a ir, principalmente os Cox-Hamptons, que só tinham ido até a propriedade para saber da saúde de Dora. Mas todos a acompanharam assim mesmo, tão sérios e determinados quanto o próprio clima.

Deveriam ter esperado por um dia mais agradável para se exporem aos penhascos e à praia, pensou George, mas a verdade é que aquela saída não tinha nada a ver com prazer. Muito pelo contrário. Dora passara a manhã toda checando as janelas que davam para o sul – quando não estava se despedindo dos convidados que haviam pernoitado –, tomando conta da chuva, achando que havia parado antes que isso fosse verdade, e considerando a possibilidade de sair mesmo se o tempo não melhorasse.

– Para que servem as botas e capas de chuva, afinal – perguntara em determinado momento, a ninguém em particular –, se nunca sairmos na chuva?

Ninguém fora capaz de pensar em uma resposta decente. Ou, se alguém pensou, não falou.

Dora queria sair – ou melhor, precisava –, por isso todos a acompanharam. Ela era preciosa daquela forma para todos, pensou George. Quase havia sido morta na véspera, e ninguém estava disposto a deixá-la longe de vista naquele dia. Todos estavam prontos para atender a todos os seus desejos.

Seguiram primeiro pelo caminho da entrada da casa, por onde Ann e James haviam chegado mais de meia hora antes, os pés fazendo barulho no cascalho molhado. Parecia bastante seguro, como se estivessem em um passeio a caminho do vilarejo. O vento os atingia por trás, embora fosse arrancar o fôlego deles assim que mudassem de direção. E era exatamente o que fariam, porque, é claro, não estavam indo para o vilarejo. Dora estava repetindo o percurso que fizera na véspera. Antes de chegarem aos portões do parque, dobraram todos à direita, na direção dos penhascos, então à direita de novo, para andarem ao longo da trilha que corria em paralelo à beirada por alguns quilômetros, até descer em um declive suave que garantia acesso fácil à praia a cerca de 3 quilômetros da casa.

Mas o grupo não caminharia tanto.

George manteve o braço de Dora firmemente preso ao seu, e segurou a mão dela com sua mão livre. Julian se colocou do outro lado dela, enquanto sir Everard ofereceu o braço livre a Philippa. Julian também teria pegado o outro braço de Dora, mas ela não aceitou.

– Philippa precisa do seu braço – disse ela –, e sir Everard não precisa dar o braço a duas damas. Isso pode deixá-lo presunçoso.

Mesmo em uma situação como aquela, Dora foi capaz de fazer uma piada que fez todos rirem, embora George imaginasse que ninguém estivesse de muito bom humor. Os eventos da véspera ainda estavam muito vívidos na mente de todos. Julian e Havell tinham estado ali com ele na tarde anterior, e suas esposas sem dúvida tinham ouvido todos os detalhes. E George acreditava que Dora havia contado a Ann. Ele havia contado a James. Aquilo era loucura.

Mas, ao que parecia, era uma loucura necessária. Necessária para sua esposa. Dora nem mesmo permitiu que o marido seguisse a trilha do lado, que dava para o penhasco, o que teria sido a atitude mais cavalheiresca mesmo em circunstâncias normais. Ela insistira em ficar daquele lado. George sentia um pânico que rivalizava com o que sentira na véspera, mesmo antes de chegarem à parte da trilha que contornava a descida íngreme e o ligeiro promontório mais além. Dora parou quando eles chegaram ali e soltou o braço dele. Então, saiu da trilha e pisou na relva, que devia estar escorregadia da chuva. George cruzou as mãos com força nas costas e lutou contra uma ânsia quase incontrolável de agarrá-la e puxá-la de volta para o lugar mais seguro, embora ela não estivesse em um ponto perigoso – ainda havia cerca de 3 metros até a beira.

Todos pararam na trilha e permaneceram em um silêncio tenso. George se perguntou se também estavam prendendo a respiração como ele.

– É lindo aqui – comentou Dora. O vento soprou as palavras dela de volta para eles. – A natureza pode ser muito malévola às vezes, até mesmo cruel, mas a verdade é que não tem essa intenção. Ela apenas *é*. E é sempre linda.

Depois daquele breve e estranho discurso, ela se virou, voltou para a trilha e deu o braço ao marido outra vez. Então, sorriu com o que pareceu um bom humor genuíno.

– Estão todos muito silenciosos.

– Se o vento não estivesse fazendo tanto barulho, Dora – falou James –, você ouviria os nossos joelhos batendo um no outro.

– E nossos dentes chacoalhando – acrescentou Julian.

– E o pobre Everard tem medo de altura – comentou a mãe de Dora.

– Acredito que nenhum de nós verdadeiramente ame altura – disse Philippa. – Seria imprudente. Mas está certíssima, tia Dora, isto aqui é lindo... o cenário e o clima. Indomável, mas lindo.

– E seguro – comentou Havell. – É realmente seguro. A trilha não está muito enlameada, não é mesmo? Achei que estaria escorregadia, mas há muitas pedras pequenas que ajudam. E não é tão próximo da beirada como achei que fosse.

– Se todos continuarem falando desse jeito, agora que enfim começaram – brincou Dora –, podem até acabar se convencendo de que preferem estar aqui fora, aproveitando a caminhada, em vez de aconchegados diante do fogo, tomando chá, em casa.

– Chá? – falou James. – Não conhaque?

– Vou descer até a praia – avisou Dora. – Mas ninguém precisa se sentir obrigado a descer comigo.

Todos desceram, é claro.

George usara aquela descida em particular a vida toda, assim como todos na casa. Por que caminhar 3 quilômetros até o acesso mais fácil se havia outro bem mais perto da casa? Todos os seus companheiros Sobreviventes, com exceção de Ben, com suas pernas esmagadas, também haviam usado o caminho com regularidade. Era íngreme e precisava ser tratado com respeito, mas nunca fora considerado perigoso. No entanto, Dora quase morrera ali na véspera, e Eastham realmente morrera. Agora todos descem com ainda mais cautela do que o habitual antes de chegarem em segurança à praia.

Não foi difícil escolher uma direção a seguir na praia, já que à esquerda as pedras, rochas e seixos se projetavam para dentro da água e ofereciam um corredor improvisado contornando a curva que levava à enseada abaixo do vilarejo, invisível de onde estavam. Fora por aquele caminho que tinham resgatado o corpo de Eastham na véspera. À direita, havia uma praia de areia dourada, bordeada de um dos lados pelos altos penhascos e, pelo outro lado, pelo mar que parecia se estender até o infinito. A maré subia, embora ainda estivesse a alguma distância. O dia estava inclemente. As ondas arrebentavam bem antes de chegarem à praia, e eram muitas, uma depois da outra, se adiantando mais e mais pela areia antes de recuar. Adiante, a água era de um cinza-escuro, quebrado pelo branco da espuma das ondas.

Eles caminharam um pouco pela praia, todos em silêncio outra vez, mas Dora não se deteve abaixo do pequeno promontório sobre o qual havia ficado parada na véspera nem olhou para o alto. Nenhum deles fez isso. A certa distância, ela se interrompeu e se virou na direção do mar, soltando o braço de George e erguendo o rosto para o vento.

Foi o sinal para que todos relaxassem.

– Julian, aposto que consigo chegar antes de você na beira d'água – falou Philippa em voz alta, por causa do vento. Ela segurou as saias e saiu correndo.

Julian olhou para o resto do grupo enquanto a esposa corria.

– Vou ter que ir atrás de Philippa – avisou. – Ela não disse o que estava apostando.

Ele também saiu em disparada. Philippa se virou para ver se o marido a seguia, deu um gritinho quando viu que sim e correu mais rápido.

– Crianças, crianças… – comentou James, rindo e balançando a cabeça.

– Ah, Dora – falou Ann –, gostaria de ter trazido o meu caderno de esboços comigo, embora ele provavelmente fosse voar com o vento, não é mesmo? Adoraria capturar a sua imagem neste exato momento. "Mulher triunfante" ou algo assim, mas não tão pretensioso.

– Não vou sugerir que você tente correr atrás de mim, meu amor – dizia Havell à esposa. – Mas vamos?

Eles começaram a passear tranquilamente na direção do mar.

Dora sorriu para Ann.

– Com o nariz vermelho e brilhando e os cabelos revoltos por baixo do *bonnet* torto? – brincou. – "Mulher gelada e arrasada pelo vento", talvez?

Ann riu.

– Vou desenhá-la de memória e lhe mostrarei na próxima vez em que nos virmos. Ou talvez esconda de você e jure que nunca o fiz. Alguns dos meus esforços não podem ser compartilhados.

– Mas muito poucos – comentou James com lealdade.

Dora deu o braço a George de novo.

– Vamos chegar mais perto do mar – falou.

– Mandou alguns fantasmas para longe, com o vento? – perguntou ele, quando não estavam ao alcance dos ouvidos de mais ninguém.

Ela assentiu.

– Acontecimentos vêm e vão – disse Dora –, mas isso permanece. – Ela indicou o cenário ao redor deles com um gesto amplo do braço. – E é lindo, George. Depois de passar tanto tempo no meu chalé aconchegante, naquele vilarejo pitoresco, eu me perguntei se lamentaria ter que viver em um ambiente mais dramático, perto do mar. Quando cheguei a Penderris pela primeira vez, tive ainda mais dúvidas se me acostumaria com este lugar. Era tudo em uma escala tão imensa... a casa, o parque, isto... Mas acabei aprendendo a amar todas essas coisas, e não vou permitir que um... acontecimento isolado estrague tudo. Um acontecimento que ficou no passado. Embora não por completo, não é? Vai haver um inquérito?

– Amanhã – disse George. – No vilarejo. Não esperam que você preste depoimento, Dora. Nem eu, imagino, mas prestarei assim mesmo.

– Sir Everard e Julian também? – perguntou ela.

– Sim – confirmou ele. – E a sua mãe deseja prestar depoimento também.

– Eu devo ir?

– Não – respondeu George com firmeza.

– Sir Everard vai admitir ter feito o conde tropeçar? – quis saber Dora.

– Sugeri que ele não precisava fazer isso. Seria perfeitamente crível que o homem tivesse tropeçado e caído sem ajuda. Mas Havell insistiu em contar a verdade na noite passada, e é o que vai repetir amanhã.

247

– George – falou Dora –, ele é um bom homem.
– Sim.
– Mas não quero falar sobre isso.

Julian e Philippa estavam correndo pela beira da água, gritando e rindo como duas crianças. Julian havia se abaixado, pegado um pouco de água do mar e jogado na direção da esposa. Lady Havell estava escolhendo algumas conchas e limpando a areia com a luva antes de colocá-las com cuidado em um dos bolsos grandes do marido. Ele sorria para ela. Ann estava parada de costas para a água, os olhos fixos nos rochedos. Apontava alguma coisa para James, usando os dois braços em gestos amplos.

– Estamos parecendo um casal sério de idosos, parados aqui enquanto as crianças brincam – murmurou Dora. Então disse um pouco mais alto: – Ainda não estou pronta para ser uma idosa séria.

Ela descalçou um dos sapatos, usou o ombro dele para se equilibrar enquanto descalçava a meia, então passou para o outro pé.

– O que exatamente você está planejando? – perguntou ele, embora fosse bem óbvio.

Dora só riu, levantou as saias com as duas mãos e correu pelos poucos metros que a separavam da água. George se viu dividido entre o bom humor e o desânimo – mas ele também não era um idoso sério, era? –, e foi atrás dela.

Dora entrou no mar até a água chegar acima de seus tornozelos. Não havia problema, já que ela estava segurando as saias na altura dos joelhos, mas ela sabia alguma coisa sobre a natureza das ondas, principalmente quando a maré estava subindo em um dia em que o mar se encontrava especialmente agitado? Pelo visto, não. Uma onda arrebentou acima dos joelhos de Dora, fazendo a água espirrar em seu queixo. Ela arquejou e riu com o que pareceu ser o mais puro deleite.

– Ah, Deus – falou Dora, soando outra vez, por um momento, como a solteirona professora de música que já fora –, está fria.

– Acho que você não está dizendo nada que eu já não tenha imaginado – disse George, olhando com tristeza para as próprias botas e entrando no mar atrás dela... só até a altura dos tornozelos, era verdade, mas havia outras ondas se aproximando implacavelmente na direção deles. – Você vai acabar caindo se não tiver muito cuidado. Está louca.

Ele olhou para ela e riu quando uma onda arrebentou mais uma vez acima das saias dela e cobriu o topo das suas botas.

– Não estou – protestou Dora. – Estou *viva*. *Você* está vivo.

Ela olhou para o marido com olhos ansiosos e cintilantes. Seu rosto estava muito vermelho, assim como o nariz. A aba do *bonnet* oscilava com o vento. Mechas embaraçadas dos cabelos escuros se colavam ao seu rosto e ao pescoço. As bainhas do vestido e da capa estavam escuras de tão molhadas, e o resto não estava muito melhor. Nunca a vira mais linda e vibrante, pensou George, no mesmo instante em que viu uma onda particularmente forte assomar a pouca distância da esposa. Ele a ergueu nos braços, mas a onda atingiu aos dois, ensopando-os da cintura para baixo e molhando o rosto dele, de forma que arquejaram de frio. Por um momento, ele cambaleou, mas conseguiu recuperar o equilíbrio.

– Viva, sim, e louca também – falou George, rindo e arriscando a sorte ao girar com ela, que se agarrou ao seu pescoço, gargalhando.

– Oh! – ela deu um gritinho quando outra onda os atacou, e ele recuou depressa de volta para a praia.

Mas ele não a pousou de imediato no chão. Ficou encarando-a fixamente, e ela o encarou de volta.

– É bom me sentir jovem de novo – afirmou George – e vivo.

– E com frio, e encharcados, e sem o mínimo de dignidade – brincou Dora, sorrindo com carinho para ele.

George quase podia ver seu reflexo na ponta do nariz dela.

Ele a pousou no chão e percebeu que Ann e James já não estavam mais olhando para os rochedos, e que os Havells não estavam mais catando conchas. Julian e Philippa estavam parados a pouca distância deles, de mãos dadas. Todos encaravam os dois.

– Sim, estamos loucos – afirmou George em seu melhor tom de duque – e molhados.

– E vivos – acrescentou Dora, inclinando-se para pegar os sapatos e as meias. – Mais do que tudo, vivos. E com frio. De quem foi a ideia tola de sair esta tarde?

– Quando poderíamos estar… tomando chá no salão de visitas – completou James em tom de lamento.

Dora abriu um sorriso cintilante para ele.

Dora não compareceu ao inquérito na estalagem do vilarejo na manhã seguinte. No entanto, na noite anterior escreveu um breve depoimento sobre o que havia acontecido, tanto em Penderris quanto em seu casamento. Omitiu alguns detalhes sobre o que o conde de Eastham lhe dissera, é claro, mas incluiu o bastante para não deixar nenhuma dúvida de que o homem tinha a intenção de matá-la e ao filho que carregava no ventre, como vingança pelo que imaginara ter acontecido com a irmã dele, a primeira duquesa de Stanbrook, quando ela se jogara dos penhascos.

Philippa também não foi, já que não tinha nada a acrescentar ao que a mãe de Dora contaria em relação ao encontro que tiveram com o conde, e de fato não queria ir. Permaneceu em Penderris com Dora e Belinda. A mãe de Dora também não queria ir, mas estava determinada a deixar claro para todos que o encontro da filha com o conde tinha sido totalmente ideia dele.

Era um acontecimento isolado, disse Dora a si mesma, assim como havia sido a cena nos penhascos. Um acontecimento que logo estaria no passado, jamais esquecido, mas colocado à parte com firmeza. Não permitiria que o conde de Eastham exercesse qualquer poder sobre ela, mesmo do túmulo. Talvez, com o tempo, ela acabasse até conseguindo ter pena dele.

Mas ainda não.

A carruagem voltou do vilarejo logo depois do meio-dia. A estalagem aparentemente tinha gente saindo pelas janelas de tão cheia – palavras de Julian. A morte do conde fora declarada um ato de defesa justificada da vida da enteada, a duquesa de Stanbrook, por parte de sir Everard Havell.

O corpo de Eastham, explicou Julian, seria levado de volta para Derbyshire, onde ele morava, para ser enterrado. Um primo o sucederia no título. E fim do assunto.

Fim do assunto.

Dora olhou para George, que a fitava muito sério do outro lado da sala.

O fim de alguma coisa, sim, mas não de tudo.

Vamos conversar, dissera-lhe o marido, mas ela se perguntava se aquilo um dia aconteceria.

CAPÍTULO 22

Sir Everard e lady Havell partiram logo depois do café da manhã no dia seguinte, com destino a Candlebury Abbey, em Sussex.

– Só espero que cheguemos a tempo – disse a mãe de Dora enquanto as duas caminhavam ao longo do terraço e esperavam a bagagem acabar de ser colocada na carruagem. – Isso é o mínimo que posso fazer por Agnes depois de tantos anos de negligência, e ela me pediu para ir, que Deus a abençoe.

– Ainda há algumas semanas antes da data prevista para o parto dela – tranquilizou-a Dora.

A mãe parou de caminhar.

– Não tenho como agradecer, Dora, por nos convidar para vir aqui e ser tão gentil conosco. Jamais vou poder pedir o seu perdão pelo passado, porque o que fiz foi imperdoável, mas...

– Mamãe! – Dora tomou as mãos dela. – Esta é uma fase totalmente nova da nossa vida. Vamos deixar que seja assim, sem qualquer sombra do passado. Se ele tivesse sido diferente, tudo seria diferente agora, também. Eu não estaria casada com George, nem a senhora com sir Everard. E seria uma pena em ambos os casos, não seria?

A mãe suspirou.

– Você é muito generosa, Dora. Eu o amo. E também está muito claro que o seu casamento é um casamento de amor.

Era? Dora amava George de todo o coração, mas ele a amava da mesma forma? Às vezes ela acreditava que sim. Ah, na maior parte do tempo ela acreditava. Com certeza ele a amava. Dora sorriu.

– Adorei tê-la aqui – declarou Dora. – E a sir Everard também, além do fato de dever minha vida a ele.

Uma despedida chorosa se seguiu, antes que a carruagem de George finalmente partisse. A partida de Philippa, Julian e Belinda cerca de uma hora mais tarde foi bem mais alegre, já que eles não moravam muito longe.

George pousou a mão no ombro de Dora quando a carruagem desapareceu de vista.

– Enfim sós – falou.

Ela riu.

– Não é uma sensação estranha? – comentou Dora. – Eu me lembro de quando recebia visitas no chalé. Gostava imensamente da maior parte das visitas, mas, quando fechava a porta depois que a última pessoa partia, experimentava uma sensação quase culpada de alívio por estar sozinha de novo. No entanto, agora é ainda melhor, porque estamos sozinhos juntos.

George apertou com carinho o ombro da esposa e eles entraram.

A casa pareceu muito silenciosa pelo resto do dia, sem nenhum hóspede ou qualquer sinal do baile. George saiu para resolver algo com o capataz, e Dora passou algum tempo com a Sra. Lerner, na sala que costumava usar pela manhã, e com o Sr. Humble, na cozinha. Ela escreveu longas cartas para o pai, Oliver e Louisa. E considerou brevemente a possibilidade de devolver um livro que pegara emprestado de Barbara, mas até mesmo a perspectiva agradável de uma conversa animada com uma amiga tão próxima era mais do que ela conseguiria lidar naquele dia. Queria paz.

George a encontrou mais tarde na sala de música, tocando harpa. Dora espalmou as mãos sobre as cordas, para cessar a vibração, e sorriu para ele.

– Este sempre será o presente mais maravilhoso de todos – disse ela.

Havia um sorriso nos olhos dele. Mas não no resto do rosto. Parecia austero, pensou Dora, mais magro e pálido do que apenas alguns poucos dias antes. Se o estivesse vendo pela primeira vez, se sentiria muito mais intimidada do que no ano anterior.

– O verão está nos brindando com seus últimos resquícios – falou ele. – Está quente e agradável lá fora. Se incomodaria de se sentar no jardim de flores?

Ela colocou a harpa de pé e se levantou. George fez o mesmo e a encarou por alguns instantes antes de lhe oferecer o braço e levá-la para fora. Os dois se sentaram em um banco de madeira sob a janela da mesma sala que ela usara pela manhã, no pequeno jardim de flores que era a parte favorita de Dora da área cultivada do parque. Era um lugar sempre abrigado do vento, e com um encanto rural especial, porque ficava fora da vista do promontório e do mar. Margaridas multicoloridas cresciam em um vaso de pedra bem no centro do jardim. Por mais adiantado que já estivesse o ano, ainda havia crisântemos, ásteres e bocas-de-leão, entre outras flores que desabrochavam tardiamente.

– Mas nenhuma erva daninha – disse Dora em voz alta. – Nunca consegui encontrar nenhuma.

– É o mínimo que se espera de um jardineiro digno do cargo que exerce – falou George. – Do contrário, ele seria expulso na madrugada, sem aviso prévio e sem referência.

Ela riu e os dois ficaram em silêncio pelo que pareceram vários minutos, antes que George o rompesse.

– Eu era o mais inexperiente dos rapazes quando o meu pai me pediu para voltar para casa, me afastando do regimento e com a expectativa de que eu vendesse minha patente poucos meses depois que ele a comprara para mim – disse ele por fim. – Não me ocorreu contrariá-lo, embora eu tenha ficado amargamente desapontado. Também fiquei arrasado ao saber que ele estava morrendo, e muito preocupado com o que me aguardava no futuro. Não tenho ideia de por que meu pai colocou na cabeça que eu deveria me casar antes de ele morrer. Mas sei que meu irmão e ele estavam sempre brigando por uma coisa e outra. Os dois talvez tivessem uma natureza parecida. Suponho que meu pai queria garantir que eu assumiria o meu dever mais cedo, e produziria um herdeiro, assim meu irmão e seus descendentes permaneceriam a uma distância segura da linha de sucessão. Também não o enfrentei em relação a isso. Eu era jovem e tinha os apetites de um rapaz comum. Quando conheci Miriam, não consegui acreditar na minha sorte, embora me sentisse profundamente constrangido, já que estava sendo forçado a pedi-la em casamento na presença do meu pai e do dela. Miriam era belíssima e assim permaneceu pelo resto da vida.

Ele parou de falar tão abruptamente quanto começara. Estava sentado ao lado de Dora, parecendo relaxado, mas se afastou um pouco dela.

– Eu me senti terrivelmente nervoso na nossa noite de núpcias – continuou ele. – Mas não precisava ter me preocupado. Miriam se recusou a me deixar entrar em seu quarto. Não cheguei a tentar abrir a porta, mas no dia seguinte ela me contou que a mantivera trancada. E também me disse que a porta permaneceria trancada para mim pelo resto de nossas vidas. Não tenho ideia se ela de fato fez isso, já que nunca testei.

Dora se virou de repente na direção do perfil do marido. Podia sentir o sangue latejando em seus ouvidos e em suas têmporas. Aquilo significava...

– Ela também me disse que estava profundamente apaixonada por outra pessoa, que sempre o amaria, que estava grávida dessa pessoa e que o pai a casara comigo com instruções de que ela garantisse ter um relacionamento conjugal comigo o mais rápido possível, para que a criança parecesse ser minha. Quando perguntei, ela me disse quem era o pai. Suponho que ele tenha lhe contado, certo?

– Sim. – Dora ficou quase surpresa ao ouvir a própria voz soar tão normal.

– Ela me desafiou a expulsá-la de casa – continuou George –, a me recusar a reconhecer o bebê como meu, principalmente se fosse um menino. Ficou claro que Miriam me desprezava profundamente, uma impressão que continuei a ter pelo resto de sua vida. Miriam era três anos mais velha do que eu e provavelmente me achava um menino desengonçado, ainda mais porque o amante dela era dez anos mais velho.

Dora levantou uma das mãos para tocar as costas dele, mas cerrou o punho e pousou a mão de novo no colo.

– Eu me senti inclinado a me condenar como um homem fraco. Mas a verdade é que eu era apenas jovem. Meu pai morreu três semanas depois do meu casamento e, enquanto ainda estava vivo, não tinha condições de compartilhar do meu fardo ou de me dar qualquer conselho. Talvez eu não o tivesse consultado de qualquer modo. Eu me sentia envergonhado demais. Não contei nada a ninguém. Acredito que, por alguns meses, estive intimamente determinado a não permanecer vítima de um engodo daqueles. Mas quando o bebê nasceu... um filho... e eu o vi pela primeira vez, quando vi aquele bebê feio, franzino e chorando, a minha mente o odiou, enquanto o meu coração se abria para a inocência e o desamparo dele. Eu tinha 18 anos. Tinha ficado fascinado ao ver Miriam pela primeira vez. Mas me apaixonei à primeira vista pelo filho dela.

Ele estendeu as mãos diante do corpo, cerrou os punhos e voltou a relaxar as mãos.

– Não sei o que Miriam esperava – continuou. – Que eu aceitasse o filho dela como meu, para que ela permanecesse uma mulher respeitável e seu filho herdasse um ducado? Ou que eu o repudiasse, e assim Miriam estaria irrevogavelmente arruinada, sem que nem mesmo o pai, o conde de Eastham na época, tivesse o poder de fazer qualquer coisa a respeito, e ela então poderia se acomodar em algum lugar, em um ninho de amor com Meikle, seu meio-irmão? Miriam nunca disse o que teria preferido, e eu não perguntei. Brendan foi meu filho desde o momento em que o vi. Embora eu provavelmente não tenha sido motivado apenas pelo amor. Eu provavelmente sentia certa satisfação em evitar que Miriam seguisse a alternativa, que era obviamente o que Meikle esperava.

Ele examinou as palmas das mãos por alguns instantes.

– Eu era só um menino. E tão inexperiente... Miriam era muito apegada a Brendan e o mantinha o mais distante possível de mim. Ela costumava passar muitas semanas longe, visitando o pai, e eu não a proibia. Meikle costumava visitá-la aqui... e se passaram anos e anos até que eu tivesse coragem de colocá-lo porta afora e dizer que nunca mais voltasse. Gosto de acreditar que amadureci mais depressa do que teria acontecido se o meu pai continuasse vivo e minha vida continuasse como era. Mas a vida é o que é. Nunca sabemos que reviravoltas ela vai ter ou com o que teremos que lidar. É o que fazemos com o inesperado e com o que a vida nos apresenta que mostra a nossa força. Só perdi a virgindade aos 25 anos. Perdoe-me, talvez não devesse mencionar isso. Mas, mesmo então, eu me senti culpado, porque era casado e havia prometido ser fiel. Talvez eu não tivesse me relacionado com outra mulher, mesmo então, se Miriam não tivesse dito que estava grávida de novo. Ela sofreu um aborto depois de três meses. Eu era um marido traído, um fraco, Dora, e também um adúltero.

Daquela vez, ela tocou as costas dele. George se inclinou ligeiramente para a frente, os braços apoiados nas coxas, as mãos caídas entre elas. Ele baixou a cabeça.

– Eu tinha *25 anos* – falou.

– George. – Ela acariciou as costas dele e deu palmadinhas carinhosas.

– Sempre que eu sentia raiva dos dois, e achava que precisava ao menos *dizer* alguma coisa e *fazer* alguma coisa, pensava em Brendan e no efeito que qualquer escândalo teria sobre ele. Brendan não era um menino atraente. Tinha sobrepeso e era petulante. Miriam o superprotegia. Ela sempre fantasiou que ele tinha uma constituição delicada e não permitia que o filho se misturasse com nenhuma criança da vizinhança, ou que fizesse qualquer coisa que ela considerasse perigosa, ou qualquer coisa que tivesse a ver comigo. Miriam cedia aos ataques de birra de Brendan e dava tudo o que ele queria. Os criados não gostavam dele. Nem os vizinhos. Miriam o amava.

Eu também. Talvez essa tenha sido a única coisa que tivemos em comum. E ela me odiava por isso.

Dora deu mais uma palmadinha carinhosa nas costas do marido.

– Autopiedade – murmurou George. – Sempre lutei contra isso. Não é um traço de caráter admirável. Miriam não permitiu que eu mandasse Brendan à escola quando ele chegou à idade em que teria sido normal fazer isso, e não queria que eu contratasse um tutor. Mas essa foi a única coisa que eu fiz de acordo com a minha vontade. Não queria que meu filho crescesse ignorante e detestável. Escolhi com cuidado o tutor. Então, um dia, quando Brendan tinha 12 anos, percebi uma expressão peculiar em seu rosto quando ele soube que eu passaria cerca de um mês em Londres. Ele pareceu... ter vontade de ir também. Perguntei se gostaria de ir comigo. Brendan nunca gostara particularmente de mim, talvez porque eu nunca desse atenção às suas birras, mas se animou quando o convidei. E disse que sim, antes de soltar um risinho zombeteiro e acrescentar que obviamente eu nunca o levaria. Tive que brigar com Miriam para conseguir levá-lo, mas ele era legalmente meu filho e ela não poderia me impedir. Passamos três semanas em Londres, meu menino e eu, e aquelas foram três das semanas mais preciosas da minha vida. Da dele também, eu acredito. Brendan desabrochou diante dos meus olhos, e vimos tudo o que havia para ser visto. Apenas uma vez ele ficou emburrado e teve uma crise de temperamento. Comentei que estava sendo um idiota renomado, nós nos encaramos e... caímos na gargalhada.

George parou, sorriu e soltou um suspiro.

– Depois disso, Brendan passou a ser realmente meu filho – continuou. – Ah, não vou dizer que a vida mudou e se tornou perfeita de repente. Não foi o caso, e Brendan com frequência retornava ao seu jeito de ser anterior, ainda mais na presença da mãe. Mas fazíamos coisas juntos. Pescávamos, praticávamos tiro ao alvo. Montávamos a cavalo. Ele nunca tivera permissão para montar antes, a mãe tinha medo que caísse e morresse. Como consequência, Brendan perdeu um pouco do sobrepeso e da aparência carrancuda. Eu o levei até a casa do meu irmão algumas vezes, e ele e Julian acabaram desenvolvendo algo próximo de uma amizade, certamente um relacionamento mais próximo do que Brendan tinha desenvolvido com qualquer outro rapaz. Eu tinha grandes esperanças para o futuro dele.

George respirou fundo, levantou a cabeça e olhou ao redor, como se tivesse se esquecido de onde estava.

– E tudo isso foi a parte boa da minha vida de casado, Dora. – Ele virou a cabeça e olhou para a esposa. – Talvez você consiga entender por que mantive a história para mim mesmo até agora. Nunca a contei nem aos meus companheiros Sobreviventes, e todos eles desnudaram a alma para mim e uns para os outros. No entanto, mantive tudo isso apenas para mim... e fiz isso apenas em parte porque me difamava, já que a minha preocupação em relação a mim acabava *assim*. – Ele estalou dois dedos. – Guardei tudo isso para mim por respeito ao meu filho morto. Ele era *meu* filho, e ninguém pensava de outra forma além de Miriam, do pai dela, do meio-irmão dela e de mim. Agora sou o único que restou e contei a você. Não pretendia fazer nem mesmo isso, como você percebeu. Brendan deve viver na lembrança de todos como meu filho. Mas devo a você tudo de mim, passado, presente e futuro. Eu lhe confiaria a minha vida. Posso lhe confiar a memória do meu filho.

Dora piscou para afastar as lágrimas e mordeu o lábio.

E tudo isso foi a parte boa da minha vida de casado.

Qual teria sido a parte ruim, então?

– Obrigada – disse ela. Parecia não haver mais nada a dizer.

George levantou os olhos para o céu. A tarde estava se encaminhando para o fim, e o ar estava mais frio. Mas nenhum dos dois fez qualquer movimento para entrar em casa.

– Meikle apareceu para uma visita no ano em que Brendan fez 17 anos – continuou ele. – O pai dele ainda estava vivo na época, portanto ele ainda não herdara o título de Eastham. E eu ainda não o proibira de visitar a casa, embora tivesse deixado claro poucos anos antes que ele não era bem-vindo aqui. Ele gostava de passar algum tempo com Brendan, mas o rapaz não apreciava particularmente a companhia de Meikle. Eu não sabia por quê. Na verdade, sabia, sim. Não consigo me lembrar do contexto, mas me lembro de Brendan me dizendo com ressentimento óbvio, quando ele tinha cerca de 15 anos: *"Às vezes ele age como se fosse meu pai."* Nessa visita mais recente de Meikle, Miriam quis voltar para casa com ele por algum tempo, e queria que Brendan os acompanhasse. Ele se recusou e Miriam ficou irritada. Brendan não cedeu. Meikle tentou adulá-lo e persuadi-lo e, como isso não deu certo, ele perdeu a cabeça e contou tudo a Brendan. Toda a verdade. Eu não estava em casa quando isso aconteceu.

Dora fechou os olhos e cruzou as mãos com força no colo. Houve um

257

momento de silêncio que pareceu durar uma eternidade. Mas, depois de algum tempo, George voltou a falar:

– Quando voltei para casa, encontrei Miriam muito perturbada, Brendan trancado no quarto e se recusando a sair, e Meikle bradando de raiva contra mim por ter corrompido o filho dele e feito com que se voltasse contra o pai e a mãe. Logo entendi o que tinha acontecido. Foi quando falei para Meikle que ele tinha meia hora para deixar Penderris e que não deveria retornar nunca mais. E foi interessante... às vezes me esqueço disso... que Miriam estava gritando a mesma coisa para ele. Ela estava fora de si.

Dora percebeu que os nós dos próprios dedos estavam brancos e relaxou as mãos.

– Mas o estrago estava feito, é claro – disse George –, e não havia como consertar. Enfim consegui entrar no quarto de Brendan, mas não fui capaz de convencê-lo a aceitar que era meu filho de todas as maneiras que importavam e que eu o amava. Ele apenas dizia, em uma voz terrivelmente sem expressão, que era o filho bastardo da mãe, que, se algum dia voltasse a pôr os olhos no pai, o mataria, e que eu não era pai dele, que ele nunca me sucederia como duque de Stanbrook, mesmo se tivesse que se matar para evitar isso. Brendan não olhava para mim. Só o que eu podia fazer era repetir vezes sem conta que o amava. O amor nunca parecera mais inadequado. No dia seguinte, Brendan me procurou, olhou dentro dos meus olhos e me disse que, se eu realmente o amava, como alegava, compraria uma patente militar para ele com um regimento que estivesse lutando na Península. Recusei por dois dias, mas não consegui fazer minha vontade valer. Brendan me disse que, se eu não fizesse o que ele me pedia, então ele sairia de casa e se alistaria como um soldado raso... e eu acreditei nele. Fiz o que ele pedia, embora Miriam não parasse de chorar com Brendan e de bradar contra mim. Ele partiu, Dora, para lutar contra todo inimigo imaginável que um rapaz pudesse ter. Um jovem oficial que estava com ele em Portugal me contou, depois, que Brendan era um militar habilidoso, corajoso, ousado, feliz e muito estimado por seus homens e pelos companheiros oficiais. Eu me agarro a essa imagem dele, seja ela verdadeira ou não.

– George... – disse Dora. Ela sentia o peito apertado. Mal conseguia respirar.

– Miriam ficou inconsolável depois... assim como eu, mas eu me agarrei mais à sanidade do que ela. Miriam me culpava, culpava Meikle. Ele veio. Não sei onde ficou, mas não foi aqui. Ela não quis vê-lo. Então, um dia, Miriam não conseguiu mais aguentar e fez o que fez. Eu a vi quando estava voltando para casa de algum lugar. Tentei alcançá-la a tempo... não duvidei nem por um instante do que ela estava prestes a fazer. Mas, embora em todos os meus pesadelos eu esteja próximo o bastante para quase tocá-la, para quase conseguir pensar na coisa certa para dizer e convencê-la a recuar, a verdade é que eu ainda estava a certa distância, gritando incoerentemente contra o vento quando ela se atirou do penhasco.

– George – sussurrou Dora, passando os braços ao redor da cintura do marido e descansando o rosto contra as costas dele. – Ah, meu querido...

– Depois de alguns anos – continuou George –, tive a ideia de transformar Penderris em um hospital para oficiais feridos. Achei que talvez assim poderia me redimir de alguma forma. Eu me sentia oprimido pela culpa... pelo modo como administrara mal a minha vida e a vida daqueles que deveria ter protegido. Eu me culpava por duas mortes, uma delas da pessoa a quem eu mais estimava. E o projeto do hospital foi um grande sucesso. Meu dinheiro pôde pagar os serviços de um excelente médico e de boas enfermeiras, e a minha casa tinha espaço e um ambiente tranquilo para a cura. Fui capaz de dar tempo, paciência, empatia e até mesmo amor a todos que passaram por aqui. Então, pouco tempo atrás, depois que Imogen se casou, tive a ideia de me casar de novo, mas um casamento de verdade desta vez. Achei que pudesse enfim me permitir algum contentamento, e talvez até a felicidade de verdade. Achei que pudesse me perdoar.

– Ah, George! – Dora virou o rosto e o enterrou no ombro do marido.

– Jamais tive a intenção de arrastá-la para essa escuridão que nunca vai me abandonar por completo – disse ele. – Sinto muito, Dora. Sinto muito por não ter levado Eastham a sério quando ele apareceu no nosso casamento e por não ter protegido você. Sinto muito pelo terror a que minha falta de cuidado a expôs, embora eu soubesse que ele andava pela vizinhança. E sinto muito por ele ter lhe contado todas aquelas coisas.

– George – disse Dora –, sou sua *esposa*. E *amo* você. Eu precisava saber o que você me contou. Você não precisa mais guardar tudo isso no fundo da sua alma. Talvez, depois que o nosso bebê nascer, possamos pedir a Ann para pintar um retrato dele parecido com o de Brendan, e poderemos pendurar os dois lado a lado na galeria... dois irmãos, ou um irmão e uma irmã. Brendan *era* seu filho, e ninguém vai tirar isso de você.

Ele se aproximou dela, então, e passou o braço ao redor de seus ombros, de modo que a cabeça da esposa descansasse em seu peito, sob seu queixo.

– George – disse Dora, depois de uma breve hesitação –, quando você me alcançou, nos penhascos, e me abraçou, pouco antes de eu desmaiar, você me disse alguma coisa?

Ele franziu o cenho, lembrando.

– Acho que basicamente registrei o fato de que você estava a salvo, comigo – falou. – Você me perguntou por que eu tinha demorado.

Ah, Deus, ela realmente fizera isso?

– Depois disso – disse Dora.

Ela o viu engolir em seco.

– Eu disse que a amava – falou George.

– *Ah, Dora... Minha amada. Minha* única *amada* – citou Dora. – Foi isso o que achei que você havia dito.

– Ah, sim. Você é tudo o que esperei que seria para mim, Dora... companheira, amiga, amante. Eu me lembro de dizer que não tinha a paixão do amor romântico para oferecer, apenas um tipo mais tranquilo de afeto. E estava errado a esse respeito. Você é minha *única* amada.

Ela se aconchegou mais a ele e suspirou.

– Eu gostaria de ter pensado nisso primeiro – falou. – Sempre amei você, sabe, com muito mais do que um afeto sossegado de meia-idade. Eu me apaixonei por você naquela primeira noite em Middlebury Park, quando me senti tão intimidada e você foi tão gentil comigo. Eu o amei quando você caminhou comigo até a minha casa, algumas tardes depois. Amei você por todo o ano que se seguiu, quando não o vi e não esperava vê-lo de novo, e amei quando você entrou no meu chalé e me pediu em casamento. Só que, naquela época, eu não tinha ideia de que depois de me casar com você, eu chegaria ao ponto de... ah, de transbordar de amor. Você tem me feito muito feliz. Esse é o seu maior dom, sabia? Você faz as pessoas felizes.

George virou a cabeça para descansar a testa no topo da cabeça da esposa, e suspirou profundamente.

– Foi isso que ele disse – continuou George –, bem na véspera de tudo ser revelado. Brendan estava me contando que o tio e a mãe queriam que ele fosse visitar o avô com eles, mas que ele estava determinado a permanecer em Penderris comigo. *"Você me faz feliz, papai"*, falou. Pobre Brendan. Ah, pobre Brendan...

Ele não chorou. Mas sua respiração saiu em arquejos difíceis por vários minutos. Dora permaneceu relaxada e imóvel, os braços passados ao redor da cintura do marido. Ele finalmente baixou a cabeça, encontrou a boca da esposa e beijou-a com gentileza, cheio de amor.

CAPÍTULO 23

Pela primeira vez desde que todos haviam deixado Penderris Hall, após sua longa convalescença ali, os sete membros do Clube dos Sobreviventes concordaram em adiar sua reunião anual até o verão. Era uma pena, mas havia sido necessário, pensara George na véspera. Eles estavam tendo um clima perfeito de primavera em março, com dias de céu azul e brisas suaves. Quando ele passeara com Dora pela alameda atrás da casa, eles banquetearam os olhos com as prímulas e os narcisos que cresciam nos dois lados da alameda. E tinham parado para admirar alguns carneirinhos brancos que brincavam perto das mães, as pernas longas e finas.

Na véspera, haviam se deleitado com a primavera que os cercava, mas também pensaram que era uma pena que logo naquele ano seus amigos não estivessem ali. Mas no momento, no entanto, George nem se lembrava da existência do sol, das flores de primavera, dos carneirinhos, dos amigos ausentes. No momento, ele estava andando de um lado para outro na biblioteca, junto com sir Everard Havell, que estava parado, embora parecesse tão inquieto, preocupado e impotente quanto George se sentia.

Dora estava em trabalho de parto desde algum momento da noite da véspera, quando acordara George, desculpando-se profusamente, para informar que sentia dores em intervalos regulares e era quase certo que o bebê estivesse chegando.

O bebê ainda não tinha chegado inúmeras horas depois. Se lhe perguntassem, George não saberia dizer se era manhã ou tarde, dia ou noite. Na verdade, era início da tarde. Dora estava em trabalho de parto havia treze horas, ou talvez mais, se incluíssem as dores iniciais em que ela não prestara tanta atenção.

A mãe estava com ela. Assim como a camareira. E o Dr. Dodd. George tinha sido banido do quarto por volta da hora do café da manhã, quando a sogra lhe informara que ele estava se comportando como um urso enjaulado, a não ser pelo fato de que os ursos não ficavam o tempo todo se recriminando. Mas como ele poderia não se recriminar? A esposa estava sofrendo, e a culpa daquele sofrimento era dele. Pior, ela estava sofrendo em silêncio quando, em seu lugar, ele estaria bradando de agonia e indignação.

– George – dissera a sogra, por fim, pousando a mão firme em seu braço –, você precisa sair daqui, meu caro. Está deixando Dora nervosa.

Humilhação após humilhação. Ele saíra do quarto e não tentara voltar.

E vinha andando de um lado para outro desde então. George não lembrava se tomara café da manhã. Não sabia nem que a hora do almoço chegara e se fora, ou que era cedo demais para o jantar. Depois de algumas horas, ocorreu-lhe que teria mais espaço para andar se abrisse a porta da sala de música. Mas então a harpa ociosa o acusou e ele voltou para a biblioteca e fechou a porta.

– Ao menos você não está socando o ar e praguejando coisas horríveis, gaguejando, como Flavian fez no outono, quando Frances nasceu – comentou sir Everard.

George parou de andar.

– Está querendo dizer que não sou o único homem que já passou por isso? – perguntou. – Tome um conhaque.

– Não, obrigado – disse sir Everard. – Como você observou mais cedo, quando lhe ofereci um, não queremos estar cambaleando de bêbados quando o anúncio finalmente for feito.

– Nunca vou me perdoar se algo acontecer a Dora – falou George.

– Nada vai acontecer com ela – garantiu Havell, e George parou de novo e ficou olhando para ele, desejando conseguir acreditar.

Santo Deus, Dora tinha 40 anos. Fizera aniversário no mês anterior.

A porta foi aberta atrás dele. Quando George se virou, viu lady Havell parada ali, o rosto ruborizado, os cabelos grisalhos ligeiramente desalinhados.

– Você tem um filho, George – disse ela. – Um menininho perfeito.

– E *Dora*? – George prendeu a respiração.

– Perfeita, também – afirmou lady Havell. – Minha filha é perfeita.

Era tudo o que George precisava ouvir. O resto do anúncio mal foi registrado em sua consciência, enquanto ele passava por ela e subia a escada, dois degraus por vez, observado por um criado, que deixou de lado a compostura pelo tempo suficiente para abrir um sorriso tolo depois que Sua Graça passou.

A camareira, Maisie, estava no quarto. Assim como o médico falante. George não viu ou ouviu nenhum dos dois. Só viu a esposa na cama, o rosto ruborizado, os olhos cansados, com um sorriso nos lábios e os cabelos úmidos, presos em um coque no alto da cabeça. Dora estava viva. E também estava segurando na dobra do braço um embrulhinho envolto em uma manta, que gemia baixinho.

Foi só então que as palavras da sogra fizeram sentido. *Você tem um filho. Um menininho perfeito.*

– Dora? – Ele piscou para afastar as lágrimas.

– Temos um filho – disse ela. Então riu e mordeu o lábio. – Temos um *filho*, George.

Só então George baixou os olhos para o embrulhinho. Ele viu a mão pequenina, com cinco dedinhos e unhas perfeitos. E viu o topo da cabeça, com um tufo de cabelos úmidos e escuros. George estendeu a mão e pegou o pacotinho nos braços. Não pesava quase nada, mas era macio, quente e vivo. Seu rosto ainda estava vermelho e enrugado, a cabeça ligeiramente disforme. Dois olhos ainda sem foco espiavam sob as pálpebras quase fechadas. A boquinha estava fazendo os sons que ele ouvira.

Pela terceira vez na vida, George se apaixonou profunda e irrevogavelmente.

– Christopher – disse ele. Era o nome que haviam escolhido se tivessem um menino. – Marquês de Ailsford. Seja bem-vindo ao mundo, pequenino. Seja bem-vindo à nossa família.

Então, George começou a rir baixinho... enquanto as lágrimas rolavam por seu rosto.

Em seguida, ele olhou para a esposa.

– Obrigado, Dora – falou. E sorriu. – Minha amada.

Ele se inclinou, beijou-a e colocou o filho de volta nos braços dela. Os sons de reclamação haviam cessado.

EPÍLOGO

Três anos depois

Poderia ter sido difícil ficar atento a dezessete crianças, a mais velha com apenas 6 anos, enquanto elas brincavam na praia, com o mar a uma curta distância e rochas e penhascos escaláveis não muito atrás, além de uma extensão infinita de areia por toda parte. Por sorte, havia sete pares de pais e mães para tomar conta de todos, e duas das crianças – Arthur Emes e Geoffrey Arnott – eram novas demais para fazer qualquer coisa além de se sentar... embora Arthur estivesse tentando comer a areia que estava além da manta sobre a qual fora acomodado, apesar dos esforços do pai para dissuadi-lo; enquanto Geoffrey batia com uma colher em um balde virado ao contrário, rindo ao ver o pai se encolher por causa do barulho.

Eles haviam começado como sete guerreiros feridos, pensou George, olhando com carinho ao redor, para os seis homens e uma mulher que haviam se apelidado – não totalmente de brincadeira – de o Clube dos Sobreviventes. Agora, com cônjuges e filhos, eles eram 31. Sem dúvida sobreviventes!

Três anos antes, quando Christopher nascera, em março, a reunião anual do grupo, que costumava acontecer naquele mês, tinha sido adiada. A reunião do verão acabou se provando um sucesso tão grande que eles decidiram tornar a mudança permanente. O fato de que estavam todos produzindo filhos em grande quantidade dava sentido à mudança.

Naquele momento, depois de três dias chuvosos e nublados, o sol brilhava, o céu estava de um azul límpido e, apesar de estar quente, o calor não era opressivo. Era o dia perfeito para o piquenique pelo qual todos estavam ansiando. Todo o aparato para o piquenique fora levado até ali, pelo caminho mais longo, por alguns criados. Ben e Samantha também tinham sido conduzidos pelo mesmo caminho, já que Ben não conseguia caminhar por muito tempo, ainda mais em um terreno acidentado. Os dois haviam levado o filho mais novo, Anthony, com eles, embora Gwyn, o irmão mais velho, tivesse preferido descer com o resto do grupo pelo caminho íngreme mais próximo da casa. Até mesmo Vincent fora por ali, apesar de cego.

Não havia muito que Vince não conseguisse fazer. No momento, ele estava oferecendo passeios em suas costas para uma sucessão de crianças. Eleanor e Max, dois dos filhos deles, tinham começado a brincadeira, seguidos por Abigail Stockwood, filha de Ralph e Chloe, e por Bella e Anna Hayes, as gêmeas de Imogen e Percy. Thomas, o filho mais velho de Vince, mantinha o pai em um caminho mais ou menos reto, ajudado por Shep, o cão-guia. Enquanto George observava, Vince relinchou e empinou ligeiramente o corpo, levando uma das mãos às costas para não desalojar a pequena Anna, que dava gritinhos de alegria.

Dora e Agnes estavam tirando a comida da cesta e arrumando o banquete sobre uma manta grande. Ben e Chloe, cujo abdômen arredondado proclamava que, no ano seguinte, haveria mais uma criança no grupo, arrumavam as bebidas. Gwyn Harper e Frances Arnott brincavam entre as rochas na base dos penhascos, observadas de perto por Samantha, mãe de Gwyn. Pamela Emes, de 2 anos, e Rosamond Crabbe, filha de George, de 1 ano e meio, estavam correndo em linha reta na direção da água, mas Gwen já estava pronta para detê-las, apesar do seu claudicar permanente, portanto George relaxou. George Hayes, seu pequeno xará, filho mais novo de Imogen e Percy, cambaleava pela praia, agitando as mãos ao lado do corpo, na esperança de vencer o pai em uma corrida até o horizonte distante. Imogen explicava alguma coisa a Bella, que reclamava aos gritos porque a irmã gêmea estava passando mais tempo montada nas costas do tio Vince do que ela.

Todo cenário sempre tinha uma nota dissonante.

Melody Emes, de 4 anos, caminhou com determinação pela areia até parar diante de George e se dirigir a ele de forma muito precisa.

– Tio George – falou, o cenho franzido –, este é o melhor dia de que consigo me lembrar.

– Ora, obrigado, Melody – disse ele. – E nós ainda nem tomamos chá.

Ela foi até o pai, então, a quem informou que, se ele segurasse Arthur no colo, o bebê não conseguiria comer areia.

– Você está absolutamente certa, Mel – admitiu Hugo. – Mas ele também não se divertiria tanto.

Ela se sentou na manta para fazer cócegas na barriga do irmão e esfregar o nariz no dele. O jovem Arthur agarrou os cabelos da irmã, puxou e riu.

– Ninguém m-mencionou – disse Flavian – que a paternidade traria um grave risco de surdez. Geoffrey, você faria um grande favor ao seu papai se parasse e desistisse de fazer esse barulho.

O menino virou a cabeça para o pai e abriu um sorriso largo o bastante para mostrar os dois dentes de baixo – os únicos que tinha –, e baixou a colher sobre o balde.

– Isso mesmo – disse Flavian. – Bom menino.

Ralph estava jogando uma bola para Lucas, seu filho de 3 anos, e demonstrando enorme paciência, já que o menino apanhava talvez um a cada cinco lançamentos, e só quando o pai praticamente colocava a bola em suas mãos. Christopher e Eleanor Hunt logo se juntaram ao jogo, para testar ainda mais a paciência de Ralph.

Sophia, esposa de Vince, estava fazendo um esboço em carvão, sem dúvida uma caricatura, observada de perto por Anthony Harper com o dedo na boca.

Depois do chá, eles desceriam para brincar na água antes de retornar para a casa, certamente levando junto metade da areia da praia. Uma das cestas – que ainda estava fechada – guardava várias toalhas e uma muda de roupa para cada criança, até mesmo para os bebês, cujos traseiros sem dúvida tocariam a água, para que não se sentissem negligenciados. Ben expressara a sua intenção de nadar, algo que ele conseguia fazer bem, e fazia com frequência, na verdade, embora suas pernas esmagadas não permitissem que andasse direito nem mesmo com a ajuda de suas duas bengalas.

Percy havia voltado da corrida com George e agora estava jogando o menino para o alto e pegando-o de volta. O cão desgrenhado de Percy, quase uma sombra constante do dono, brincava ao redor dele, ganindo de empolgação.

– Ele acha que é uma das crianças – comentou Percy. – Seria muito embaraçoso para o pobre cão se descobrisse a verdade. Sentado, Hector.

Percy raramente tinha algum elogio a fazer ao cachorro, mas com certeza o adorava, assim como seus filhos.

– Teria sido possível imaginarmos algo assim há doze anos? – perguntou

Imogen, logo atrás de George. Ela não falara em voz alta, mas chamara a atenção de vários deles.

Fora cerca de doze anos antes que os seis haviam sido levados a Penderris, terrivelmente feridos, mesmo que alguns ferimentos não fossem físicos.

– Ou mesmo há nove anos – comentou Flavian.

Nove anos antes, todos eles tinham deixado Penderris para retomar as próprias vidas da melhor maneira que pudessem.

– Seis anos atrás – disse Hugo, vendo a filha brincar com o bebê na manta ao seu lado –, quando eu estava sentado em uma reentrância ao lado daquelas pedras ali, pensando na vida, certa dama usando uma capa vermelha decidiu subir por aquele caminho, acabou escorregando e torcendo seu tornozelo ruim. Ah, mas ela pesava uma tonelada quando subi com ela e a carreguei até a casa.

– Gwen não consegue ouvi-lo e não pode se d-defender – falou Flavian. – Mas, quando você entrou no saguão com ela no colo, Hugo, não estava nem ofegante. Ela certamente não pesava mais do que uma pena.

– Não parecia mesmo pesar mais do que isso, Hugo – confirmou Vincent com um sorriso, ficando de pé e flexionando as costas, antes de pegar a guia do seu cão das mãos de Thomas.

– Aquilo foi o começo de tudo – falou Hugo. – Eu me casei com ela, vocês ficaram com inveja e, em dois anos, todos haviam me copiado.

– Mas foi Vince que abriu caminho no quesito reprodução, Hugo – lembrou Ben.

– Ora, não posso liderar sempre – disse Hugo com uma risadinha.

Curiosamente, aquilo silenciou a todos, com a lembrança de Hugo sendo levado para Penderris em meio a um ataque de fúria, em uma camisa de força, embora – ou provavelmente por isso mesmo – não tivesse qualquer ferimento físico. O ataque suicida que ele liderara na Espanha, o que deixara tantos homens mortos, o enlouquecera.

Não, ele nem sempre tinha que liderar.

– Melody acabou de me dizer – falou George – que este é o melhor dia de que ela consegue se lembrar. Nossa memória consegue voltar mais no tempo. Alguém consegue se lembrar de um dia melhor do que este?

– Consigo pensar em alguns que talvez tenham sido tão bons quanto – respondeu Ben. – Mas melhor? Não, seria impossível.

Foi naquele momento que todos ouviram um grito agudo vindo da direção da água, então uivos altos enquanto Gwen levantava uma criança e a trazia até eles depressa, apesar de seu claudicar.

– Rosamond perdeu o equilíbrio e caiu sentada na água, embora eu estivesse segurando a sua mão – explicou Gwen. – Ela estava na beirinha, mas ficou encharcada mesmo assim, a pobrezinha.

Ao menos foi isso que George achou que ela estava dizendo, já que a voz de Gwen era praticamente abafada pelos gritos indignados da filhinha dele.

George se colocou de pé e estendeu os braços para pegar a menina, enquanto Dora pegava uma toalha na cesta.

Duas manhãs depois, enquanto os adultos ainda tomavam café, uma carta foi entregue a George. Quando Dora o encarou com certa surpresa, o mordomo explicou que o Sr. Briggs achara que não deveria esperar pelo resto da correspondência do dia para que Sua Graça lesse aquela missiva, já que havia sido entregue pessoalmente.

– É de Julian – disse George, enquanto rompia o lacre. Ele leu rapidamente e sorriu.

– Philippa deu à luz um menino saudável – falou.

– Ah. – Dora levou a mão ao rosto. – Mas eu prometi que estaria com ela.

– A criança não conseguiu esperar por você – disse George. – Ele nasceu três semanas mais cedo do que o médico havia previsto, e em menos de três horas.

– Um menino – disse Dora. – Depois de duas meninas. Ah, que maravilha. Eles devem estar muito felizes. Philippa está bem?

– Sim – garantiu George, e olhou ao redor da mesa para todos os amigos deles. – O único receio que tive quando me casei com Dora e descobrimos que ela estava grávida foi que, por anos, Julian havia sido o meu herdeiro. Achei que ele poderia ficar um pouco desapontado se nosso bebê fosse um menino, como acabou sendo. Mas tanto Julian como Philippa nos garantiram que não poderiam estar mais felizes por nós, que estavam absolutamente satisfeitos com o que tinham e com o que seriam capazes de deixar para os próprios filhos. E agora eles têm um filho.

– George – disse Ben –, estou certo de que, hoje, a última coisa em que eles estão pensando é que ele um dia talvez pudesse ter sido duque. Eu me encontrei com Julian algumas vezes e tenho grande respeito por ele e pela esposa.

– Julian ficou arrasado quando recebemos a notícia de que Brendan havia sido morto – comentou George.

Os amigos o encararam em silêncio, e Dora imaginou que o marido raramente falava sobre o primeiro filho, se é que chegava a falar.

– Todos já viram a galeria? – perguntou ela.

– Acredito que todos, exceto eu, é claro – brincou Vincent. – Mas eu escutei a lição de história. George é um ótimo narrador.

– Há dois novos retratos lá – informou Dora. – Foram pendurados há poucos meses, no terceiro aniversário de Christopher. Vamos mostrar a eles, George?

Ele dobrou a carta e a deixou ao lado do prato.

– É claro – respondeu. – Todos já terminaram de comer?

Meia hora depois, estavam todos na galeria, até mesmo Vincent. E até mesmo Ben, caminhando com as duas bengalas, em vez de ser empurrado na cadeira de rodas. Eles seguiram por toda a extensão do salão, com George e Dora à frente, sem parar em nenhum dos quadros, até chegarem aos dois últimos. Eram retratos semelhantes, pouco maiores do que miniaturas, pintados a óleo e dispostos um acima do outro.

– Os dois filhos de George – anunciou Dora. – Brendan e Christopher. Irmãos, nascidos com trinta anos de diferença. Mas participando juntos da longa história da família.

– Ann Cox-Hampton, uma das nossas vizinhas e amigas, pintou os dois retratos – acrescentou George. – No momento, ela está trabalhando em um de Rosamond. Que será acrescentado aqui quando estiver pronto.

– Eu não sabia que existia um retrato de Brendan – comentou Imogen.

– Eu o mantive apenas para os meus olhos, até mostrá-lo a Dora – explicou George. – Mas a lembrança dele não deve ser só minha. Ela deve fazer parte da minha família, no presente e no futuro, para todos que vierem aqui. O meu filho e a minha filha que estão vivos hoje vão saber tudo sobre o irmão.

– Eu gostaria de saber pintar retratos assim – confessou Sophia –, em vez de apenas caricaturas. Como o de Christopher está muito fiel à realidade, imagino que o de Brendan também esteja. Ele tem os cabelos claros, Vincent, e estava naquela fase em que começava a deixar de ser menino para virar um rapaz. Parece muito doce e um pouco inseguro, como acontece com meninos nessa idade. Você deve tê-lo amado muito, George.

– Ah, amei – garantiu ele. – Correção, eu o *amo* muito, tanto quanto amo meus outros dois filhos.

Ele sorriu olhando ao redor, enquanto passava o braço pela cintura de Dora e a puxava mais para perto.

– Me ocorreu que não tivemos nenhuma das nossas sessões tarde da noite este ano, nós sete. Em outros anos, mal perdíamos uma noite, embora tenhamos perdido várias no ano passado, se me lembro bem.

As reuniões informais, das quais os cônjuges sempre se abstinham, embora nenhum dos Sobreviventes pedisse que fizessem isso, haviam sido uma característica constante daqueles encontros anuais. Era durante aquelas horas, tarde da noite, conforme George explicara a Dora, que todos conversavam sobre os progressos que haviam feito – físicos, mentais e emocionais –, sobre os reveses, os triunfos, sobre tudo o que guardavam no fundo da alma e precisava ser compartilhado. Era mesmo impressionante perceber que eles não haviam se encontrado a sós nem uma única vez naquele ano. Dora também não percebera até o marido mencionar.

– Alguém sentiu falta dessas nossas reuniões? – perguntou George.

– Talvez – disse Hugo – nós não precisemos mais delas.

– Acho que você está certo, Hugo – concordou Imogen. – Talvez agora, quando nos reunimos, o que desejamos é celebrar a amizade e o amor.

– E a vida – acrescentou Ralph.

– E as lembranças. – O braço de George apertou com mais força a cintura da esposa. – Nunca devemos esquecer as pessoas, acontecimentos e emoções que nos tornaram quem somos hoje. Não que seja provável que isso um dia aconteça.

Ele sorriu com certa tristeza para o retrato de Brendan, então o sorriso se tornou um pouco mais alegre quando seus olhos encontraram o rostinho bochechudo de Christopher, como era um ano antes, quando ainda era mais um bebê do que um menino.

Todos pareciam um pouco comovidos, pensou Dora quando olhou ao redor. Ela fitou o marido e sorriu para ele.

– Vou visitar Philippa e o bebê – disse ela. – Alguém quer me acompanhar?

Uma hora depois, várias carruagens partiam de Penderris Hall para celebrar uma nova vida.

CONHEÇA OS LIVROS DE MARY BALOGH

Os Bedwyns

Ligeiramente perigosos

Ligeiramente pecaminosos

Ligeiramente seduzidos

Ligeiramente escandalosos

Ligeiramente maliciosos

Ligeiramente casados

Clube dos Sobreviventes

Uma proposta e nada mais

Um acordo e nada mais

Uma loucura e nada mais

Uma paixão e nada mais

Uma promessa e nada mais

Um beijo e nada mais

Um amor e nada mais

Para saber mais sobre os títulos e autores da Editora Arqueiro,
visite o nosso site e siga as nossas redes sociais.
Além de informações sobre os próximos lançamentos,
você terá acesso a conteúdos exclusivos
e poderá participar de promoções e sorteios.

editoraarqueiro.com.br